LONG

王志强 ◎ 著

XU

CAI

# 龙须菜

新华出版社

**图书在版编目（CIP）数据**

龙须菜／王志强著

北京：新华出版社，2016.7

ISBN 978－7－5166－2714－3

Ⅰ.①龙… Ⅱ.①王… Ⅲ.①长篇小说—中国—当代 Ⅳ.①I247.5

中国版本图书馆 CIP 数据核字（2016）第 177817 号

**龙须菜**

作 者：王志强

责任编辑：贾允河 封面设计：李尘工作室
责任印制：廖成华

出版发行：新华出版社

地 址：北京石景山区京原路 8 号 邮 编：100040

网 址：http：//www. xinhuapub. com http：//press. xinhuanet. com

经 销：新华书店

购书热线：010－63077122 中国新闻书店购书热线：010－63072012

照 排：彩丰文化

印 刷：北京文林印务有限公司

成品尺寸：170mm×240mm

印 张：17.25 字 数：280 千字

版 次：2016 年 9 月第一版 印 次：2016 年 9 月第一次印刷

书 号：ISBN 978-7-5166-2714-3

定 价：38.00 元

# 目　录

# 龙须菜为何物

龙须菜就是芦笋，学名石刁柏。原产于中西亚地区，是世界十大名菜之首，号称"蔬菜之王"。因其习性像芦苇，长势如竹笋，聪明睿智的中国人称之为"芦笋"。这个称呼很快风靡世界，现在连原产地的土著居民也不知道"石刁柏"为何物。

中国华北、东北一带有野生芦笋，当地人称之为"龙须菜"。因为芦笋留母茎、放大棵的时候，枝桠蓬松，碧绿葳蕤，很像苍劲的龙髯龙须。有人猜测老舍先生也喜欢吃芦笋，否则怎么会撰写《龙须沟》呢？

中国人看事透彻，往往能抓住事情的本质，一语中的。就像顶花带刺的嫩黄瓜，通体碧绿，让人一头雾水。如果你有足够的耐心，等到老黄瓜可以传宗接代、生儿育女的时候，就可以悟透"黄瓜"的含义。也能理解老黄瓜想装嫩，必须要刷上绿漆的缘由了。

龙须菜在中国，一直是素八珍之首，上八珍之一。吃芦笋是贵族阶层的奢侈享受，就像"喝茅台酒、抽中华烟、开着加长林肯兜风"一样，透露着高雅名贵的气质和派头。

江苏秦台人热烈追捧芦笋，除了热衷它的价格高贵，贪恋它的美味之外，还不能忘怀很多和芦笋有关的故事……

# 一、无奈离军营

　　肥沃的秦台大地，是一方具有灵性的热土。一方水土产一方物，养一方人，传承一方风土人情，成就一方英雄，演绎一方故事。

　　秦台大地上滋养出大汉开国皇帝刘邦、上卿卢绾、撰写《九章律》的宰相萧何、大将军周勃、周亚夫、道教创始人张道陵、清朝都督李卫、督军李厚基、民国时期的上将王敬久、抗日名将范子侠等英雄豪杰。

　　庄稼人常说，如果哪一年地里的收成特别好，地力就有可能耗尽，那块土地就会变成寸草不生的"碱茬地"，至少要赖上十年八年的。

　　秦台的"地力"一直没有告罄，依旧是非常肥沃的。在这块充满灵性的沃土上，物产丰饶，人才辈出。秦台中学七十周年校庆的时候，正厅级的干部都上不了主席台。

　　传说元朝末年，张士诚手下的大将卞元亨途径秦台。他想沾染"帝王之气"，特意撕下一片战袍，包一包秦台的热土带回便仓老家。途中丢失了马鞭，遇到一只梅花鹿口衔枯枝跪拜于马前。卞将军把枯枝接过来，插在秦台的膏良之上。那枯枝就生根长大，成了一株花树。卞将军到家的时候，枝头上已经挂满蓓蕾了。卞将军把花树栽在庭院里，浇水施肥。那株无叶的枯树继续茁壮成长，开出了娇艳迷人的花朵，这就是誉满中华的枯枝牡丹。

　　枯枝牡丹沾上秦台的慧土长出灵根，也具有了精灵一样的神韵。她在平年开花，是十二个花瓣。在闰年开花，就是十三个花瓣。每年谷雨前后三天，枯枝牡丹准时开放。枯枝牡丹是花中奇葩，与琼花、并蒂莲一道，被誉为江苏三绝。

　　枯枝牡丹受人推崇，还因为她充满智慧和灵性，不贪富贵，不改忠诚。传说明太祖朱元璋非常赏识卞元亨的文韬武略，许以高官厚禄，想把他招进朝堂供职。大明开国皇帝效仿刘备"三顾茅庐"的故事，礼贤下士，亲自到便仓三次而未能请出卞元亨将军。天子的颜面挂不住了，颁旨将其流放充军。

卞将军被判流刑之后，满院萧杀。枯枝牡丹像是死去一般，不吐叶，不开花。等到卞将军赦归故里，她在严冬季节违时开放，使荒芜的农家小院大放异彩。

卞将军感慨万千，赋有诗作：牡丹原是亲手栽，十度春风九不开。多少繁花零落尽，一枝犹待主人来。

因为这个缘故，前来一睹芳容的人群摩肩接踵，络绎不绝。"年年谷雨花似锦，岁岁观花人如潮。"很少有人知道，滋养这一缕香魂艳骨的土壤，竟是秦台的膏良。

秦台人胸怀博大，知道"泰山之高不弃粪壤，沧海之大不拒浊流"。所以秦台人博采众长，引进了许多外来物种。像芦笋、山药、牛蒡、苹果、梨子、飞禽走兽等等，不一而足。这些外来物种在秦台落户之后，很快就会被外地人当作名贵品种求购回去。因为他们的外观形象和内在品质，都超过了原产地的同类品种。

砀山酥梨的名气很大，卖脱销的时候就到秦台来收购杂梨顶缸。消费者便会奔走相告：砀山的二级酥梨卖完了，压箱底的优级产品出库了。卖完秦台的产品再到其他地区寻找替代品，消费者马上就有更为强烈的反应：退钱，这是赝品！

沛县的狗肉有来头，可是汤锅里的原料狗有三分之二都是秦台的。沛县的屠户也承认，坦言"三分天下有其二"。秦台人炫耀水土好，养出的架子狗色正味美。沛县人说他们煮狗的汤子好，是从樊哙手里传下来的，已经是两千多年的老汤子了……

进入 20 世纪 80 年代之后，如日中天的商业内贸系统日渐衰微。平时不显山不露水的外贸公司升格为外贸局，是正科级单位，越来越重要，越来越吃香了。

魏成功是恢复高考后的第一批大学生，天之骄子。他是农学院毕业的大学生，开始被分配到农业局，是铁弓骥缠着领导借调过来的，一进外贸系统就赶上公司升格为外贸局。俗话说"人的运气，鸡巴头的点子"。魏成功的点子兴，是一个顶着太阳走鸿运的人。他正好赶上了重用知识分子，要求干部专业化、年轻化的时代。他刚参加工作就被提拔成科长，是外贸局最年轻的科长，是铁弓骥副局长一手提拔起来的。铁弓骥当完魏科长的伯乐之后，自己也升了一级，由外贸局副局长改任为外经委的党委书记了。

魏成功对铁书记感恩戴德，领工资的时候就去请他喝一气。酒至半酣的时候，铁书记就不停地为魏科长叹息，说他的名字好，姓氏差了一点。如果他和国姓爷一样姓郑，就能当上省级干部，还会青史留名。按铁氏定律推算，傅彪之所以当演员而没能当元帅，是没姓双木造成的。魏科长说自己的姓氏不差，是名字没取好。如果自己改名叫魏成谟，早在大清朝前期就是省级干部了。

铁书记原是外贸公司的业务副经理，因为年龄偏大，学历偏低，整合升格的时候勉强进入了局级领导班子。但他资历深，业务能力强，还不到退休的年龄，又亲自发展芦笋基地，争取上级的扶植资金，让省里的项目落户到了秦台。市委为了嘉奖他的突出贡献，就把他提拔成外贸系统的党委书记。虽然不掌实权，但级别和待遇都实实在在地提高了一个档次。他经常自嘲自己是七成熟的葫芦，吃菜嫌老，开瓢嫌嫩，只能帮助年轻人出谋划策，当个"瞎参谋"、"烂干事"啥的，做些幕后工作了。所以魏成功一进单位，就被他举荐为科长。他还把一同搞基地的几个小兄弟推荐到重点项目筹建处和其他单位出任主要领导，自己甘居人后，开始谋划着隐退的事情了。

铁书记很小的时候就听老年人谈论过"龙须菜"，心中便揣上了一个绿色的梦想，下定决心要把芦笋这样的珍品引种到秦台来。

人一旦树立起目标，就会痴迷成功，乐此不疲地为之奋斗。一颗丹心犹如老蚕，吐丝结网，无时不在捕获与奋斗目标有关的信息。天道酬勤，上帝眷顾那些执着勤奋、早有准备的人。

铁弓骥是老三届的高中生，浓眉大眼，身材魁梧。1971年应征入伍。参军后就被首长相中了，直接从新兵连挑选到师部，跟着师长当警卫员。

师长的老婆是卫生队长。她注重身体健康和仪态，懂得均衡营养，是个衣着考究、讲究吃喝、希望健康长寿的人。她和师长居住的别墅院落里就种了一畦子龙须菜，还有山牛蒡。

铁弓骥如获至宝，惊喜异常。他当时是一个毛头愣小子，还没娶媳妇，更没有养育婴儿的经验。不过他参军前当过大队养猪场的饲养员，经常伺候一些被兄弟姐妹拱到一边去，捞不着吃奶的羸弱猪娃子。侍奉幼小的生命，就像是给蚂蚁的心脏安支架，是既要技巧又要耐心的细发活。

师长家里有专业书籍，有莳弄过芦笋和牛蒡的老兵。铁弓骥不耻下问，虚心学习，像伺候弱小的猪宝宝一样，悉心地呵护着菜地里的芦笋和牛蒡。芦笋和牛蒡被铁弓骥摆弄得茂盛水灵，白芦笋像脂玉，绿芦笋像翡翠，牛蒡像树根。

师长和卫生队长见了，全都"龙心大悦"。再看这个二十多岁的楞葱铁弓骥，也像芦笋牛蒡一样赏心悦目，非常可人了。

爱美之心人皆有之。军人服务社里一名年轻漂亮的女服务员非常青睐帅气的铁弓骥。

警卫员也叫勤务员，平时就是首长家的勤杂工。收拾家务、外勤采购啥的，多半都由警卫员和驾驶员兼任。铁弓骥到军人服务社购买油盐酱醋卫生纸的时候，那个漂亮的女服务员就目不旁瞬，把铁弓骥盯得面红耳赤，低下头落荒而逃。那姑娘愈加兴奋，在背后目送小勤务兵远去。看不到小伙子的身影了，依旧深情地眺望着，不舍得改变姿势。

天使悄悄地前来探视铁弓骥了，那姑娘是师政治部主任的女儿。政治部主任和他老婆都认识铁弓骥，他们对铁弓骥的外观形象高度认可，对他的学识品行不太了解，对他的社会地位极不满意。

政治部主任是管人事的，有办法让铁弓骥换上四个兜的新军装。如果他懂事识趣，能真心实意地伴陪宝贝女儿一生一世，自己会甘愿做垫阶铺路的石头，把"东床坦腹"者推向更高的位置。如果他玩弄感情，乱耍花花肠子，自己也有办法把他摁到泥淖之中，叫他终身不能自拔。

政治部主任是师党委会的常委，凑着召开常委会的时候，他提出了把首长身边的工作人员下放基层锻炼的建议。他的意见被师党委采纳了，大家都同意把身边的冗员裁撤到基层去。师长政委非常赞同政治部主任的建议，甚至感激他提出这样的建议。他们都是重情重义的人，要是让跟随自己苦干四五年的勤杂人员退伍的时候还穿着两个兜的军装，似乎不近人情。可是身为部队主官，不能带头违纪。下面还有那么多干部，眼睛都盯着他们两个呢。幸好政治部主任提出这个问题，他们顺水推舟地送人情，就不担主要责任了。

铁弓骥下到了营部，当了一名书记员，是正排职干部。和铁弓骥一起入伍的一名河北籍女兵，叫谭桂香，是通讯连的接线员。铁弓骥下基层之前，经常在电话里和她聊天，算是神交已久的朋友了。当时没有电脑，不能上网，只能"上线"。单独值班的时候，尤其是值夜班的时候，有一个可以倾诉衷肠的异性朋友，寂寞的长夜就很好打发了。

积习难改，习惯成自然。铁弓骥下到营里当书记员，天天守着电话机。他还是个没成家的儿马蛋子，晚上值夜班的事，几乎全由他一个人承包了。

那时候部队没有电视机。收音机是有的，但是他不敢听。夜深人静之时，常有《美国之音》和台湾的《自由之声》之类的敌台捣乱。他的职务低，水平低，思想觉悟不高，不敢轻易触碰这些东西。百无聊赖之际，很自然地就想起了谭桂香。

事物的发展都是由量变到质变的，感情也一样。接触的次数多了，越混越熟，越熟越亲。同志式的纯洁友谊，慢慢地演变成痴男怨女的苟且之事。年轻人一旦动了感情，来势极为凶猛，并且不计后果。古人说过：问世间情为何物？直叫人生死相许！

铁弓骥和谭桂香陷入了热恋的泥淖，爱情的火焰在彼此心中熊熊燃烧。爱情的火焰是炽热的，融化了人们的理智，烘跑了人们的羞怯之心，烧塌了人们心中的男女之大防。

热恋中的情人，思念急切了就想见面。牛郎和织女之间有天河阻隔，也阻隔不断他们谋面的念头和机会。

通讯连和机务营间隔三华里的路程，骑自行车几分钟就可以赶到。铁弓骥值夜班的时候，让谭桂香夜深后悄悄潜入营部。

苍蝇见到鲜血，干柴碰上烈火。他们都打熬不住了。于是牵着手跑进一座废旧的仓库里，把破麻袋片铺在地坪上，玩起了颠鸳倒凤的把戏。

俗话说黄鼠狼单咬病鸭子。谭桂香没来幽会的时候，军营里一直平安无事，值班员天天睡到天光大亮也听不到电话响。偏偏赶在谭桂香第一次前来赴约的时候，团首长心血来潮，半夜里带着参谋干事到营里来查岗。值班室里没有人，敌人摸上来了怎么办？团长怒火中烧，把营长和教导员从温馨的被窝里拉扯出来，狠狠地尅了一顿。

营长和教导员也大为光火。好一个胆大妄为的书记员，仗着在师长跟前工作过，就把黏豆包不当干粮，把营首长不当干部。营长下令吹响紧急集合号，让铁书记员知道军号是铜的！

那个废旧的仓库没有门窗，在军营里摸爬滚打过的年轻人，一个箭步就能窜出去。捉贼捉赃，捉奸捉双。如果话务员溜走了，书记员谎称肚子疼拉稀，或是扯个别的什么由头，这个擅自离岗的事情就搪塞过去了。即便挨首长几句骂，哪怕是受到批评处分啥的，也不至于影响前途。可是他们都没经历过那样的阵仗，两个人都被突如其来的号声吓傻了。人在欢乐谷里飘荡着，猛然受到极度的惊吓，身体就会有本能的应急反应。反应的方式方法迥异，导致的结果也是五花八门。书记员和话务员是肌肉僵直，导致他们像野狗一样黏联在一起，抽拽不动了。他们相互推搡对方，朝着反方向用力，连吃奶的劲都使出来了，仍然脱离不了胶着连接状态。从那一刻开始，这对野鸳鸯对"连体人"有了超乎寻常的领悟和认知，也感悟出家乡的老年人为啥把相好的最高境界，比喻为"掰不开的鲜姜"。

营长叫来几个年轻力壮的战士，把铁弓骥和谭桂香这两个活宝包裹在军毯里，抬到了师部卫生队。卫生队的军医还是很有经验的，他们虽然是破天荒地首次收治这样的病人，还是用扩宫的器械把两个年轻军人分离开来。

书记员和话务员擅离职守，还乱搞男女关系，违反了军规军纪，自然是要受到处罚的。爱之深导致责之切，政治部主任强烈要求开除他们的军籍，送交军事法庭依法处理。师长念及旧情，先把案子压下来拖了一段时间，拖得政治部主任火气不旺了，才召开党委会进行冷处理。没送他们去军事法庭，也没有给他们太过严厉的处分，就是叫他们脱下军装，提前退伍回家了。

英雄难过美人关，这句话千古流传。部队上因为女人犯错误的事屡见不鲜，甚至有经过枪炮洗礼的老将军，被美女的长发拖着退步，从将军降到士兵也无怨无悔。人非圣贤，孰能无过。铁弓骥正值血气方刚的年纪，在如花似玉的美女面前迷失本性也在情理之中。当兵三年，母猪赛貂蝉。谭桂香是有名的"战地黄花"，她抛出去的绣球谁都想接着。

师长怀旧、重感情，他原谅自己的部下了。临行前他把铁弓骥叫到家中喝了践行酒，问他还有什么要求？

铁弓骥没提谭桂香，只是再三地表白他喜欢龙须菜和山牛蒡。师长很爽快，拿出两个精致的茶叶盒，把晾晒好的芦笋、牛蒡种子装进去，一起送给了铁弓骥。

就这样，铁弓骥带着一盒芦笋种子，一盒牛蒡种子，一个尚未满月的女婴回到了家乡秦台。芦笋和牛蒡种子是师长送给他的，大家都知道。女婴是一个美丽的少妇送给他的，他被动地接受了一个闺女，做了孩子的爸爸，却不知道孩子的父母是谁。

在徐州火车站，铁弓骥和一同退伍的战友，还有送兵的首长，一起走到站外的广场上。别人都去逛商店或是上厕所，叫他站在原地看行李。

一个时髦漂亮的年轻妇女，怀里抱着婴儿，手上提着旅行包，看样子是单身出行的人。她来到铁弓骥面前，甜甜地笑着说："一个人出门真不方便。解放军同志，能帮我抱一下孩子吗？我内急，要去一趟厕所。"

铁弓骥还没摘掉帽徽和领章，有人如此信任他，他感到无比自豪。他毫不犹豫地把襁褓接过来，非常爽快地说："你去吧。"

战友们都回来了，那个妇女没有露面。他们在广场上静坐下来，耐心地等了两个多小时，那个妇女仍然杳无踪迹。送兵的军官找到一位值班的女民警，让她到厕所里催促那位粗心的妈妈。

女民警从厕所里走出来，一脸迷茫，还掺杂着几分愠怒。那个厕所里连个人毛都没有，有的是"嗡嗡"乱叫的绿头大苍蝇。

一个年龄稍大的老兵心细，走过来杵了铁弓骥一把。"打开皮包和襁褓，看看里面有啥没有？"

旅行包里装着婴儿换洗的衣物和裤子，还有奶粉、奶粉瓶和白糖，两个装着山药豆的小布袋，还有一个裹着200元现金的报纸包。襁褓里，贴着婴儿的胸口放着一张纸条。上面写着："我是一个上当受骗的傻姑娘，被流氓骗走了贞操和活下去的信心及勇气。这孩子虽然是个孽种，但却是无辜的，我不能把一个无辜的生命带到另一个世界去。孩子都是娘身上的肉，长大了是妈妈的贴心小棉袄。孩子是母亲唯一的牵挂。把她安排好了，我就可以放心地前往另一个世界，化成厉鬼，去找那个挨千刀的臭流氓报仇雪恨！我思虑再三，送给别人不放心，送给亲人解放军……"

战友们锁紧了眉头，忧愁爬上心头，一瞬间全都有了心事。他们替铁弓骥发愁：半道上捡了一个烫手的热红芋，拖着个"油瓶"怎么说媳妇？

也有乐天派这样打趣铁弓骥，说他还没结婚就有了娃娃，家里省钱，自己省力，以后就是"省劲"的爹了。

# 二、初识白二妮

1975 年铁弓骥转业到地方，莫名其妙地当了"省劲"她爹。这个消息不胫而走，迅速传扬开来。对于这样的称呼，铁弓骥既不恼火，也不辩解，一概以沉默应对着。

从肤色上看，铁弓骥的女儿应该是亲生的。她的皮肤虽然与非洲土著居民有着明显的区别，可是把她放在黄色人种的族群里面，大家会说她的血统不太纯正，极有可能是个"混血儿"。

这个来路不明的小娃娃也确实有着"混血儿"的特质，她的年龄越大越能得到证实。她非常的聪明，也非常的漂亮。

铁弓骥毕竟是有文化有见识的人，不会让女儿顶着"省劲"这样粗俗还蕴含着屈辱的名字。他给女儿取名叫蝴蝶。蝴蝶是美丽的化身，美丽的东西容易受到伤害。但是前面加上姓氏，她就是一只坚硬无比的铁蝴蝶，足以咯断蜻蜓的牙齿和螳螂的砍刀。

铁弓骥虽然犯了错误，毕竟还是军官转业。军人安置办公室把他分配到首羡那样偏远的乡镇去，出任市场管理办公室的副主任。那是 1975 年春天，铁副主任的心境还停留在漠河那疙瘩，冰雪尚未消融。

那年月人们对工作单位的选择有着这样的期望：一劳（劳动局）、二粮（粮食局）、三财办，没人去的市管办（市场管理办公室）。

可是"省劲"她爹的职务级别太低，又没有地位显赫的亲戚和朋友，只能是"人在屋檐下，不得不低头"了。铁副主任经常感叹"人微言轻"。领导也在会上奢谈"民主"，结束的时候一定加重语气强调"集中"。像他这样不入流的"芥子官"，即便是微言大义，也没有人理会你。乡镇"七站八所"的副职干部，严格的说，连机关单位的一般办事员都算不上，谁会把你当根葱？

市管办的领导是得罪人的差事。一街两巷的小商小贩，背地里恨他们入骨，当着面对他们十分恭顺，看样子简直是敬若神灵。

计划经济时期，绝大部分商品都是统购统销的。主副食品、烟酒百杂、火柴布匹、油盐酱醋，一律凭票供应。

瓜果梨桃、花生大豆、茄子辣椒之类，全都"一大二公"，集体的东西个人不能染指。自留地里自己种植的，实在吃不了或舍不得吃了想拿到街上去换点零花钱，必须有生产队、大队出具证明，证明你家庭出身不错，是苦大仇深的贫下中农，不是投机倒把分子。

市管办的主要职能，就是坚决打击不法之徒，坚决打击投机倒把分子，坚决打击扰乱社会主义市场的阶级敌人。所以市场管理办公室又叫"三打"办公室，全体员工都是执法人员，天天在集市和街道上转悠，主要工作就是折秤杆、踢摊子、抢花生、收西瓜啥的。人们对"三打办"的工作人员厌恶愤恨，却敢怒不敢言。

当时暗中流传一个顺口溜，说出了人们心中深恶痛绝的四种东西和现象。那首顺口溜是这样说的：绿豆蝇、棉铃虫，"三打"干部人来疯（各类人为的政治运动）。

铁弓骥从全国人民学习敬仰的解放军，沦落为人们切齿痛恨的"三打"干部，心中也是很有落差的。可是他是刚刚脱掉戎装的转业军人，知道军人的天职是服从。再说了，因为通讯连那位河北籍的异性战友，他身上还背着"留党察看"的处分，他是不敢敞开心扉把"不满意"晾晒出来的。

市管办主任是由公社副书记兼"贫协"主任兼职的，他从市区开会回来，安排铁弓骥办一期"改造投机倒把分子"学习班。扶正压邪，狠刹一下"不法分子"的嚣张气焰。

有幸进入学习班的人都是各个大队推荐上来的。平时不听招呼，也不知道给支部书记进贡的"滚刀肉"，这样的人欠修理。

上世纪70年代，乡镇还没有公安派出所，只有一个挎着"盒子炮"的公安助理员，骑着自行车到各个村庄转悠。公安助理员的身上长有"瘆人毛"，不论多愣多横的"愣头青"，只要看到他腰里别着家伙什，立马就会哑口噤声的。

"三打办"倒是有一个偌大的院子。高墙大院厚铁门，还有"汪汪"狂吠的大狼狗，很像电影上"宪兵司令部"之类的机构。后院也有两溜闲房子，可以临时关押"乱说乱动"者流。也就是说，"市管办"也有着类似

"看守所"那样的功能。

夜深人静之时，"市管办"里常有一两声惨叫飞出高墙。附近的居民听到叫声就会"激灵"一下，连打寒颤。人们畏惧"市管办"，就像畏惧"阎王殿"。只要进了"市管办"，再出来的时候失魂落魄，也飞肉走膘，失神失形。老百姓见识不多，却是绝顶的聪明。他们知道被请走的人有酒有菜，自然也能坐上椅子。被强行带走的人，没有礼遇和优待，自然也没有板凳坐。所以称被"逮捕法办"的人为"蹲监狱"，被强制学习的人是"蹲学习班"。

民兵押送过来蹲学习班的人，多半都是老"运动员"。人说"江山好改，秉性难移"。无论做好事还是做坏事，一旦成为习惯就积习难改，久而久之，就"习惯成自然"了。

各种运动来了，各村的党支部也习惯性地选拔这些人去参加"运动"，全然不去调查他们有无悔过的表现，更不顾及他们的内心感受。

惯性使然，习惯势力在人们的内心深处也是根深蒂固的。你广施仁心仁术，感化教育，他就能改恶从善。"浪子回头金不换。"你坚信他怙恶不悛，一辈子大奸大恶，他也破罐子破摔，决计不会叫你失望的。

老"运动员"们死猪不怕开水烫，嘻嘻哈哈地满不在乎。一张簇新的面孔却哭哭啼啼，满脸都是泪花。

那个伤心哭泣的人第一次进学习班，心理极度地不适应。她是一个俊俏的小媳妇，叫白二妮。

白二妮倒霉就倒在那张俊俏的脸庞上。她是东北亚布力林场一个老职工的女儿，被白山黑水和狍子肉、野山菌滋养得水灵俊俏，就像传说中的参娃娃，应了"深山出俊鸟"之类的传说。她心地善良，心灵手巧，不光会描云画凤，还会栽培木耳蘑菇，饲养各种小动物。

白二妮的父亲白玉峰，是上个世纪 50 年代闹饥荒时爬火车闯关东的山东汉子，原籍山东单县。他在火车上认识了邻省邻市的秦台人黄金岭。他们相互倾心，彼此投缘，说是今生不做万户侯，但愿相互交朋友。他们的相识和相知，也蕴含了一段金玉良缘。

秦台解放前归山东湖西专署管辖，行政公署所在地就是单县。解放后撤销湖西专区，单县和秦台市都划归藤县专区管辖。1953 年以后，秦台市划归徐州地区，单县划归菏泽专区，彼此归属两个省份了。可是不论行政区划怎么改变，都改变不了他们祖籍"屋搭山、地连边"的事实。

久旱逢甘雨，他乡遇故知。洞房花烛夜，金榜题名时。此外还有买彩票中了五百万元巨奖，生命垂危的病人突然痊愈，恶性肿瘤消失得无影无踪。这些都是人生之中令人振奋的乐事。

白玉峰和黄金岭都是逃荒避难的落魄之人，在奔赴关外的路上相识，就想起了"同是天涯沦落人，相逢何必曾相识"之类的诗句。他们相互援引为知己，磕头拜了把子，像刘、关、张桃园结义一样，成了终生不弃不离的难兄难弟。黄金岭年龄大两岁，居长为兄。白玉峰是异性仁弟。

到了东北以后，正赶上当地招收林业工人。他们一同报名应征，都被招进了亚布力林业局，当了伐木工人。

那时候，国民党的残渣余孽和藏匿山林的敌特还没彻底肃清，密林深处是豺狼虎豹的故乡，进入深山老林伐木头，是需要一些勇气的。但是人为万物之灵长，是高级智能动物，为了理想和信仰，是可以舍弃性命的。

白玉峰和黄金岭都有崇高的抱负和理想，那就是吃饱穿暖有房子住，能把媳妇接过来继续生孩子。

有道是精诚所至，金石为开。锲而不舍，金石可镂。黄金岭和白玉峰都是勤劳节俭的人，干起活来不惜力，也不和别人攀比，不计报酬。在他们日夜不息、夜以继日的不懈努力下，他们的理想很快就实现了。林场给他们分配了住房。虽然是定量供应口粮，可是房前屋后有很多闲置撂荒的土地。东北的黑土地油光光的，极其肥沃。只要不惜力气，插下去枯枝都能催出芽苗来，更不用说是生机勃勃的种子了。密林深处还有各类可食用的动植物和野山菌，可以把肚皮撑得滚瓜溜圆。那时候的关东密林之中，是棒打狍子瓢舀鱼，野鸡飞到火堆里。只要勤劳肯干，不怕辛苦，想挨饿是非常困难的。他们安顿下来之后，先给父母写了平安家信，详细汇报了他们在东北的处境和情况。

家长们了解到东北那疙瘩可以填饱肚皮，而且不用掺糠掺菜，像是听到了天堂的福音。他们欢天喜地，乐颠颠地带着黄金岭和白玉峰的老婆孩子，火速赶到了东北。人们说故土难离，那是还有东西糊弄肚皮。家里只要歇了锅，嘴上保准没气节。

正好黄家带来一个五岁的儿子，白家带来一个四岁的儿子、一个两岁的闺女。他们征得双方老人的同意，给孩子们定下了一门娃娃亲。孩子们长大之后，对父母的包办非常满意，就愉快地喜结了连理。黄家的小子唱着"大姑娘美来大姑娘浪"，把白家的闺女抱上了炕……

老人家们在东北有滋有味地过了将近二十年好日子，看看就要日薄西山了，就把儿子拘到跟前，反复念叨着"树高千丈，落叶归根"。人越老越怀旧，老人们开始想家了。

老黄和老白都是尊孔孟、敬父母的大孝子。《论语》上说君子有三畏：畏天命、畏大人、畏圣人之言。都说人受命于天，人的生命是父母赐予的，父母的恩德大于天，自然是要敬畏和顺从的。大人是指那些身居高位、青史留名的人。《二十四孝》中记载了很多可歌可泣的感人故事，都是至诚至孝的人物所为。圣人说"孝悌为先"、"父为子纲"。老父母在东北呆腻了，当儿女的还能怎么办？

儿女和父母的意见相左时，做儿女的还能怎么办？只能遵从长辈的意志，按照父母的意思办。

黄、白二位盟兄义弟，都是三十郎当岁到关东闯荡的，现在已经五十露头了。人过五十日过午，就像脱齿褪毛的牲口，不能再干重活出大力了。可他们又没有特殊的技术和拿手的绝活，要往内地调动，没有过硬的关系是找不到接受单位的。

经过充分酝酿讨论，黄金岭和白玉峰决定继续留在东北混几年，熬到六十岁退休再回桑梓地养老。他们请假回原籍翻建了房屋，先把父母双亲送回祖籍。又给大队书记送了两方木头，叫他们接收白二妮两口子下放回原籍，以"知识青年"的身份回到家乡，伺候奶奶爷爷。

东北的天气，夏季短促而凉爽，没有酷暑。冬季寒冷而漫长。出门的时候扣上皮帽子，穿上皮大氅，还有皮毛手套、靰鞡靴啥的，在冰天雪地之中也感觉不到寒冷。室内有暖气、有火炕、有火墙，还是双重门窗，挂着保温的棉帘，屋里昼夜如春，始终是暖洋洋的，连薄棉袄都不用穿。

秦台和单县地处苏北鲁南。在中国，秦岭、淮河是地理分界线，北面夏热冬冷、春暖秋凉，一年四季分明。这儿的人崇尚勤俭，室内没有取暖的设施，也没有保持温度的双重门窗和厚墙，室内和室外的温度几乎没有差别。隆冬时节，人们蛰居在屋内或置身于户外，全都瑟瑟发抖，感觉就像浸泡在冰冷的凉水中一样。

将近二十年的时间，虽然改不了姓氏、性别，改不了乡音，却能改变很多生活起居上的习惯。老人们重返故乡的时候，已经不适应家乡冬季里的冷风和透着冷风的硬板床了。生火取暖不适应烟熏火燎，不烤火又受不了冬天的阴冷。年长体虚，原本就禁不住折腾。遇到西伯利亚的寒流袭来，头疼、脑热、咳嗽、流鼻涕之类的事情就在所难免了。

一个北风肆虐漫天飘雪的晚上，白二妮的祖母遍体高烧，咳嗽声一阵紧似一阵，啃水萝卜也压不住，喝红糖水煮姜汤也缓不下来。黄家小子用被褥把妻奶奶裹严了，放到地排车上拉往公社卫生院。

天有不测风云，人有旦夕祸福。白家奶奶八十四岁高龄了，正好在旬头上。俗话说"七十三八十四，阎王爷不收自己去"。人生七十古来稀，也到了驾鹤西游的年纪，再罹患不治之症，看不看都没啥缺憾。黄家小子继承乃翁家传的孝道，也想在俊俏的小媳妇面前表现一下，愣是在风雪交加的午夜去给奶奶看病。

平板车上拉着生命垂危的耄耋老人，也满载着孝悌之心和求生的欲望。也许是一瓶吊针、几个药片，就能让老人脱厄解困，焕发出活力来沐浴明天灿烂明媚的阳光。偏偏那天是凶神恶煞值日，黄家小子走得急切一点，一上柏油马路就叩响了死亡之门。一辆高速行驶的货车迎面驶来，驾驶员想急踩刹车，却错踩了油门。

平板车被撞飞了，祖孙俩一起共赴黄泉。那个挨千刀的驾驶员害怕自己承担刑事责任，环顾四周无人，就把良心扔到雪窝里喂狗，自己驾车逃逸了。那年月还没有摄像头，也没有收费站之类的关卡。因为没有提成奖励之类的经济措施，值班查夜的交通监理人员也不像现在的交通警察这样敬业。逃逸的车辆闯入茫茫的雪原，就像泥牛入海，再也没有消息了。

丈夫辞世之后，白二妮觉得自己从云端跌入了谷底。相距不远的两个农家院落里，还躺着三个八十多的"棺材瓤子"，自己肚子里还揣着一个没见天日的小生命，是黄家的遗腹女。一个挺着大肚子的小媳妇，伺候三个七老八十、行将就木的老人，不言而喻，小日子是非常艰难的。

丈夫猝然撒手人寰不久，她悲伤加上惊惧，导致子宫剧烈收缩，那个苦命的丫头就早产了。幸好的是白二妮奶水充足，把早产的女婴喂得白白胖胖，像母亲一样漂亮，像母亲一样招人疼爱。

农家院里不缺麦秸、稻草、棉柴杆啥的，各村木匠铺的锯末也没人要。白二妮就用这些废弃的下脚料培植木耳蘑菇，晚上偷偷摸摸地鼓捣，天不亮就悄悄地去赶城里的"夜猫子"集，换些零钱补贴家用。

贫协主任去过黄家村，吃过白二妮栽种的蘑菇和木耳，也见过种植野山菌的小媳妇。不见不知道，一见忘不掉。从黄家村回到公社里，贫协主任失眠了。动画片中的参娃娃、小鱼童、哪吒，还有传说中的织女、嫦娥、七仙女，全都活灵活现地在他眼前晃来晃去，搅得他心神不宁，寝食难安。

为人父母都舍弃不了舐犊之情。"护犊子"是人类与生俱来的情愫，是无原则的溺爱。这也应了"敝帚自珍"这句话，不论憨精丑俊，孩子就是自家的好。

公社党委副书记兼"贫协"、"市管办"、"三打办"主任高姿太，有一个智障的儿子，三十大几的人了，依旧形单影只地跟着父母过日子。高书记就这一个宝贝疙瘩，传宗接代的神圣使命非他莫属。高书记也知道，这样的种子播撒在什么样的土壤里都是白瞎，白搭力气和功夫，长不出像样的谷谷苗来。可是再赖的种子也是高家嫡传的，不能掺糠使假。儿子虽然是歪瓜裂枣，可是他出生在书记之家，即便他是一只癞皮狗，甚至不如一只癞皮狗，也得让他娶媳妇。高书记心知肚明，给他儿子娶媳妇，是严重损坏女人利益的事。可是人不为己天诛地灭，他宁愿损害别人的利益，也绝不能让儿子打一辈子光棍。那样不仅仅是耽误孙子几年的事，而是让他断绝高家香烟，当"绝户头"了。

听说东北的土壤肥沃，用手都能握出油来。在东北的土壤里，插上一根腐朽的干棒，也能生根发芽，长成参天大树。东北的沃土再混合秦台市的膏良，一定能综合出令人意想不到的神奇效果。

高书记相中了东北的参娃娃，选择她作为培养基，把高家的劣质种子孕育成天骄奇葩。有人说高书记想把参娃娃栽到自家院子里，除了心疼儿子之外，一定包含着不良企图。他那个儿子集憨呆丑傻于一身，吃屎都找不着热乎的，肯定完成不了制造人类那样技术含量很高的工程。书记夫人直言不讳地说：儿子就是最好的佐证，俺家老高勉强可以胜任工作，技术也不精湛。真想"张冠李戴"的话，也得另找"枪手"。

知子莫若父。高书记了解自己的儿子，他知道儿子的心智还停留在孩童阶段，与祖传的姓氏是背道而驰的。让他去"自由恋爱"肯定不行，他没有那样的本事。找月老拴红绳也不行。在秦台的地面上，再体面的媒人他也找得到。可是纸里包不住火，只要一见面就能戳穿媒人的谎言，有残疾的再婚女人也不会愿意的。要把女方的自尊和自信打压下去，让她极度自卑，诚惶诚恐。让美丽的鲜花变成不值钱的老棒子，随便啥人想娶她，都是对她的怜悯和施舍。

扭曲别人的心灵，是昧良心的活计，也是相当残酷的，必须使用一些卑鄙恶劣的手段。干这样的事情有损形象和威望，自己不能参与。不过自己可以当导演，在幕后出谋划策，让下属冲在第一线，给自己当枪头子。

高书记把铁弓骥叫到办公室，亲自授意他特别关照白二妮这个重点对象。高书记说对待阶级敌人绝不能心慈手软。放纵他们胡乱折腾，把社会主义大厦挖塌了，贫下中农就要吃二遍苦、受二茬罪。别看白二妮长得俊俏，但骨子里歹毒，就是一条美女蛇，一只披着羊皮的狼……

铁弓骥回来之后，专门提审了白二妮。那个小娘们皮肤白皙，身材苗条，丹凤眼、柳叶眉，洁白的牙齿红嘴唇，怎么越看越想亲近，越看越不像阶级敌人呢？他不知道高书记的居心何在，也没想到高书记会成就自己的美好姻缘……

# 三、母亲为媒

铁弓骥是农民的儿子，从小就接受"维耕继读、克勤克俭"的教育，劳作惯了，闲下来就觉得关节僵硬，皮肉痒痒。同事们都说他不是当官的料，身为脱产干部，总是常想末耜，忘不掉农事。

铁副主任任劳任怨，勤勤恳恳。上班的时候，把院子旮旯里的荆条杂草砍掉，开垦成菜地。节假日放假的时候，回到家里扎下车子就摸锄头。他把师长送给他的芦笋、牛蒡种子，还有女儿的妈妈留给他的两包山药豆，外加茄子、黄瓜、四季豆之类的蔬菜，见缝插针地种满了工作单位和家中的自留地。

天下的老娘疼小儿，铁大妈也不例外。她对几个出阁的闺女不太上心，对铁弓骥却是须臾放心不下，托在掌上怕摔着，噙在嘴里怕化了。小儿子还没结婚就抱个累赘到家来，母亲更是放心不下了。这个傻小子连自己都照顾不好，哪里会伺候没断奶的月娃娃？

铁大妈也非常喜欢孩子，虽然没有直接的血缘关系，可是小蝴蝶毕竟成了自己的亲孙女，也一辈子顶着铁家的姓氏。人过六十隔代亲，老人家看孙女比儿子还重，容不得小孙女受到一丁点委屈。所以老人形影不离地跟着儿子，休假一起回家，上班追到单位。老人家不偏不倚地照顾铁弓骥爷儿俩，丢下哪一个都不忍心。

自从"三打办"进来一批蹲学习班的改造对象，大院里就热闹起来了。公安助理和高书记开始频频光顾，每次前来都要弄出一点动静，都要让"不法分子"发出异于常人的声音。那声音撕心裂肺，让听到的人胆战心惊。高书记不失时机地教导铁副主任，说这就是"杀鸡吓猴、打骡子惊马"。

铁弓骥副主任似乎也清闲起来，蹲学习班的人要进行劳动改造，他就让劳教对象和他一起垦荒种菜，伺候他从外地引进的那些稀罕物。要么就让他们把院里垒墙剩下的红砖从甲地搬到乙地，再从乙地搬到丙地，来来回回地胡乱折腾，做无用功。

铁副主任不擅长折磨人，惩罚"阶级异己分子"最为严厉的手段，就是干农活，搬砖头。口出秽言，拳脚交加之类的事情，他从不亲历亲为。他倒不是害怕有损形象和威望，而是从心眼里不赞同那样的做法。只是他职务太低，人微言轻，制止不了那样的行径。他常为此事纠结，尽管人微言轻，也微言大义地向领导反映情况。他的不满于事无补，反而把自己弄成了"不讲原则、站不稳阶级立场"的反面典型。后来他弄懂了"夜走其明必陷足"的道理，才知道1976年10月份之前走点"背字运"并非坏事。

母子连心，铁大妈也像儿子一样，是分不清敌我的糊涂虫。她也非常同情那些"蹲学习班"的人，尤其同情并关照白二妮那个关东参娃娃。

同情大概是酸性的。只要一动怜悯之心，就会心酸、鼻子酸，就会流淌又热又酸的眼泪。一把黏稠浑浊、酸溜溜、热辣辣的老泪，模糊了阶级阵线。铁大妈和白二妮一起在菜地里薅草逮虫子，一起在地头上拉家常哄孩子。越拉越投机，越拉越近乎，铁大妈竟然萌生出认白二妮做干闺女的念头。

白二妮起初不知道铁大妈的真实身份，她那个早产的丫头叫白蝴蝶，和铁蝴蝶大小相仿，也是一个没断奶的娃娃。黄家村离镇上很近，黄家白发老婆婆一天三遍地把白蝴蝶送到"市管办"里来，叫白二妮给闺女喂奶。白二妮就把干娘怀里的铁蝴蝶也要过来，一个奶头坠一个，正好不偏沉。铁大妈也把自己屋里的奶粉、饼干、果子露啥的，拿出来叫白蝴蝶分享。伙房里面动荤腥的时候，铁大妈也悄悄地给白二妮留一些，说是多攒一点奶水好喂小蝴蝶。人说铁大妈疼白二妮，就像疼亲生的闺女一样。

两个"呀呀"学语、踉跄学步的小蝴蝶，在白二妮和铁大妈怀里飞来飞去，把大人的心拽到了一起。

晚饭之后，白蝴蝶被抱走了，白二妮回到号子里学习。铁蝴蝶睡着了，铁大妈瞪着眼睛呆呆地瞎琢磨。她突然有了烧水洗涮白二妮的冲动，泡她三天三夜，把她浸软泡烂，让她从里到外都滴着水，这个闺女就不是干的了。

亲闺女是爹娘的贴身小棉袄，是知冷知热的贴心人。可是闺女大了不中留，留在家中要结仇。闺女都是人家的人，长大了也就飞走了。而且一出嫁就和丈夫合穿一条裤子，钻进丈夫的被窝就开始外气爹娘。都说"出嫁的闺女是娘家的贼"，不会再和娘家人一条心了。闺女看娘也是面子局，关键的时候是指望不上的。说到底还是儿子亲，养老送终靠得是儿子。养闺女多吃一块肉，多喝一壶酒，这还要看闺女能不能让女婿待见，还要看亲家的家底是否殷实。

养儿防老是流传千年的老理，老理多半是真理。可是听老年人说过，先有好媳妇才有好儿子，想要好儿子先找好媳妇。

白二妮要是能给自己当媳妇，倒是百里挑一的好媳妇。铁大妈阅人无数，看得上眼的没几个。这个白二妮确实是挑着灯笼也难找的好媳妇，她打心眼里稀罕。再说了，给这么漂亮的美人戴上"投机倒把"的帽子，列入另册，打入另类，老人家心有不甘。她决定充当救世主，把干闺女变成儿媳妇。白二妮和铁弓骥扯了结婚证就是干部家属，干部家属和"投机倒把"分子没有必然的联系。

铁大妈决定先探寻一下儿子和干闺女的口风，重点是劝说儿子不要嫌弃"二婚"。年轻人事故眼子太多，还不喊喊正经事。放任他嫌好道歹、挑肥拣瘦，天天抱着大腿睡觉，大孙子牛年马月才能跑到这个世上来？日月如梭，眨眼就是一年。儿子已经三十大几了，耽搁不起啊！

俗话说"姜是老的辣"。老将出马，一个顶俩。在关系到培养革命接班人的大是大非面前，容不得犹豫和退缩。铁大妈要站出来为儿子掌舵把关，为干女儿当家作主。

对于铁大妈的提议，干女儿十分满意。听到好消息就欢欣鼓舞，能找到这样像亲娘一样的婆婆，丈夫是个残疾她也没意见。可是知道干娘的儿子是铁弓骥之后，她的心凉了。人家是个童男子，还是国家干部。自己虽然是下放"知青"，但目前户口在农村，就是一株狗尾巴草，一朵南瓜花。干娘是拿自己开涮的吧？

铁大妈朝着干闺女拍胸脯，只要白二妮愿意，剩下的事情由她来做。儿子是娘身上掉下的肉，就是当了公社书记，就算长到120岁，老娘也能降得住他。

铁弓骥自己心里很清楚，自己还没脱掉军装的时候就跑了原阳之气，早就不是"童子鸡"了。现在虽然干着一个讨人嫌的下三滥差事，却养着一个没娘的孩子，谁会稀罕自己呢？他也非常中意那个东北参娃娃，可是她是破坏社会主义计划经济的投机倒把分子。自己也非常怀疑，这么漂亮善良的女人怎么会去挖社会主义墙角？这么柔弱的小女子又怎能撼动社会主义大厦？

因为头脑里冒出这样的想法，他被领导定性为"没有原则，站不稳阶级立场"。若是再和白二妮同床共枕，一个锅里搅马勺，不是和阶级敌人沆瀣一气、蛇鼠一窝了吗？

铁大妈给自己的儿子说媳妇，给自己的干闺女保媒，一定要保得像钢铁一样扎实，不能有任何闪失。铁大娘虽然是足不出户的农村妇女，却也精通谋略，知道"先斩后奏"、"木已成舟"之类的故事，会玩搓掉稻糠，把生米焖成熟饭之类的伎俩。要尽快地把含含糊糊、模棱两可的事情做牢做实，既成事实就不能反悔，只能认命了。

男想女隔重山，女想男隔层板。大山或许搬不动，薄板是可以轻易捅烂的。铁大妈把干闺女叫到旮旯里口传心授，自己可以做内应，把小蝴蝶抱到一边去，把闲溜乱逛的大狼狗关到屋里去。白二妮要撕开脸皮，抛弃羞涩和矜持，摸到铁弓骥的房间去……这叫侠女倒采花，也是可以霸王硬上弓的。

铁弓骥喝酒回来，不光腮帮被乙醇烧红了，五脏六腑也变成了塔克拉玛干纵深腹地中的沙砾，极其需要雨露的滋润。可是热水凉水都被铁大妈坚壁清野了，铁副主任急得抓耳挠腮，恨不得在地上挖坑刨井。

这时"及时雨"降临了，白二妮袒胸露腹地溜进来。她效仿沂蒙山区的红嫂，用甘甜的乳汁救助革命干部。乳汁平了饥渴，浇起了邪火。铁副主任体内一些有失人性的坏念头被乳汁激活了，他的嘴还吊在乳头上吮吸，咸猪手却滑落到白二妮的肚脐以下……

"畜生！"白二妮板起脸来，佯作嗔怒地训斥铁弓骥："我是过来行好的，你能这样对我吗？"

铁弓骥一激灵，野性开始消褪，人性开始回归。他羞得满脸通红，准备穿上衣服跑出去。白二妮见状回嗔作喜，用纤细白嫩的指头点戳着铁弓骥的脑门。"你现在要是穿好衣服跑出去，那就连畜生都不如了……"

这样煽情挑逗性的语言，喂肥了铁弓骥的贼胆，让他鼓起勇气来，突破了男女之大防。他把白二妮变成一本翻开的书，尽窥其中的奥妙。

在铁大妈的唆使操弄之下，儿子和干闺女"苟且"了一回。就像江河之水，在堤坝之内是循规蹈矩的，一旦决开堤口，就汹涌澎湃，势不可挡，而且一发不可收拾。只要避开别人的耳目，他们就会一而再、再而三地重复着"昨天的故事"。

是人都有廉耻之心。在那个年月里，未婚同居、未婚先孕、结婚后离婚，都是极不光彩的事。铁弓骥和白二妮也知道"悄悄地进屋、悄悄地打枪打炮"。可是纸里包不住火，世上没有不透风的墙头。

一两个月以后，白二妮有了恶心呕吐那样的生理反应。铁弓骥的精神不似先前那样饱满，经常趴在办公桌上打瞌睡。

老人多半都有贵人的特质，非常健忘，做起事来不麻利，还好丢三落四。有天晚上铁大妈怕惊吓到屋里的野鸳鸯，把一壶开水放到门前就溜开了，也忘记了把狼狗关到伙房去。两只狼狗相互嬉戏追逐，把铁弓骥门前的暖壶撞倒了。瓶胆爆裂的声音很脆、很响。瓶胆碎了，内存的开水随即横流，烫伤了狗的蹄爪。两只狼狗非常痛苦地"嗷嗷"嚎叫，惊醒了单位的值班人员和蹲学习班的人。蹲学习班的人不敢乱说乱动，值班人员要起身巡查。他们起身前从窗内向外张望的时候，看到一个雪白的身影从铁副主任屋里跑出来，像利箭一样射到后院去了。

第二天，白二妮的脚丫子和狗蹄子一样，走起路来一瘸一拐的。她说自己晚上摸黑上厕所，踩到一根竖立的铁钉上，把脚底板扎伤了。

"怎么会这么巧呢?"大家对白二妮的说法都持怀疑态度，又没有足够的理由把她驳倒。拿不出证据来，猜疑和议论也不会马上停止。一时间，"三打办"里流言四起，大家都在背后飞短流长。

流言像西伯利亚南下的寒流，也仿佛是毛乌素沙漠里到处肆虐的沙尘暴，传播的速度很快。"三打办"和公社大院相隔不足五十米，高书记坐在办公室里喝茶看报，一点也不耽误倾听来自本公社各个单位和村庄的小道消息。

农村人心胸狭小，门前的烂番瓜被别人偷走了，也要咬牙跺脚地扯着嗓子骂上好几天。何况白二妮是一个漂漂亮亮的大活人呢?自己处心积虑地栽树、剪枝、浇水、施肥，眼看果子就要成熟了，却半路杀出个程咬金，铁弓骥伸手过来摘桃子了。他既没参与谋划，又没费吹灰之力，凭啥让他坐享其成?白二妮虽然很有几分颜色，毕竟是被别人穿过的烂履，算不上什么好东西。铁弓骥要是想刷锅，过来说几句软乎话，自己拱手相送也没啥。可是他目无尊长，偷偷摸摸地玩阴损之招，让自己的颜面蒙羞，这就不能姑息他了。

高书记很生气，后果很严重。高书记在党委会上郑重地谈了共产党的干部蜕化变质的问题，谈了铁弓骥和美女蛇的问题，让大家想清楚这是什么性质的问题……

公社党委开完会议之后，铁副主任就被停职审查了，处境和白二妮没有多少差别。这才仅仅是开始，高书记给他们准备了好多道满汉大餐呢。听说第一道菜是给腐化堕落分子戴高帽子，给不守妇道的贱女人挂上破鞋。然后游街示众，召开万人大会进行批斗。把他们打翻在地再踏上一只脚，让他们永世不得翻身。

天有不测风云。太阳不能老是正南，总有偏西的时候。高书记调到另外一个公社工作去了，没有人往死里整铁弓骥了。

1976年10月份以后，天道大变。长风几万里，吹度玉门关。秦台市这样偏僻落后的县级城市也开始沐浴春风，生动活泼起来了。这股长风不光吹散了中国空中那层令人窒息的厚重阴霾，也吹掉了铁弓骥身上的累卵之危。

地富反坏右都摘了帽子，没有谁再把"阶级斗争"当一回事了。铁弓骥和白二妮的风流公案也就不了了之。白二妮符合返城条件，就地安置在秦台市外贸公司，也是公家的人了。

铁大妈开心了，张罗着给儿子结婚办喜事。儿子说已经恢复高考了，他想复习一下考大学，晚两年再结婚。老娘马上板起脸来，痛骂儿子混账。农村的孩子考大学，是为了"吃计划、当干部"，寻找脱离农村的生活之路。你已经参加工作了，是正儿八经的国家干部，端着共产党的"铁饭碗"喝糊糊，还想么（馍）呢？再说了，陈世美是怎么出现的？是脱离农村当上脱产干部之后才变心的。他要是还在乡下敲打二亩坷垃头子，会把秦香莲和儿女扔下不管吗？幸亏包黑子公正执法。要是包公不讲原则，秦香莲冤死、屈死，又到哪儿说理去？

儿子有了不安分的想法，促使铁大妈加速了操办喜事的进程。铁大妈庄严地行使母亲的权利。儿子的媳妇是她选定的，婚期以及结婚的程序和礼数也要由她决定。儿子只管当新郎，亲戚朋友只管喝喜酒，对于怎么举办婚礼，由她老人家和"大老知"事务总管协商办理。

"文革"期间，乡间红白喜事的程序被"革命化"简化得一塌糊涂。铁大妈下决心恢复昔日的老礼，把儿子的婚事办得风光体面，热闹喜庆，红红火火。这样的消息传播出去，引来了十里八乡的乡亲们前来围观，直到深夜也不离去。夜深人静之时，红席散场之后，还有一个更为精彩的节目，就是本家的嫂子给新人送灯。

铁弓骥的洞房，早有平辈的调皮兄弟过来光顾了。他们把床下的尿盆钻出孔洞，糊上胶泥。新人方便的时候，鲜泥被泡软冲掉，尿液就流到床上去了。他们还在旮旯里、雀户眼里放置包有硫磺、辣椒面的棉花套子，等新人进屋之后点燃，让新人们睁不开眼、喘不开气，因而延缓培养接班人的进程。铁弓骥的房门上，还贴着一副别出心裁的对联：一对新夫妇，两个破家伙。话糙理不糙，虽然难听，倒也贴切。不知道是哪个捣蛋鬼的杰作？

折腾到深夜两点多钟，闹够、闹累的人群像退潮的海水一样，慢慢地散去了。"大老知"安排帮忙的邻里收拾碗盏，归置桌椅板凳，叫铁大妈拿出几条好烟过来开赏。铁弓骥的本家嫂子，一个嘴皮子利索的泼辣娘们，提着一盏不怕风吹的马灯往洞房里走去。她推开房门，像李玉和摆弄号志灯一样，跳跃着舞蹈，玩弄着花样，嘴里还念念有词：

一进门，黑莹莹，

状元的大娘来送灯。

金灯配银灯，瓦屋配楼亭，

十八岁的大姐配学生。

昨天还跟着妈妈睡，

今天怀里搂相公……

大嫂子唱完歌谣，又觉得不对劲。这是形容初婚的唱词，与小叔子的情况不太相符。她就这么唱完走了，谁也不会挑理。偏偏她是一个非常敬业的人，她要把这个事情摆弄妥当了。受人之托，忠人之事。没有词就现编呗，反正自己嘴皮子利索。于是她思索一下，继续唱道：

一进门，黑莹莹，

轻车熟路就不用灯。

人配人，牲灵配牲灵，

反正都是母对公，

叫驴配马也能生。

昨天还偷偷摸摸地钻树林，

今天光明正大地瞎折腾。

怀里一对蜜罐子，

一个喂宝宝，一个奶相公。

唉，要是肚里怀了崽，

用力太猛可不中……

躲在暗中听房的人，都是没结婚的光棍汉子。他们忍俊不住了，从窗户上跳进来，从床下拱出来。新媳妇的肚子已经隆起了，他们投鼠忌器，不敢招呼。正好把送灯的嫂子围在中间，疯闹起来。

闹新房三天没大小，小叔子操嫂，再厉害也没啥。几个光棍汉子动手动脚，还"嗷嗷"地咋呼着："把她的裤子褪下来，给她栽上苗子。叫她家的老爷们也学弓骥哥，当'省劲'的爹……"

# 四、后生可畏

　　人往高处走，水往低处流。白二妮进城之后，就想着要让丈夫离开偏远的乡镇，和自己同城生活。人生苦短，自己和丈夫都到了"不惑之年"，再不欢实几天，岂不辜负大好的时光？

　　1977 年下半年，铁弓骥家出事了。是具有划时代意义的大事，也是喜事。而且打破了"福无双至"的传统模式，接连碰上两次大喜事。首先是白二妮给老铁家生了一个传宗接代的胖大小子，这是铁弓骥亲自设计、亲自操作，出力费劲的产品，取名叫铁蒺藜。钢铁本身就是硬通货，再炸出刺来，谁还敢欺负？铁弓骥非常高兴，逢人就想炫耀一下自己的作品，没人的时候也像没扎口的裤腰一样，笑眯眯地合不拢嘴。小蒺藜一出世，"省劲的爹"这顶破帽子就可以摘下来扔掉了。

　　第二件事情是白二妮办成的，还关系到铁弓骥的前程，也是可喜可贺的。

　　适逢省粮油进出口总公司的领导到秦台市来视察，公司领导想弄几样具有地方特色又非常别致，其他县市找不到的美味佳肴，让省城的领导尝个新鲜。领导高兴舒服了，就会记住秦台市，就会对秦台的一草一木萌生好感。以后有好的项目或是扶植资金啥的，自然会往秦台倾斜。

　　白二妮抓住了这个机遇。她到自家的菜地里划拉一叉头（可以背在肩上的条筐）芦笋、牛蒡、小番茄等时鲜高档蔬菜，又从地窖里扒出铁棍山药、紫山药之类的稀罕物，送到了公司食堂。

　　省里的领导见多识广，在豪华酒店的高档宴席上，也曾与芦笋、牛蒡、淮山药这样高档的珍馐谋过面。他们怎么也想不到，这个偏僻的苏北小城居然会有这样的稀罕物！各位领导不光吃得津津有味，还对陪客的地方官员和种植这种"名特优奇"蔬菜的人赞不绝口。这样的蔬菜在国际市场上供不应求，价格居高不下。扩大种植这样高附加值的经济作物，不光能赚取外汇，还增加农户的收入。如果地方政府有兴趣发展基地，省里可以拨款投钱，并且建设一座大型的现代化"地头加工厂"。

有钱有项目就有政绩，基地发展起来农户可以直接受益。工厂建在秦台，就要招收本地的工人，在本地纳税，也算一项惠民工程，符合上级领导一再提倡"为官一任造福一方"的精神。

一盘时鲜蔬菜，引来一个大项目。白二妮功不可没，那个会种特种蔬菜的技术人员也居功至伟。技术员就是铁弓骥，和白二妮有着千丝万缕的联系。

市委指示外贸公司，发展基地是目前的中心工作，一把手要亲自挂帅，当作头等大事来抓。因为基地建设搞不好，省里就不会投钱建工厂。市委向各个乡镇下发了红头文件，要求各级党委、政府全力配合外贸公司积极开展工作。

到了1979年，江苏虽然还没分地，可是已经实行了包产到户的政策，土地掌握在农户手里。不过只要乡党委、政府出面，问题也是不难解决的。关键是种子和业务技术人员。

白二妮跑到经理办公室，说铁弓骥手里有芦笋、牛蒡种子，也有各种颜色的山药豆。铁弓骥深谙种植管理技术，可以胜任技术员的职务。

外贸公司把白二妮反映的情况写成书面报告，报送给分管的市委副书记。没几天的功夫，铁弓骥就接到了人事局的调令。他如愿以偿地调进了城里，还被破格提拔为公司副经理，主管业务技术。

铁经理全家都很高兴，专门摆了一场酒，请朋友到家中庆贺。进城工作还升职，天大的喜事让铁弓骥摊上了。可是若干年后，"三打办"整合组建了工商行政管理局，由省里垂直管理，一年四季下发制式服装，工资也比地方高出一大截。外贸局仅有机关少数几个人留守，其余人员全都成了散养的土鸡，自挠自吃。如此看来，铁弓骥的占巧等同于吃亏。就像八卦太极图上的黑鱼和白鱼，随着罗盘的转动，不断变位易势。坊间平民说得更为形象：人不是神仙，谁都没有前后兼顾的眼力劲。

发展特种蔬菜种植基地，说白了就是动员农民减少种植粮食的面积，把肥美的膏良大片大片地腾出来，种植芦笋、牛蒡和山药。老百姓刚刚吃上一块面的白馒头，刚过上安稳舒心的日子，对罔顾下情、不分青红皂白胡乱折腾之类的事情，怀有很深的成见。

外贸公司和乡政府大力提倡种植的这几样东西，哪一样能结出麦穗来？除了小麦之外，还有啥玩意能磨出白面来？没有大米白面，老百姓的生活水平就要降级滑档。俗话说得不错，人的肚皮就是皮口袋，啥玩意都能往里装。细米白面咽到肚子里也会变成臭狗屎，草根、树皮观音土之类的东西，吃下去也能充饥，照样把臭狗屎给顶下来。

人类是贪恋享乐的高级动物，只要条件许可，也是很会享乐的。能吃上一块面的馍，就不想掺杂粮。能吃上粮食，就不想掺糠掺菜。所以不让大家种粮食，还要把大片的好地拿出来种植他们祖祖辈辈都没见过的东西，他们是从心里抵触的。这也怪不得淳朴善良的农民，人类从居无定所、茹毛饮血，到流离失所、食不果腹，再到安居乐业、吃上一块面的白馒头，这个过程非常的漫长和艰辛。中国人尤其不容易，前仆后继地在生存线上挣扎了五千年才达到温饱的境界，确实是太不容易了。人们被饿怕了，对粮食的依赖、渴望和亲近程度，超乎现代人们的想象。80年代以后，中国的发展才驶入快车道，劳苦大众外面换了包装，里面换了内容。遮风挡雨的住房也一改土墙、草顶的优良传统，清一色的红砖大瓦房，还鼓捣出花里胡哨的名堂，说是"明三暗五"，还得往前出一厦。

吃饱饭、穿暖衣、住瓦房，是中国多少代人梦寐以求的理想。用一块面的白馒头填饱肚皮，是人们历尽艰辛才取得的伟大成果。好不容易实现了这样的梦想，怎么会轻易舍弃？

芦笋、牛蒡、紫山药，哪一样都不能种到锅台上。想发展基地就得跑乡镇、串农户，就得让农民知道这些东西为何物，栽种这些东西能给他们带来啥样的实惠或好处。这样的具体工作一把手一般不会亲临第一线，分管领导却首当其冲，想啥样的法子都摆脱不了干系。铁弓骥是分管技术业务的副经理，身为共产党员，响应上级号召搞"惠民工程"，他责无旁贷。再说这是他分内的本职工作，身为分管领导，必须率先垂范，克己奉公，全身心地投入工作。还得身先士卒，处处跑到前头。

不论从事哪种工作，几乎都是知易行难，种植特种蔬菜也不例外。看似非常简单的事情，实施起来困难重重，步履维艰。

铁弓骥在处理人际关系上接近于"文盲"。如果他能稍懂一点皮毛知识，在部队上就该见风使舵，扯住师政治部主任女儿的裤腰带，攀爬到更高的位置。在乡镇工作时，他也不会因为一个"糠心大萝卜"和顶头上司闹僵了。

历史印证着现在，折射着未来。叫铁经理到乡下疏通人脉关系，是盲人骑瞎马，颠簸在崎岖的山道上，越走离目的地越远。

铁经理在特种蔬菜的种植技术上，也是一知半解，知其然而不知其所以然。在部队的时候，师长的院子里不过有一分菜地，可以翻着书本按图索骥，依样画葫芦。另外还有参谋测土施肥，干事浇水，司机逮虫。自己虽然参与田间管理，却是磨道里的驴——听喝的。别人指使自己怎么干自己就怎么干，别人叫自己干啥自己就干啥。自己没做前期的准备工作，没有进行深入细致地了解。自己带回来的种子，种在自留地里的由老爹按照土办法照料着，移植到单位的植株，由老娘指挥着蹲学习班的人劳作。铁弓骥有几分开悟了，说到底自己还是"省劲"的爹，老省劲了。自己不光业务生疏，也全然不知道小片试验性种植和大田规模化种植，有着本质上的区别。就像战场上的游击战和阵地战，是不能混为一谈的。他1979年底接受任命，负责发展基地的工作。满以为自己和诸葛亮一样，受命于危难之际，领兵于败军之时。只要自己出山，摇摇羽毛扇，所有的困难就会灰飞烟灭。可是已经到了1981年8月份了，他还没结出什么显著的成果。唉！铁经理失眠了，白二妮亲手炮制的东北大菜猪肉炖粉条子，他也吃不出味道了。

人事科长是个精明的老江湖，他给铁经理支了一招。他让铁弓骥写一份书面报告，盖上公章送到上级主管机关，要求成立一个"联合会战工作组"，把市委的领导拉进来牵头挂帅。外贸公司扛着这面大旗开展工作，事情就会一帆风顺了。

铁弓骥突然猛醒，一下子福至心灵了。他拉着一把手跑到市委，向有关领导反复陈述"皮之不存毛将焉附"的道理。如果基地发展不起来，省里凭啥把钱投到秦台建工厂？当然了，基地搞好了，还可以拉动种植的农户增收，拉动相关产业的发展，增加税收，赚取外汇。工厂建成了，首先安置秦台的剩余劳动力，能促进秦台市的地方经济发展。公司加农户是一个非常前卫的理念，率先在秦台市开花结果，木秀于林，一花独放，那是啥样的效果？先开的花儿分外娇，秦台肯定会被树立为先进典型的。只要这个典型树起来，市委领导就慧眼独具，功绩卓著。

市委领导对外贸公司的提议予以首肯，不住地点头称道，决定支持这个方案，成立"联合会战指挥部"，抽调各系统的精英参与。同时也感觉到外贸部门的重要性，不久就下发文件，把"外贸公司"升格为"外贸局"了。

铁弓骥也跟着升任为副局长，人们都说这是水到渠成、顺利成章的事。铁弓骥当局长靠的不是背后有大树，而是卖糖稀的盖大楼——熬出来的。

秦台市特种经济作物普及推广领导小组应运而生了，市委分管领导牵头挂帅，铁弓骥是常务副组长兼办公室主任，主持日常工作。参照选拔任用干部的条件，各有关单位按照"年轻化、知识化、专业化"的标准，把精兵强将送到外贸局铁副组长的麾下。后来铁弓骥才知道，某些单位的领导跟他玩阴损的招数，把一些"死猪不怕开水烫"的滚刀肉，还有业务不熟的生瓜蛋子送给他，让他像曹操一样，替领导们害"疯头病"。

铁弓骥观察试用了两个星期，精心挑选出四个人留用，其余的人员全都打道回府，到原单位去当混世魔王。

四个兵一个将，一个小车刚好能拉完，打牌正好一桌多一个，空出一个跑腿倒水的。

铁弓骥相中的四员大将，一个是刚到农业局报到还没上岗的大学生魏成功，一个是农工部经管室的会计刘秋恒，一个是政府办公室行政科的小车司机马路平，一个是乡镇企业局的冷嘉义。这四员大将各有所长，都是可用之才。他们也都比铁副组长年轻，因为资历浅薄，干活的时候抢着干，在工资和福利待遇上，不和领导攀比。在当今社会上，这样的人很难寻觅，各个单位都争这种人。

刘秋恒是马虾皮包饺子，弯里套弯的人，一肚子弯弯绕。听完铁副组长的介绍，他就抓住了问题的症结。凑着中午休息的时候，他溜到铁弓骥的办公室，和他探讨苦干、实干加巧干的问题。如果把基地发展起来，该采收芦笋的时候再向上级申请拨款建工厂，恐怕不赶趟。时间隔得太长热乎劲就过去了，万一许诺给钱的领导调离了，咱们不是白忙活吗？当然了，没有显著的成绩省里不会盲目投钱。这事看起来棘手，其实一点也不麻烦。我们找各个乡的农业书记和乡长喝一气，叫他们帮忙和村里多签几份种植合同，请人写一个像样的立项报告，磕上各级政府的章子送到省里去。把钱提前要来领导肯定高兴，说不定会提你一级，咱们也跟着沾光不是？资金到位之后，一边筹建工厂，一边发展基地。工厂建好了，芦笋也可以采收了。这叫双管齐下，两全其美……

铁弓骥也认为刘秋恒的办法很好，可是心里却犹豫打鼓。现在毕竟不是1958年，时兴刮"浮夸风"，想保住位子就得虚瞒多报。刘秋恒拍拍铁局长的肩头，嘲笑他胆小如鼠，老实巴交。精明人谁不知道指山卖磨？等万事俱备、一切都周吴郑王了再向上级汇报，眼下的政绩到哪儿去找？会干的不如不干的，不干的不如会看的，会看的不如会撰的。听我的没错，保证叫你不多出力也不多干活，还能政绩卓著。这叫"老刘有手段，扎根农村也能干。先哄乡、再哄县，一直哄到国务院……"

魏成功是个实干家，在乡下跑了两个星期。他摸清了全市的土壤分布情况。哪儿是淤土，哪儿是沙壤土，哪儿是半沙半淤，各个区块的肥水情况，土壤中富含或缺少哪些微量元素。啥样的土壤适宜种植哪种作物，收获叶菜、地上茎、地下块根有什么不同，以及本市范围内的光照情况、积温情况、无霜期、降水量等等。他写的那个调查报告，一点都不比专家权威撰写的学术报告或博士论文逊色。他向铁副组长汇报，根茎类蔬菜不能重茬种植，地面上的叶菜梗菜不能无限制地连成大片。把同一类作物种植在一块土地上，虽然利于管理，利于灌溉、施肥、喷药啥的，同样有利于病虫害的传播。所以应该一百亩一方，中间留出二十米的隔离带，间作高杆农作物，挡住病菌和虫害的蔓延。

铁弓骥放心了，心情更为舒朗了。在农作物的种植培养方面，魏成功是真正的行家里手。有这样的宝贝在身边伺候着，种金豆子的差事他也敢拍着胸脯承包下来。

马路平和冷嘉义都是酒场上的骁勇之将，只要是酒，无论是白酒、黄酒、红酒，还是蒸馏酒、勾兑酒，包括啤酒、果酒、药酒，一概仰起脖子猛灌，就像喉咙芯下面连着无底洞，灌不满也灌不醉。

铁弓骥和手下四个弟兄们，分工协作，一条龙服务。铁弓骥负责从上级那儿领圣旨，负责让市委的领导给相关单位和人员打招呼。刘秋恒负责出谋划策，研究对应之策。马路平和冷嘉义负责陪酒，有道是"烟是介绍信，酒瓶是大印"。只要把酒陪好了，事情也就办成了。魏成功负责业务技术问题，亲临现场监督指挥。他们虽是临时拼凑的班子，却极具特色。冷嘉义偏矮略胖，像样板戏《沙家浜》中的忠义救国军司令胡传魁。马路平高瘦苗条，和胡传魁搭班子，自然就是刁参谋长。刘秋恒精明得过火，带着一副鬼头日脑的笑模样，被大家誉为刁小三。伙计们当面调侃铁弓骥，说他是叛徒王连举，领着"还乡团"到下面扫荡来了。

根据魏成功测算的结果，秦台市东部、东南部种植山药和牛蒡。西南部、西部和北部栽种芦笋。按照刘秋恒的计划，不要急着把种植面积一步扩展到位，先少量种植一些示范丰产方，让村里的干部尝到甜头。和少数人签订种植协议、产品回收合同，定最低保护价格。总之一句话，就是叫老百姓看到这样的事实：发展基地的人是憨呆傻蛋，种植特种蔬菜的人睡大觉也能占便宜。等把群众发动起来了，大家争着抢着模仿的时候，我们啥合同都不签，光卖种子、肥料和农药就发财了。哥几个没事先买个拉力器练练腕力，到时候跟着查钱数票子，千万别喊手脖子酸痛呦。

古人说"不畏前贤畏后生"。铁弓骥也觉得后生可畏。不过这群可畏的后生都听命于自己，在自己面前循规蹈矩，俯首帖耳。铁弓骥觉得自己就像孟尝君，手下有一帮子鸡鸣狗盗之徒，过函谷关是易如反掌的事。现在技术指标有了，实施计划有了，下一步只需魏成功出马，兑现蓝图计划就万事大吉了。当然了，去和农户打交道之前，拉着乡村干部喝一场小酒是必不可少的。就像古刹中的僧尼敲响晨钟暮鼓，面对青灯古佛诵经一样，请喝酒是不可或缺的必修课。

铁弓骥碰到了一块硬骨头。牛栏镇的农业书记和农业镇长都是酒猫子，天天半睡半醒地工作。想找他们办事得上午过去，十点以后他们就到酒场就坐，下午多半是人事不省了。这群哥们嗜酒如命，有一定的酒量，有丰富的劝酒经验，把酒桌上各种各样的游戏玩得精熟，还诡计多端。别人喝到兴致高涨的时候，也会猜拳行令，吼两嗓子释放一下。不过都是"一拉就响"的土地雷，一个"哥俩好"算是客气，下面就要判定输赢了。他们却别具一格，猜拳行令也要穿靴戴帽，像在舞台上表演一般。先是悠扬顿挫还掺杂着肢体动作高唱：一只螃蟹八只脚，两头尖尖这么大的壳。五金魁首该谁喝？六六大顺该谁喝？高高山上一头牛，脖子上挂着牛梭头。八匹马都是千里马，桃园树下哥儿仨。你喝干我喝净，喝得一点都不剩……除此之外，压"不"字令、拍"七"、杠子打虎、翻扑克推牌九等等，他们全都说得头头是道，全都玩得出神入化。

铁弓骥手下那几个酒桶都是憨喝的材料，碰上顶级的高手，就像西洋鬼子看中国戏剧一样——傻眼了。好在他们是沙场上久经（酒精）考验的悍将，硬实力很强，是经得起折腾和捶打的。

大家聚集在牛栏镇牛头村大肚子牛魔王家喝酒。从中午十点半坐场，鏖战到下午四点半。都有了头重脚轻舌头大的感觉了，但依然旗鼓相当，仍然没分出输赢来。双方阵营都在坚守阵地，为荣誉而战，谁也没有主动退却的意思。乡村干部觉得在自己的一亩三分地里认栽，死在自家炕头上，那是天大的耻辱。牛魔王是齐天大圣孙悟空的把兄弟，那个大肚子已经变成了"酒缸"和"肉库"，早就不是"草料场"了。这一次要是挂了"免战牌"，以后在秦台的地界上就没法混了。"胡司令"和"刁参谋长"认为，他们不能辜负铁局长的信任，为了工作和荣誉而战，喝死也不能认怂。再说了，喝不出感情来也办不成事情，白白浪费组织上的经费，是犯罪的行径。

双方的鏖战达到了白热化的程度，甚至不惜以性命相搏。刘秋恒最为沉得住气，他沉稳专注地喝茶吃菜，没有一丝一毫的激动。哥几个都说酒是粮食精，不喝是憨熊。他说结婚不如谈恋爱，喝酒不如吃菜。其他人把酒杯当成梦中的情人，不停地送到嘴边亲吻。他把筷子当成儿子，叫儿子孝顺老子，累折了也不能停歇。他说大家都喝憨了找不着家，他要留住清醒，当识途的老马。大家说他是酒场上的泥鳅、黄鳝、大鲇鱼，滑得抓不住。他一上酒场就攥着筷子不放，大家给他未出生的儿子取了一个雅号叫"筷子"。刘秋恒当仁不让地成了"筷子"的爹，怎么使唤筷子也不过分了。

酒场上流行的语录，大家反复地朗诵着：感情铁、喝出血，感情重、不要命，扔掉酒杯用碗碰。为了友谊，宁伤身体不伤感情。为了工作，1059照样喝。酒场上的各种游戏规则，大家循环往复地使用。嘴说干了，方式方法也差不多用完了，"还乡团"依然没有溃败。村书记牛魔王又气又急，决定把杀手锏拿出来，开始使用绝招了。

牛书记的原配正宫娘娘"铁扇公主"牛大嫂，是一个干净利落、勤快贤惠又很漂亮的家庭妇女。她出生在一个多女少男的大家庭，身后一溜排着八个水葱一样的妹妹，却没有兄弟。家中除了父亲之外，雄性动物就是牙狗、厥猪、羯虎头绵羊和打鸣的公鸡了。

牛书记把小牛犊子善财童子红孩儿叫出来，用白瓷碗斟酒，叫儿子跪着敬酒。

"喝酒的都是你姨夫，不喝酒的叫大哥。你他妈的姨多，一人分给他们一个，叫姨夫他们就喝酒了。"牛书记安排完儿子，抱着肚子跑了出去。喝酒的人都是这样，开始的时候吃菜，到后来就干喝不动筷子了。酒像烈火一样燃烧，肚子里面翻江倒海，他实在支撑不住了。

牛犊子十一二岁的年纪，富态得像个虎崽子，憨态可掬。小家伙真像

《西游记》中的红孩儿一样机灵乖巧，透着一股子招人喜爱的虎劲。他认真专注地把各位叔叔转换成"姨夫"，敬完小姨夫喝酒之后，姨娘就被分配光了。小家伙也是人小鬼大，他经常听老牤牛念叨"亏众不亏一"，总是叫全村的人吃亏，他家占便宜。敬陪末座的魏成功是吹喇叭的分家——没摊上号。小家伙心中不落忍，两只贼眼滴溜溜乱转，搜寻着牛家可以利用的女性资源。老妈不能送出去，姨娘们都是没出阁的黄花大闺女，妈妈已经生育两胎了。做事要秉公办理，不能一样的人两样待承，那就有失公允了。再说了，真把妈妈送出去，爸爸晚上搂谁？老爸一个人守空房的时候，不是喝酒就是骂人，没有妈妈管束肯定是不行的。小魏叔叔看上去慈眉善目，真把他扶植起来当继父，他会像老牤牛一样称职吗？他对老妈或许会曲意逢迎、善解人意，对自己则未必。小牛犊子决定把妈妈留下，不能轻易涂改"牛魔王"帽子上的颜色。那就把小姑姑送给他吧。小姑姑正在上大学，长相不比小姨差，她和小姨同年龄、同性别，也是同样的班辈，这样安排还是比较合适的。

"小魏叔叔，姨姨被这几个叔叔分完了。我把最好的小姑姑分给你，小姑夫喝酒。"牛犊子"红孩儿"把酒碗端起来，跪在那儿高举过顶。魏成功被羞得满脸绯红，其他人也缄口噤言，跟着一起尴尬。

在北方，小姨子有姐夫半个腔，是可以拿来随便取笑的。调侃同胞姐妹就乱了人伦，是无论如何不能亵渎的。虽然小牛犊子混沌无知，属于童言无忌。可是毕竟犯了天大的忌讳，足以让魏成功把头藏到裤裆里去。他的脸庞像蒙了一块鲜艳的红绸子，站到马路上立马就能阻止对面驶来的汽车……

# 五、弄出名堂

中国人的趋同从众心理很重，说白了就是好模仿。不论多么好的事情，任你磨破嘴皮子劝说，哪怕你能说出大天来，只要没有人带头示范，他们也是坚决不干的。乡下人讲究扳倒树摸老鸹，拣稳当的事干。第一个站出来"吃螃蟹"的人要担风险，出头的椽子先烂。木秀于林风必摧，行出于众人必毁。还是稳稳当当地跟在能人后面喝露水，天塌下来有前面的大个子顶着，亏不着自己。前边的人把路趟平了，自己再往前面跟进就能沾光了。

牛头村率先示范种植特种经济作物，乡政府在大会小会上表彰，很快就波及到其他乡村。一波才动万波随，前来请"还乡团"喝酒的人越来越多了。大家欣喜异常，刘秋恒却格外冷静，一再提醒诸位千万沉住气。小不忍则乱大谋，沉住气不少打粮食。

"省劲"的爹带着"筷子"的爹和"胡司令"、"刁参谋长"之流，一场又一场地醉酒，一遍又一遍地和牛魔王之类村官认"连襟"。酒水像海水，不论怎么卖力也是喝不干的。但是铁弓骧储存的芦笋种子、牛蒡种子和山药豆有限，很快就发派光了。大家根据"筷子"他爹的策划，在秦台市四面八方各个乡镇都找了牛魔王子那样的堡垒户，作了相应的布局。

秦台市大力发展外向型经济，并且启动了公司加农户的模式，走出了一条前所未有的崭新道路。报告一级一级地往上批转，很快就引起了省领导的重视。秦台市筹建特种蔬菜加工厂被批准立项，红头文件下发不久，三千万元项目资金也迅速到位。大力开发龙须菜成为当务之急，龙须菜成为秦台的名片。

很多问题务虚讨论的时候困难重重，似乎把太平洋变成陆地、把喜马拉雅山挖成马里亚纳海沟容易，而发展特种蔬菜基地和筹建加工厂更加困难。这里有一个一把手是否真抓实干，上级主管机关是不是足够重视的问题。都说"老大难、老大难，老大真抓就不难"。秦台市争取项目资金的事情就是典型例证，很能说明问题。当然喽，铁局长从当大头兵开始就留心采撷优良品种，刘秋恒老谋深算，魏成功一肚子农业科技知识，马路平和冷嘉义玩命喝酒，各个机关大力配合，都是不可或缺的关键因素。

有功该奖有过则罚，是开明领导惯用的方法。市委市政府决定奖励一批为促进地方经济发展作出突出贡献的人，以铁弓骥为主的"联合会战工作组"首当其冲。可是奖励不是福利，不能"排排坐、吃果果，小妹没来留一个"。要树立典型，突出重点。

经过抽丝剥茧、反复会商，最终胜出的是铁弓骥之流。饮水思源，事情务必要从源头说起。醋之所以会酸，酱之所以会咸，三刀子之所以会甜，鬼子肉之所以会烂，都是有原因的。芦笋、牛蒡、紫山药的种子都是铁弓骥从外地引进回来的，摊上好事能把这个"引酵头"给落下吗？

铁弓骥就像从被窝里往外拱脑帮，露了好大一张脸。他立功受奖，在全市的英模大会上披红戴花，捧回了精致的《荣誉证书》和厚厚的一叠奖金。这才仅仅是开始，连台的好戏还在后头。他长了一级工资，职务也晋升了一个档次，连跟着他鞍前马后效劳的小兄弟也都沾光分肥。

铁局长由副科晋升为正科，被市委组织部任命为"外经口"的党组书记。他举贤荐能的报告也引起了市委的高度重视。市领导像开明皇帝李世民一样从谏如流，完全采纳了他的合理化建议。刘秋恒和马路平被调到"创汇项目筹建处"任副处长，处长暂不配备。马路平负责后勤保障。刘秋恒主持全面工作，实际上就是一把手。冷嘉义到肉联厂任常务副厂长，主持工作。魏成功年纪最轻，资历最浅，还需要在工作中继续历练，暂时被任命为"外经委"的业务科长，是最牛、最年轻的科长，也是最有前途的科长。后来外经委又分出了许多具有独立法人资格的分公司，魏科长改任"粮油进出口公司"的常务副总经理，主持工作，暂时不是法定代表人，却集"人、财、物"各种权力于一身，有签字报销的权利。

魏总经理是科班出身的大知识分子，对人生的感悟极为深刻。他说过这样的名言：世上最为坎坷的路并不是大诗人李白笔下的"蜀道"，而是人生。今天虽然春风得意，光可鉴人。明天是否比今天更气派，更鲜亮，谁也不敢打包票。因为人生的旅途不会一帆风顺，前程上充满了变数。秦台人总结出这样一句话：充人跟丢人挨着。非常精辟！

铁弓骥和他手下的弟兄们，在发展特种蔬菜基地、发展外向型经济的工作中，取得了阶段性的胜利。弟兄们凭借自己的工作能力，凭借着取得的骄人业绩，也都得到了市委、市政府的认可。大家全都立功受奖，被提拔到领导岗位上去了。按照刘秋恒的说法，弟兄们都是公鸡头上一块肉，大小是个官（冠）了。这和铁弓骦的鼎力推荐不无关系，刘秋恒也是居功至伟的。

刘秋恒果然精明异常，早就知道见啥人说啥话，进什么庙宇拜什么菩萨。话是开心的钥匙，一句话能叫人笑，一句话也能叫人跳。见到李四光就不能谈论天文知识，见到徐悲鸿只能说马，谈牛要找李可染，谈驴必须找黄胄。如果驴唇不对马嘴，或是对着老牛拉提琴，听话的人缺乏这方面的知识，自然也就索然无味，不愿意搭理你了。刘秋恒知道办事成功的要诀是"投其所好"。给四川人吃咸菜，给江南人吃辣椒，不论你多么热情，都是出力不讨好的差事。和陌生人交往，至关重要的是第一印象。人们都有"先入为主"的心理，第一印象好了，以后稍有差错也能担待。第一印象不好，再想求他办点什么事情，结果一定是墙上挂帘子——没门。

与人沟通最美丽的语言是"逢人减岁，遇货加钱"。碰到鹤发鸡皮的老太太，你尽管违心地说她昨天刚刚摘掉红领巾，像花儿一样漂亮。她本人也知道这话是假的，是罔顾事实的胡乱恭维，可是心里舒服。她会义无反顾地和你站在一条战线上，绝不戳破虚假。如果你见到花儿一样的妙龄女郎，说她沉着老道、阅历丰富，像是八十岁的老太太。她也明明知道这话是假的，心里拒绝接受，嘴上破口大骂。说你的眼睛长到腚沟子里头去了，要么就说你那两个窟窿是喘气的，不是看东西。以后无论在哪儿见到你，老远就用白眼珠子挖你，把"垂青"扔到"爪哇国"去。向上级汇报工作还有更大的讲究，这方面要向绍兴师爷学习。

向上级汇报工作要写成书面材料，这里面的学问大了。精明人都知道，宁愿落到屎上，不能落到纸上。落到屎上无非脏臭而已，是可以用洗涤剂洗刷干净的。古人早就知道"空口无凭"，说过的话可以舔回去，死不认账能奈你何？落到纸上就不一样了，白纸黑字没法抵赖。所以落到纸上的东西一定要反复推敲，慎之又慎。即便不能妙笔生花，也绝不能留下什么把柄。

清朝的时候，北粮不能南调，南盐不能北运。官家越是禁止的东西，利润越加丰厚。马克思说过，利润大了可以使人丧心病狂，不惜用脖子试验刀锋，把吃饭的家伙让人砍掉。于是就有不法大胆的亡命之徒，为了巨额利润铤而走险。从北方往南方贩粮食，再把南方的私盐捎到北方去。只管攫取巨额利润，不管生命何时走到尽头。有一个绍兴师爷的亲戚被缉私队抓到了，被县太爷判了秋后问斩，关押在死囚牢里等死。绍兴师爷帮忙申诉，写了二十个字的诉状，直达天聪，救了亲戚一命。那个申诉的状子是这样写的：战国纷争，尚可移民移粟。大清一统，何分江南江北？

晚清时期的著名湘军统帅曾国藩，攻打"太平天国"的时候屡屡失败。有人忌恨他的兵权太重，背地里暗行攻讦之事，在朝堂上散布离间不实之词，向皇帝递折子弹劾他。皇帝也是"面叶子"耳朵，公说公有理，婆说婆有理。皇上听到议论之后，马上责令曾文正把前方的战况写成书面报告，送到金銮殿上供皇上御览。曾文正照实写了，《报告》上有"臣无能，屡战屡败"之类的话。估计皇上看到他的折子，马上就有"送交刑部议处"的想法，即便不去法场验明正身，至少也要摘掉他的"顶带花翎"。师爷把这句话改成"臣愚忠，屡败屡战"。因为忠君爱国，知其不可而为之。虽然屡次受挫，仍然不避斧钺箭簇，顽强战斗。一副不避艰险、不顾性命，唯君命是从的嘴脸跃然纸上。皇上一直幻想着"文官不爱财，武将不惜死"的场景出现，需要的正是这种百折不回、坚贞不屈的"愚忠"之臣。是绍兴师爷出手相助，改了这句要命的混话。皇帝看完报告后心生爱怜，不光没有治罪，还升了他的职，奠定了他仕途上一路青云的基础。

在绍兴师爷的帮助下，曾国藩大帅受到了皇帝的垂青。刘秋恒也是借鉴绍兴师爷的办法，在秦台市脱颖而出。他用显微镜放大工作中的成绩，又把缺点和失误刻意缩小。同时借鉴电影特技撰写《工作报告》，配有彩色诠释图片。特技摄影能把一碗水拍成汪洋，把婴儿吹皱的波纹拍成狂浪。刘秋恒瞅老光棍结婚的时候拍摄公婆的笑脸，说他们是种植特种蔬菜并得到实际效益的人。到灵堂去拍摄孝子那张痛不欲生的苦瓜脸，说他们是没有响应号召而心生悔恨的人。他这样三折腾两捣鼓，把秦台市"发展外向型经济、促进特色农业升级转型"的名气折腾响了，把上级的扶植资金捣鼓来了。

负责发展基地这帮人，披红挂彩地站在高台上领奖，十二时的彩色大照片张贴在公共宣传栏上曝光，领导还经常在大会小会上点名表扬。于是他们就成了沙漠里的绿洲，非常醒目了。

向阳花木易为春。被领导垂青和器重，理所当然地成了该入窖的大萝卜，必须提拔了。还在原地栽着顶窝，没有冰雪的摧残也会糠心老化，要马上薅出来，埋到菜窖里。

# 六、喜上加喜

人逢喜事精神爽，升官发财要摆场。铁弓骥这一窝子弟兄们都是没蒸熟的馒头——生（升）着呢。铁弓骥晋升到正科的位置，级别最高，他的年龄也最大。长幼有序，不论干什么都要论资排辈，摆酒场也是如此。铁弓骥当仁不让地安排第一场，别人不敢僭越。后面依然按年龄、按级别排序，都是排队进厕所，轮流蹲坑坐庄了。

人与人之间能够组合在一起，成为朋友或夫妻甚至是同事，必定有一组关系是对等的，比如说志趣、爱好、共同的经历等等，也有年轻人用色相换取长者的金钱，也有出身卑微的人用金钱换取达官显贵者手中的权利，总之是互补才能组合。能够长期友好地交往，相互之间一定有一条无形的纽带维系着。有的人靠裙带，有的人靠金钱，有的人靠友情，有的人靠酒肉。甚至一盘象棋，一副扑克，也能把路人黏合在一起。

铁弓骥筹办的这场酒宴中，就增加了几张新面孔。刘秋恒说："朋友多了路好走，结交新朋友不忘老朋友。"

魏成功信奉"三人行必有吾师焉"。他已经从铁书记、刘秋恒、马路平、冷经理那儿学到几招了。俗话说"物以类聚人以群分"，"近朱者赤近墨者黑"。这几位大师级伙计引荐来的哥们，一定也是很有品位的。自己和他们接触久了，注定要提升人品档次。

冷嘉义和马路平都是好喝酒又不甘寂寞的主儿，喜欢热闹。众人拾柴火焰高，人气旺的地方才热闹。再说了，秦台市不过是巴掌大的弹丸之地，把脸膛子都碰熟了，不光是办事方便，往大街上一站，满大街的人都招手点头打招呼，何等的风光，何等的气派！

铁弓骥是东道主，更巴望着人多势众，把门面撑起来。添人不添菜，多加几双筷。这是东道主挂在嘴边上的口诀，是妇孺皆知的道理。铁书记早就安排白二妮在堂屋中央摆下一张可以围坐十二人的圆形转盘桌，挤挤塞塞能坐下十五个人。烟酒茶都是现任主任赞助的，他知道铁书记风头正劲，不和他处好关系工作不好开展。饭菜是在饭店里定好的套餐，魏成功已经安排酒店老板不要跟铁书记算账，由他签字，粮油公司买单。

大家来的时候也都没空手，都捎带一点橘子香蕉之类的伴手礼。刘秋恒郑重其事地向大伙宣布，铁大哥从今天开始改为糖姓了。"铁公鸡"成了"糖公鸡"。铁公鸡无非一毛不拔而已，揪不掉毛可以刮锈，多少能喝他一杯茶、抽他一根烟啥的。糖公鸡满身都是糖稀，不光没毛可拔，亲密接触还能把你身上的"鸡毛"黏走。这话倒也贴切形象，铁书记摆了这个酒场，果真是一个大子没花，还收了一堆瓜果梨桃。他能送给大家的，就是"吃好喝好别客气"这几句大路边上的客套话。

铁弓骥的儿子铁蒺藜是1977年出生的，已经五岁多了，虎头虎脑的十分可爱。铁弓骥三个孩子，两只蝴蝶是闺女，是铁书记有名无实的闺女。只有这个带把的"小公鸡"是他亲自设计制造的。不过是旧窑里面烧新砖，也是比第一次垦荒省劲的。白二妮想炫耀一下儿子懂事，指着床上的被子对儿子说："告诉叔叔阿姨，那是啥玩意？"

被子天天使用，爸爸妈妈天天念叨，小公鸡原本也是知道的。可是家里突然来了这么多人，小家伙一紧张就没想起来。白二妮提示儿子说："晚上睡觉的时候，妈妈身上盖的是啥？"

"嗷，我知道。"小家伙两眼一亮，恍然大悟了。他非常神气地昂着头，大声答道："是爸爸！"

铁弓骥夫妇还有女宾的脸红了，男嘉宾们笑声哄堂。

投桃报李，以好换好。看到魏成功如此尊重自己，并且善解人意，铁弓骥也试探着朝这位小老弟心里做事。他亲自驱车到牛栏镇牛头村，把善财童子"红孩儿"的姑姑牛璐和小姨陶靓请到家里来。如果小老弟爱慕这位牛姑娘，凭借自己和牛魔王及铁扇公主的关系，一定能够借来"芭蕉扇"，帮助魏经理安全度过"火焰山"。铁书记已经把马路平和小铁扇公主撮合到一起了，在保媒拉纤这方面，积累了丰富的经验。何况这件事情是牛魔王委托红孩儿在酒场上当众许诺的，铁书记无非进一步落实而已。铁书记也不是无的放矢，他知道如何权衡双方的文化程度、社会地位、长相和门户，朝关系对等的青年男女手腕上拴红绳子，十有八九是可以玉成美好姻缘的。

牛璐刚刚大学毕业，是农机局的技术员。小姑娘年仅二十一岁，温文尔雅，亭亭玉立，像水葱一样水灵。

魏成功是个冷静沉稳的人，做事慢条斯理、有条不紊，心情从不激动，血压从不升高。因为遇事好沉思，而且是三思而后行，所以成功率很高，失误很少。因为喜欢琢磨，还好集思广益，所以处理问题的速度略显迟缓，总是比一般人慢半拍。大家都说他是一个"慢牵牛"。铁弓骥比较喜欢他的性格，说是"急躁猴"玩不过"慢牵牛"。看到小妖精牛璐，魏成功像马路平见到小铁扇公主陶靓一样，一改往日的沉稳风格，情绪马上背叛了性格，浑身上下、从里到外像泼满汽油又用火点燃一样，高热超过了沸点。他被牛璐的气质和美貌征服了，理解了"妖媚"的含义，怪不得人们常说"美得像妖怪"一样。他不光目瞪口呆、六神无主，也像"雪狮子向火"一样，早就全身酥软融化了。那两只眼睛成了牛璐的跟班，从"女妖怪"进屋到离席，就一直锁定在她的脸庞上，一刻也没离开，一直无暇旁瞬。

"筷他爹"刘秋恒带来了三位新朋友。一个是化工厂的王彭生，另外两个是现役军官武大勇和他的本家兄长武大智。这仨哥们都是他的同学加朋友，有人崇文有人尚武。其实崇文者没有咏絮之才，无非附庸风雅而已，尚武者不过匹夫之勇罢了。文者不能安邦，武者不能定国。乡间大白话形容这几个活宝就是臭豆腐掉进灰堆里，文也文（闻）不得，武也武（捂）不得。

大诗人陆游说过：汝果欲学诗，功夫在诗外。王彭生和武大智能顺口说几句成语、歇后语，也能调调书包讲几个典故，可是钻在故纸堆里出不来，更参悟不透为文的玄机，充其量不过是一个墨守成规的"书蠹"。

古代哲人说过：兵不在多而在精，将不在勇而在谋。武大勇人如其名，像战国时期齐国的勇士公孙接、田开疆、古冶子一样，勇有余而智谋不足。晏子那样的谋士，拿两个不值钱的烂桃子就能玩死他们。

武大勇小的时候是个苦孩子，有人生无人养，更谈不上受到良好的教育。他还不懂人事的时候，父亲得急症死了。爹死娘嫁人，各人顾各人。天要下雨娘要嫁人，拦也拦不住。小勇子刚到人世间就受到了霜雪的摧残，成了没人疼爱的孤儿。没妈的孩子是棵草，离开妈妈的怀抱，幸福哪里找？单是没有妈妈就够可怜的了，他还没有爸爸，于是不幸成倍地增长，他变成了"可怜"的 N 次方。好在武家庄的人心地善良，一对耄耋之年的老五保把他抱养在家里。其他乡亲西家送点剩汤，东家送件旧衣裳，拉扯着他艰难地长大。偏僻荒凉的武家庄，多了一个苦命的孩子。这个孩子叫武大勇，他自幼失去了爹娘，多了一个"小五保"的雅号。

"小五保"到了入学的年龄，老五保也把他送进了学校。可是老五保夫妇是一对"睁眼瞎"，斗大的字识不了一筐箩。文盲的人多半是"脑盲"，他们虽然羡慕识文断字的文化人，却并不看重也不懂得"学文化"。小五保在"无政府主义"状态下无序地生长。他的身高体重都不输给同龄的儿童，勇气和胆量超过同龄人一大截，学习成绩比同龄的伙伴差了一大截。

小五保非常幸运。他的出身不差，收养他的老五保是"贫下中农"，"农宣队"的队长是老五保的远房侄子。那年月城市升学看年龄，农村升学看出身，学习成绩仅供参考。农宣队长的文化程度不高，看到试卷上的"对号"、"错号"一样鲜红，分不出孰优孰劣。但是乡邻的辈分、是否沾亲带故、宗族房份的远近，他却分得一清二楚。小五保是自己远房的大爷收养的娃娃，应该是他的近门。所以升学推荐的时候，他把小五保排在第二位，紧挨着他的亲生儿子。因为这个原因，小五保和他的本家学兄武大智关系很铁。他是武大智的保护神，替他出头打架，替他背书包拾柴火。武大智是他的救命稻草，考试的时候武大智抄书，他抄武大智的卷子。武大智比他聪明，开卷考试可以抄及格，而武大勇翻遍全班人的课本，也找不到试题在哪儿。武大智的老爹还是大队干部、学校的农宣队长，只要他经手推荐的学生，各科成绩都是"鸭蛋"也不会留级。

小五保升到初中的时候，收养他的老五保爷爷去世了，奶奶也病倒在床上奄奄一息。小五保是个孝顺的孩子，想买几块桃酥、果糖啥的，孝敬一下老人。可是他腰里没钱，到大队要了几次也没要过来。他心气不顺了，把耗子药拌进了书记家的猪食盆。还砸烂了代销店的窗户，盗窃了代销店的冰糖、桃酥和老酒。奶奶喝着冰糖茶，吃了满满一肚子桃酥，非常满足地微笑着，到阴曹地府找爷爷去了。小五保就着咸菜疙瘩喝了一瓶老酒，喝得面红耳赤，头昏眼花。他拿着一把锈迹斑斑的破菜刀，在漆黑的深夜之中，步履蹒跚地晃到支部书记家墙外，爬墙跳进书记的院子。先砍死一只迎面扑来的德国黑贝大狼狗，再跪倒在堂屋门前报了奶奶去世的丧信，然后坦白了毒死老母猪、劈死狼狗、盗窃代销店的罪行，接着用钝刀子划破手指头，说他罪恶滔天、罪大恶极，愿意用这条贱命抵偿书记家的猪命和狗命。后来他说那是吓唬书记的障眼法，不懂事的娃娃都知道，伤其十指不如断其一指。一指都不断，焉能危及性命？

书记全家都被凄厉的犬吠和人嚎声惊醒，先嗅到一股熏人的冲天酒气。掌上灯披衣下床，打开手电往院子里扫射一圈。他们看到一个鬼一样的亡命之徒，一只血肉模糊、身首异处的死狗，一把生锈破残却可以砍断骨头的旧菜刀。听完小五保的哭诉，他们知道心爱的母猪也和护院的狼狗一样，虽然落下一具完整的尸身，却早在十殿阎君那儿报上了户口。

血腥恐怖的场景最能震慑人的心灵，尤其能让刘胡兰之外的大多数女人屈服。看到他锉齿磨牙的狰狞面目，书记的老婆跪下来哀求，恳请他先扔掉手中的烂铁片子，洗干净身上的狗血和人血，坐下来喝酒或喝茶，一切都好商量。

支部书记也把自己的斗箕印到两片腮帮上，大骂自己糊涂。也怨这几天太忙了，忙中出错，顾此失彼，忘了交代会计支付五保户的营养费。结果让大侄子着急上火，用异于常人的方式亲自到代销店去取桃酥。其实这也没啥，都怨我们这些当干部的粗心，没把党的温暖早点送过去……

人死如灯灭，不能老在家里搁。所谓"入土为安"，就是让死者早点离开庭院的意思。把死者埋葬完毕如同送走搅扰的客人一样，事主才能安静下来。村书记领着小五保，挨家挨户地磕头报丧，由大队出钱打酒买菜买棺材，全村的青壮年乡亲出力发送，把老太太送到南边坑里。老太太的丧事比老爷子的体面，比家有儿女的老人风光，大家都说这是小五保的功劳。这孩子虽然鲁莽，却是一个感恩孝顺的孩子。小五保脸上被狗爪子狗牙撕开数道口子，手指头被钝刀子划得鲜血淋漓，这份孝心真的难得。

把奶奶爷爷合葬一处，又为老人家圆过新坟，小五保脸上的血痂尚未褪尽，脸上白一道红一道的，像花瓜一样，也有人说像"烂蛋"一样。他手上也缠绕着带有血渍的绷带，像《沙家浜》里的伤兵。

丧事办完了，小五保要重返学校读书。大队书记若干天前吞下腹中的那股怨气颇不安分，怂恿着他借机打击报复。自己是一个大村的党支部书记，本村社员生杀予夺的大权攥在自己手里，自己是给别人气受的主儿，何曾受过别人的窝囊气？再说自己家的猪狗死得冤枉，此仇不报，它们的在天之灵也得不到安息。

君子报仇十年不晚，这是混蛋逻辑。士别三日刮目相看，十年是多少个"三日"？这么长的时间变数太大了。如果对方十年后有了出息，如果自己十年后身体衰败，或是因为突发性事件不在人世，这个仇还怎么报啊？书记巴不得现世现报，并且让小五保连本带利地加倍偿还。当初自己之所以认怂软蛋，不是心中没有仇恨，是"光棍不吃眼前亏"。先化解燃眉之急的危险，再瞅准机会"秋后算账"。现在危险已经远离，小五保的劣迹依然存在。只要把他故意投毒、盗窃代销店的材料整出来，盖上大印送到公安局，他小五保就得戴上"银手镯"去吃"八大两"。

书记的老婆十分精明，帮助他仔细分析利弊，提出了相左的意见。

玉石不能俱焚，因为美玉和顽石不是同一质地、同一档次的物件。老百姓常说"好鞋不踩臭狗屎"、"穿鞋不惹光脚的"。他小五保光棍汉子爷一个，一个人吃饱全家不饿。他打小就被爹娘遗弃了，要不是老五保收养，他早就死过八回了。这样的野孩子像狼一样嗜血，根本不怕死。电影上常说"打死一个够本，打死两个赚一个"。小五保全军覆没也就是一个鸟人，我们可是一大家子。论战斗力，自幼就拿打架当饭吃的小五保久经历练，能够以一当十。咱们家的人全都养尊处优，是名符其实的"八旗子弟"，根本没有战斗力。果真两军对垒，干部家属就是小五保的活靶子，一碗红烧肉而已，会被他吃得连汤都不剩。小五保是茅屎坑里的石头——又臭又硬。书记家的人是鸡蛋、鸭蛋加鹅蛋——混蛋。拿鸡蛋去碰石头是很不明智的，不论道理在哪一边，吃亏的肯定是鸡蛋。就像瓦罐不能碰井沿一样，鸡蛋也不要轻易碰石头。

这一次把他弄进局子去，不会把他置于死地，只会加深他的愤怒和怨恨。野孩子腹中燃烧着万丈怒火，再把我们当成不共戴天的死敌，结果会如何？你光图一时痛快，做事也不好好过过脑子。一旦错走一步，后果是非常严重的。这不是危言耸听，大李庄一夜死了十八口，是有前车之鉴的。

物离乡贵，人离乡贱。小五保再是个"刺头"，即便浑身长刺头上长角也没啥，把他送到外地去不就完了嘛。恶人自有恶人磨，外地也有不要命的愣头青，叫他们石碌轧磨盘，硬碰硬地戗。不论谁赢谁输，打破人头淌出狗脑子来，也碍不着咱家的蛋疼。不过啥时候送走他，送到啥地方去，还是很有讲究的。送他去上大学不行。大学生是文化人，毕业后就是国家干部，褪尽野性他就出息了。这个野小子要是出息了，书记全家人都会害头疼风或心痛病，一辈子也治不好。送到挖大河的工地出苦力或是去学赤脚医生也不行。出去小半年的功夫就回来了，耳根清净不了几天。斩草要除根，治病要治本。最好叫他离开村子就一辈子不回来，死在外面叫野狗撕了更好。眼不见心不烦，看不到眼中钉就一生都有好心情。

把小五保送到部队上去，这是支书夫妇的最终决定。虽然是在和平年代，但边疆地区常有摩擦，1974年中国军队还在西沙群岛和越南鬼子打仗呢。现在是1976年5月份，公社"教革委"已经开始吹风分配名额了，暑假结束这小子就要读高中了。村书记宁愿叫屈死的狼狗上高中，也不愿意推荐这个叫人烦得鼻眼滴醋的小野种。可是只要这个野小子还在村子里，不让他上学就会惹麻烦。现在先惯着他，叫他养成自由散漫不听招呼的坏习惯。部队里有铁的纪律，容不得你瞪着眼睛当大爷。你不是硬如钢铁吗？部队是熔炉，能把各种金属化成汁水，浇到设计好的范模里面去。想叫你变成什么样，你就得变成什么样。你不服管教更好，整死你也是白死，还粘不着我武家庄书记的鸟毛。

1976年年底，上了一学期高中的武大勇，接到村里要求他参加入伍体检的通知。保家卫国是共和国公民的义务，一个人当兵他还是一个人光荣，因为他是光棍汉子爷一个，全家就他一个人。一同参加体检的，还有他的学兄武大智。

武大勇头脑简单四肢发达，精神萎靡身体精神。他轻松愉快地过了体检这一关，一关顺畅关关过，只要他本人乐意参军，全家没有第二个人过来扯后腿。他生身父母和收养他的亲人家庭出身都很好，政审没有瑕疵。从大队到公社再到市人武部，一路绿灯，红章很快就盖齐了。大队书记邀请村干部和本村的长者名流，给小五保和武大智安排一场体面风光的饯行酒，第二天把他们送进县城洗澡换衣裳，被带兵的首长带到徐州去坐闷罐车，一气开到远在千里之外的军营去了。村书记把武大勇换下的破衣裳丢给街头的乞丐，回到村里烧了一刀草纸，庆贺自己把瘟神送走了。

小五保兴高采烈地来到部队。参军入伍、被保送上大学或是进厂当工人，都是他梦寐以求的理想。在校求学期间，他虽然承袭了老五保的福利待遇，没啥吃了就拎着一条破口袋到大队部找书记签字批条子，然后再找保管员凭条子领粮食。靠别人施舍过日子没有尊严可言，谁都能侃几句酸腔给你听。仓库里有啥吃啥，保管员给啥要啥，不能拣饭。部队里管吃管穿，冬棉夏单，连裤头子都发。大米白面可劲造，一个月还有六块钱的零花钱。这是老五保爷爷再活一辈子也享不上的清福，自己喜滋滋的非常满足。

都说"好铁不捻钉，好男不当兵"。武大勇觉得那是脑残智障者流吃多了咸盐，释放出来的调味硫化氢气体。能脱掉一身"庄户皮"，天天塞一肚子大米白面，就是死了又咋着？

1979年小五保跟随大部队开赴前线，参加对越自卫反击战。这百十斤骨肉没撂到战场上，还立了功提了干。这就有点类似于农科专家魏成功，升官之后马上相媳妇，喜上加喜！

# 七、祖传秘诀

在铁书记的鼎力推荐下，魏成功、刘秋恒、冷嘉义和大个子马路平都成了不可一世的牛人。

"筷他爹"刘秋恒的账户上有三千万元巨款，虽说这笔钱属于"奶妈看孩子"，不是自己的。可是这笔钱怎么使用，每次用多少，都是老刘说了算。他签字就能提款，老刘不点头谁也动不了账上一分钱。

刘秋恒是大家公认的精明人，和他接触过的人都说他眼子毛都是空心的，比人还精明。后来觉得把精明人排斥在人群之外，似乎不太妥当，又说他的心眼子比长着七窍玲珑心的比干还多，黏上毛比猴还精。

刘秋恒接手重大项目筹建处的常务副处长主持工作之后，一直琢磨这笔钱的花销问题。首先要开支得合情合理，叫别人挑不出明显的毛病来。其次要花得干干净净，稍微超标一点更好。如果你连花钱的本事都没有，谁还相信你能挣钱？再说了，这次拨款用不完，下次再有同等规模的项目，上级就会降低拨款额度。

刘秋恒祖上的至亲就非常辉煌，他也知道老人家发家的秘密，完全得益于老人家的精明。这个精明的基因在刘氏家族中辈辈流传，到"筷他爹"这辈不光一点没有丢失，似乎还有增无减。老刘的先人是勉强可以糊口的小市民，他记不清是几世先祖的本家兄弟小时候是大户人家阔少爷的跟班小厮。上学的时候陪读，也能跟着沾光认识几个字。小少爷完不成学业又调皮捣蛋的时候，跟班小厮就要实实在在地领受私塾先生赏给的戒尺。手肿得像馒头一样，还要加夜班帮助小少爷描红。他就可怜兮兮地哭诉委屈和不幸，让老爷和少爷都动了恻隐之心，不时地赏赐他几个小钱存起来。

放假的时候，跟班小厮是小少爷的保镖，还要不停地想办法逗小少爷开心。人人都是隔代亲，天下的爷爷疼嫡孙。这个大户人家的老太爷也是无原则地溺爱小孙子，只要小财主羔子一撇嘴，要天他也许半个。刘老爷子就怂恿小财主羔子向爷爷要钱，到繁华热闹的地段去要钱吃零食。

老财主也想看看自己一脉嫡传的孙子有多大的胸襟，将来能成就多大的事业。都说散尽三千三，聚来六万六。不知道小孙子有多大的气魄，出手如何？

老财主给小孙子一锭五十两的银元宝，叫刘小厮在后面跟着，不论小少爷怎么挥霍，都一声不吭，装作没看见。谅这两个乳臭未干的傻小子没那么大的本事，尽着他们败坏，叫上满城的叫花子一块摆大席，也糟蹋不完那块大元宝。当时农村流行的民谣是"干的费、稀的省，要想败家吃油饼"。老财主觉得这首民谣有道理，不过是说小门小户的人家。像他们这样超豪华的殷实之家，天天吃"油渍鬼"也是胖大嫂的裤腰带——稀松平（长）常。

小少爷从集市上回来了，饿得直不起腰来，进门就嚷着要吃的。老财主一愣，连忙询问刘小厮："你们中午没吃饭吗？"

"吃了，没吃饱。"

"吃的啥？"

"白水煮红芋。"

"我的个乖乖，这么会过干啥？"老财主不希望自己的孙子是个苛刻自己的守财奴，你大胆败家没关系，祖上早就为你积攒下八辈子也吃不完的家财了。"他败坏不用你管，他节俭你就该劝劝了。守着这么大的家业啃红薯，挣钱还有啥用处？"

"太老爷，少爷他……"小财主虽然吃的是白水煮红芋，却花光了那个大元宝。他吃不准小少爷是节俭还是浪费，所以不敢多嘴插言。这事是他一手策划的，他也吃不准照实说了是受奖赏还是受处罚。先装傻充愣，推说是小财主羔子自己的主张。小少爷肩膀宽，啥事都能扛得住。

小少爷买了一个青石碓臼子，里面放上几块红芋，用城墙大砖支在空地上。把牛油大蜡烛和羊毛绒线缠在一起，点燃了塞进灶膛煮红芋。钱花完了，红芋没煮熟。他们饿着肚子回家了，声名却远播附近州县，历经百年依旧盛传不衰。

老财主心疼那白花花的银子悄无声息地溜走了，没听见声响，连水花都没泛就不见了。可是小孙子高兴，只要小王八羔子欢喜就行。老太爷和小财主羔子感情深，银元财宝算龟孙。再去赶集上店的时候，老财主就追加预算，给小财主羔子两只元宝了。刘小厮变换花样不煮红芋了，或是吃回扣，或是暗中截留，就能从中谋取一定的利益了。

姜老了辛辣，人老了奸猾。老财主多吃了那么多年咸盐，眼花、心花，脑子不花。他揣摩出了其中的奥秘，也看到了小财主羔子混蛋和刘小厮的精明。自己的孙子犹如《红楼梦》中的贾宝玉，天下无能第一，世上不肖无双。刘小厮却是人中龙凤，不光是同龄人中的俊杰，还能把年长他好几岁的大龄孩子玩于股掌之上。

老财主把刘小厮叫到密室，先黑着脸训斥一番。无非是我老人家过的桥比你这个小兔崽子走的路多，我吃的咸盐比你见过的米粒多，你他娘的那点弯弯绕只能哄我孙子，却瞒不了我老人家这双鹰眼的。不过老财主并没处罚刘小厮，也没追缴非法所得。反而又给他两百块大洋，鼓励他拿着这笔本钱做生意。这笔钱并不白给，老财主叫刘小厮写下贷款借据，立下誓言。老财主不让刘小厮偿还这笔借款，但要刘小厮承诺在任何情况下都伸出援手，帮助小财主羔子打理各种事务。确保自己和儿子百年之后，小孙子能过上富足的生活，至少不能沦落街头受冻挨饿。

老财主很有先见之明。他本人心急如焚，忧郁成疾，很快就追随祖先到黄泉之下了。他儿子没有节制地吸食鸦片，很快就被大烟吸干了血肉，吸尽了精气神，晚三年追赶老父亲，一起驾鹤西游面见列祖列宗去了。家里的老人撒手人寰之后，小财主当家作主。孔圣人说过"窗户再大不是门，妇女再大不是人"。"三纲五常"是一条剁不断的绞索，勒在女人的脖子上，强迫她们"在家从父，出嫁从夫，夫不在从子"。老娘管束不了自幼娇生惯养的儿子，任由他挥霍浪费。

财富的积累叫铢积寸累，要勒紧裤腰带一个制钱一块铜板地积攒。花钱如流水，提开闸门连声响都听不到肥水就漫溢到地下去了。钱这个东西难挣好花，而且是覆水难收，抛洒干净了再见回头钱十分不易。

三五年的时间，小财主羔子就把祖上几辈子积攒的财富挥霍殆尽。先是把浮财踢腾光，后来贱卖固定资产。房子、土地、牲畜、祖茔上的树木，都被清理干净了。老娘心疼不过，把一根细麻绳甩到房梁上，勒紧了自己的脖子。老婆出生在书香门第，懂得"兔死狗烹"的道理，知道处理完畜牲就要祸害人类了，能够被他祸害的只有至亲至近的人。少奶奶读过诗书，略有一丝颜面，不愿意被丈夫当作廉价商品出售。趁小财主被马尿灌得酩酊大醉之际，她揣着三个月的身孕，扭动着小脚逃到外地去择主另嫁了。

不论多么粗壮茂盛的大树，"轰"然倒下后都留不住猢狲，鸟儿也都飞走了。家中的长工、短工、男女仆人，全都一哄而散。都是不辞而别，尽量不空着手离开。家财和家人散尽了，老宅子易主，小财主净身出户，"财主"这个头衔也就不翼而飞了。他红着脸去找昔日的跟班小厮，已是家财万贯的刘财主。

穷人乍富，挺腰凸肚。这个刘财主像胡传魁一样今非昔比了。想当初老子的队伍才开张，总共才十几个鸟人，七八条破枪。现在鸟枪换炮了，是财大气粗的大财主了。平时总是昂头挺胸，哪怕地上有一块明晃晃的洋钱，他也不会垂着眼睛看地皮。走路时一摇三晃，一副横行霸道、不可一世的样子。他认为自己咳嗽一声响遍三乡，跺跺脚秦台城晃悠一天。马无夜草不肥，人无横财不富。发了一笔横财的新权贵正谋划着盖摩天大楼，把村庄更名为刘楼！

刘老财实现了母鸡换黄牛的梦想，他也知道那只下蛋的母鸡是从东家那儿偷来的。老东家没杀那只母鸡，还赞助两百块现大洋的饲料款。这两百块钱当时只是一只小鸡苗，它一直不停地生息，现在已经长成一只鸵鸟了。这些股金都是小财主羔子的，老东家知道自己的孙子是大把撒钱的"漏子手"，不让少东家沾钱。临终前老东家交代自己充当大东家，小东家永远都是小东家。自己要像对待亲生儿子一样对待小东家，让他终生丰衣足食，并且是锦衣玉食。

刘财主信守承诺，把少东家恭迎进自己的府邸，像贵宾一样供养着。

人的最大缺点就是不知道满足，硬把不满足现状说成是社会进步的动力。少东家和刘财主一同在富足中变老，他也越来越不安分，越来越不满足"衣来伸手饭来张口"的富家翁生活。他说自己像圈里的母猪一样没有自主权，像狗一样没有尊严。尽管刘财主对自己呵护备至，不用自己摇尾巴乞怜，仍然疼爱有加。可是他依然心气不顺，觉得异常憋屈。

凑着跟随刘财主进城购买建筑材料的机会，少东家偷了刘财主一把洋钱，到药店里买了一包砒霜。

晚上吃饭的时候，刘财主照例给少东家摆上四个碟子八个碗，烫一壶好酒，亲自陪少东家小酌几杯。

酒菜上齐之后，少东家提出了新的要求。他让刘财主亲自为他泡一壶酽茶，烧两个烟泡。然后把闲杂人等赶到一边去，他们老哥俩一醉方休，通宵喝酒。

他们吞云吐雾之后就到后半夜了，重新烫酒热菜，开席喝酒。

更深人静，鸡不鸣犬不吠，敲梆子打更的巡夜人也进入了梦乡。刘家大院突起无名大火，把刘老财家烧得片瓦无存。

幸好刘财主的相公嫌家里嘈杂，不能静心读书，跑到刘秋恒另一个近门的祖上家里和本家兄弟睡在一起，躲过了这场劫难。这个有幸脱厄的豪门刘氏传人，就是那个盖起"三迁刘楼"的"回头浪子"他爷爷。他虽然被自己的孙子气死了，他孙子终究完成了祖上的遗愿，已经算是很对得起列祖列宗了。

人们都说刘财主发的是不义之财，钱财的来路不正就会招灾。也有人说那些财产原本就是东家的，少东家走的时候自然要带走，还要拉上小厮过去伺候。

传说有两个好朋友合伙做生意，下街回家的时候碰上一个算命先生，说张三明天啥时候从啥路线经过，可以发一笔横财。李四颇不服气，我们两个人天天摽在一起掰不开，凭啥发财没有我的份？第二天李四比张三早起一个时辰，从张三该走的路上经过。走到一个河堰的大树下，果然看到新塌陷的堰坡上露出一个大瓷坛，瓷坛里闪烁着耀眼的光芒，是满满一坛子白花花的洋钱。李四欣喜异常，忘情地扑过去。坛子里的银元不见了，是满满一坛子清水。他爬到堰顶，回望那个坛子，坛子里闪烁着诱人的银辉，又是一坛子洋钱。他往返数次都一样，走到坛子跟前是水，离开一步就是银元。李四把心一横，抱起坛子"咕嘟嘟"把凉水喝进肚子里。不论是钱是水，我李四都要了。肥水不流外人田，让张三懊恼去吧。那个号称半仙的牛鼻子老道，以后就不会信口雌黄了。

张三来到集市上，李四已经支好摊子了。他们像往常一样做生意，没谁提及算命先生的预言。当天的生意特别好，张三买了二斤猪头肉，称了一斤花生米，打两壶老酒，邀李四一起到家中喝酒。喝完酒天就晚了，李四也隐隐约约地感觉到肚子疼，就歇宿在张三家里了。当天晚上李四肚子疼得像刀搅一样，夹不住腚沟子，"呲呲"地蹿稀。

看到满床的稀屎，李四羞愧难当，连鞋也不敢穿，抱着衣裳悄悄地溜走了。天亮了，李四躲在家里不敢出门。张三前来喊他赶街，并告诉他床上散落了许多银元，是他丢下的。李四更加羞赧了，嗫嚅着低声说道："那洋钱是你的，我怎么着都得不到……"

刘财主也是这样的情况，财产不是他自己的，不论他挣多少钱，都得尽着少东家挥霍，而没有福气一个人独享。

他山之石可以攻玉，祖上近门的招数似乎可以借鉴。可是共产党比"老东家"精明成千上万倍，不能把上级领导当"少东家"糊弄。

# 八、刘处长的烦恼

冷嘉义爱啃猪蹄子，爱吃二十一天没出鸡的毛蛋，红烧肉也是他的最爱。冷经理上小学的时候，和老妈一起去亲戚家吃大席，满桌子都是大人，就他一个毛孩子。都是亲戚朋友和近门，大家就故意逗他玩。这时上了一盘油炸豆腐，小冷子一把拽到自己跟前，低下头大吃起来。"你这孩子怎么自己吃独食，不顾别人。"老妈把盘子放到桌子中央去，招呼大家一起动筷子。冷嘉义又把盘子拉回来，向大伙解释说："对不起，豆腐是我的命。"

孩子都这么说了，大人再馋也不好意思和孩子争抢。不一会又上来一碗红烧肉，冷嘉义又把肉碗拉到自己跟前。

"你不是说'豆腐是你的命'吗？怎么又把红烧肉占下了？"有客人忍不住了，这样问他。

"你们不知道，我见到红烧肉连命都不要了。"冷嘉义这样回答，不光本桌的客人瞪大了眼睛，相邻几桌的客人也很吃惊。

上级把他调到肉联厂任常务副厂长，主持工作。这算是苍天有眼，天遂人愿。冷经理异常高兴，心情好工作积极性也高。他天天在车间里面转悠，先去屠宰车间，刚开膛的肥猪，五脏六腑下面有一汪清亮温热的生油，掬起一捧喝下去满口生香，压饿、解馋，还保养人。喝完生猪油再光顾熟肉车间，品尝心、肝、肥肠、猪蹄子。

家人、亲戚和朋友都很纳闷。冷经理天天米面不打牙，却像吹了发气一样疯长，而且是横向发展。女工友都嘲笑他野蛮，吃生肉、喝生油似乎与文明社会格格不入。冷经理反过来嘲笑她们少见多怪，孤陋寡闻。听老辈的人说，解放前啸聚在八百里故黄河滩深处的土匪，断粮的时候也生吃人肉。抓不着行人的时候，就把所有的小土匪聚起来，抓阄献身当牺牲。有一个倒霉的小土匪抓到了"献身"的条子，就像待宰的年猪一样，马上就要成为弟兄们的盘中之餐。这个小家伙水性好，脑子活泛。他向土匪头子告白，要做义匪。他说自己入伙之后天天蛰伏在荒草丛中劫财劫色，从来就没洗过澡。身上的灰垢比铜钱还厚，人也发馊发臭了，就这样叫弟兄们啃喽，自己于心不忍，弟兄们也会反胃作呕的。人活百岁也是死，不如早死早托生。毕竟和大家相识相处一场，自己要给大家留个念想。都说救人救到底，送佛送到西。自己既然愿意舍命喂饱大家，就叫弟兄们吃一回干干净净的人肉，别等吃完了再觉得恶心。请弟兄们陪我到梁寨渊子里痛痛快快地洗上一回澡，把我洗干净了带回来享用。梁寨渊子是黄河故道中最大、最深的水潭，四两生丝都打不到底。小土匪像泥鳅一样拱进碧波下面，谁还能找得到他？

起初大家都认为吃生猪肉、喝生猪油绝对算得上汉子，可是和吃生人肉相比，冷经理的确是不足挂齿的小儿科。

让冷嘉义更为得意的是职务升迁之后他的社会地位提高了，名气大了。名字不光响亮。也开始值钱了。

平时不怎么走动的远房亲戚的亲戚，八竿子打不着的朋友的朋友，都纷纷登门拜访，提着花生、香油、小杂粮之类的礼品，说着比蜜还甜、比开水还烫的热乎话，叫冷经理签字批条子。冷经理的批条就像人民币和全国通用粮票一样，在秦台城乡各个副食门市部通行无阻，能买到雪团一样的肥猪肉，一点红肉都不带，还是平价的。平价猪肉七毛三一斤，议价猪肉一块一毛五一斤。冷嘉义三个字值四毛二分钱呢。

冷嘉义的批条约等于现金，没有冷经理的批条买不来平价猪肉，更买不来平价肥猪肉。很多有身份、讲体面的人也来巴结冷经理，见面又搂又抱，直呼"大厂长"或"兄弟哥们"，从心里到嘴上，都把"冷"字省略了。

那年月物资的价格实行双轨制，企业还没开始砸"三铁"，国企的员工很有几分优越感。

秦台当时流行这样一首顺口溜，就提到了冷经理属下这类高傲的营业员。

当时秦台地区有六大怪：地盘车用脚蹚，小白鞋不系带，骑自行车倒拉链，不中用的钥匙一大串，羊肉包子细粉馅，营业员的背朝外。

地盘车就是农村拉东西用的平车，重车载物，驾驶员两手握把，肩上挂袢，蹬腿撅腚使劲拉车。放空车或轻载的时候，把车轱辘拿出牙口放到靠近车把的位置，车把式坐在车把上，像玩翘翘板一样，一只腿捣地，一拱一拱地向前行驶，速度和自行车不相上下。这种现象是秦台地区独有的一道亮丽风景线，在其他地方看不到。据说汉皇林风景区修建好之后，这种载物载客的方式有可能恢复。

当时秦台地区赶时髦的青年人，都留着大包头，穿着喇叭裤，带着蛤蟆镜，脚蹬一双用鞋粉擦得煞白的轻便球鞋，不系鞋带。说是不系鞋带潇洒，能吸引异性的眼球。系鞋带土得掉渣，像"驳壳枪"大侠一样呆傻，只能昼伏夜出，寻找喝醉酒的女酒鬼，没有哪个精神正常、神志清醒的女同胞愿意嫁给他。

永久、凤凰牌自行车，是小轮车子，和青岛出产的大金鹿不一样。小轮车子适合在平原地区行驶，大轮车子适合走山路。大轮车子后倒就是使闸，刹车稳当，操作方便，不易磨损。小轮车子脚踏板向后转的时候只是不做有用功，并不影响惯性行动。小青年骑着全链盒的轻便凤凰自行车，飞驶在马路上，经过靓丽女性青年身旁时，故意摇铃倒拉链，链条蹭着链盒弄出一串悦耳的响声，也是吸引异性眼球，炫帅卖萌的小把戏。当时的轻便凤凰自行车，就像今天的凯迪拉克。

钥匙是开门、开抽屉、开保险柜用的，掌握钥匙多的人多半是仓库保管员，是当家掌权的人。据说金属钥匙具有打开少女心扉的功能。马路平的老爸就曾捡过大漏，因为一串钥匙成就一段美好姻缘。马老先生资质平庸，外貌和内在气质都一般化，却娶了一个如花似玉的美艳娇娘，惠及儿子也高大、英武、帅气，是众多美丽姑娘追逐的对象。

马老先生年轻时是剧团里面管戏箱的大师傅。1958年挨饿的时候他20多岁，到了该成家过日子的年龄。一天下班回家的时候，马师傅急着回家吃馍馍，双脚使劲蹬车却没抬头看路。匆忙的马师傅撞着一个进城赶集的大姑娘。那姑娘国色天香，貌美如花，当场就把马师傅看傻了，原本就是漫长脸，现在拉得更像马脸了。他腰里挂着一大嘟噜金属钥匙，绳子被拽断了，钥匙散落一地。姑娘揉揉腿，爬起来捡了一捧钥匙递给他的时候，马师傅才醒过神来，急忙道歉。姑娘害羞地微笑着，原谅他了，跟他一起回家吃了午饭。临走的时候她让马师傅托媒人到张蒋河去见她的爹娘，说合这门亲事。老娘私下里交代闺女，找男人把丑俊放到二上，把嫁过去能不能常年吃上饱饭放在一上。首选的对象是炊事员、司务长，还有保管员。一天吃一钱饿不死炊事员，一天吃一两饿不死司务长。炊事员和司务长做饭用的粮食，都在仓库里锁着，归保管员管理。炊事员、司务长头上没有帖子，不好辨认。

保管员腰里挂着一大嘟噜钥匙，鼓鼓囊囊的十分抢眼。

马师傅很有艳福，出门就走了桃花大运，抱得美人归。张蒋河出美娥，那儿的姑娘个个俊俏，他娶的这个姑娘是花中魁首。结婚后"花魁"发现自己上当了，自己的丈夫是管戏箱的，不是管粮仓的。可是生米已经煮熟了，树桩子变成船帮了，只能凑合着过了。

就像花钱去买福利彩票双色球，中奖的几率微乎其微。但是人人都有发财的梦想，都想扔两块钱碰碰运气。当时秦台地区的青年人，正是怀揣着这样的理想和热望，每人都搜罗一大串废旧的钥匙挂在后腔上。那上面可以开锁进门的钥匙只有一两把，其余都是聋子的耳朵——摆设。如果能哄来一个俊媳妇，那串钥匙就是"金不换"。哄不来媳妇就是微山湖的青皮子——咸鸭蛋（闲压蛋）。

羊肉包子细粉馅比较好懂，就是卖包子的人为了降低成本，包子馅里只放粉条不放羊肉。没有羊肉还吆喝"羊肉包子，薄皮大馅一个肉丸，咬一口满嘴流油，热的!"明显带有诈骗的性质，连"挂羊头卖狗肉"都不如。

营业员的背朝外，就是公职人员晾晒优越，展示高贵的一种具体方式。背对顾客，自然没有热情和笑脸。喊上十声八声，营业员才会懒洋洋地转身，让你首先看到一双卫生丸一样的白眼。

有关人们争抢肥猪肉的故事，现代人不好理解。80 年代初期，我国的"计划经济"体制尚未终止，刚刚开始向"市场经济"转型。那时候的物资不是十分丰富，老百姓直言"肚子里面没油水"。人体必须的三大营养物质是糖、脂肪和蛋白质，肥肉是脂肪，瘦肉是蛋白质。肉既是人体必需的主要营养物质，也是令人垂涎的美食，吃起来十分解馋。可是瘦肉不能揽菜，放少了吃不出肉香，放多了浪费。一顿吃二斤瘦肉跟玩似的，连一两馒头也省不下来，吃瘦肉等于吃钱。肥肉可以炼成猪油，二斤猪油能吃三个月，一大碗杂面条，戳一筷子猪油搅拌一下，就满碗生香。炼完油剩下的油渣也是好东西，剁碎了掺上青菜粉条包包子，比瘦猪肉还要解馋。肥猪肉和瘦猪肉一样的价格，二斤瘦肉省着吃最多两顿，二斤肥猪肉可以解馋三个月，孰优孰劣很容易判定。所以大家全都热衷购买肥猪肉，不愿意要瘦猪肉。顾客常因为买不上肥肉，或瘦肉带得太多和营业员骂架。买羊肉的时候，营业员和顾客也常为肉里掖有羊肾或羊球而争吵。争得面红耳赤，甚至大打出手。现在的情况是拿大顶看世界，整个颠倒过来了。瘦肉价格高出一截也争着要，肥肉白送给亲友也不讨好。现在羊肾和羊球的价格高出羊肉一倍都不止，谁还会给你塞到肉里去？

魏成功也不简单，他手里常有"出口转内销"的商品，还能捣鼓出"外汇券"来。那时候手里有了外汇券，就像炒股票的人看到了红色涨停板，嘴岔子一准咧得比裤腰还宽。拿着外汇券到招呼外宾的"友谊商店"，或是到高档消费者出入的"特供商场"，就像进自家的厨房，什么样的紧俏商品都能买出来。谁能拿到外汇券，一准比拿到美国"绿卡"还高兴。

像上海牌手表、飞人牌缝纫机、永久、凤凰自行车，平时跑出刘翔那样的速度也追不上它们的影子。拿着外汇券逛商场，不费吹灰之力就能把它们领到家里来。多少个长相端庄清秀的小姑娘，给她一叠钞票她依旧拉着长白山一样的驴脸不理你，小嘴撅得可以拴牲口。见到上述几样东西，一准像秋香见到唐伯虎一样，接二连三地傻笑。她们非常灵敏矫健地跳上"永久"或"凤凰"的后座支架上，随便你驮到什么地方都没意见。

外汇券可以毫不费力地换烟、换糖、换肥猪肉，甚至能换少女的"初夜权"。

刘秋恒比较能琢磨，他稍有闲暇的时候，就会铺开信笺纸或记事簿，把"权力"和"权利"反复书写，反复研读。

这两个词组只有一字之差，蕴含的内涵却似乎大相径庭。刘秋恒是这样理解的："权力"要求掌权的人多出力，瞎替大家伙忙乎。就像蜀国的丞相诸葛亮，工作不舍昼夜，鞠躬尽瘁死而后已。"权利"要求掌权的人同样为大伙出力，似乎是按劳取酬，多出力、多问事的同时，可以获取相对应的较多利益。

刘处长早就明白"大权独揽，小权分散"的道理，能在一起搁伙计也是天大的缘分。副手就是个受气的布袋，出力干活担过失。有功是一把手领导有方，善于团结同志。有过是副手懒散愚钝，执行不力。所以要不停地犒劳下属，没有物质的时候要有好话，好话不用花钱买，好话三冬暖人心。遇上啥好处的时候，一定不要忘了伙计。自己可以得大头，让伙计拿小头。自己可以敞开肚皮吃肥肉，别忘了叫伙计们喝汤啃骨头。

刘处长也知道，铁打的衙门流水的官。自己今天在这个位置上人五人六地颐指气使，明天说不定就跑到哪棵歪脖子柳树下尿尿和泥玩去了。党的组织原则是"下级服从上级，个人服从组织"。组织部开出一张二指宽的条子来，自己就得背着铺盖卷到新的岗位上报到。在组织面前，是虎得卧着，是龙得盘着。不论你的能力、资历如何，叫你行你就行不行也行，说不行就不行行也不行。组织上让你兴云布雨，你才可以张牙舞爪地腾云驾雾。组织上需要你夹着尾巴做人，你就得草芥藏形。自己这个常务副处长是组织任命的，组织上随时可以把这顶"乌纱帽"拿回去。即便不降你的职务，也不调动你的工作，马上委派一个"处长"过来，你这个副处长不论"常务短务"都得"识时务"。自己现在威风八面，其实就是一个"离河丢"的临时代办。他心里有了紧迫感，也无端地生出来许多烦恼。

# 九、哥们聚会

随着发展特种蔬菜的"会战工作组"像苏联一样解体，所有的"基地"及后续工作都移交给了"重大项目筹建处"，和魏成功没有任何关系了。因为"小妖精"的石榴裙鲜艳夺目，而且长袂飘飘，牵拉着魏经理多出义务工，经常无偿地到"特种蔬菜"种植基地指导。他累得腰酸背痛，大汗淋漓，浑身上下抹巴得跟泥猴一样，也喜滋滋地不辞辛劳。

刘秋恒处长也安排同级别的助手马路平，像"小妖精"牛璐学习，紧紧地黏住魏成功不放。当初布点的示范效应已经显现出来了，好多乡镇的农技干部都找他要种子，愿意发展连片的特种蔬菜基地，种植芦笋、牛蒡、紫山药。只要有人收购又能卖出好价钱，种植水泥电线杆子也中啊！基地发展起来了，农户可以得实惠，乡镇领导有政绩，具体操作的人显示了非凡的能力，可以顺利进入"后备干部"的行列，为今后的升迁腾达铺平了道路。上级领导下来视察的时候就多了一个看点，也是宣传本市形象，吸引外地游客的一道靓丽风景线。

好哭的孩子多吃奶，种庄稼如同带孩子。孩子渴了、饿了、不舒坦了，会哭会闹，哭声就是警钟，提醒保姆履行职责。庄稼苗虽然不会哭闹，却知道垂头打蔫，知道茎细叶黄，赖在地里不长。特种蔬菜都是优生优育的娇宝宝，更应该好生伺候着。苗芽破土，营养钵移栽大田之后，后续的配套工作就得跟上，就得给秧苗除草松土，浇水施肥打农药。

怎么进行田间管理？追施啥样的肥料？喷洒啥样的农药？什么时候用肥用药？每次的数量是多少？初次接触这些"洋玩意"的农户不知道，刘秋恒处长也不知道，魏成功经理知道。但是刘秋恒慧眼独具，看到了在帮助农户排忧解难的实施操作过程中，可以生发价值不菲的经济效益。所以要舍得两瓶老酒一包猪头肉啥的，紧紧拽住魏总经理不放，让他为"筹建处"谋福祉。马路平热衷这样的工作，他的梦中情人小铁扇公主陶靓，和魏经理的未婚妻牛璐连着亲戚呢。

筹建处有业务招待费，老酒是可以报销的。猪头肉的事找冷嘉义解决。冷嘉义嗜酒如命，只要喊他过来喝酒，他是有求必应、来者不拒的，来的时候必定带上一大包猪头肉和下水蹄髈啥的。

刘秋恒知道只要不"装错兜、上错床"，花公款吃喝不是大过。民谣传唱不休，倡导"烟酒不分家"。这样的歌谣估计全国各地都有流传，现在仍然可以拿出来回味把玩。

革命小酒天天醉，

喝坏了党风喝坏了胃。

喝得夫妻背靠背，

老婆跟着别人睡，

计划生育指标全作废。

事情反映到纪律检查委员会，

纪委书记说：

该喝不喝也不对，

我这里也有招待费……

平头百姓交朋友也得喝酒，酒是维系社交关系的高档粘合剂。当领导的更不用说了，注定是离不开酒场的。刘秋恒曾经公开对外宣布过，想找我办事就十点钟之前到办公室，十点以后开始操办酒场，十二点以后一准迷糊。后来随着业务量的增多加大，娱乐项目多彩纷呈，刘处长成了董事长兼总经理，上午跟着酒桌转，下午跟着骰子转，晚上跟着小姐转，全天都迷糊了。刘秋恒也感慨留恋那几年过着的"神仙般"的生活，说是"白天有干不完的鸟事，晚上鸟儿有干不完的邪事"。真他妈的烦死人，自然也能喜煞人。那几年过得很苦很累，也很充实很快乐。刘秋恒用一个"忙"来概括，怕大家迷惑不理解，又简述了个中的原因。他说在位那几年，要准备十条性命，十副嘴脸，备齐了依旧觉得紧张，不过可以凑合着应付了。首先是饭局多，光吃饭就能撑死你。其次是文山会海，光听报告看文件就能累死你。再次是交际应酬多，琐琐碎碎的能烦死你。还有风骚漂亮的坐台小姐多，不论在本市还是出发去外地，到处都是风情万种又穿着暴露的美艳少女，她们主动投怀送抱，到处乱抓乱挠，弄得你心急火燎却无力尽揽群芳，不能尽享温柔，能急死你。见啥人说啥话，还得狗脸猫脸地不停变换。因为向上级汇报工作不能说九饼开杠的事，坐台小姐们看中的是你兜里的钞票，不会听你絮叨"龙江风格"。去殡仪馆再不悲伤也要把脸皮拉紧了。坐在酒场上就得谈笑风生，欢天喜地和大家逗闷子。

官场、商场、酒场、情场、赌场、社交场、忧愁场、欢乐场、风月场、菜市场，哪一个场合都得要走一条命去。把那几条性命交出去，自己还得喘着一口赖气活下去，继续各种各样的应酬。

美国人举行说谎比赛，明文规定不准许搞政治的人参加。说是政客们一入场，其他人不论技艺如何，都是笃定得不到奖项的。刘秋恒觉得，搞政治的人不光会说谎，演技也不差。可惜"百花奖"、"金鸡奖"，还有"奥斯卡大奖"，都不让政客入围参评，实在是千古憾事。

俗话说"风水轮流转"、"太阳不能老正南"。伟大的古代诗人也说过：江山代有人才出，各领风骚数百年。其实这是诗人理想化的良好愿望，与事实有着很大的出入。人的寿限不过百年，掐头去尾，明白事理也精力鼎盛的时间不过几十年，就是一辈子无灾无难，一生都没有坎坷，也就是几十年的好日子，怎么可以"独领风骚"数百年呢？

人活一世，草木一秋。不论多么伟大的人物，纵然有通天的本事，也活不了一辈子零一天。只要活着的时候辉煌过，这辈子就没白活。风光体面的时间不在乎长短，关键是手里有权、有钱的时候，怎么使用，如何操作。抓住机遇，三年五载也就绰绰有余了。驳大侠那样的憨货，一辈子都当中央委员又如何？啥茧都结不成。

戏法人人会变，玩法各有不同。会玩的人不露破绽，让观众心甘情愿地掏钱，还喝彩叫好，把两个肉巴掌拍得红肿鼓胀也不觉得疼痛。不会玩的人破绽百出，倒人的胃口。人们厌烦了，轻则喝倒彩，严重的甚至用砖头瓦块招呼，挤兑你下台。刘秋恒自视甚高，绝对会把握住机遇的。

第一批发展的示范性特种蔬菜基地已经成形了，山药和牛蒡已经卖过两茬了，效益还是不错的。芦笋也可以采收了，马路平拉着魏成功经理，亲自到田间去指导农户。像栽种红芋和大葱一样，培起一垄垄长龙一样的芦笋埂子。

重大项目筹建得差不多了，正式到计经委立了项，到工商行政管理局登记注册，命名为秦台市称心实业有限公司。国营企业是正科级单位，企业的所有员工都是事业编制。

筹建处寿终正寝了，刘秋恒顺理成章地成了公司的法定代表人，是董事长兼总经理。为了便于开展工作，使工作效率和经济利益最大化，副职由一把手推荐，组织部门考核任命。中层干部的选拔比较简单，由分管领导推荐，一把手任命，上报组织部门备案即可。

刘经理第一次失眠了，他在慎重地考虑如何用人的问题。想让下属尊崇自己，首先要和他们保持一定的距离。太了解自己的人不能一起共事，比如说发小，你偷过谁家的番瓜，尿湿几床褥子，打呼噜、磨牙、放臭屁之类的臭毛病，他们都摸得一清二楚，打心里只会和你亲近，不会有敬畏之感。

发迹之前在一起混穷的兄弟也不行，就像马路平、冷嘉义、魏成功他们，你有几斤几两他们都知道，"筷他爹"这样的外号他们也知道。他们和自己在一起像没出五服一样，一见面就嬉皮笑脸，看到丈母娘喊大嫂，不分大小。在他们这群孬货面前端不起架子来，更不用说树立威信了。

按照上述逻辑来推理，马路平是不能留在身边出任副手的。尽管马路平一直十分顺从自己，不论大事小情，一概唯自己的马首是瞻。可是铁弓骥之流打听老刘秘密的时候，这老兄也是竹筒倒豆子，毫无保留地告诉他们。

历代帝王都对一起患难的功臣大开杀戒，就是因为他们和主子一起患难、一起拼杀。主子还不是主子、或是不知道自己能不能当上主子的时候，为了生存偷鸡摸狗过，遇到困难也熊包软蛋过，在弟兄们面前留下过负面的形象和语言。类似这样的事情，地位显赫的人成功之后是不想张扬晾晒的。这些想瞒都瞒不住的倒霉事情，只有那些落魄之中甘苦与共的难兄难弟知道，他们遇到不如意的事情或喝酒喝大的时候，那些不足与外人道的陈谷子烂芝麻就可能从牙缝里溜达出来。

李世民为了登上龙庭宝座继而坐稳椅子，连自己的亲爷老子和一母同胞都不放过。刘邦打败项羽就杀韩信，朱元璋登基之后就迫不及待地火烧庆功楼。宋朝的开国皇帝赵匡胤开明仁慈。他摆一个酒场，杯酒释兵权，不光保全了石守信之流的身家性命，还给他们良田美宅，叫他们安享晚年。

刘秋恒决定向宋太祖赵匡胤学习，如果有可能，尽量做得比赵匡胤更加完美。自己和马路平友好相处一场，过去、现在和将来都是比较知心要好的朋友，一定不能红脸分手，一定要善始善终。

比自己还精明的高学历、高智商人士也不能搭班子搁伙计，刘秋恒不愿意自己留有周瑜那样的遗憾。周瑜是一个才华横溢的青年才俊，吴国的一大杰出青年。没碰到诸葛亮之前，斗勇斗智都鲜有对手。遇到诸葛亮他就走了背字运，处处败北，被孔明先生PK得体无完肤。周大都督羞愧交加，大声抱怨上苍"既生瑜何生亮"，在悲愤交加中死去。那场景悲凉无奈，令人感慨。

刘经理的心胸或许比周都督博大，但自尊心也是不会输给周瑜的。眼里揉不得沙子，他容不下比自己高明的人在跟前指手画脚。在"称心公司"这个集团里，我刘秋恒是多年的媳妇熬成婆了。既然是一把手，就集人事、财务、经营、生产的大权于一身，就由老刘一个人对上级负责。其他同僚不必多费心思，用心揣摩如何执行贯彻自己的意志就行了。对于下属乃至家属，刘秋恒非常渴望重新具体界定一下他们脑袋的功能。如果自己可以当家，就叫他们的脑袋专门负责承载五官，负责顶头巾、戴帽子，而不是思考问题。

刘秋恒把马路平请到家里，叫上铁弓骥书记、冷嘉义经理、魏成功经理、王彭生厂长过来陪客。通知大家都把相好的异性朋友带过来，让自己已经订婚同居尚未举行仪式的老婆茬金花陪同。后来刘经理开了秦台喝花酒的先例。人们为了炫耀自己的魅力，只带小三不带原配，甚至花钱雇佣年轻靓丽的"三陪"小姐装潢门面。纯爷们喝酒的时候豪情万丈，彼此吞云吐雾，弄得酒场乌烟瘴气。刘秋恒往酒场里掺了沙子之后，又多了一股子浪声荡气，人们戏称"花酒"的席面为"二汽公司"。

大家都劝刘总提拔马路平当二把手。刘秋恒高深莫测地微笑着，把头摇得像货郎鼓一般。

"咱这样的铁哥们应该分散到不同的机关单位去，不在一起才好相互帮助和扶植，都挤在一起没意思。"刘总经理推心置腹地分析各种利弊，说得有理有节。他说称心集团最高级别就是正科级，组织上刚任命自己当一把手，只要自己不犯违反原则的大错误，在目前这个位置上混个三年五载不成问题。自己不欠屁股不挪椅子，马路平就得屈尊干副职。自己调离工作岗位的时候，肯定会鼎力推荐马路平接任一把手，就像铁大哥保举咱哥们几个一样，全心全意，不遗余力。可是咱们当不了组织部的家，出具的书面报告仅供参考。万一上级领导一不小心又发现一个人才，派到公司任正职，马路平还得窝憋着。现在提倡干部年轻化，四十不提拔，五十不升迁。错过这段大好时光，马路平就永无出头之日了。那样的话，就耽误马路平兄弟一辈子，我也后悔羞愧一辈子。

刘秋恒准备把马路平推荐到行政上去。他反复考虑过了，只有在行政事业机关，才能大展宏图。行政级别没有上限，干好了就往上升，真能冲进政治局，咱哥几个就是小秃跟着月亮走，沾大光了。马老弟现在是副科级，凭他的身材、长相加上能力，混个正科副处的级别是裤裆里面抓老二，手到擒来。树挪死人挪活，只要离开目前的位置，就比在我手下窝憋着好成千上百倍。

大家都屏住了呼吸，以为刘秋恒虑事深远，谋划得在理。

# 十、刘总的梦想

财聚人散，财散人聚。这是古人留下的老俗语，肯定是观察了多少辈子，被无数事实验证过的，可以称得上精华的概括性语言。

刘秋恒是遇事三思的睿智型人物，看事情鞭辟入里。粗枝大叶地看问题往往被表象所迷惑，难得精髓要旨。真理放之四海而皆准，不论过去多少年代，应该没有过时的时候。譬如说"财聚财散"的问题，刘总经理就能推陈出新，在脑子里过滤两遍，就揣摩出新意来了。

冷嘉义乱批买肥猪肉的条子，魏成功到处送"外汇券"，都是散财的行径。所以他们人脉关系广，路子既宽又野，到省城办事也是一路绿灯。

刘总经理职务升高了，人也更深沉了。他自己也清楚，自己是有权有钱的实权派，年纪轻轻的就坐在众人瞩目的位置上。虽然风光体面，也充满了诱惑和风险。如何散财聚财，如何网络人脉关系，是需要仔细思忖一下的。

马路平接到调令了，去中阳镇任分管工业的党委副书记兼实业公司副总经理。冷嘉义和魏成功经理也摘掉了"副"字，熬成正职。虽然都是正职，肩膀头并不等高，依旧是刘秋恒的级别最高。称心公司是省里拨款带帽的重大项目，是计经委下属的正科级单位。食品公司是商业局的下属企业，粮油进出口公司是外经委的下属企业，都是副科级单位。按照冷嘉义的说法，他和魏经理的副科级是软的，刘秋恒的正科级是硬的。他们在单位里吆五喝六，吹胡子瞪眼地训斥员工，很有大爷的派头。见到副局长立马就变成了磨道里拉棍的驴子，低眉顺眼地听吆喝了。刘秋恒虽然是计经委管辖的干部，重大事情却由市里的分管领导调度。刘秋恒客气点就听计经委的招呼，炸了毛计经委的一把手也无可奈何。

刘秋恒、冷嘉义、马路平和王彭生都报名参加了党校开办的"大专"函授学习班。那年月职务升迁和文凭的关联度很高，大学生却不像现在这样普遍。当时提倡干部"年轻化、知识化、专业化"，说"年龄是个宝，文凭作参考。政治条件不可少，上面有人为最好"。

铁弓骥年龄偏大，进取心不强，从心里不想再当"学混子"了。魏成功是正宗科班出身，手里有一本院校的本科毕业证书和学士学位证书，不需要再到低一个档次的"大专班"里镀金。刘秋恒和冷嘉义年龄不算太大，又在一定的位置上，必须为今后的进取铺路。他们的目的就是为了获得一纸大专文凭，能否学到专业知识并不重要。

电视大学、函授大学、职业大学、业余大学、自学高等教育等，各类大学专科培训班如雨后春笋，几乎是遍地开花。不出办公室，不离家门，一样可以上大学，一样可以拿到"大专"文凭。文凭一多就不值钱了。刘秋恒说不值钱也得要，如果连廉价的东西都没有，那就更不值钱或者要倒找钱了。刘总就是为了文凭上学的，学习兴趣不高。兴趣是最好的老师，没兴趣也没有积极性。平时的作业都由秘书代劳，临该考试的时候，叫新招进单位的大学生替考。刘秋恒只负责事前请酒，事后送烟，对代课监考的老师进行打点。他有很多大事要问，实在分不开身。

冷嘉义和马路平好热闹，只要有人打招呼，他们就会过去凑热闹。

王彭生获取文凭的积极性比别人更高。因为刘秋恒、马路平、冷嘉义都是干部身份，自己虽然是个副厂长，却是以工代干的身份，急需一张大专文凭在手里，才能修炼成"正果"。

工厂已经开工两个多月了，还没举行开工庆典仪式。刘总已经召开班子会研究过了，这个仪式非常重要，是一定要补办并且要隆重举行的。

举办开业庆典是要花钱的，不过举办方似乎并不吃亏。首先是重大项目开张，电视台要过来宣传采访，能提升企业形象，扩大企业和企业领导人的知名度。其次是有关领导要过来剪彩，企业的一把手有机会和省市领导并肩同台并合影留念，名义上是宣传企业，实际上个人也跟着沾光。本地的机关单位会来捧场架势，外地的客户会来参加庆贺，收购原料、供应包装、跑运输、送煤炭的业务关系户，都会趁机过来随礼的。本单位发给与会者的纪念品，无非是一个公文包、一个高档茶杯、一斤茶叶、一件衬衫什么的，再管一顿饭，多半都是羊毛出在羊身上，不存在亏损问题。

办公室按照刘秋恒的意思，在工厂的大门口搭了彩门，在院内空旷的地方搭建了高台，在新海天大酒店预定了包间，请时髦的管弦摇滚乐队和传统的喇叭班子打擂台。喇叭班子会玩二五眼，吐出满嘴獠牙吹笛子，一边吹喇叭一边从嘴里往外拉扯彩色的纸条子。还有风骚妖媚的大闺女小媳妇清唱古装戏，她们站到八仙桌子上，扯直了嗓子表演黑头、红脸和花旦，能把屋上帽子顶翻了。老年人比较喜欢喇叭匠，多半都为传统的节目站台。

摇滚乐队穿着暴露，披头散发地扭腚摇头，肚脐眼一拱一拱地冲着观众抛洒妖媚。年轻人被吸引过来，把他们的场子围得风雨不透。因为是机关单位举办的庆典活动，比较正统和庄重，又是大白天在城市近郊，演员们还是比较收敛的。据说在乡下的集镇拉场子，或是深夜为农村红席助兴的时候，那些大胆泼辣的青年女性，也会像香港的夜总会表演艳舞一样，慢慢地蜕皮，直至脱得一丝不挂。这个乐队的班主就偷偷地告诉办公室主任，他们乐队的节目丰富多彩，也是大胆开放的。前几天他们在四省交界的"四不管"地区四省庄表演脱衣舞，十块钱一张门票场场爆满。很多道貌岸然的老人家在场篷外面骂他们不要脸，有伤风化，把老祖宗的脸面都丢尽了，进了场就不能自持。五六个七八十岁的老大爷，拍着胸脯吹嘘说："光腚有啥看头？"我们这样年纪的人啥稀罕景没看过，啥稀奇的事没经历过？就是现场表演活人头，也惊不动我们几个老人家。他们一手拿着鹌鹑一手拿着烧饼，稀里糊涂地进入了场内。他们像进入外太空一样，两眼发直，脑袋发懵。一边吃饭一边观看演出，忘记了劳累，忘记了时间。

表演结束之后，他们意犹未尽，询问服务人员下一场啥时候开始。服务人员说下午还有，叫他们回家吃完饭再来。几位老先生说他们是带着烧饼进场的，已经吃过了。服务员看看他们的双手，烧饼还在，一点点豁口都没有，鹌鹑头却被咬掉了，老人家的嘴上和手上都有鲜血和羽毛。

老人家的牙齿全都稀疏了，有着不同程度的松动和脱落。他们时常相互调侃说：年轻的时候牙如铁，吃生肉也不用切。现如今还是牙如铁，能吃豆腐和羊血。不知道他们的牙齿是怎么忽然锋利的，又从哪里来的天生神力，把活鹌鹑肢解了还浑然不觉。

公司庆典之后，刘秋恒在电视上露了脸，称心公司的知名度大增，业务量也大增。刘总又用设备、厂房、土地作抵押，向银行拆借七千万元贷款。引进了许多先进的设备、设施和现代化流水生产线，开发出新的系列产品。除了传统的保鲜、速冻、脱水、罐头之外，又开发出芦笋汁、芦笋口香糖、芦笋粉、山药粉、芦笋酱、龙须酒、龙须酥、牛蒡酥等新型产品。大家也知道芦笋就是龙须菜，还有牛蒡、紫山药这类药食兼用的特种蔬菜，是养生健体的灵丹妙药。男人吃了女人受不了，女人吃了男人受不了，两口子都吃了床受不了。中国人都吃了地球受不了，世界人都吃的话，宇宙也要摇三摇，大爆炸很快就要开始了……

刘秋恒、马路平、冷嘉义、魏成功这伙子早有夫妻之实却貌似单身的假光棍汉子，陆续举办了婚礼，过上了名正言顺的夫妻生活。

刘秋恒的老婆荏金花，是服装厂的设计师，会裁剪的巧媳妇。马路平娶了小铁扇公主陶靓，和牛魔王成了连襟，是善财童子的小姨夫。魏成功和小妖精牛璐喜结连理，是红孩儿的小姑夫。冷嘉义的老婆叫乔诗琴，是学工民建的大学本科生，在建委设计院工作，人称小鲁班。

那年月喝喜酒都出十块钱的喜礼，二十块钱就算大头礼，是至亲关系或最为要好的朋友出的。刘秋恒这伙子哥们开了秦台市收取重礼的先河，参加婚庆的人数多、场面大，都是三十五十地随礼。

刘秋恒收了十多万的喜礼，吓得他咬着指头、吐着舌头，说话也屏声敛气的，好几天心里不踏实。过去他只知道"嘴里没味召集开会，没有钱花下去视察"。召开班子会伙房里加餐，有时候也去饭店商讨一些议而不决的大事情。就像有些大单位召开高级别会议要到名胜景区或旅游景点去住高档宾馆一样，在轻松愉快的氛围中讨论工作问题。

腰包瘪了就到有求于自己的下线单位去转悠，强调质量、数量和价格，要求改进规格型号，拿退货和降价吓唬他们，每一次也能得到万儿八千的回馈。没想到一场婚礼竟然收了十几万的喜礼，是下去视察十次的数额。到关系单位化缘打秋风，只能偶尔为之，不能太过频繁。乖乖，红白喜事也能敛财。只是红白喜事的次数更为稀少，这让刘经理深为遗憾。难怪社会上传唱：当官好、当官乐，当官发财的门路多。一年两大节，中间死个爹。中国人看重的两大节就是农历八月十五中秋节和正月初一大年节。听到这首民谣之后，刘秋恒就把研究人事调动或提拔干部这类事情放到两大节之后进行。他说节前把事情办完了是可以清清爽爽地过节，可是事情明了之后，没人再把你当鸟毛查，不会给你送礼酬谢了。

刘总思忖着，自己才是管辖六百多人的芥子官，看来自己的队伍有必要扩充。趁现在名气大、效益好，大家都削尖脑袋想挤进来的时候，再招一些外观形象良好、心地善良、精细伶俐又俯首听命的男女员工进来。

现在的人都不憨不傻，前来恳请刘总经理签字接收的时候不会空着手说白话，一准是有些意思的。刘秋恒不会急切地收受贿赂，他拿捏着分寸，虎着脸教训那些请客送礼的人。我老刘是共产党员，是讲究组织原则的。共产党员襟怀坦白，光明磊落，只在直中取，不向曲中求。你送再多的礼，不能办的还是不能办。一颗烟不抽，只要符合条件，该办的照办。

找老刘办事的人前仆后继，被刘总训斥拒绝后并不死心。他们也知道曲线救国、搞迂回战术，白天在办公室碰了钉子就等晚上到家里去，被刘总拒之门外就凑老刘不在家的时候找他老婆。

茬金花那个傻娘们憨乎乎的，对待丈夫现在或未来的同事朋友十分热情，一概是笑脸相迎，笑脸相送。迎进来敬烟敬茶，送出去握手告别，问清楚姓名和需要帮忙办理的事情，致意下次再来。

客人都像相识很久关系特铁的故交旧友一样，没事的时候前来转转看看。伴手的礼品也不重，不过是两桶麦乳精、两包豆奶粉，还有大鲤鱼、肥羊肉啥的。客人无一例外地郑重关照女主人，这点东西虽然不成敬意，但是我亲自送给你的，你务必要亲自享用，千万不可转赠他人。切记，切记。

更深人静之后，茬金花撬开麦乳精，划开鱼肚皮。麦乳精、豆奶粉里埋的，鱼肚子里面塞的，像掖羊球一样藏在肥肉里面的，都是同一种东西。是用报纸包好，又用塑料布缠绕的人民币。

拿人钱财，替人消灾。这话听起来像黑道上的绺子，只认钱不认人，只要拿了雇主的银子，啥伤天害理的事情都干，顾不得人伦道德了。刘秋恒和这类人物是有很大区别的。他与人为善，乐于助人。他帮助别人调动工作，解决了"牛郎织女"两地分居的相思之苦，使之恩爱团圆。对于调入本单位又持续表现突出的人，他还发展入党，提拔重用，并且考虑解决他们的住房问题。

肥猪的梦想是天上天天下饲料。刘秋恒那伙子牛人的共同理想是秦台市委取代中央，中南海搬迁到卢家庄，大上海是秦台城南的一个乡。自己顺利地当上京兆尹，在京畿首善之区有住房。

卢绾是大汉天子刘邦的发小，西汉王朝的开国重臣，卢家庄就是上卿卢绾的祖居之地。这儿是秦台市城乡结合部，属于抵近城市的近郊区。徐州通往菏泽、济宁通往淮北的两条省际干道在此交汇，卢家庄的地理位置非常优越，区位优势特别明显，以后的增值空间是巨大的。

改革开放之后，中国的经济飞速发展，用不了多久城市稍一扩建，卢家庄就是黄金地段。即便成不了京畿之地，也是热闹繁华之所。当初为称心公司筹建选址时，刘秋恒一眼就相中了这块风水宝地。当时城郊的土地才6700块钱一亩，刘秋恒为了得到卢家庄这块宝地的使用权，出价一万元一亩，依然沿袭路到中间河到底的老规矩。刘秋恒一次性征用五百亩土地，实际使用三百亩。他向上级汇报是为今后企业发展预留二期工程的用地，实际上已经盘算好要建设职工宿舍了。

当时各单位的福利分房虽未完全取消，也开始引进集资建房的模式了。不过仍然是公家拿大头，个人拿小头。刘秋恒召开公司党委扩大会，研究制订出三二一的集资标准。就是高层领导拿三万块钱集资款，依次递减，中层干部拿两万块钱，普通员工拿一万块钱。拿钱多的住大套户型，中层干部住中套户型，普通员工配置小套户型。他也没忘记老朋友马路平，说马经理调走之前已经交了建房集资款，应该享受分房待遇。

在刘秋恒的启发诱导之下，冷嘉义也扒掉公司院内寄养活猪的圈舍，集资筹建职工宿舍楼。

那时候温州人还在到处兜售假冒伪劣的劣质电器，房地产开发商刚在一线城市露头，根本无暇顾及偏僻的苏北小城。

各单位仍然各自为战，没谁知道盖房子还有"招标"之说。秦台的建筑包工队却如雨后春笋一样，蓬勃迅猛地快速发展。包工头都知道钱能砸钱，花小钱可以换大钱。他们网罗一个可以识图的技术员，两三个能抱垛子的上工大师傅，就敢承揽三峡大坝那样的国家级重点工程。因为建筑队多，学工民建专业的大学毕业生成了香饽饽。

小鲁班乔诗琴就是一个十分抢手的香饽饽，经常有人找她干私活。冷嘉义的大舅子乔道远就是包工头，听说肉联厂和称心公司都要建造职工宿舍，就提两瓶双龙泥池酒来找妹夫冷厂长，叫他邀请刘秋恒到家里来喝酒。

# 十一、能人的招数

礼下于人必有所求。乔道远请妹夫和妹夫的朋友喝酒，就是想承揽他们的土建工程。

酒场摆在冷嘉义家里，人数只有三位，厨师长兼服务员是乔队长的妹妹、冷厂长的媳妇乔诗琴。

冷厂长说喊刘总过来喝闲酒，没啥大不了的事。

乔道远队长说酒场摆在妹妹家里，约等于在自己家里，刘总经理也不是外人，咱们三个人喝酒约等于打家宴。

刘秋恒何等的精明，他像殷纣王时期的比干丞相一样，肚子里长着一颗七窍玲珑心呢。无需大家开口，他只要扫描一下大家的表情，浏览一下诸位的眼神，甚至什么都不看，闻味道也能闻出风向来。

刘总经理经常和各地的商家谈买卖，早就背熟了"后发制人"的四字箴言。快嘴的骡子夹不住臭屁，用不着心急问他们，有求于自己的人憋不了多久，三杯小酒落肚就会主动开口说话的。

今天这场酒可以放心大胆地喝，即便是"鸿门宴"也无妨。乔队长想要的是土建工程的承包建设权，不是自己的政治前途和生命。

刘经理不急于知道谜底，也不会马上拍板定案。他要吊足乔队长的胃口，煞净他的威风，磨光他的耐性。像猫戏老鼠那样，品尝一下握有权柄才有的喜悦。这个"土建工程"就是一块大肥肉，里里外外都沾着利益呢。走进菜市场，看到艳红欲滴的西红柿、顶花带刺的嫩黄瓜，你能攫取过来掉头就走吗？肯定不能。商场上有规则，是讲究等价交换的。

从谋划筹建工厂的时候，刘秋恒就隔三差五地打听工程预算问题。时隔两年，工厂已经开工生产了。工程如何造价，"大包、小包、清包"等各种模式哪一种划算，刘秋恒已经了然于胸了。他知道建筑队里"上工、下工、大工、小工"的工资数额，知道钢筋、水泥、砖头、门窗的价格，知道灰号配比，知道一米墙头用多少块砖头，知道建工局收取多少管理费用和税金。只要建筑商报价，他知道多少建筑面积，马上就能核算出成本和利润。

明白人不说暗话，在行家面前玩不得二五眼。乔队长开门见山地询问刘经理：这个工程你准备啥价往外包，你想叫我挣多少，具体怎么操作，你定出道道来，我来实施。嘉义没有这方面的经验，处处跟你学，你说咋着就咋着。

刘秋恒摆摆手，示意大家先喝酒。两处建筑工程都是大活，要彻底想明白、想透彻，谋定而后动，不急在这一时半会。

"凭我和冷厂长这样的关系，这个活儿是罩在网里的鱼，迟早是你的。"刘经理端起酒杯，邀请乔队长和冷厂长一起碰杯。"我的意思是不光逮着鱼，还要安安全全地把鱼吃进肚子里，不能让鱼刺卡着喉咙了。"

大家心里一沉，两眼一亮，全都由衷地佩服刘秋恒心细如发，虑事深远。桌上这盘五香炸鱼就是冷厂长周六在华山闸口钓上来的，鱼儿只看到蚯蚓，没看到藏在蚯蚓肉里的铁钩子。鱼儿没能吃上蚯蚓肉，却把自己的躯体贡献给哥几个下酒了。鱼儿鼠目寸光，看到钓饵就急切莽撞，不顾后果。结果咬住了灾难，以至命丧黄泉。万事一理，殊途同归，鱼儿的警示值得深思。一定要沉得住气，把肉里的骨头剔净了，再放到嘴里咀嚼。

刘秋恒的"大哥大"响了，是卢家庄的书记卢家伟打来的。卢书记高高大大，门齿稀疏，说话不太兜风，刘秋恒送他一个雅号叫"西班牙"。村长相对年轻，长得也很帅气，不过很像一位风度翩翩的演艺界大腕，头颅往右肩方向偏那么一点点，刘秋恒管他叫"六点零五分"。村会计是一位循规蹈矩的中年人，平时看人把眼睛眯缝起来，看再大的字也要带上老花镜。他不秃不败顶，只是头发密度不够，属于"贵人不顶重发"之类，怎么梳理都盖不严头皮。刘秋恒骂大会的时候叫他"稀毛狗"，平时称之为"卢贵人"。

书记、村长和会计，是村里的"三大角"。只要是卢家庄的事情，不论是官方的还是民间的，他们一把全管。他们已经到厂里找过刘总两次了，说是村里的下水道堵塞，赶上下雨的时候臭水溢出地表，到处横流。如果再不整治一下，污水流进工厂对称心公司的形象是有负面影响的。如果赶上客户或领导进厂视察，看到污水泛滥，嗅到熏天的臭气，会是啥感觉？会有啥反应？细说起来，这也不是啥大事。我们村是有六千多口人的大村，每户收个十块八块就足够了。可是……基层干部两大难，计划生育加筹钱。我们也是堂堂四关乡的干部，不给群众办几件实事就够丢人的了，再向社员伸手要钱，实在不好张嘴……

刘经理在电话上和"西班牙"插科打诨地骂了一阵子大会，然后停止嬉闹，一脸严肃地告诉对方："明天上班的时候到办公室里谈，我让倪主任作记录。这回花点功夫整治一下，除了下水道还有巷口内的道路，晴天崎岖不平，雨天一片泥泞。我今年就干两件事，一是拥军二是爱民。捯饬完了再给你栽花种树安路灯，让各家各户通上自来水。建造一个现代化的新农村，把你们村树成'大邱庄'、'华西'那样的典型。我出人出钱出力，请设计院的乔诗琴高工过去规划，叫你们三个孬蛋露脸，给你们搽胭脂抹粉，叫你们露出一张雪一样白，比腔帮子还大的脸。不过……明天见面细说吧……"

刘秋恒不等对方有所反应，就急忙把手机挂掉了。他有了一个惠及多方的完美方案，得意之色溢于言表。

乔道远和冷嘉义都觉察到了刘总的情绪变化，迫不及待地追问道："接着说咱的事，你准备咋办？"

"我看这样吧，明天我到新海天安排一个大场，请卢家庄那几个孬熊吃饭，你们也过去。"刘经理呷了一口茶，又斟满一杯酒。"我可以出钱改造他们的村庄，让'西班牙'出点血，在临街靠路的地方给咱一块地。咱们三个，村里三个，加上公司几个副职、总工程师和办公室主任，十多套住房的空地就足够了。村里出地皮，老乔哥实际上出工出力，表面上看出钱的也是你。咱们趁便宜先在路边上弄一套三层楼的宅子，把院子拉大一点，多盖配房。用不了几年秦台就会长高长大，我们捷足先登，抢先占着黄金地段。将来或翻盖成门面出租，或是拆迁赔偿，保准能狠赚一笔。你们承好吧，如果我刘秋恒看走了眼，我把眼珠子抠出来给你们当泡泡踩……"

刘秋恒安排办公室主任，把前来承包职工宿舍楼的包工头召集到一起开会，查看他们的资质，考核他们曾经干过的工程，让他们上交工程预算书。晚一段时间再召开公司中层以上干部会，仔细审查各个施工队的资质和报价。盖房子是百年大计，职工宿舍楼是住人的，不是驴棚马厩，要砸下万年的桩基，要固若金汤。人命关天，住房是不能儿戏的，决不允许建造豆腐渣工程……

刘秋恒大义凛然地说了一通官话，最后压低声音说："办完这些事情去找'西班牙'，落实高职楼的用地问题……还有，快到建军节了，别忘了提醒我跟着到部队上去慰问。"爱民工程已经启动了，拥军的问题就要提到议事日程上来。称心公司一直是拥军爱民的先进单位，自己也连续三年被评为"双拥模范"，这一次也不能落后了。

拥军也好，爱民也罢，都是出力讨好的差事。献爱心也好，送温暖也罢，花再多的钱都不会从个人腰包里掏一分。但是这类示好布善的事情都是刘总一手操办并带领下属具体实施，刘总和人武部、消防队、当地驻军部队的广大指战员、与卢家庄的各位父老乡亲们越混越熟，感情与日俱增。

与人方便与己方便，花公家的钱加深个人之间的感情，这大概就是"拿着官礼送人情"，家里跟着闹哄哄。

仕途有路钱作马，愁城欲破酒为军。刘秋恒浪迹于社会各个领域，结交各类名流。不停地在会场和酒场中穿梭，在牌场和舞场中游荡，明面上拉关系，暗地里结善缘。不论是本公司还是外单位，只要能勉强扯上一点联系，他都积极拉拢。不论谁家摊上红白喜事，他都积极参与，能够亲自到场的一定亲自到场，不能亲临现场的时候一定有礼金奉上。他还八面玲珑，乐于助人。只要有人找他帮忙，无论事情大小，也不论办成办不成，他都一味地应承。本单位几个领导的弟弟妹妹小舅子想参军，他就找武装部的领导出面，请带兵的首长喝酒。卢家庄几位干部的表妹、堂妹、干亲家想进厂当工人，他亲自帮忙找劳动局长软缠硬磨，使出上天入地的本领，要来了"亦工亦农"的指标和表格，把各种事情办得妥妥帖帖。

刘秋恒是大家公认的精明人，尊崇与时俱进。刻板教条、墨守成规犯不了大错误，也决计成就不了大事情。譬如说：君子怀刑，小人怀惠。光讲组织原则、讲大道理，不讲实际利益能行吗？冷嘉义会无缘无故地批买肉的条子吗？魏成功的外汇券也不是大风刮来的。再比如说：君子之交淡如水，小人之交甘如饴。办婚宴用凉水酬谢客人，那凉水是烧开冷凉再加上蜂蜜冰糖也不行，必定会被客人骂死的。不给"西班牙"办事，不请"六点零五分"和"稀毛狗"喝酒，请他们喝凉水能顺顺当当地无偿拿到高职楼的用地？恐怕也是墙上挂帘子——门都没有。

都说没去过北京不知道官小，没去过深圳不知道钱少，没去过三亚不知道世界花哨，不胡思乱想瞎琢磨就没有烦恼。刘秋恒偏偏就爱瞎琢磨。他说"驳壳枪"那样的憨家伙没有烦恼，可是生活质量不高。就像古人所说的那样：巧者劳、智者忧，无能者无所求。自己是"筷他爹"不是"驳大侠"，别人有求自己是高看自己，是相信自己有经天纬地的本事。如此说来，只要别人有事相求，无论是正事还是邪事，自己都要仔细过问，坚决不能推诿。

人心换人心，八两换半斤。刘秋恒如此仗义，受他恩惠的人也不会昧良心。卢家庄愿意拱手奉送三十亩黄金地段的地皮给称心公司盖高职楼，虽有村里主要领导跟着沾光的因素，主要还是回报刘总经理往日的情分。

称心公司的办公室主任倪常进和卢家庄的几个主要领导一样，对刘秋恒总经理佩服得五体投地。倪主任没有地皮之类的厚礼孝敬领导，就下功夫把他的办公室装潢一新。

刘秋恒的总裁办公室，原来只是宽大明亮而已，并没有什么显著特点。倪主任到外地有名的大公司考察，也到乡镇政府去学习，综合各方面的优点，把刘总的办公室变成了豪华气派的多功能大厅。

正厅隔成大小两间，进门一个小的开间，是女秘书兼服务员的值班室。中档的办公桌和电脑桌，放置电脑、电话、传真机、打字机、复印机、装订机、热水器、消毒柜、文件柜等办公用品和用具。推开二道门，刘总才露出庐山真面目。一张巨大的老板桌放在偏里面一点的位置上，桌上有内外线电话，有液晶面的电脑，还有一个传唤秘书的电铃按钮。老板椅、红木沙发、真皮沙发、高档衣架、鞋架、擦鞋机，所用物品一应俱全，还都是高档的超豪华货色。墙上有壁灯，头上有顶灯，有明有暗，色彩斑驳陆离。办公室的西侧一溜副房，是卫生间、洗澡间、卧室、体育器材室和书房。卧室里安了一台直角液晶面的大彩电，有卡拉OK麦克风，有影碟录放机，据说还有黄色录影带。东侧一溜副房是棋牌室、会客室、小型会议室、更衣室和微型聚餐室。这儿不光可以办公，也能洗澡、睡觉、吃饭、打牌、下棋。只要主人愿意，洗桑拿、按摩捶背，焗油染发带美容，不出房间就能完成，而且是优质无偿的一条龙服务。

小五保去过刘秋恒的办公室，说那不是办公室，简直是宫殿，比他们师首长的办公室阔气好多倍。不仅如此，刘秋恒的公款消费也让小五保瞠目结舌。他的办公室里断不了三五条招待用的"中华烟"，也经常储存几箱"五粮液"和茅台酒。

脑子灵光又粗通文墨身上有点文艺细（胞）菌的员工，把刘秋恒的消费情况编了一首顺口溜：一包烟两瓶油，一顿饭半条骆驼一头牛，手表能换一车猪，腚下坐着一座楼……

# 十二、写十九的军人

铁打的营盘流水的兵，年年都有新兵进军营。只要不是职业军人，就不可能一辈子呆在部队上不走。职业军人是有硬性规定的，听说要有 30 年以上的军龄，正师职以上的级别。在这两项条件中，职务是至关重要的首选。假如你一参军就是国防部长的话，一年军龄也可以一辈子不脱军装。

小五保快满 30 岁了，已经有 9 年的军龄了，才是一个正营职干部。还有 21 年的时间，如果他能够奋斗到正师职的位置，就可以一辈子不脱军装了。时间不是问题，只要人活着，好赖都得往前过。五十几岁的年纪，一眨眼就熬到跟前了。

职务是不容易争取到手的。自己付出十倍的努力能爬到那么高的位置吗？他和他的战友对此都没有信心。战友们和小五保探讨能否一辈子穿军装的问题，一般都持模棱两可的态度，都很含糊地附和说：也许能，也许不能。其实跟没说一样。武大勇知道，战友们碍于情面，顾及他的脸面，不愿意当面治他难堪，心里早就有了非常统一，也非常成熟的意见：武大勇，你别痴心妄想了。就凭你，想凑够一辈子不脱军装的条件，这辈子是李双双死男人——没有希望了。

武大勇之所以参军入伍，是因为武家庄的支部书记挤兑他。参军之后能提干，则完全是巧合。

乡间流传"算处不打算处来，作恶使坏遭天谴"。这在小五保身上似乎得到了印证。武家庄原来的书记因为贪污提留款、计划生育罚款等原因，被开除党籍，判处七年有期徒刑，那顶乌纱帽戴到武大智老爹的头上了。武老爹勤政爱民，没有私心，处理事情也十分公允。他老人家连大队订阅的报纸都完好地保留下来，春节时发给各家各户盖饺子，而不是自己拿去换炮仗。廉洁养美德，公道生虎威。武大智的老爷子一生都有好人缘，活着的时候就被村民称颂。不像其他干部，好话要到追悼会上去听。

武大勇和武大智都是边防战士。武大勇膀大身宽、皮糙肉厚，抗击打能力强，禁摔打。武大智小的时候有人呵护，所以身板和胆量都比自己的族弟小一号。新兵训练结束后，武大勇被分配到边防哨所。执勤的时候攀爬崇山峻岭，跋涉坎坷沟壑。站岗的时候橡树桩一样挺拔屹立，风雨无阻，雷打不动。那时候，军旅之中尚未传唱《一棵小白杨》。每次上岗，武大勇他们就像一棵小白杨，栽到了哨所旁……

小五保光棍汉子爷一个，肚子饿了想哨所，吃饱了四海为家。他没事就鼓捣枪械，投掷教练弹，找对手练习散打和擒拿格斗术，军事素质十分过硬。

武大智去了汽车连，经常给他们送给养。冬天不常见面，其他季节一个月总要谋面一两次的。

1978年春天，高山上的冰雪开始消融了，武大智就要开着"解放"牌卡车上山了。武大智带着一个刚入伍的新兵蛋子，满载着军需物资，也承载着战友的问候、浓浓的春意和桑梓地的信息，一同送到边防哨卡上来。

江苏秦台市武家庄，是武大勇的故乡。家乡已经没有亲人了，似乎也没有值得牵挂的人和事。可是武大勇依旧念念不忘家乡，这大概就是中国人的"寻根"情节。树高千丈落叶归根，求本溯源，根在哪儿魂魄就要回归到哪儿。武家庄还有祖上和老五保爷爷留给他的两位宅子呢。

武大智把卡车开得飞快，他也急于和本家兄弟谋面，把老爹接任大队书记的喜讯告诉他。临来的时候，他在军人服务社里买了两瓶白酒还有鱼肉水果罐头，准备和自己阔别小半年的本家兄弟好好喝一气。

边疆地区幅员辽阔，地广人稀。没有村庄和树木的遮挡，能见度很高。武大智已经瞭望到边防站所在的那座山包了，还得驱车两个多小时才能到达。望山跑死马，目光所及的地方还远着呢，何况山道崎岖，汽车撒不开欢。这不，汽车又明显地往右前方倾斜了。有经验的驾驶员都知道，只要车轱辘下面没有陷阱，就是轮胎瘪了。果然不出所料，右前胎没补足气，被凸起有棱带尖的硬石头扎烂了。车上有备胎，换上去就行了。损毁的轮胎带回营地修理，耽误不了多大功夫。武大智叫小徒弟把千斤顶和套筒扳手拿下来，准备换轮胎。

太阳已经偏西了，金色的原野被晚霞映得彤红。附近山包上的石头活了，咕咕噜噜地往山下滚动过来。武大智和新兵蛋子都愣住了，揉揉眼睛再仔细看。那些"石头"也都靠近了，是十几个手持弯刀的流民。武大智没见过这样的阵仗，初出茅庐的小徒弟更不知道如何应对。他们还没来得及作出应急反应，"流民"的弯刀已经架到脖子上了。

这样惊险的一幕，被巡逻归来的武大勇看到了。排长带领他们一个班的人和两只优秀的军犬巡逻完毕，途经另一道山梁上返回哨所。武大勇揣摩着族兄应该上来了，就拿着高倍望远镜四处扫描。

小五保看到族兄和他的徒弟，被那伙子"流民"反剪双手绑起来了。他向排长作了简明扼要的汇报，把望远镜递给领导，让他自己观察。等了两分钟，没听见排长有解救战友的指示。小五保沉不住气了。解放军是共产党的队伍，党不会置同志的生死于不顾。武大勇先是解开军犬项下的绳索，示意它冲向敌阵，接着就端起枪来把一腔愤怒和仇恨射向敌人。

敌人远在射程之外，自动步枪打不着他们。跑过去显然不赶趟，要是有一支远红外的狙击步枪就好了。武大勇太冒失了，他不研究敌情，不等领导命令，不制定周详的作战计划，私自盲目开枪。这样不光于事无补，还惊动了敌人。这样做或许也能奏效，多半会付出惨重的后果，要么就达不到预期的战果。老百姓都知道"心急喝不得热糊糊"、"急躁猴干不过慢牵牛"。但他独断专行惯了，顾不了这般许多。

上小学四年级的时候，武大勇还是相当聪明的，不过性情急躁，做事大而化之，没有耐心。有一次他被选中参加镇里的数学竞赛，走出考场之后老师问他做得怎么样？他说都做出来了，有一题是3乘7，他没有绝对的把握。想了两分钟没捋出头绪，他就不管三七二十一，写个十九交卷了。他太毛糙了，已经背出了"三七二十一"还写十九，老师和同学都替他惋惜。不过错误已经铸成，事实无法挽回。从那以后他就染上了"写十九"的坏毛病，刚才没有命令就随便开枪，又重复克隆一次"写十九"的错误。

排长放下望远镜，狠狠地白了武大勇一眼，宣布如下命令：一班长带武大勇潜伏跟踪，并沿途留下标记，摸清敌人的行踪。排长和其他战士把剩余的干粮和水留给一班长和武大勇，然后跑步返回哨所，打电话请示上级，请求营救自己的战友。

那伙子"流民"是"流寇"，是越狱潜逃的劳改犯，他们想偷越国境线，已经在边防线上转悠七八天了。碰巧武大智那辆孤零零的军车在傍晚出了故障，停留在空旷荒凉的山路上。贼偷易物，看到前后没人，也没有通行的车辆。贼寇们迅速生出了劫掠的坏心思，贼胆也像刚出炉的爆米花，瞬间膨大起来。

流寇的肚皮早就饿瘪了，急于补充身体能量。他们也想抓两个有分量的人质当筹码，要挟边防站放他们出境。

流寇们押着武大智两人钻进了山沟，隐蔽在一个背风向阳的马蹄形山坳里。灵敏机警的军犬嗅着他们的气味，一路尾随过来。看着流寇们烧火取暖做饭，靠着崖壁休息了，才折身往回跑，去找它的训导员。

半道上，军犬嗅到了武大勇的气味，它欢快地"嗷嗷"两声，扑上去又蹭又舔。亲热了一会儿，武大勇拍拍狗头，示意它跑到前面当向导。

军犬的聪明超过了常人的想象。它开始在小五保前头碎步慢跑，与敌人接近的时候故意放轻脚步，尽量不弄出响声来。到达目的地之后，它匍匐下来，摇着尾巴向武大勇他们示意。

流寇们总共十二个人，七男五女。他们抢劫了军车，得了一顿饱食。民以食为天，贼寇们被饿绿了脸，满脑子想的也全都是食品。正在他们你抢我夺之际，武大勇打响了一梭子子弹。流寇们虽然是穷凶极恶的亡命之徒，但毕竟是临时聚集在一起的乌合之众。他们没经过战斗的洗礼，没受过正规的训练，又被各地军警追赶得无路可逃，急慌慌地如丧家之犬。猛然听到枪声，他们胆战心惊，腿肚子转筋，只想赶快逃命，顾不上其他。所以他们只拿了一些吃的用的东西，竟然没拿走武大智和他徒弟的枪支弹药。

一班长和武大勇潜伏在山崖上，居高临下地俯瞰着这个小型盆地，流寇的一举一动尽收眼底。

班长一手抚摸着蜷卧在身旁的警犬，一手拉着蠢蠢欲动的武大勇，叫他耐着性子等一会。等敌人困乏了，大部队上来了，堵住马蹄形洼地的出口，出奇制胜，一举全歼敌人。现在莽撞起来，轻则打草惊蛇，无功而返。重则激怒敌人。他们都是背负血债的亡命之徒，走投无路时就会鱼死网破，玉石俱焚，那就可能造成不必要的惨重损失。

排长让自己跟武大勇一起追踪流寇是有深意的，主要就是让他勒紧缰绳，看住这匹野马。

如果武大智他们不在敌人手上，武大勇觉得虽然只有两条枪外带一只军犬，同样可以打一场漂亮的突袭战。让狗在后面的石崖上"汪汪"着，算作疑兵。自己和班长堵住山门，足可以瓮中捉鳖。可是武大智在这帮子鳖孙手上，救战友就像是瓷器店里抓老鼠，投鼠忌器。他并不怕只身犯险，实在是怕班长的阻拦。

熬到凌晨之后，受到惊吓又长时间奔袭的土匪人困马乏。他们蜷曲在篝火旁和衣而卧，虽然手里还攥着家伙什不放，嘴上却是哈欠连天，眼皮也像灌铅一样沉重了。两个负责看管人质的贼寇，把绳子末端系到自己的手腕上，也靠在山岩上磕头打盹了。篝火堆里没人续添柴火，明火早就没有了，风吹着火堆里的木炭块，犹自忽明忽暗。

为了防备自己"写十九"，武大勇把配枪摘下来，交到班长的手中。自己衔着一把枪刺，从缓坡上溜下去，悄悄地接近武大智。他准备先把族兄和新兵蛋子救出来，再放开膀子拼杀。

小五保用枪刺挑断了捆绑族兄和新兵蛋子的绳索，示意他们沿着缓坡爬到山崖上去和一班长汇合。

武大智和他徒弟的手脚被冻麻了，行动不太灵便。和平年代的军人，第一次历险也是相当紧张的。他们急于脱离险境，慌不择路，无意中扯紧了攥在流窜犯手中的绳子，那个新兵蛋子还撞到了另一个流窜犯的身上。两个流窜犯被同时弄醒了，那情势如同千钧悬于一发，是相当危险的。

武大勇反应迅速，出手果断。他毫不犹豫地推开战友，用枪刺刺死一个就近的歹徒，夺过他的砍刀，挥刀向另一个歹徒砍去。武大智拉着他的小徒弟，迅速地爬上了山坡。

被刺中心脏的歹徒，使出最后的力气，发出了野狼一样的哀嚎。牵着绳头的歹徒被倏然飞来的鬼影吓傻了，还没来得及反应就被武大勇削掉了大半个脑袋。匪徒们都被惊醒了，一起挥舞着锋利的弯刀，蜂拥般向小五保砍杀过来。

好汉难敌众拳，小五保被歹徒们砍翻在地，再不施以援手，武大勇就有性命之虞。一班长不再遵守军队的清规戒律了，像自己的亲密战友武大勇一样，果断地写了十九。愤怒的枪声吼叫起来，仇恨的火焰射向敌人的阵地。这时排长也带领两个班的主力驰援过来，把剩下的残匪一网打尽。

武大勇被连夜送往野战医院。听军医说小五保严重破相，头上、脸上、脚上、手上、脊背肩膀上，都有刀伤。一道道血口子像肿胀的嘴唇一样翻翘着，比狗牙咬得深，比狗爪子挠得长。那颗青葫芦一样的秃瓢脑袋，又一次被戕害成"花瓜烂蛋"。排长负责处理善后，把没死的歹徒重新送回监狱。

边防哨所荣获集体二等功，小五保不在立功受奖之列。

武大勇机智勇敢，不顾自己的安危舍己救人，是一个了不起的大英雄。他的事迹迅速传遍全团，赢得了包括团首长在内的广大指战员的赞扬和钦佩。可是他个人英雄主义严重，目无尊长，无组织无纪律，动辄就"写十九"，这是部队上不能容忍的，更不能树成典型，助长个人英雄主义。

小五保轰轰烈烈地干了一场，有名而无利。就像《亮剑》中的李云龙一样，功过相抵，不奖不罚。

部队首长赏识武大勇的勇敢，头疼他乱写十九。小五保明年就服完兵役了，首长们想把这匹不好调理的野马送回老家去。

年底军事大比武的时候，武大勇拿了全师的冠军。小五保脱颖而出了，就像羊群里面跑出一头驴，高大醒目。团首长轻而易举地发现了他，把他选拔进入特种侦察分队。连长和指导员都管不着他了。

武大勇在综合考评中得第一，知情的人一点都不觉得诧异。这小子从童年开始就拿打架当饭吃，是排倒的硬功夫。参军后他一直不遵守纪律，经常受到各种各样超强度的处罚，约等于教练天天给他开小灶，自然是久病成良医。都说常挨打的人才会打人，他不得第一鬼才得第一呢！

到了1979年，越南无端挑衅，在云南广西的边境线上频频制造事端。中国一忍再忍，忍无可忍，最后就无需再忍了。中央军委敲响金铎，发出了予以反击的指示。小五保和武大智都没转业复员，而是跟随野战主力部队南下，参加"对越自卫反击战"去了。武大智仍然开车，大车换成了小车，是团长的专职驾驶员。武大勇仍旧是侦察分队的侦查员，不出外勤的时候，就在团指挥所附近转悠，负责保护首长的安全。

一天黄昏的时候，小五保背着首长和战友，私自跑到山涧里洗了一个凉水澡。边境线处在北回归线以南，属于热带雨林性气候。湿热的天气像热毛巾一样时刻披在身上，捂出了一身痱子，奇痒难耐。部队之所以严禁战士私自到大田里折甘蔗，到山涧河谷里冲澡纳凉，并不是刻意遵守《三大纪律八项注意》，而是为了战士们的生命安全。现代的地雷已经做到了"迷你化、微型化"，像瓶盖钮扣那么大一点，又都是五颜六色的。绿色的扔在树林间和草地上，褐色的散落在河滩上，或是裸露的土壤里，只要踩上去，一准能把大活人炸成两瓣。小五保平时不太注意军纪，看到首长才戴上军帽，扣上钮扣。军装和军帽平时不怎么上身，却有很多白花花的汗渍。

听说一线的战士天天躲在猫耳洞里，蛋皮都被焐烂了。为了通风清爽被抓破的腿裆，他们平时都是一丝不挂的。冲锋的时候也只把军裤系在腰间遮住羞处，依旧是光着屁股拼杀。人是高级智能动物，把颜面看得比性命重要。所以卫道者们常说：生命事小，失节事大。宁丢性命，不丢脸面。书上形容人们急眼拼命的时候，也是脱掉上衣赤膊上阵，绝无褪掉裤子，赤"什么什么"上阵之说。可是到了战场上，这一切统统顾及不得了。只要能保存自己，有效地消灭敌人的有生力量，怎么痛快怎么来吧。

洗完澡回来，武大勇原打算躺在吊床上眯瞪一会的。听到团指挥所里有"扑扑腾腾"的声音，他甩掉裤子和帽子，光着膀子跑了过去。

团政委带着一帮子干部到战地医院看望伤兵去了，团长留在指挥部里，只有警卫员、驾驶员、报务员和一个作训参谋跟在身边。这时闯进来七八个穿着解放军服装的越南特工人员，他们在昆明步校受过训，是会讲中国话的越南鬼子。

团长他们都以为是自己人，一时疏忽大意了。越南特务接近他们之后突然发难，缴了他们的械，还残忍地杀死了作训参谋和报务员，刺伤了警卫员和驾驶员。他们准备把团长弄到车上去，威逼武大智开车送他们回到越军阵地。

小五保看到这种情形，后悔得扼腕跺脚。他也太大意了，没带配枪，连一把匕首也没带在身上。事到如今已经顾不得许多了，这个不怕死的拼命三郎猛然跳出去，又开始"写十九"了。他抱住了越军的头目，把越军手中的匕首翻转过来，像杀鸡一样抹了他的脖子，并顺势夺下那把匕首。

由于事发突然，越军特工猝不及防，所以吃了大亏。小五保推开怀中的死尸，跃然而起，刺中了团长身边的越南鬼子，把团长解救出来。这群越军看清楚只是武大勇一个人，还光膀子赤背的没有武器，胆子大了起来。为了不暴露目标，他们穷凶极恶地围拢小五保，作了一个不开枪的手势，准备用匕首解决问题。小五保原本就不是吃素的，又赶上了生死存亡的关口，比平时更加英勇难缠。说到底还是好汉不敌众拳，小五保又被敌人刺倒了，头脸又都伤成了花瓜烂蛋。

武大智趁着敌人围攻族弟的当口，爬到警报器旁边拉响了警报。警卫排的战士赶来了，全歼了这股子越匪。因为武大勇的保护，团长只受了一点轻微的皮外伤，警卫员和武大智受了两处刀伤和枪伤，都没伤及要害。武大勇伤得最重，血流得最多。送到战地医院的时候，他已经奄奄一息了。

战后总结的时候，团长示意宣传干事对武大勇进行正面报道，不写他违反纪律私自下河洗澡的事。

小五保和族兄武大智这一次都立功受奖了，被提拔当了干部。小五保出任侦察分队副队长，武大智当了汽车连的副连长，都是副连职干部。

人心无尽，既得陇复望蜀。武大勇参军之前最大的愿望就是吃上"国库粮"，有个体面的工作，一辈子都吃白面大馒头。在部队提干之后，这个宏伟的愿望是铁定地达成了。部队上的军官转业到地方也是国家干部，拿工资吃国库粮。

小五保三次破相，一次比一次严重。第一次是在大队书记家，被狗爪子狗牙撕烂了脸皮，留下几道浅浅的疤痕，很快就平复了。第二次是在北方边防线上，为了营救战友，和逃窜犯展开白刃格斗，伤口大小深浅不一，缝合治愈之后，两片腮颊就不那么对称了。第三次是在南疆打击越南的战场上，为了救护团长和战友，他连性命都抛到脑后不理了，自然无暇顾及局部的脸面。他武大勇再勇敢也是血肉之躯，皮肉的坚硬和柔韧程度都不行，尤其是脸皮。乡亲们和战友们平时都说小五保的脸皮比城墙拐角还厚，可是在锋利的刀刃面前，脸皮一下子变成了西瓜皮和老豆腐，柔嫩怯懦，不费吹灰之力就把它给戳破了。

野战医院的军医们，不光医术高明精湛，缝纫技艺也是精美绝伦的。小五保被越南鬼子剁得稀烂，被军医们缝补起来，滴水不漏。

武大勇伤愈出院了，并没有落下什么残疾。只是那张脸横七竖八地放线，表情僵硬。他那张脸已经面目全非了，再回到家乡不费一番唇舌解释，再来一两个人证明，没有人相信他是小五保。武大智也说，和刚参军时相比，武大勇判若两人。初进戎行，武大勇虽然桀骜不驯，那张脸并不失英俊，女同胞看了也没有厌恶之心。现在怎么说呢？几个和他对过相的姑娘说：一个人不敢看，两个人拿着手榴弹。仔细看不如猛一看，看人不如看照片，看现在不如看从前。

武大勇升到了正营职干部，是一级英模。已是而立之年的人了，还没娶上媳妇。他一个人孤单惯了，并不十分着急。领导和同事们却心急如焚，全都积极主动地帮助这位仁兄张罗着婚事。

教导员的媳妇是中学教师，她有一个要好的同事也是师范学院毕业的高材生，选择对象的时候总是高不成低不就。时间不等人，大姑娘慢慢地变成了老姑娘。骡子马大了值钱，人大了不值钱。教导员的老婆估摸着同事的行情看跌了，就把武大勇刚入伍时的照片拿给同事看。武大勇一次次破相之后，自己都嫌弃那张破脸，平时很少光顾照相馆。女教师对照片上的武大勇还算满意，同意和他见面谈谈。

看到现实中的武大勇，女教师吃了一惊。把照片擩到小五保的鼻子底下，急切地问："这是谁？"

"这是我弟弟。"小五保一直把婚姻大事当儿戏，从未认真地对待过。他想看看这位美女的德行如何，故意调侃她说："我弟弟是战士，我是营长，你要哪一个？"

女教师没有直接回答小五保的问题，却慢条斯理地给他讲了一个故事：说从前有一个漂亮的美女到了该出嫁的年龄，媒婆一时掂量不出怎么撮合她的姻缘，就直接去征求这位姑娘本人的意见。媒婆告诉那姑娘，说邻村有两个和姑娘年龄相仿的小伙子，西边这家的小伙长得不好，但家境富裕。东边这家小伙长相好，但家境贫寒。问姑娘愿意嫁哪一家？姑娘是非常务实的，也非常的理智。她说愿意西家食而东家宿。

小五保也是绝顶的聪明，闻琴声而知雅意。他调侃地笑着说：恐怕你只能西家食而西家宿。因为现在还可以找到"东家"那个人，却永远找不到"东家"那张脸了……

武大勇的心中也不时泛起几缕酸涩。自己是为了保卫边疆才把脸面弄丑的，想不到破相的英雄也遭人唾弃。可是一想到自己的另一个同乡战友宋邦爱，为了摧毁敌人的堡垒，大腿被炸飞了依然不下火线，抱着炸药包匍匐前进 36 米，终于完成了任务。宋邦爱烈士和敌人同归于尽，玉石俱焚了，他连一丝皮肉都没留下来，只在阵地上留下了 36 米血迹。宋邦爱已经订婚了，有一个漂亮贤淑的未婚妻，可是他为了祖国和人民，没能牵着老婆的手步入婚姻的殿堂，而是抛下未婚妻独自去了泉台。自己还活着，虽然脸膛子变丑了，依然在和平的环境中享受美好的生活。能喝着老酒，吃着烧饼和"鬼子肉"，没有老婆又咋着？晚上照样睡得非常香甜，第二天睁开眼睛就能看到空中那轮红彤彤的太阳，这是何等的幸福！这样一想，小五保就没有烦恼了。果真 2012 年 12 月 22 日是世界末日，自己能平安活到那一天，和芸芸众生一起毁灭。这就是幸运。老婆算个啥！没有老婆也照样一天三个饱一个倒，上秤约约还是百十斤，也没掉多少膘嘛。

教导员又把女教师介绍给武大智。武大智自信女教师不会到族弟家歇息，至于到他家吃饭，哪怕是常年光吃不住，只要小五保愿意，自己也没啥意见。那个女教师叫赖颖，她对武大智的相貌和社会地位都认可，武大智非常高兴地接纳了她。

不满足是社会进步的动力，因为人的低级愿望被满足了，就会生出更高级的愿望。人们设定的初级目标实现了，就会树立起更高更大的理想和目标。武大勇就是这样。已经混成国家干部了还不满足，又想一辈子不脱军装。武大勇有自知之明，知道第二次设定的人生奋斗目标太高、太远、也太大了，这辈子可能实现不了。实行军衔制之后，师长的军衔是大校，业内人士称之为"两毛四"。自己的肩膀上虽然也能铺上了双铁轨，最多是孤零零的一颗星。再补三颗星星在上头，无疑是读李白的诗篇《蜀道难》。蜀道难，难于上青天……西当太白有鸟道……上有六龙回日之高标，下有冲波逆折之回川。黄鹤之飞尚不得过，猿猱欲度愁攀缘。

地方的官场上流传着这样的话：男人提前（提钱）进步，女人日后再说。有三个年轻漂亮的女干部在一起议论没被提升的原因。甲说自己上面没人，乙说自己上面有人但没活动，丙说自己上面有人，她也活动了，但没出血。

武大勇知道，自己是不被"漂亮帅气"眷顾的男子汉，即便改变了性别，首长们对自己的外观形象也是丝毫不感兴趣的。另外自己一点也不沉着稳健，还有着乱写十九的狗熊脾气，小股单挑可以，不适合指挥整建制的部队作战。只要首长的大脑可以正常思维，眼睛耳朵的功能还没转换，依然能听言察行而不是用来呼吸的，自己升任中级指挥员的希望微乎其微。

如果战争持续下去，自己不离开前线，持续升级是很有希望的。特种侦察兵是首长的秘密武器，就像武林高手身上的暗器，有出奇制胜的作用。比如说深入敌后抓舌头、炸飞机场、弹药库，甚至是定点清除罪大恶极的死硬分子，进行"斩首行动"等等，只要能够出色地完成任务，凯旋的时候肩膀上就会多一个豆豆。小五保勇敢果断，军事素质过硬，就是干将莫邪锻造出来的宝剑，只要出鞘就直指敌人的心脏。解放军恢复军衔制势在必行，按职务定军衔，自己是正营职，可以评定少校军衔。"两毛一"的军衔，双铁轨一颗星。铁轨已经铺好了，就等着深入敌后，砍剁敌军指挥官的脑袋换豆豆了。可是自己撤出了战斗系列，越南鬼子也熊包软蛋了，战斗持续不了多久。和平年代里没有天梯可以攀缘，军事素养再高也摘不到天上的星星，肩膀上长不出豆豆来了。

武大智的境况也不会比堂弟强到哪儿去。他虽然善于察言阅色，惟领导之命是从。从小到现在从未破过相，模样还算周正。可是他冒充高干子弟诱骗防区附近的女大学生，和人家发生了不正当的男女关系，造成了非常严重的不良后果。团长的心脏病被他气犯了，躺在医院里半个多月不能上班。

乡亲们常说，破裤子要先伸腿，早洗脸早凉快。既然在部队上混不出更好的名堂了，就索性早一点回地方。

小五保准备趁探家回乡的时候，找要好的同学商量一下，无论下一步干啥，都要大闺女撕裤子，早作打算。现在刘秋恒、王彭生都是经理厂长一级的人物，能替自己报销几场子酒钱。俞文明、孙华强、史先功、李新、赵玉民、邵霞都是科局级干部，在县级城市里可以呼风唤雨，至少知道哪几个单位比较好，能帮助自己跻身进去。像王召明、张大忠、温建立、刘敦林、周新华、王凯歌、姜春阳、蒋慎玉、吴世军、崔小平之流，都是比自己参军晚复员早的兵痞，现在都在公检法司和财税交通运输系统，全都鲜鲜亮亮的，好生令人羡慕。

# 十三、顶级高手

想在短时间内和所有的同学见面，最好的办法就是操办同学聚会。对于同学聚会，同学本人是持赞成态度并积极响应的，但同学的另一半竭力反对。

同学聚会，相视流泪。说话意有所指，眼神闪烁暧昧。抓住迟来的机会，喝出别样的滋味。当初胆怯没下手，现在拆散一对算一对……

《同桌的你》之所以风靡全国，被万人传唱，是因为男生都好闲吃萝卜蛋（淡）操心。每当翻看毕业照片时，就会想起当初暗恋的女同学。怕女同学的恋人翻看她的日记，自己会被牵连挨揍。这纯属自作多情，还意味着杞人忧天。试想一下，男同学对女同学十分痴迷，如果女同学和男同学是一样的心思，两个人不就喜结连理了吗？如果女同学不那么迷恋自己，属于"落花有意流水无情"的态势，她根本不会在日记中提及自己的异性同桌。再说了，女同学心细如发，行事严谨，结婚前自会把一切事情处理妥帖，不会把自己的把柄短处交给丈夫，让他终生挟制自己。既然不能结成伉俪，谁娶她谁搂着睡觉，给谁生儿育女，男生更不用胡乱操心了。至于是谁把她的长发盘起，碍不着男同学的蛋疼，和我们没有任何关系。是谁给她做的嫁衣，她嫁给谁就穿谁的婚纱，同样不关同班同位男同学的屁事。何必戏台底下掉眼泪，为她人担忧呢？

刘秋恒不这样认为，他说小毛秧秧人芽子都知道"隔锅的饭香"。猪八戒因为月宫中的嫦娥，被贬入凡间当了妖怪，真把嫦娥许配给他，搂几年也会产生审美疲劳的。人们都说：握着老婆的手，如同左手握右手。握着同学的手，后悔当初没下手。握着情人的手，酸甜苦辣全都有。握着坐台小姐的手，先看兜里的钞票有没有。看到第一次见面的俊丫头，立马就想跟她走。

秦台地区搞同学聚会，在资金筹集上有三种方式。一是皇帝烙煎饼，均（君）摊。大家凑钱喝酒，不偏不倚，公平合理。

二是在位掌权的人请客，花费多少都由单位报销。这是拿着官礼送人情，花公家的钱，支撑个人的脸面。操办这类事情的人，一般都是单位一把手。乡镇七站八所的一把手级别虽低，却有签字报销的权利。副镇长、副书记的级别职务高，需要请客充脸的时候，也要找到分管站所的负责人化缘。所以人们宁愿在低级别的位置当正职，也不愿意明升暗降当副手。古人说过：这样的现象是宁为鸡口不为牛后。

三是款爷赞助。暴发户凭借胆气和运气，腰里有几个糟钱，想在同学面前显摆。这类哥们多半是上学时淘气或学习不好，要么家道中落，没能混上一官半职，在社会上受过别人的歧视。士别三日刮目相看，他们在另一个领域里证明了自己的实力，一定要挺起腰杆来，叫同学故交知道他某某人也是个响当当的人物。

小五保期盼的这次同学聚会如期举行了，是刘秋恒出资举办的。刘总是有权有钱的实力派人物，主政多年，有一套吃喝玩乐的经验和办法。他一大早就把同学召集到宾馆，先是畅谈阔别思念之情，中午聚餐，下午游玩、照相，留通讯录，晚上继续就餐。男女同学都喝得酩酊大醉，动情的时候失声痛哭。

男同学一个比一个阳刚，都说自己的胸膛博大安全，是可以无偿提供给女同学休憩的幸福港湾。烧酒催生出腹中那缕怜香惜玉的柔情，让所有参加聚会的男同学变成了护花使者，连铁石心肠的小五保也不例外。

女同学虽然已经开始发福变形，生理上也开始接近更年期了。她们在家里经常对老公疾言厉色，对久别重逢的男同学却像猫儿一样柔顺，丝毫不影响她们尽力展示女性的温柔和妩媚。其中表现最为突出的是班花、级花、校花洪蔷薇，她舒展开依旧纤细白皙的玉臂，要把全班的男同学收拢在怀抱里。

刘秋恒一肚子绝妙的馊主意，给洪蔷薇支了一个高招。他号召男同学集资捐款，帮助洪蔷薇打造一张可以容纳二十六人同时睡觉的超大型豪华席梦思大床。全班二十五名男同学，可以躺在一张床上同享洪蔷薇销骨化肉的温柔，那是可以申报世界《吉尼斯记录》的。

大概是小集团的本位主义作祟，刘秋恒设计大床的时候只考虑同班同学，没给洪蔷薇的丈夫预留位置。人家把老婆贡献出来了，大家也不客气客气，反而一哄而上，把正头香主挤到床下去了。洪蔷薇的丈夫不干了，夫妻之间有了裂隙，由猜忌到争吵，由谩骂指责到拔拳相向，由相互不搭理到分开居住，最后到法院去办理离婚手续，一年内走完了夫妻失和到反目的全部过程。机会来了，男同学却纷纷地撤退了。虽然他们仍然莫名其妙地有着某种期待，虽然心里依然放不下那张超大型的豪华席梦思，但是他们缩回了准备掐花的双手。蔷薇有着诱人的幽香，也长着能刺穿皮肉的硬刺呢。

武大勇和武大智都决定要转业了，说是回到部队就递交《转业报告》。归队之前他们一同去找刘秋恒，邀请俞文明、孙华强、刘敦林、李新、王彭生、史先功、赵玉民等同届中比较活跃的男同学，小范围聚餐，拜托大家帮忙联系接收单位。小五保兄弟两个交给刘秋恒六条"大重九"香烟，一个鼓鼓囊囊的牛皮纸大信封，信封里装着五千块钱，说是活动经费。

刘秋恒把香烟留下了，把信封退了回去，也没让两位军官买单。他说在座的弟兄都有摆两场小酒的本事，用不着自己掏腰包花钱，轻微的礼品自己就可以解决。他们公司有罐头、有饮料、有糕点，还有非常稀罕的龙须酒。再说哥几个都在一定的位置上，在秦台这张脸就是介绍信，还是能够起点作用的。当然喽，过头饭能吃，过头话不能说。真需要花钱的时候哥几个先行垫付，你们回来的时候实报实销。

要想一天不素净，就请朋友喝酒闹腾。刘秋恒主办同学聚会，折腾了两天。他说同学聚会比小范围的朋友喝闲酒更厉害，足可以让人疲乏半年。

同学聚会结束了，小五保和他的族兄也归队了，刘秋恒终于轻松下来了。他回到办公室，痛痛快快地洗了一个热水澡，穿着睡衣躺下休息了。日理万机的大经理，难得有闲暇的时候。刘秋恒也太疲劳了，头刚沾上枕头，手脚还没放平就鼾声如雷了。

快到下班的时间了，刘秋恒依旧迷迷瞪瞪的没有完全清醒。秘书打进内线电话，说有一位时髦的河南姑娘有事找他，已经在待招区恭候很长时间了。

一个体态窈窕、着装前卫、相貌姣好的年轻姑娘，身上珠光宝气，脸上淡施粉脂，提着一款高档的鳄鱼皮坤包，扶风摆柳似的晃到了刘总的身边。

"刘总您好！我叫岳容，是马大哈的表妹。咱们也算是老表了。"岳容把纤细修长、柔若无骨的红素手递给刘秋恒，让他攥在掌中摩挲着。刘秋恒和岳姑娘贴得很近，嗅到了她体内散发的幽香。那香味温润浓郁，透彻五脏六腑，让人心醉神迷。刘总的眼睛直了。天降尤物，进门就喊"老表"，看来老刘要走桃花运了。秦台及周边地区的人都知道，非正式的老表就是操蛋局。胡乱认老表，就是瞎胡搞。

马大哈是砀山人，是一位很有实力和能力的原料供应商。秦台称心公司是马老板的第二故乡，也是他的储备银行。马老板几乎常年住在秦台，在称心公司逗留的时间比刘秋恒还长。黄桃、苹果、梨子、芦笋、洋葱、大蒜、蘑菇、青豆，称心公司做什么产品，他就收购什么原料。马老板原来是村里有名的救济户，家里穷得叮当响。

从认识刘秋恒并给秦台称心集团收购原料开始，马老板的运道就变了。三五年下来，他家那几间破草房被扒掉了，在旧址上盖起了富丽堂皇的三层小楼。平板车和脚踏车也扔进了垃圾堆，购置了大货车和小轿车。他和称心集团的年业务金额，达到千万元以上。他亲近称心集团的每一位员工，对一把手刘秋恒更是感恩戴德，钦佩得五体投地，感激涕零。

趁着原料青黄不接的闲暇时刻，马老板把一大摊子业务交给老婆处理，自己开车出去"自驾游"去了。要账收款的事他不让老婆插手，委托给商丘这位不知道怎么拉扯上的"表妹"了。

河南表妹斜着眼勾吊刘秋恒，把一叠原料过磅单递给刘总经理，撒娇卖萌地要求刘秋恒签字。

刘经理接单子的时候，又顺势抓住岳姑娘那双粉嫩的小手，不住地揉搓着。美人的"哼哼"声娇若春燕，叫人心生怜悯，实在是不好拒绝她的要求。可是刘秋恒是异常精明的"红顶商人"，知道在商言商。商场上的规矩，无论是现金货币也好，转账汇票也罢，即便是以物易物，也是讲究等价交换的。凭你长得漂亮，随便抛几个媚眼，吹两口幽香的如兰之气，马上就签字付款。那样我刘总经理就太不值钱了，不光是自轻自贱，这个小美人出门就会"呸呸"地直淬口水，从心里看不起自己。

"岳小姐大老远赶来，我刘秋恒不能慢待客人。"刘经理指指墙壁上的时钟，非常客气地笑着说："已经赶上饭点了，咱们一起吃饭去吧。"

刘秋恒是太极高手，一个不经意的推手，就如四两拨千斤，轻而易举地把客户结账的请求遮挡过去了。他还要避开岳姑娘给马大哈打电话，核实情况的真伪，不会轻易把钱交到陌生人的手上。刘总让驾驶员到食堂去吃饭，自己开车拉着岳容小姐，到定点饭店的雅间去吃饭。

给首长开车的驾驶员，都是眼观六路耳听八方的人尖子，领导稍一示意，他们就知道该干啥，怎么干。他们知道合理回避，给领导留出私密的空间。实在回避不了的时候，他们变得又聋又哑又瞎，啥都看不见，啥都听不到，听到看到了也不说出去。

刘秋恒除了出远差、跑长途的时候让驾驶员跟随，平时都是自己开车。人都有混蛋的时候，最忠于自己的人就是自己，他不会轻易相信任何人。

古人说慌不择路、饥不择食、冷不择衣、贫不择妻。马大哈发迹之前是村里的"筐底子"，说媳妇的时候掀开尾巴看看，是个母的就愿意，自然不敢挑剔女人的长相。腰包鼓胀起来之后，他也有了烦恼和遗憾。过去一门心思娶老婆，觉得人家有的东西咱也有，这就非常满足了。别人讲究"花容月貌"是要饭的烤席篓子——穷烧包。老婆知道疼自己，能陪自己睡觉，给自己养活孩子，跟自己一起凑合着过个穷日子，比啥都强。

穷生歹心富生淫，有钱之后再看结发的黄脸婆，一身都有不是了。腰粗得像水缸，牙黄得像玉米，手糙得像铁锉，脸扁得像柿饼，嗓子沙得像破锣。肌肤不能生香，干完活一身臭汗，像集市上的咸鱼摊子，酸臭难闻。

马大哈也试图让自己的老婆脱胎换骨，给她买时尚的旗袍连衣裙，买顶针一样的金戒指，拴羊链子一样粗的金项链。还让她喷洒法国香水，搽高档的粉脂，头上插戴绢花。可是老婆那张脸被风霜剥蚀得太过粗糙了，披腻子一样糊了一瓶粉底霜，也盖不住凹凸不平的皱纹。捯饬完了就能想起"沐猴而冠"这样的成语，觉得老婆离人类更远了。

人的生理进程，用军事术语来形容应该是这样的：二十岁之前是童子鸡，二十岁之后是侦察机，三十岁之后是战斗机，四十岁之后是轰炸机，五十岁之后是手扶拖拉机，六十岁之后是美国产的F117隐形飞机。也有人用家用电器来形容，说是"长虹、跃进、微软、松下"啥的，倒也贴切。

马大哈老板已经过了不惑之年，到了狂轰滥炸的年龄，操作频率增加了，他希望在质量和数量上都能提升档次，上一个大的台阶，不能老是往半人半鬼的黄脸老婆身上使劲。

马老板知道名气大了好挣钱，挣钱多了也要买名气。他开始助弱助残，体恤孤寡老人，也拥军助学啥的，果然混了一个工商联执委的头衔，后来又被工商联推荐为县政协委员。他能够得着和老干部拉呱说话了，不少老干部都有这样的感叹：时间过得真快。生活越来越好，我们越来越老。过去年轻掌权的时候，身体硬得梆梆的，组织纪律比身体还硬朗，男女关系是一条

380伏的高压线，轻易不能触碰。现在政策宽松了，鸡毛蒜皮的琐碎事没人理会了，我们的身体也疲软了，不敢出入灯红酒绿的场所。临渊不能捕鱼，退后多吃补品也修补不好这张烂网，只能望洋兴叹。马老板要趁着自己年纪尚轻，腰里有钱的时候有所作为，不能把这样的遗憾留给自己。

马老板是个有良心的人，懂得知恩图报。古人说：受人滴水之恩，当以涌泉相报。自己的细腰之所以能吹气似的粗壮起来，贫穷之所以远离自己，刘秋恒总经理功不可没。没有刘总这个贵人相助，自己下辈子也爬不出穷坑。自己可以把古人的训诫反过来，受人涌泉之恩，怎么也得回报一瓶矿泉水。哇哈哈、农夫山泉都是名牌，可以任挑任选。那就送他一瓶农夫山泉吧，广告上都说了"农夫山泉有点甜"。后来刘经理落马了，马大哈自责很久，他光顾着看电视没注意浏览电脑。电脑上说"农夫山泉有点悬"。

从某种意义上来说，岳容姑娘就是一瓶矿泉水，是马大哈老板送给刘总经理的哇哈哈。刘经理三十郎当岁，在这个年龄段上战斗力是很强的。

马大哈花钱把岳容从商丘聘请过来，专门负责公关工作，兼顾着征服客户和愉悦老板的双重工作。拿客户当幌子掩护自己，可以糊弄老婆，维护安定团结。说是让公关小姐招呼客户并非子虚乌有，确实含有那样的成分在里面。不过招呼客户有始有终，次数和时间上都相对较少。岳容拿马大哈的薪水，马老板是她正儿八经的东家。她惟马老板之命是从，不出外勤的时候，就如影随形地跟着马老板。

马老板的老婆是喂过猪的农村妇女，观察过猪娃子的习性。小猪饿的时候"吧嗒吧嗒"地大口抢食，吃饱了添加精饲料它也胡刨乱拱，不正儿八经地吃食。马老板不像过去一样积极主动地缴纳皇粮国税了，时间长了也不好糊弄。

岳容又教给老板一个高招，叫他回家的时候用酒漱口，往衣服上泼酒装醉。要么就用姜黄水洗脸，把手脸捂热了回家装病。失火钻到床底下，糊弄一会是一会。

受人之托忠人之事。岳容第一次和刘总经理见面就心生好感，她也想结交刘总这样有权有钱的人，也想叫马老板见识一下自己的手段，于是决定蝎虎子掀门帘——露上一小手了。

回到办公室，岳容喧宾夺主，或许很快就反客为主了。她给刘秋恒沏好茶，拧了一个温热的毛巾把，递给刘总擦脸。

"刘总啊，接触的时间不算短了。你觉得我这个人怎么样？有点感觉吗？"岳容朝刘总抛着媚眼，暗示他不必拘束，胆子可以大一些，语言行动可以随便一些。

"你哪里是人呐，简直是妖怪，要么就是神仙。"刘秋恒借着酒劲挑逗岳姑娘，握着她的粉手说："人世间没有你这么漂亮的姑娘，电影制片厂里也没有……看你这长相，狗见了不敢咬，人见了直发呆。东施见了恨爹娘，西施见了嘴气歪。花见了花不开，月亮躲进云彩里。蝴蝶见了落下来，汽车见了要爆胎……"

看到刘秋恒是个懂风月、解风情的人，岳容笑得更浪了。"哎呀，刘总的嘴好甜呶。可惜我家那个死鬼不知道疼人，老是把我晾在家里闲着，自己跑到外面打野食。"

"他是身在福中不知福，摊上这么美的媳妇还花心，不知道享受啊。不过你也犯不着生气……"刘秋恒继续抚摸着岳容的小手，开始抠她的手心了。"你把他踹了，有一万个好男人在后面排队等着你。不离婚也没啥，他逃避管束的时候，也把自由支配的时间交给了你。只要不离婚，枪杆子还掌握在你的手里，顶多就是浪费一些子弹而已。那些子弹全都射向了你的敌人，你应该感到高兴才是，生哪门子邪气呢？"这分明是挑唆，哪里是宽慰？

岳容笑得更厉害了。她一手掐着腰，一手指着刘秋恒，"嘿嘿"地止不住声了。"你、你真是个顶级高手……你老婆的敌人在哪里？快掏出枪来用子弹射她呀……"

# 十四、褪色的牛人

随着改革开放的不断深入，私营企业迅猛发展，国营集体企业却是大幅度地滑坡。

政府为了统战，非常看重被共产党赶到台湾省的那些"党国"人士。很多老干部站得不高，看得不远，对这类现象颇有微词。他们说：辛辛苦苦几十年，一夜回到解放前。早革命不如晚革命，晚革命不如不革命，不革命不如反革命。

社会上的劳改释放犯，因违法乱纪被单位除名的"双开"人物，腰包都鼓鼓胀胀的，吃得脑满肠肥。那些循规蹈矩、俯首帖耳的老实人，任劳任怨地努力苦干，职务没有显著地提升，腰包里瘪瘪的，经济拮据，生活窘迫。这类人顾得了脸面却顾不了体面，有人不好意思与引车卖浆者流为伍，有人舍不得公职这碗浆糊糊，都不敢离开岗位甩开膀子大干，最多是偷偷摸摸地兼职。这样虽然可以挣一点小钱补贴家用，却提心吊胆，老怕被单位领导发现了，影响自己的形象和前程。

生活水准提高了，人的躯体开始肥胖，富贵病开始增多。大家都说"病从口入，祸从口出"。因为口无遮拦，人们说出了许多祸患，吃出了许多毛病。对食品的要求和选择越来越重要，换而言之，吃什么，怎么吃才有利于人类的健康长寿，这是人人关注的问题。

营养学家提出了"少荤多素，少盐多醋"的饮食理念。刘秋恒为之窃喜，因为他那个公司以素食为主，是具有前瞻性的朝阳产业。

冷嘉义比较恼火。市场经济占据了主导地位，凭供应券购物的时代宣告结束了。生猪不用计划调拨了，肉联厂不能独家收购生猪，也不能独家销售猪肉了。具体一点说，就是国营集体企业也不再具有垄断地位了。冷嘉义身上的光圈不像先前那样夺目，艳丽的色彩也在消褪。

计划经济时期，计划经济转型的价格双轨制时期，冷嘉义这类掌管物资的厂长经理，就像封建帝王时期的封疆大吏，是可以呼风唤雨的。冷厂长家天天高朋满座，门庭若市。热闹拥挤甚至是嘈杂的门庭一下子像他的姓氏一样冷清下来，冷嘉义很有失落感。人们的消费理念改变了，这也没啥大不了。大家都开始厌恶肥猪肉了，瘦猪肉咱们也有啊。可是怎么可以一下子不用批条就随便买卖了呢？

计划经济时期，企业利润是国家核定好的。成本高的时候可以压级压价，可以多扣秤除杂，反正是独家经营，找不到第二家分店，顾客吃亏受气都得忍着。这些招数用完了还填不满窟窿，可以写报告强调客观原因，让上级拨款补助，还可以多报损耗。总之是抠几个歪点子糊弄上级就行，用不着在节能、降耗、堵漏等经营方面下功夫。

现在猪牛羊驴随便宰杀，猪贩子漫天飞舞，肉摊子遍地开花。就是这帮子可恶的家伙，把冷嘉义挤出了"重要人物"的行列。

不当家不知柴米贵，不炸丸子不知道油盐费。想当初有问题往上交，没有钱伸手要，从来也没感觉到厂长难当。可是现在不行了，大事小情都要自己处理，花钱多少也要自己筹集。当初自己风光的时候，也像批肉票一样乱批进人的条子，无节制地接了几百个工人进厂。当初图得是热闹，工人一天三运转，不分昼夜都是轰轰烈烈的。效益不好了，公司几乎停止了运转，可是员工讨要工资的声音不停。面对危局，冷嘉义心跳过速，头疼不止。

岳容走了之后，刘秋恒有意识地认了不少干亲戚。还特意授权倪主任，叫他悄悄地物色十几个年龄在二十五岁以下，身高在一米六五以上，体态优美、容貌出众的年轻女性，组织一支公司仪仗队。负责应酬重大客户进厂、上级领导检查啥的，也可以替业务科拓展业务攻关什么的。一专多能，一人多用。

干亲戚，在秦台地区原本就是不被大家认可的关系。刘秋恒又是受到岳容的启发才萌生出这样的念头，其纯洁性很值得世人怀疑。刘秋恒滥认"干亲"之后，秦台市就开始流传这样的民谣：认干亲都是瞎胡操，胡乱花钱带睡觉。

木秀于林风必摧，行出于众人必毁。姑且不论你的特立独行是否正确，不随大流就是怪胎。阳春白雪，和者概寡。大家都不附和你，再能的人也是孤立的。孤掌难鸣，独木难行。一个人浑身是铁也打不出几根钉来，能有什么作为？若是你一条道走到黑，怎么劝说都不醒悟，大家反过来诋毁你，是龙人也彻底地玩完了。众口铄金，就能让领导和群众都相信你确实一无是处。领导信任你也无妨，多说几次就是了。人们常说"小猴不爬杆就多敲几遍锣"。书上也有《三人成虎》的文章，曾子那样的大贤都禁不住无中生有的谗言，他母亲被三句谎话吓跑了。林彪元帅对此领悟很深，诠释为"谎话说一千遍就是真理"。

职工宿舍楼和高职楼都盖好了，职工宿舍是单元房，高职楼是别墅户型。房屋分配的事刘秋恒让党委书记牵头，工会主席和办公室主任参与，自己躲得远远的，不发表任何意见。

大家都认为刘总经理劳苦功高，出力最大，操心最多。刘总经理是称心公司一排一号的人物，高职楼里户型最大、地理位置最好的房子分配给他了。大家仍然觉得心中不忍，又在职工宿舍区多分一套三居室一厅两卫的大房子给他。多分一套住房是好事情，可是装修住房、多置办家具，无疑是要多花钱的。

刘秋恒的干亲戚多，要经常分别请她们吃饭，顺便笼络情感。日近日亲，日远日疏。是说再亲再近的关系，长期不来往也会疏远。萍水相逢、没有任何亲戚关系的人，只要经常走动也会亲近。干亲更是如此，不光要经常走动，还得馈赠礼品。刘秋恒为了脸面，流水一样地花钱。入不敷出就拿积蓄填补，家中的小金库快被掏空了。

现在要装修两套住房，购置两套家具。刘总是秦台市的名人，是在各种场合里抛头露脸的人物。装修不能寒酸，家具不能低档。刘秋恒粗略预算一下上述花销，感觉到困难了。

活人不能叫尿给憋死，只要动脑筋，办法总比困难多。刘秋恒到底不是凡人，从酒柜中看到"孔府宴酒"、"沛公大曲"，马上就有了相关的联想。鱼台县只是鲁国的属地，并不是孔圣人的家乡，可是沾边就能赖四两。刘邦的祖籍也不是沛县，只不过在沛县长大，当过沛县的县令而已。现在全国都借助名人和古人推介自己的商品，说是叫"名人效应"。古代的名人都是死人，用好了照样为活着的人挣钱。

刘秋恒仔细地思忖着，看看什么样的死人能和自己搭上关系，自己可以堂而皇之地借用这位老人家的名义，为自己谋划一笔装修款出来。

刘秋恒的堂兄给他打电话，告诉他清明节就要到了，全族的人都参加祭扫，请他务必到场，不论多么忙都不要缺席。

刘秋恒两眼一亮，爽快地答应了，让族兄在家等着，晚上小聚一下，商量祭扫祖先的事情如何办理。为了避免其他事务搅扰，趁这两天有空就抓紧时间祭扫。秦台地区祭奠祖先烧纸钱，讲究"烧前不烧后"。提前烧纸是符合规矩的。现在咱们都富了，要把祭奠仪式搞得隆重一些。除了添坟、烧纸之外，还要扎几个花圈，披麻戴孝，大放悲声，像出老殡一样。今年正好是奶奶逝世十周年，隆重祭奠一下也是应该的。他反复嘱咐老婆，奶奶生前非常疼爱他，一定要痛哭奶奶。

临该下班的时候，刘秋恒把倪主任叫到办公室，一副悲悲切切、欲言又止的样子。

"这几天家里有点事，我怕厂里忙一直没请假。明天事情就该了结了，我明天不能到公司来上班，你们几个辛苦一天吧。明天最好不要打扰我，不过家里的事再当紧也不能因私废公，真有事的时候你就打我的手机好了……"刘经理把事情交代完，揉揉有些红肿的眼睛，自己开车走了。倪主任愣在刘总的办公室里，心中升起一个巨大的疑团。

第二天下午，岳容来找刘经理结算剩余的货款，刘秋恒叫她找倪主任办理此事。公司有规定，财务上经理一支笔签字，其他人签字不管用，所有的干部都叠罗汉似的趴到票据凭证上，也领不走一分钱。

倪主任知道刘总的工作责任心很强，想起他离开公司前交代自己"不能因私废公"的话，便立刻拨通了刘总的手机。刘总按下了接听键，倪主任和岳容都听到了低徊的哀乐。

刘总声音哽咽着询问："啥、啥事？再等几分钟这边的事情就、就结束了……实在对不起，我现在真的离不开……"刘总身边围着不少人，有男有女，嘈杂哭泣，哀声震野。

倪主任坐不住了，打发岳容改日再来，自己叫上值班司机，往刘经理家里飞驰而去。

刘秋恒这边已经祭奠完了，怀里抱着除掉的孝服往家里走，像是刚出完老殡一样。倪主任不知道是刘总的直系亲属还是本家近门，不敢贸然闯进家去。他让驾驶员把车子停到僻静的地方，用电话把刘经理叫出来询问情况。

刘秋恒来到车前，见到倪主任啥话都不说，屈膝跪倒，"咕咚咚"磕了两个响头。

倪主任急忙拉起刘经理，连声问道："咋回事？"

"我奶奶去世了，今天出殡。过了今天就完事了，没成想又叫你们发现了。"刘秋恒让倪主任和驾驶员到家里去喝酒，并郑重其事地安排他们："老人家入土为安，这事就算过去了。你们两个的嘴巴牢一点，不要告诉朋友、同事和客户，咱们都是国家干部，要注意影响……"

看到刘总家里还有一大摊子事，悲伤沉痛的气氛仍然萦绕在厅堂上，倪主任叫驾驶员开车回公司，坚决不在刘总家里吃饭。他没有顺从刘秋恒的意思，回到公司就把这个情况汇报给党委书记和工会主席了。不过倪主任也非常体谅刘总的处境和心情，提请领导反复会商，怎么办才能既遂人情又不给刘总造成负面影响。最后商定，由工会主席悄悄通知本公司员工，党委书记负责告知平时往来的机关单位和刘总的同学朋友，倪主任到财务室查底子，通知和本公司有业务往来的外地客户。告知他们不必到刘总家中吊唁，把吊金交给工会主席和倪主任。抽出一部分吊金采购酒菜，在公司食堂里摆席酬宾，剩下的钱存到银行，把存折交给刘秋恒本人。

刘总经理巧妙地借助死去多年的奶奶，聚敛了一次钱财。这笔钱有二十多万元，当时的红木家具也就一万多块钱一套，这笔钱用于装修房屋和购买家具是绰绰有余的。

从表面上看，房屋分配的事情也很顺利，是一个皆大欢喜的结局。公司全体员工，不论是干部还是职工，都是欢天喜地的。大家忙着装修、搬迁，还有许多年轻职工要在新分配的楼房里举行婚礼，已经到工会主席那儿挂过号了。大家相互庆贺着乔迁之喜，都说忙乎完了请刘总喝一气。刘秋恒舒了一口气，觉得可以放下心来睡觉了。

刘秋恒还沉浸在欢快幸福之中，员工们还在弹冠相庆的时候，市纪律检查委员会约谈了刘秋恒。

市纪委收到了好多封"人民来信"，举报刘秋恒经理"违法乱纪、道德败坏、非法敛财、多贪多占、索贿受贿、以权谋私"。

刘秋恒被隔离审查了，按现在的说法是"双规"。在规定的时间内，到规定的地点接受组织审查，彻底交代自己的问题。

权利是最强的腐蚀剂，只要手中握有权柄，就有人持续不断地向你投掷金弹、银弹、糖衣炮弹、美女毒蛇弹，直到你中弹受伤为止。习武的人都知道，横练铁布衫也有罩门。别看气老鼠不停地在皮下游走，手掌可以开山裂石，光头秃瓢不怕油锤贯顶，一副刀枪不入的架势。大家不必惊慌，找准罩门用手指头就能戳个窟窿。

刘秋恒说过：是人都有嗜好，没有攻不破的堡垒。办事成功的钥匙就是"投其所好"。这样的事操作起来并不难，喜欢啥送啥，很少有人把你拒之门外。知其所好要难一些，也没有三篇文章可做。无非是多费一些周折，多观察他的好恶，多了解一些和他亲近、对他知根知底的人。刘秋恒知道用这样的方法对付别人，别人也知道"以其人之道，还治其人之身"。

有道是"墙倒众人推，破鼓众人擂"。刘秋恒在位的时候，和大家面对面的寒暄，听到的都是溢美之词。现在他被隔离，和大家背靠背了，什么样的传言都有了。似乎古代妇女裹足，汪精卫当汉奸，乃至林彪叛党叛国，都和刘秋恒有着莫大的关联。

刘秋恒善于随机应变，是识时务的俊杰，不是铮铮铁骨那种类型的硬汉。据知情人士透露，他和李玉和睡八年也不是硬骨头。和蒲志高、王连举这样的人，却是异世同类。另外他机谋多变，虑事深远，恐怕那些行贿的人率先招认，他死扛着会受到更严厉的处罚。

事后刘秋恒自己解释说：被隔离之后他就吃不香、睡不甜了，满脑子都是裴多菲的诗句。生命诚可贵，爱情价更高。若为自由故，两者皆可抛。失去自由的人，对自由的渴望更甚于其他需求。刘经理急于想挣破樊笼，见到高墙外面的阳光，呼吸不受管束的空气。

人心似铁官法如炉，死磕硬扛不是办法。刘秋恒决定顺应历史潮流，大势所趋，人力难违。再精明的人在组织面前都是微不足道的，不能过高地估计自己而忽视组织。问题想通了，思路清晰了，一通百通，一身轻松。刘经理有了努力方向，就是配合组织交代问题。来个竹筒倒豆子，痛快利索，争取宽大处理。

开闸放水，口若悬河。大水倾泻的时候，一定是泥沙俱下，鱼龙混杂。刘秋恒不管对错，不理会组织上掌握没掌握情况，什么事情都说，尽情地晾晒了胸中的秘密。办案人员有了意外的收获。比如说公关小姐、干亲戚、公司仪仗队之类的事，原本不在案件调查之列，刘秋恒主动交代了，也只能如实地记录在案。

刘秋恒被"双开"了，就是党籍和公职都被开除了。组织上对刘秋恒既打且罚，虽然还让他住在高职楼里，另一套住房被收回另行分配了，还处以六万元罚金。刘秋恒既悔恨又心痛，五脏六腑都像刀绞一般。他感叹既有今日何必当初？事到临头后悔迟，现在后悔五米多高也于事无补。抑或这也是塞翁老先生丢马匹，后事福祸难料。从家里背一皮包钱送到反贪局，心中的滋味非常不爽，可是人随王法草随风，刘秋恒是不敢抗拒法律的。

大家依然佩服刘秋恒的精明，临该离开公司了，还能利用死去多年的老人敛财，这个鬼点子真叫他想绝了。不过聪明人也有糊涂的时候。弱水三千取一瓢而饮，你认那么多干亲干什么？千里长堤溃于蚁穴。有人打包票，说那些举报信都是干亲的直系亲属，或者是想认干亲因为刘秋恒认不成的人写的……

冷嘉义和魏成功还在领导岗位上稳稳当当地坐着，有人说企业效益不好，他们没啥油水可捞了。也有人说工人们干耗不起，贩猪的贩猪，练地摊的练地摊，都在为一家老小的生计忙碌，没人搭理这些有名无实的厂长经理了。打过仗的老兵都知道，在战争年代里，有人有枪就是草头王。不论你的军衔多高，职位多大，当光杆司令就会沦落为列兵，甚至连列兵都不如。

冷厂长和魏经理都很羡慕马路平。他被刘秋恒推荐到了行政单位，是旱涝保收的"太平官"。可是政企已经分开了，企业和行政事业单位之间有了一条巨大的鸿沟，跳槽已无可能了。

# 十五、随波逐流

企业改革之后，人浮于事的现象立马就凸显出来了。所以企业改革喊响的第一句口号是"减人增效"，后来才是"砸三铁"。就是下定当晚娘的决心，坚决砸烂国营集体企业中的"铁饭碗、铁工资和铁交椅"。再后来"改革"成了"改制"，公家的企业都改到私人手里了。

砸"三铁"的大锤"呼呼"生风，有雷霆万钧之势。"砸三铁"是在徐州地区率先开始的，后来迅速普及到全国。

50年代刚开始把"供给制"改成"工薪制"的时候，社会上传唱"七级工八级工，不如社员一沟葱"。是说工人的工资级别低，一个月的薪水不值一垄葱钱。无论其工资高低，那个年代的工人按月支取薪水，工资是固定的，领工资的日子也很固定，一般都是月初五号。

80年代末期，砸"三铁"的锤子漫天乱抡，比"黄大锤"还邪乎，把国营集体企业的员工砸得找不着北了。

"砸三铁"之后，城镇出现了大量的下岗职工。小打小闹的个体工商户开始大显身手，趁着"企业改制"的风潮大肆廉价收购集体资产，一跃成为上规模、上档次的民营企业家。国营企业的正式职工不光没有了薪水，也失去了单位。经济学家评论说：这种现象和妇女生孩子一样，是产前阵痛。

刘秋恒约上魏成功和冷嘉义，腋下夹着一个黑皮包登上了南下的列车。他们早于邓小平到江南各地视察，寻找着新的谋生门路。

刘秋恒落魄了，从大公司的一把一（正科级干部）沦落为三号三社员，公职和党籍都没有了，但家里还有着比一般家庭更为丰厚的积蓄。

刘秋恒自视很高，他认为自己肩膀头上扛着的七斤半，装盛着比别人更多的智慧。别人的脑子再聪明也不会超过二斤一两重，自己的脑仁净重肯定超过一千一百克。留得青山在不愁没柴烧，只要没有人劈开自己的葫芦瓢，盗走里面的内容物，腰里再有几个闲钱当引蛋，东山再起是指日可待的。自己出生得迟了一点，如果自己出生在战国时期，朱陶公肯定不是范蠡。自己要是出生在清朝晚期，一定轮不到老乔家借钱给慈禧。可惜自己出生在1956年，是打压私有经济的年代。幸运的是1976年之后邓小平重新执政，自己又有了用武之地。

组织上收走了他的权利和职务，却还给他一个无拘无束的自由之身。可谓失之东隅收之桑榆。过去给公家干活，上面有婆婆管着。干活不由东，累死也无功。不论你工作多么出色，不服从命令这一条就全盘否决你的所有成绩了。现在自己单干，怎么干自己说了算。没有"紧箍咒"，没有掣肘，不论挣钱多少，自己可以当自己的家，这就非常令人兴奋。

称心公司也优于本市其他企业，似乎没受到严重的冲击。大家依然佩服刘秋恒，说那个小子确实有一套。杂七杂八的邪事姑且不论，单是能从上头要来钱，能从银行贷来款，这一条谁能比得了？刘秋恒下台之后，市场开始萧条，国家开始紧缩银根，贷款的程序复杂了，审查严格了，放款的规模额度大大地收窄了。刘秋恒的继任者就没能贷出款来，他是哑巴吃黄连，有苦说不出。公司员工们是砂壶头里煮饺子，心里有数。不过大家明里暗里地交头接耳，全都众口一词，说更换领导是黄鼠狼生老鼠，一窝不如一窝。

其实明眼人都知道，刘秋恒早就给公司埋下了隐患，因为扶植资金和贷款还没花光，库存一大批成品和原辅材料等物资，尚有老本可吃。隐患暂时没有暴露，公司顶着一个响雷尚未立即爆炸。但爆炸是笃定的，只是时间而已。

刘秋恒主政时期，从银行贷款七千多万元，还吸收不少民间资金。公司效益一旦下滑，贷款利息就是三山五岳，能把公司压成齑粉。刘经理碍于领导同事、亲戚朋友和干亲的情面，盲目接收了好几百名工人进厂。那时候国营企业对单位的正式职工是全额负责的，吃喝拉撒、衣食住行，包括医疗救治，子女入托入学，一概大包大揽。几百名拖家带口的职工，是多大一个包袱，是多么沉重的负担？刘秋恒风光体面地充人买好，他拍拍屁股走人了，把吃苦作难的事情留给继任者，和他没有任何关系了。

外明不知道里暗，局外人想象不到称心公司的繁荣是虚假的表面现象，仍然争先恐后地和公司做业务。公司核心管理层的人知道内情，开始有了危机感。为了公司继续运转，为了扭转经营颓势，公司大量赊销原辅材料，拖欠煤炭、包装等费用，拖欠工人工资和电费，甚至拖欠税款。

赊销货物自然是不付现款的，公司没钱还要拉着客户合作，就必须想出吸引客户的法子。最基本的一条，就是让客户知道困难是暂时的，资金很快就会到位。他们的货款是安全保险的，寄存在称心公司就像存入银行一样，一分一毫都不会少。其次就是放宽质量标准，提高收购价格。增加成本就会降低利润，这无疑是给企业埋下新的隐患。可是为了解救燃眉之急，也就顾不得许多了。

倪主任说新领导也是神妈子打脸——没神下了。他们也知道杀鸡取卵不如养鸡生蛋，涸泽而渔不如放水养鱼。小猪羔羔只能烤乳猪，一个人都吃不饱。养成三四百斤的大肥猪再杀，十个人也吃不了。可是远水解不了近渴，现在不杀这个猪秧子就得饿死人，他们等不到肥猪养大。

刘秋恒是称心公司的反面教员，可是这个"前车之鉴"似乎没能引起足够的警示。公司的领导都觉得自己是匆匆过客，有权不用过期作废。趁自己目前还在位置上，能捞一点就捞一点。刘秋恒捞得再多，没装到其他人口袋里一分，办不了别人一分钱的事，帮不了别人一毛钱的忙。挖到蓝里才是菜，装到兜里才是钱。估计很多贪心的领导都有这样的想法，如若不然，河南省交通厅不会连续落马三位厅长，新沂市也不会企图把"骆马湖"改为"上马湖"。

做生意的人都想挣大钱，办企业都想利润最大化，这是无可厚非的。商人不求利，农民不种地，经济不会繁荣，社会不会安定。可是商人在算计利润的时候也贪得无厌，全没有一丁点"君子爱财取之有道"的意思。思路决定出路，不法商人开始就想歪了，行动起来全是一副"奸商"做派。

谋求不正当的利益，很难使用正当的手段。所以人们常说商人的第一桶金多半是带血的。习以为常，为富之后依然不仁，就会严重损害消费者的权益。大家层层盘剥，相互使假使诈，恶性循环起来，形成一个相互坑蒙拐骗的怪圈。

马大哈一如既往地和秦台称心集团合作，仍然叫他的公关小姐和新任领导攀亲戚。他说自己并没忘记故交，只是不忘老朋友也得结交新朋友。大家也不要怪他势利眼，对刘秋恒"人走茶凉"。很多退离休的老干部也想不开，看到秘书驾驶员跟着新领导的屁股转就醋意浓浓，看到昔日的下属不听招呼就大发雷霆。你也不仔细想想，落时的凤凰不如鸡，你已经丢了印把子，再事事听你的招呼，你能提拔他吗？能给他涨工资、分房子吗？

马大哈看得明白，再找刘秋恒喝闲酒可以，让他关照自己或者签字领钱已经不行了。喝酒不得花钱吗？挣不来钱、挣来的钱装不进自己的口袋，拿什么喝酒？时过境迁了，刘秋恒那张旧船票已经登不上称心公司这条"破船"了。识时务者为俊杰，秦台市的智障领袖驳壳枪驳大侠也能看出眉高眼低来，知道不能逮着死马骑。

马大哈在称心公司，依然是呼啸奔驰的消防车，一路畅通，红灯也是绿灯。验级员一般不扣他的秤，赶上领导检查的时候，象征性地扣掉几斤风耗。都说马老板的质量意识强，挑不出啥毛病来。司磅员不太监督检查他的车辆，甚至告诉他过重车的时候驾驶室里多坐人，塑料桶里装满水，过轻车的时候把水倒掉，让驾驶员一个人开车上磅。据说金锣火腿肠供应生猪的客商派人钻到大磅底下去，用手机接听上面送货人员的指示，过重车的时候爬到磅板下面打千斤坠，过轻车的时候往上托举。

马大哈把称心公司的相关人员都伺候得舒舒服服，包括车间的前处理工人。他在原料下面埋藏西瓜、啤酒、变鸡子，给班长送高档化妆品，给车间主任塞小费。所以马大哈的原料进厂之后，工人都抢着干，其他客户就得在后面排队，要么进冷库候选。这样，水灵灵的原料也放蔫放烂了，出库加工的时候就要损耗过半，正好遮掩马大哈数量不足的问题。

马大哈最终也没拿走货款，按他的说法剩下的都是利润，要出来多少赚多少。因为他的关系硬、人缘好，经理批条子让他拉走不少白糖、白酒、罐头和饮料，冲抵公司拖欠的货款。抵账的货物一般都是廉价变现的，但是斤顶斤地兑换，也比西瓜啤酒贵好多。

再茂盛的树木也禁不住蛀虫的折腾，再充盈的粮仓也禁不住硕鼠的倒腾。称心公司的现状堪忧，将来的前景和结果如何可想而知。公司全体员工，从上到下都这样形容：公司就是一缸酱，谁都能抹点。手指头粗的多沾，手指头细的少抹，靠不上缸沿的捞不着。

秦台化工厂的情况正好与之相反。那时候南方的经济快速腾飞，长江以南的乡镇企业遍地开花，红红火火。一度电在北方最多创造一块钱的效益，到江南就能创造出七块钱的效益。江南不光对煤电的需求量大增，对二次能源的需求量也显著增加。

化工厂有电炉车间，是可以制造电石的。只要开办工厂，无论是轻工业、重工业还是食品行业，都得修修补补、割割焊焊。机械维修离不开焊割，焊割就得使用乙炔气，乙炔气体是工业先行官。乙炔气是碳化钙加氢二氧一生成的，碳化钙就是电石。清水到哪里都能找得到，电石是工业制成品，只有专用的电炉里才能淌出来。

电石的行情好得不得了，秦台人说像疯毛驴一样快得追不上。萝卜快了不洗泥，用户根本不问质量，还一个劲地自己往上哄抬价格。化工厂曾经一天起过三次价，产品还是供不应求。化工厂的电炉太小了，产量太低了。

社会需求催生市场，有市场就有效益，有效益就应该扩大生产规模，增加产品数量。按照这个模式推算，化工厂应该是政府大力扶植的重点企业。可是化工厂是高耗能企业，每生产一吨电石耗电将近四千度。也就是说，化工厂生产一吨电石可以获取四千元的利润。把这些高压电输送到江南去，就能产生两万八千块钱的效益。当时强调全国一盘棋，应该尽着哪儿用电是显而易见的。

化工厂经常因为电力紧张而停产，经常接到"三电办公室"打来要求压负荷的电话，要节省电力资源，尽可能多地把能源输送到江南去。机遇虽好，化工厂却没能长足发展。反而和肉联厂及称心公司一样，是酸雨浇灌的鲜花，慢慢地凋零了。

秦台市国营集体企业的倒闭像多米诺骨牌一样，不是一个孤立的个案，而是倒下一个，砸倒一片。事后大家分析个中原因，对公家的工厂倒闭现象，有着不同的评说。化工厂属于形势所迫，赶上千载难逢的大好机遇，市场行情一路飙升，却因为限电不能正常生产。外贸公司和肉联厂是点子背，赶上了"经济转型"，失去了垄断地位，行情急速下滑。魏成功和冷嘉义的力量太小了，踩不住刹车。称心公司是内外交困，外面有奸商算计，内部有见利忘义的变节分子。他们相互勾连，里应外合，把偌大一个公司给淘空了，聚不起元真之气。

刘秋恒被组织上撵回家之后，确实消沉苦闷了一阵子。老婆劝他想开点，老天爷饿不死瞎家雀，说不定比当官更好呢。再说魏成功和冷嘉义也好不到哪儿去，虽然没下岗也拿不到薪水了。刘秋恒的看法正好和老婆相反，魏成功和冷嘉义虽然不拿工资了，但到死都是国家干部，退休的时候有说法，脸面上也好看。

邓小平还没到深圳、珠海等地视察之前，刘秋恒就开始涉足长江以南，为伟人南巡打前站，可见刘秋恒的思想意识是相当超前的。

从江南考察归来，刘秋恒到招商场租了三间门面房，开办一家妇女儿童用品专卖店。

人活着就不能像圈里的肥猪一样，吃饱了就睡，睁开眼就吃。张着大嘴吃等死饭，熬着等到年节，挨一刀拉倒。

刘秋恒官没当好，生意刚开始介入，尚不知道结果如何。以前在企业里当官，也是经商做生意的，那是给公家干活，孩子哭了抱给他妈妈，赚钱上缴利润，折本找上级补贴，反正都有人兜底，碍不着看孩子的蛋疼。现在给自己干，横竖都不能吊儿郎当了。自主经营、自负盈亏，早就知道这句话，现在开始实施了。没有经验可以借鉴，没有平坦的大路可走，只能摸着石头过河，抓住梦的手，跟着感觉走了。

在当代社会里，家庭财政大权一般都是由女人掌握的。翻开户口簿，男人依然窃据在"家长"的位置上，不过是徒有虚名，不能当家理政，花一毛钱也得伸手向老婆乞求。女人是家里真正的主人，不论干什么都是冠冕堂皇、名正言顺的。刘秋恒准备多抠几个歪点子，从"家长"的口袋里掏钱。

计划生育被定为国策之后，绝大多数家庭都是独生子女。家长都知道优生优育的重要性，舍得在孩子身上投资。要发财，吃小孩。独生子女都是家中的小皇帝，搞点花里胡哨的东西吸引小孩的眼球，孩子一哭一闹，家长就得乖乖地点票子。在任何国度里，妇女儿童都是备受呵护的。

冷嘉义在肉联厂当了好多年厂长，一直忘不掉生猪油的鲜香，从心眼里和肥猪亲近，最终还是向出道早的本厂下岗职工学习，跻身到"猪贩子"的行列之中，往南方倒腾生猪去了。

魏成功还在犹豫着，没有下定最后的决心，也没选择好准备经营的行业。都说"秀才造反三年不成"，做生意可能也要经过这么长的时间历程。魏成功是大学本科生，信奉"诸葛一生惟谨慎"、"小心驶得万年船"之类的信条，不论干什么都得反复论证，实施起来也是小心翼翼的。

魏成功不是不行动，而是讲究谋定而后动。可是谋划了一遍又一遍，越谋划越觉得心虚。看来思虑太多胆子小，火候过了同样不出胶。倒不如学习小五保，不管三七二十一，写个十九拉鸡巴倒。要么就学刘秋恒和冷嘉义，跟着感觉走，有个猴牵着就行。

刘秋恒去常熟进货，带回来一篓子阳澄湖的大闸蟹。铁弓骥去扬州开什么经贸洽谈会，带回来两箱子高邮的双黄咸鸭蛋，又买了几斤单楼许庙聋子家的鬼子肉，打电话给刘秋恒，叫他喊上弟兄们，晚上到他家喝酒。

　　因为年龄和文凭的关系，铁弓骥继续升职的可能已经没有了。知足者常乐，他原本就没想到自己能混到正科级，在目前这个位置上他很满足。前几天徐州市外经委一位分管业务的沈姓领导给他打电话，说他在广交会上认识了一位连云港得意集团的业务副总裁，是个很标致的女强人。她对山药很感兴趣，尤其对紫山药感兴趣。他告诉女总裁秦台就有紫山药，并向她讲述了紫山药进入秦台的故事。那位女总裁愣了半天，似乎对这个故事更感兴趣。她说有急事要到香港去办事，飞机票都买好了，下次一定专门到秦台来考察，并且非常想见到那个把紫山药引种到秦台的转业军人。

　　人虽然没有超自然的感知能力，有时候第六感觉也是相当准确的。铁弓骥放下电话就莫名其妙地兴奋，强烈地感觉到大女儿铁蝴蝶可能要见到生身母亲了。

# 十六、弄个"猴"牵着

古话说"皇帝轮流做，明年到我家"。是说好事情、好运气就像领导头上的"乌纱帽"，是经常易主的，不是孙悟空头上的"紧箍咒"，根都扎进肉里去了，把脑袋砍下来"帽子"也不会掉。赌场上的口号是"轮流坐庄"。《红楼梦》里描写的官场是"乱哄哄，你方唱罢我登场"。

连云港市水利局的一名大学生职员江海航，不满足工作现状，毅然停薪留职下海了。他承包了水产局下属一家濒临倒闭的企业，加工海鲜和小龙虾。

人有旦夕祸福，天有不测风云。谁都没想到，搞水利的人也能搞企业，谁还怀疑"一闯三得"这句话？江海航把一个百疮千孔的烂摊子支撑起来了，而且把生意做得风生水起。他把接手的企业更名为"得意公司"，现在果然得瑟起来了。在不到三年的时间里，他从一个名不见经传的小小办事员，一跃而成为连云港市名列前茅的企业改革家。听说他已经调离了水利局，把行政组织关系全部接转到水产局，当了连云港市的人大代表。

江总经理意气风发，雄心勃勃，他要把企业做强做大，做成国际级龙头企业。在企业规模不断扩大，企业效益不断攀升的同时，江老板的名气也在增大。他想搂草打兔子两不耽误，鱼和熊掌同时兼得。他有竞选副市长的意向，想名利双收。

海外的客户已经把合同以及纸箱唛头电传过来，签字后就开信用证。这次除了需要传统的海鲜和小龙虾之外，还求购芦笋、牛蒡、山药、蒜苗、菠菜、紫甘蓝等特种蔬菜。江海航喜得合不拢嘴，下决心要大干一场。

秦台地区生产芦笋、牛蒡、紫山药，江老板很早以前就知道的。现在继续结交几个当地的朋友，保障原料供应。巧妇难为无米之炊，没有原料哪有成品？供不上货不光是打脸的问题，违约处罚是相当严厉的。由此不难看出，想把业务做起来，至关重要的第一步是找到充足的货源，不能让原料断档。

江海航有两个一起在华东水利学院读书的好同学，毕业的时候被分配到省水利厅，现在已经是处级干部了。秦台是江苏省管辖的县级市，叫省厅的同学给秦台水利局的领导打招呼引荐一下。有省厅同学的金面罩着，自己去秦台是坐不了冷板凳的。

事有凑巧，马路平副书记刚从镇上调进城里，出任秦台水利局的副局长。省厅召开南水北调会议，马路平局长正在省里开会。江老板在处长的撮合下，和马局长建立了热线联系。马路平在官场上一帆风顺，很受领导的赏识。乡镇党委的副书记和城里的副局长虽然是一样的级别，但使用起来大有区别。副书记进城最多能当副局长，副局长下乡起码是正镇长。这样上去下来、下来上去，来回折腾几遭，职务和级别就被折腾高了。马路平进城当了副局长，看上去是平调，实际上明显有擢升的意味。

知道马局长明天从省城赶回秦台，江总经理拉上原料部长刘爱果、副部长王冰一行，一大早就开着韩国"现代"从海边追来了。

中国是礼仪之邦，讲究礼尚往来。江老板居住在黄海之滨，自然忘不了给马局长带上一些海鲜产品。秦台人热情好客，视朋友的朋友为朋友。江海航是省厅的处长介绍过来的，一定慢待不得。马局长在九州大酒店定了雅间，邀请铁弓骥、刘秋恒、冷嘉义、魏成功、王彭生等好友前来陪客，水利局的办公室主任负责劝酒。

江老板关心国内国际两大市场，还牵挂着竞选副市长那样的国家大事，心系世界和平与发展。能者多劳，他天天日理万机，忙得不可开交。

江总放心不下连云港那边政企两界的人物和事情，不能耗在秦台喝闲酒。他把原料部的两位部长留下来选择合作对象，谋划如何布局原料收购点，又急急忙忙地跟随驾驶员飞回海边去了。

马路平是政府工作人员，手里有一摊子关乎国计民生的大事要处理，只能帮忙穿针引线，没办法亲临一线真抓实干。

冷嘉义天天骑着嘉陵摩托在猪屁股后面奔跑，买回猪来还要押车送货。送猪不同于押送其他货物。其他货物只是停车的时候检查一下件数，看看刹车绳松动没有，目的是不让货物短少。肥猪是活物，皮下脂肪厚，还好扎堆。一扎堆就发热，高热持续不退就会死猪。死猪不怕开水烫，但是价格直线往下降，一路上照看不好，死上三两头肥猪，这一趟就是背着干粮干活，白搭功夫了。死上四五头肥猪，就指定折本赚吆唤，赔得七开六透了。

送生猪押车的主要任务就是"抄猪"，定期用一根长杆子把扎堆的肥猪搅开，把热量散发出去。不分天气冷热，风雨不能停歇。猪车上热腾腾、臭哄哄的，押车人要不停地用长棍搅动猪群，又脏又累，十分辛苦。

冷厂长每次押车回来，都像害了一场大病一样。嘴馋身懒怕一动，只想吃点喝点，洗干净了痛痛快快地睡懒觉，对芦笋、牛蒡、紫山药提不起兴趣来。

刘秋恒正在细化他的妇女儿童专卖店，他说任何行业的成长完善过程，说到底就是仔细划分的过程。他在服装区域设立了"新人专柜"、"恋人专柜"，在儿童用品区域，设立了"小博士专柜"。

新人专柜专卖色彩艳丽、价格昂贵的服装，和乡下的媒婆联起手来，专宰刚开始处对相和婚前购买上轿红的准新郎官。最冤、最傻、最不会过日子的人，就是那些即将进入洞房的准新人。同样一件衣裳，你要价二百块钱他们眼皮都不翻。标上一千二百元的标签，他们就会掏钱抢购。新郎怕出手小气被爱人看不起。新娘子一辈子就这一次可以尽兴地买东西，不知道啥样的质量好，但懂得贵人用贵物，贱钱无好货。

恋人不一定是夫妻，偷偷摸摸地见一次面不容易，除了价格偏高之外，还要增加一些助兴、猎奇的元素。比如说"电子按摩振荡器"、"伟哥"那样的药片、带有凸点或软刺的安全套等等，都能帮助老板把客人的钞票掏出来。

化工厂虽然阴死阳活的，还没有彻底倒闭。王彭生这个常务副厂长兼工会主席还得照常点卯，当一天和尚撞一天钟，不敲木鱼也要念经呢。他想摘掉"以工代干"的帽子，跟随第四批"五大生"一起"转干下乡"，不想丢掉公职。古人说过，世上的各行各业不止三千六百行，归纳起来无非是"立德、立言、立功、立业"而已。他痴迷于"立言"，搞文学创作，瞧不起"拧秤杆"那类奸商的行当。但是作家也吃五谷杂粮，也要放臭屁、拉臭屎，他不能把喉咙芯扎起来，躲到外太空去搞创作。虽然他不需要大富大贵，但需要一份稳定的工作，按时领取薪金维持温饱。也就说王彭生暂时也抽不出时间来，陪着刘爱果、王冰二位部长瞎转悠。只能是上班之前说几句闲话，下班之后陪他们喝一气闲酒。

只有魏成功这个举棋不定、尚未选定目标的闲人，有时间全天候、全过程伴陪刘部长他们。

魏成功叫马局长给他派了一辆公车，拉着连云港的客人视察秦台的芦笋基地，最后在大舅哥牛魔王家里歇脚。肥水不流外人田，如果这个业务能做成，并且是可以赚钱的好生意，自己就参与其中，一边做生意一边交朋友，好歹有个"猴"牵了。如果这个买卖谈不成，无非是蹭大舅哥几顿酒喝，没啥大不了。自己本来就是牛家的好面亲戚，带朋友一起走亲戚是支撑脸面的事。大舅哥喜欢酒场，一定是喜不自禁的。小孩他妗子心疼钱，也得藏起不悦的表情赔笑脸。就是故意前来蹭饭也无伤大雅，将来赚了钱从业务费中扣还就是了。

三五天的时间，魏成功就拉着刘部长他们转遍了秦台。刘部长一边看一边写写画画，还不停地用计算器计算。计算完了，刘部长长吁短叹，心情忐忑，喜忧参半。喜的是秦台特种蔬菜质量好，数量多，巩固好这片"根据地"，再大的单子也敢承揽。忧心的是公司接的都是绿芦笋订单，秦台到处都是卧龙一样的田埂，没有一块芦笋地是平整的。这就是说，秦台有大面积的白芦笋，没有绿芦笋。怎么做才能把白笋变成青笋呢？这是急需解决的当务之急。

白笋、青笋都是龙须菜。白笋深埋在地下不见阳光，通体晶莹白嫩，像一根根牛油大蜡烛。绿芦笋不用培埂子，笋径拱出地面晒太阳，植物进行光合作用就能生成叶绿素，芦笋就变得通体碧绿了。业内的行话叫绿芦笋，秦台人称之为"青笋"。

白笋水分充足，体型粗壮，产量比青笋高。青笋的口感比白笋好，还多了"叶绿素"这样的营养成分，用途似乎比白笋更广。白芦笋一般用于做罐头，绿芦笋一般用于做速冻产品，都能防癌抗癌、养颜美容、滋阴壮阳，异曲同工，殊途同归。

想把白笋变成青笋，用绿漆刷是不行的，必须扒开覆土的芦笋沟子，让芦笋长出地面晒太阳。绿芦笋的水分含量低，体型比白笋苗条。减过肥的人都知道，只要能有效"瘦身"，体重是百分之百减轻的。青笋的亩产量在四千斤左右，比白芦笋减产百分之三十。

如果青笋和白笋卖一样的价钱，笋农就减少三成的收入。如果按照白芦笋的标准收购绿芦笋，就会有八成以上的青笋不达标。这些问题不解决，想叫笋农搂沟子，叫市长过来作动员报告也是嘴上抹石灰——白说。

刘爱果部长把考察秦台的详细情况，以及让笋农把白笋改为青笋的一些措施和想法，写成书面报告，送到总部叫江总裁审阅定夺。同时建议贸易部的有关人员和客户沟通协商，制定合理的规格质量标准，计算合理的销售价格。

市场是受行情左右的，决定行情好坏的是产品。高雅的说法是商品供过于求的时候就要烂市，好产品也没有好市场，更没有好价钱。商品供不应求的时候，客户就会争抢求购，自动往上涨价。老百姓说"萝卜快了不洗泥，萝卜慢了要剥皮"。话糙理不糙，他们表述的意思和《政治经济学》教材上刊印的话也差不了多少。

刘爱果打电话给魏成功，告诉他公司和客户已经沟通好了。速冻青笋一定要做，而且是大做特做，开春就要动手。公司初步商定，给代理供应商的手续费是一斤三毛钱，一吨就是六百块。至于规格标准和质量要求不是太大的问题，以方便收购原料为前提。公司原来的原则是生产服从销售，原料服从生产。在芦笋加工这个问题上，是拿大顶看世界，完全颠倒过来了。江老板说了，收什么原料加工什么产品，生产出啥样的产品，就卖出去啥样的产品。资金也不是问题，公司可以现钱收货。只要你能收到绿芦笋，剩下的工作全部由我刘爱果来做，你魏老板租个冷库把收购点开起来，再负责搂老婆睡觉，陪大舅哥和马局长他们喝酒，到银行开折子存钱，其他的事情不用你管……

计划经济寿终正寝之后，市场经济粉墨登场。这时候市场也开始反转了，由卖方市场变成了买方市场。只有这个绿芦笋的原料市场例外，芦笋本身就是个稀罕物，在上世纪八九十年代，省级以下城市的宾馆酒店里，几乎看不到它们的身影。因为"老外"好吃白芦笋罐头，国内种植的芦笋几乎无一例外地覆土培埂子，找遍神州大地，哪儿也没有青笋基地。

物以稀为贵，越稀少的物件越容易挣钱。魏成功要化腐朽为神奇，变稀有为普遍。他不光要变白笋为青笋，还要首先拥有这批独特的资源。

刘秋恒说过：挖到篮里才是菜，装进兜里才是钱。把白笋染绿之后，只有把青笋收到自己的手里，通过自己卖给得意集团，自己才会获取丰厚的利润。刘秋恒、冷嘉义他们挣了大钱只会请自己喝闲酒，不会扔下大把的票子尽着自己花。幸好刘秋恒、冷嘉义他们都有个"猴"牵着，都被手中那只"猴子"弄得团团乱转，无暇旁顾。自己要捷足先登，讨个早、占个巧……

没有帮手的活计不好干，没有对手竞争的独家生意好干。侥幸接手的第一单生意，只要想办法动员笋农搂开芦笋沟子就算大功告成了。直觉告诉他这笔生意是可以挣钱的，自己挣钱之后，刘秋恒之流不会无动于衷，更不会袖手旁观。自己可以尽兴表演的时间只有一年，严格地说是一个芦笋季节。自己一定要好好把握这次机遇，充分利用这一年的时间。可是……隔行如隔山，自己懂得如何栽培芦笋，并不懂得如何收购芦笋。

世上无难事，只要肯登攀。可是自己毕竟是个门外汉，找不到攀缘的路径，如何翻越这座大山呢？

# 十七、路边野店

世上的道路千万条，条条大路通北京。摸爬滚打两年下来，冷嘉义感慨万千，他说世上没有一条路是好走的。

冷经理体会到，贩生猪就像推牌九，沾上手就上瘾。输了想捞本，赢了想继续多赢，很难抽身甩手。难怪人们常把"鬼生意"挂在嘴边上，说经商的人就是走夜路遇上了"鬼打墙"，心迷智乱地乱蹿一气。

小鲁班说的比较现代，也很文雅。她说做生意好比开着重车行驶在盘山公路的下坡道上，丢下油门也踩不住闸，巨大的惯性夹带着你往前飞奔。

乔诗琴并没有下岗，还被提拔为设计院的副院长了。不过一个县级城市的建筑设计院，拿不出"鸟巢"、"水立方"那样的设计方案来，果真绘制出那样的宏伟蓝图，也未必有人欣赏。设计院的业务不多，上班就是看报纸、喝茶、聊天、打扑克，干正经事的时候很少。设计院是事业单位，拿不到奖金和灰色收入，不过工资还能按时发放。小鲁班拿到了"监理"证书，把本本放到南方一个开办"监理公司"的同学那儿，人不用到场，一年也有六七万块钱的收入。

看到小鲁班清闲无事，冷嘉义就拉着她一起追着猪屁股乱跑，叫老婆暂时兼任自己的现金主管会计及私人秘书。

贩生猪这个玩意好比石头缝里蹦出了孙悟空，不是人干的活。起早贪黑，又脏又累，弄不好就赔本。好在乔诗琴是在农村长大的孩子，读完大学又当了国家干部，却和以前一样吃苦耐劳，一点也不矫情。丈夫在家的时候，她和丈夫一起睡到猪圈旁边看生猪，丈夫送货的时候，她一个人在家里组织货源，很有一些"巾帼不让须眉"的意思。看到她就能想起常香玉在《花木兰》剧中的一段唱：刘大哥讲话理太偏，谁说女子不如男……

冷嘉义已经连续亏损两趟了，垂头丧气地像霜打的茄子。他喝了半斤闷酒，下决心退出生猪市场，无论如何都不能再干了。乔诗琴赞同丈夫的决定，在家休息几天，瞅准好项目再动手不迟。

圈里还剩几头肥猪，天亮了处理给同行拉走，告别这个臭哄哄的埋汰之地，回到家里去把里里外外刷洗一遍，过几天干净体面的日子。

半夜里猪被饿醒了，"哄哄"地乱叫唤。冷嘉义一脚踹醒小鲁班，"咕噜"一下爬起来穿衣裳，嘴里嘟噜着："快点起来，逮猪去。"

"不是不干了吗？昨天你都骂血誓了。"乔诗琴很不理解，也不情愿。

"昨天喝醉了，酒晕子的话也能算数？"冷嘉义拉亮灯，燃上一颗烟叼在嘴里。床头一支烟，赛过活神仙。"我想一夜了，不干还是不行……"

上了贼船下不来，收不住手，刹不了车，这大概就是乔诗琴所说的惯性了。北方人强调夫唱妇随，当家的不想回头，一个妇道人家还能咋着？不管前面是刀山、是火海，只要老公愿意下油锅，自己就会义无反顾地和他搂抱在一起，准备变成一根肉麻花。

冷经理决定继续向前走。一股坚韧不拔的执着战胜了怯懦，老冷的心又热乎起来了，从卧榻上顽强地挺立起来，继续踏上追赶猪屁股的征程。冷嘉义两口子一气收了四车猪，送往南北两个方向。他已经和六家需要生猪的公司确立了合作关系，都是拍着胸脯承诺质量和数量的。男子汉大丈夫，一言既出驷马难追。人无信不立，承诺过的事情一定要兑现。上两次之所以亏损，就是没完成数量，对方压级压价，还扣着货款不发。冷经理着急上火，恨不得把大腿卸下来，叫火腿厂制造人肉火腿。对方微笑着婉言谢绝了，说是不怕人肉火腿不好吃，是怕原料跟不上，所以没有开发新产品的计划。

生猪收上来，马上就得交出去。手里没货难以求利，把货握在手里不撒把，同样无利可图。关在圈里不喂料不行，减膘掉肉都是"嘎嘎"响的大票子。喂料同样要亏本，至少是降低利润。肥猪的梦想不知道牛年马月能够实现，天上不会往下掉饲料。饲料是花钱买来的，肥猪吃的是票子。

无商不奸，做生意就不能干巴子硬正。这是秦台地区的土话，可能不太好懂，翻译成通俗的白话就是做生意的人不能太忠厚老实了。因为收货单位的检验员也好以偏概全，抓住一个往猪肚子里灌水的供应商，就一概而论，都以那个不遵守游戏规则的伙计为榜样，享受一样的处罚待遇。路上那么多加水站，你说你是清白的，一滴子水都没往猪肚子里灌，秦台市的驳大侠也说那是阎王爷出告示——鬼话连篇。有人会相信吗？

冷经理毕竟在肉联厂当过几年厂长，是伺候生猪的行家里手，他知道就近加水，而且不能注水过量。他的生猪死亡率低，利润相对较高。

道高一尺魔高一丈，大公司和小刀手都在研究对策。这帮子人也不是吃素的，随便抠两个点子就能敲掉生猪身上的含金量。

小刀手过去都是过完磅按一定比例扣掉杂碎，拉回家中屠宰。现在改成现场宰杀。当场开膛破肚，扒出五脏六腑，卸掉蹄爪、猪头和尾巴再过磅，按净肉的斤秤算账。猪血不算数，蹄爪、尾巴、猪下水原本就是白送给小刀手的，现场剔除出去也是合情合理的。可是路上灌的水还在肠胃里，没滋润着猪身上的其他细胞就被掏掉了，猪贩子白花冤枉钱叫生猪受罪，最后一点重量都不增，以后还有啥心劲再瞎胡折腾。

大公司提高净肉的价格，按出肉率计算重量。也等于在车间里安装了干燥箱，把多余的水分全部蒸发了。对手越来越精明，生意越来越难干。但是一头作难还好对付，现在买猪也不容易。开始没人收猪的时候，不准户主过磅前喂猪，还要扣掉几斤杂质。现在竞争的多了，随便喂猪还不能扣杂，这就等于白送给饲养户几斤猪肉钱。烧香买、磕头卖，这样的生意还有什么做头？冷嘉义确实萌生了去志，但他天生就是一个拧种，醉死不认四两酒钱。不服输的牛脾气在心中作祟，使他迟迟不肯离开生猪的行列。

因为早起逮猪太过疲劳，驾驶员贪图赶路没叫醒鼾声如雷的冷经理，他们错过了定点吃饭的"老地方"路边店。

冷嘉义经商以来，学了不少民间的行规。这些民间的规矩都是从古代流传下来的，有很浓的迷信色彩。可是做生意的人都想着赚大钱，乐意讨口彩，轻易不会触动霉头的。比如说外出的时间要选择农历三六九，回家的日子要定在农历二五八。三六九往外走，二五八好还家。小五保好抬杠，他说心态好了天天都是好日子，天天有人结婚祸害黄花大闺女。心态不好天天都是悲悲戚戚的日子，天天有人爹死娘亡出老殡。

生意人忌讳在出发的途中碰到兔子和女人。兔子的别名是"跑子"，古钱称之为铜子。铜子跑了就是金钱流失，做生意不光赚不着钱还可能亏本，辛苦遭罪好多天，到头来再赔了本钱，那还折腾个啥劲？出嫁的女人叫老婆，谐音是"老破"。不是偶尔破一次财，而是没完没了地老破，那就更加令人沮丧了。过去新店面开张的时候，童男子进店不用花钱，要什么拿什么，店主心甘情愿地拱手奉送，还像举子殿试中了"三甲"一样，兴高采烈的。原因就是童子的谐音是"铜子"，开门就有财神爷光顾，店老板能不高兴吗？如果开张的时候是个老娘们进了店门，那就犯了天大的忌讳。你拿再多的钱也不卖给你东西，还要望你脸上淬口水。

店主开门看到兔子或是看到女人尿尿，多半是大骂"晦气"，关张一天。赶到集市摆摊的小商贩，吐上几口口水就打道回府了。冷嘉义长途奔袭几百甚至是上千公里，在半道上犯了忌讳是不好回头的。打道回府的成本太高了，不回头又怕谶语应验。他就私自变通一下，扔五毛或一块碎钱，说是舍小求大。跑两个碎铜板，来个金元宝。

做生意的人喜欢看到刺猬和送葬的人群。传说刺猬和貔貅是财神爷帐下的两员大将，貔貅管粮食，刺猬管钱财。见到刺猬就间接地和财神爷拉上关系了，以后做生意就不缺本钱了。送殡的队伍都披麻戴孝，孝服是白色的，和银子一样的颜色，是能够聚敛黄白之物的。

冷嘉义是一个懂得变通的人，他知道跑了"原阳"也是破，所以出去送猪的时候是不近女色的。交完货、结完账、赚了钱回头的时候，是可以光顾路边的花店，找乐子释放一下的。所以在送货的时候正儿八经地吃饭，空车返回的时候开始消遣。由于冷老板的疏忽，驾驶员又异常小心，没能及时提醒老板补充能量，他们错过了往日吃饭的老地方。车子靠近的这片野店叫"三温暖"饭庄，冷嘉义估摸着，可能是进门的时候有热茶，吃饭的时候有热饭菜，送别的时候有温暖如春的热乎话。后来听小姐解释说，是先温暖你的眼，再温暖你的身，最后温暖你的心。店门口有两个浓妆艳抹的年轻女人，在那儿撩着裙子招徕顾客，还不时地拍着胸脯咋呼：快来吃馒头，又白又大带枣的。一看就是一个野花店。

冷经理和他的伙计们，时常在人前人后谈论带"花"的行当。起初小鲁班并不在意，以为"花店"就是销售干鲜花朵的店铺，要么就是"花圈"店。后来又听说"喝花酒、吃花茶、洗花澡"等语言，心中十分困惑。凑着没人的时候，乔诗琴按捺不住好奇心，询问丈夫这么多"花"是咋回事？

"花店就是在酒店门口放两个大花篮，显示店家对客人的欢迎和尊重……"冷经理支支吾吾地敷衍着，目光闪烁游离，不敢和老婆对视。

"噢，我明白了。"乔诗琴是受过高等教育的聪明人，闻一知十，很快就知道其他几"花"是什么意思了。"喝花酒就是在酒席上摆放鲜花，洗花澡就是泡泡浴，在浴池里撒上花瓣。喝花茶就是直接用干花泡茶，比如说茉莉花、牡丹花、甜叶菊啥的。现在重大庆典活动的会场主席台上也摆放鲜花，叫开花会……"乔诗琴举一反三，即兴淋漓尽致地发挥起来。冷经理像看到滑稽的小品一样，忍不住想乐，又不敢放声大笑。用手把嘴巴捂起来，频频点点头表示赞许，眼里已经淌下泪来了……

这个野店前不着村后不着店，目光所及的地方看不到第二家饭馆。吃饭吧犯了忌讳，心里窝窝囊囊的。不吃吧饿得前心贴后心了，马上就要抄猪，谁还掂得动长长的抄杆？

不得已求其次，其次其次再其次，活人不能叫尿给憋死。想到这儿，冷嘉义的心头敞亮了，尽管不太情愿，也得硬着头皮闯进去。喂饱了肚子才有力气抄猪，把这些宝贝交给客户之前，是无论如何不能牺牲一个的。

三温暖酒店确实是"花店"，门脸上并不十分招摇，里面自然是别有洞天。前厅里除了吧台跟前有几个散座，后厅和楼上都是单独的雅间。包间之间用三合板间隔开来，有门无窗。室内光线很暗，白天也要开灯。房间被封闭得很好，但隔音效果极差。隔壁两个房间的客人相互之间看不见，却是可以清楚地听到对方的谈话。如果相互能看到对方，一定会觉得尴尬，不敢放肆和坐台小姐调笑的。彼此看不见也不认识对方，听到南腔北调的调笑，既新奇又助兴，就像在炒菜里加了鸡精一样。

冷经理他们隔壁的房间里就有调笑声，仔细倾听一下，是一位吃饭的客人正和坐台小姐侃价钱。他们腔调油滑，语言幽默，似乎是在兜售齐白石的花鸟鱼虫、徐悲鸿的骏马、李可染的水牛，都是顶级好（画）话。

客人像吟诗一般说道："万水千山总是情，少给十块行不行？"

小姐说："不中。有缘千里来相会，要你五十并不贵。"

客人并不死心，继续吟唱道："黄金有价情无价，真少十块也没啥。"

小姐有些嗔怒，正色回敬道："世上没有真情在，多挣一块是一块。"

客人还想啰嗦，小姐有些不耐烦了。她询问客人："你是干什么的？一个如此体面的大老爷们，为了十块钱涎着脸磨蹭，不嫌丢人？"

客人涎着脸讪笑，想说得寒酸一点，让小姐动恻隐之心。"我是大街上蹬三轮车的。天天走大街串小巷，两个睾丸磨锃亮。挣点钱实在不容易，给我留下十块养家糊口吧。"

"我也不容易呀。"小姐说："我天天不分昼夜地工作。头顶着墙，脚蹬着床，奶妈被客人拽多长。月经来了也不休息，天天面对臭流氓。这还勉强可以忍受，要是不小心染上性病怎么办？保险公司没这个险种，只能自己花

117

钱看病，我不趁着年轻多存一点行吗？到老了你还管我吗？"

这对活宝倒是蛮有才情的，冷经理这伙子人都笑得前仰后合了。房间的门被推开了，一个妖艳的小姐闪了进来。

"各位老板哥哥，吃什么呢？"小姐甜甜地笑着，两只媚眼滴溜溜乱转。她左右逡巡，在寻找做东掏钱的人。

"我们要馍馍。"冷经理发话了。北方人爱吃面食，馍馍压饿，吃饱了还得抄猪呢。

"摸摸五十。"小姐说得是业内惯用的暗语，认为这些常在外面出发跑江湖的猪贩子，没有一个不懂的。

"太贵了，下面。"冷嘉义还在思忖，驾驶员抢先表态了。

"下面一百。"看下面是要松开裤腰的，位置是低了，价格马上就要抬起来。

"水饺呢？"冷经理的助手隐约感到小姐在和他们说黑话，也过来跟着逗闷子。"一碗瞎面条要一百块，太贵了，我们要水饺……"

"睡觉二百。"这几个傻大黑粗的憨家伙，总算说到正题上了。小姐们都想叫客人点"水饺"，花费差不多的功夫，价钱悬殊很多。

"只要一碗，有降价的余地吗？"冷嘉义也明白过来了，凑过来和小姐砍价。

"一晚上伺候你一个人，才二百块钱很划算的。"小姐怕他们不明白，算细账给他们听。"打冷枪也就两个小时一位，一晚上十二个小时是六位，一百块钱一位是多少？陪通宵占便宜的是你们，最不划算的是妹妹……"

冷嘉义知道自己遇到同行了，面前这位娇艳的小美眉，也是卖肉的朋友。"这是吃饭的地方，怎么睡觉？"冷经理有几分不理解，想把情况摸透。

"三楼都是单间客房，是姐妹们接待娇客的地方。"小美眉狡黠地鬼笑着，非常得意。"只要你愿意付钞票，我们这儿管吃管住管玩。"

"碰到打黄扫非的时候咋办？逮住了是判刑还是罚款？"冷嘉义觉得这个荒村野店不安全，在这儿吃饭都觉得不踏实，更别说无证驾驶坐台小姐了。

"放心吧，没有金刚钻不揽瓷器活。我们老板都打点好了，用不着你操这份闲心。"坐台小姐觉得有需求才有交易，自己也是出力挣钱，所从事的职业并不下贱。伟人说过：工作没有贵贱之分，只有分工不同。"其实你不了解，我们这个行当也分三六九等。在大都市的高档宾馆里坐台，工作性质和检察院反贪局是非常相似的，都是从贪污腐败分子腰里掏钱。会外语的小姐们，还能为国家赚取外汇。我们这些在路边野店里谋生的二等小姐，要么年龄偏大，要么色相偏差，要么文化水平太低，走不进更高的殿堂。不得已求其次，只能在这儿招呼你们这些低档的顾客。较起真来我们啥零部件都不缺，也不是不能使用的残次品，说不定床上的功夫比她们还好呢。高手在民间，这句话是涵盖各行各业的。

我们就好比是练地摊的小商贩，再好的商品落到地摊上就不值钱了。现在玩古董的客人最精明，他们专溜地摊不逛大商场。他们知道，大卖场里捡不到'漏'。"

"有道理，你们应该申请执照，挂牌营业。"冷嘉义给小姐支招。"如果你们这个行当能变成阳光下的产业，客人可以放心大胆地消费，国家多一项税收。如果政府统一管理起来，性病也不会大肆传播。"

"谁说不是呢？像我们的工作场所无非是半间屋一张床，为国家节约土地多打粮。我们的工作也是非常环保的，工作起来不冒烟无污染，拉动经济大发展。我们就搞不明白了，政府为何屡屡打压我们，动辄就抓起来关到号里去，甚至是判处徒刑。人们都说打了不罚，罚了不打。我们倒好，抓起来再罚款，又打又罚……"

"我们怎么就是低档客人呢？"听说在路边店里可以"捡漏"，驾驶员窃窃自喜。小姐们把他们打入另册，当二流客人招待，心里着实不太服气。

"闻闻你们身上那股臭哄哄的猪屎味，五星级宾馆进得去吗？"坐台小姐齉着鼻子，脸上依旧洋溢着灿烂的春光。看得出来，她并没有轻看这几个二流客户。"干我们这行的人都知道，臭皮香客。凡是带着满身异味敢闯欢场的人，腰里一定鼓鼓囊囊地掖满了钞票……"

"唉！"冷嘉义长长地叹了一口气，心中有了无限的感慨。同样都是操刀卖肉的行当，因为经营方式不同，结果是天差地别。自己是何等的辛苦，面前这个妹妹才是二等公民，就如此地潇洒。自己的生猪卖一头少一头，弄不好还要赔本。她那几两臭肉却是循环往复地出售，一点损耗都没有，还像铁杆庄稼一样，旱涝保收，没有亏损的时候。说到底这种差别是性别铸就的，这辈子没有希望更改。假如真有来世，我冷嘉义和阎王老子打血架也要托生一个女儿身……

# 十八、俗酒雅茶

魏成功决定请客吃饭，再把铁弓骥、刘秋恒、冷嘉义、马路平、王彭生这些哥们聚起来，痛痛快快地喝一场。

礼下于人必有所求，魏成功有两件事要请哥们帮忙。一是租用冷库，找冷嘉义帮忙。肉联厂虽然倒闭了，但是倒驴不倒架，各种设备、设施都是齐全的，检修一下就可以使用。能熟练操作的师傅也是现成的，开工资请过来就能让设备运转。工厂尚未改制，冷嘉义也没被免职，想用肉联厂一颗螺丝钉，就非得让冷嘉义出马不可。

第二件事情是如何把白笋变成青笋，要请大家发表见解，集思广益。其实最主要的还是听听刘秋恒的高论。这家伙一肚子坏水，一挤巴眼就是一个坏点子。譬如说发展基地这件事，没有刘秋恒就不可能发展得这么顺畅。即便发展起来了，也不可能几方都得利，还是持续得利。

这两件事都和收购绿芦笋有关，都事关连云港得意公司今年的订单是否可以完成，也关乎到江海航老板能不能坐上"副市长"那把椅子的问题。得意集团是非常重视的，所以刘爱果和王冰二位部长也应邀列席了酒场。

有人来租赁冷库，冷嘉义是求之不得的。他巴不得魏成功把整个工厂都租走，自己也好多收一些租金。公家的钱已经和他诀别好久了，难得现在还能回来探视一回。不论是公家的钱还是私人的钱，他都极度渴望拥有。这种心态和韩信用兵是一模一样的，就是多多益善。目前工厂还在自己手上，挣了钱自己可以先花。钱和权是相互依存的，对此冷厂长有着切身的感受。自从工厂发不起工资开始，自己这个响当当的副科级大厂长就成了一滩臭狗屎，没人再争着抢着往自己跟前凑了，自己的号令也没人理会了。

冷嘉义直言不讳地说：打个扑克都不想下台，何况是当领导？很多人说自己不稀罕当官，那是狐狸吃葡萄，吃不着说葡萄酸。李嘉诚有的是钱，传说吃不完海里的盐，花不完李嘉诚的钱。只要李老板高兴，可以买飞机、买火车，坐着专列、专机兜风，在地球上转悠烦了可以到太空中去旅游。那样一掷千金的豪爽自然无人可比。可世上有几个李嘉诚？李嘉诚纵然有钱，又能买来领导出行那种前呼后拥、警车开道、马路戒严的威风和气派吗？

冷嘉义非常怀念昔日的岁月，很想重现过去的风光。过去他经常掐着腰、挥着手，在职工大会的主席台上讲话。经常到各个车间视察工作，对跟在身边点头哈腰的中层干部指手画脚，发号施令。可是，俱往矣！忆往昔峥嵘岁月稠，而今迈步从头越。荣誉被历史尘封起来，如今风光不再了。往事不堪回首，想起来叫人心中好痛啊！

刘秋恒因为犯错误，被组织上扫地出门了。冷厂长那样的感慨他也有，强烈的程度不比冷厂长差一分一毫，但是这样的情愫他不方便表露。走哪条路修哪道桥，刘秋恒现在研读的不是《政经学》，而是《生意经》。

"商场如战场。在战场上兵足将广、弹药充足，是制胜的根本。战场上讲究'兵马未动粮秣先行'，商场上讲究'产品未动广告先行'。干啥就得吆唤啥，你要大张旗鼓地咋呼，先让大家知道你是打啥家伙的，让大家明白你鼓捣的那些玩意有啥好处，跟着你鼓捣的前景如何？"刘秋恒侃侃而谈，魏成功和牛璐都掏出了小本子，非常认真地听写记录。

刘秋恒翻开他的底牌，还是撰写工作总结报告的那些招数。先赞美绿芦笋，说得过火也不要紧。有一物就有一主，有人说就有人信。后来有人能把绿豆炒作起来，就是受到了刘秋恒的启发。

胆子大一点，就说绿芦笋是灵芝草的祖爷爷。《白蛇传》中的白素贞为了救许仙跑到天宫盗仙草，那个"仙草"就是灵芝草。那时候秦台还没引种龙须菜，白素贞找不到绿芦笋，不得已求其次，万般无奈之下才去偷盗灵芝草的。秦台人终日与人间仙草相伴，是何等的福分呢！

要在报纸上、电视上宣传报道绿芦笋，不能贴海报。海报都是减价处理残次品或是卖野药的，可信度太差了。官方媒体的辐射面广，可信度也大。除了宣传还要造势，纠集一伙子能喷能啦能喝酒的小哥们，操外地口音说话，到秦台各个饭店喝酒，点名要吃绿芦笋，凉调热炒、清炖红烧、炒肉丝、炒肉片、炖大碗，可劲地折腾，不出一个月，保证青笋进入各个饭店和千家万户的餐桌。

先叫牛魔王搂开几垄白笋沟子，在他家设个分点收购。青笋比白笋好摆弄，再把价钱提起来，少出力还能多挣钱，脑子进水的傻蛋才不改青笋呢。

要是真有不搂沟子的人，就是驳壳枪家的亲戚，跟他一起吃憨奶长大的。

大家琢磨刘秋恒的主意，都觉得有几分道理。现在没有更好的办法，只能按照刘秋恒的意思办了。已经到了年末岁尾，过了春节就得行动起来。行动了不一定有效果，不行动笃定改变不了现状。

酒筵结束了，大家吃了水果和主食，但是没有马上散去的意思。魏成功又叫牛璐拿出宜兴紫砂壶，给大家冲沏明前龙井喝，继续探讨给芦笋穿上绿装的问题。

茶和咖啡、可可齐名，是风靡世界的三大饮品。世界上茶树约三十属五百余种，分布在热带和亚热带地区。我国有十四属三百九十七种，一般分布在长江以南。茶是大众化饮品，一般分为白茶、黄茶、绿茶、乌龙茶（清茶）、黑茶、红茶六大种类。绿茶在中国、韩国、印度、日本等亚洲国家普及，西方国家习惯喝红茶。

中国的茶主要有两大类，一百多种。两大类是普洱类和蛋白桑茶类。品种繁多，不能一一列举。具体分为如下四种情况：一是传统名茶，二是后期恢复的传统名茶，三是创新茶，四是天然营养保健茶。

公元前五十三年，吴理真在蒙山顶种植七棵茶树，是世界驯化茶叶的第一人，被后人尊称为"茶仙"和"茶祖"。

中国传统界定的极品好茶，就是清明之前上市的"明前茶"，紧排其后的是"雨前茶"。按季节划分，茶又分为春茶、夏茶、秋茶和冬茶。农历三月份之前采摘的是春茶，五月份采撷的是夏茶，八月份采收的是秋茶，十月份以后掐下来的嫩芽叫冬茶。春茶的价格最高，夏茶的质量最好，八月份之后因为积温、降水、气候、肥水等自然条件的变化，茶叶内的各种成分也会有相应的变化。茶叶以新的为好，茶树是老的金贵。常有"一年为茶，三年的茶叶是上品，五年为宝，七年入药"的说法。茶叶可以入药，可以解毒，是古书中早有记载的。《神农本草》中记述：神农尝百草，日遇七十二毒，得茶而解之。粗茶淡饭，吃出铁汉。就是说不论饮食好孬，只要经常和茶叶亲密接触，身体就钢钢的。

茶树还有着坚贞不屈、忠贞不渝的特质。相传古代种植茶园都是用茶籽育苗，不能扦插也不能移栽。茶树在哪儿破土成苗，就在哪儿生长终老，人为地移栽他处，它就枯萎死亡，宁死不离故土。这种忠贞恋旧的高尚品德和情操，极受世人推崇。所以古代男女定亲叫"茶定"，两个人相亲的时候，愿意了才喝相互递给对方的糖茶，并且"一人不喝两家茶"。

美联社和《纽约时报》在2001年3月26日同时公布中国当代的十大名茶：西湖龙井、黄山毛峰、洞庭碧螺春、蒙顶甘露、信阳毛尖、都匀毛尖、庐山云雾茶、安徽瓜片、安溪铁观音和苏州茉莉花。

西湖龙井茶，是茶叶中的上品。明前龙井茶，又是西湖龙井中的极品。魏成功家有这样的高档茶叶，按他的说法是老店里断不了陈货。牛璐告诉大家，还是外贸企业景气的时候，一个搞铸造的朋友送他的。那时候只有外经委的直属企业和规模特大的外向型企业才有自营进出口许可权。现在注册五十万的小型企业也能办理自营出口业务。国家的政策放宽了，外经委下属企业也失去了垄断性地位，自己一个堂堂的副科级经理，沦落为蔬菜贩子了。魏成功想起这事就有几分懊恼，可是形势比人强，自己左右不了形势。能力和文化程度都比自己低好多的马路平却进入了公务员的行列，事业蒸蒸日上，前程一片灿烂光明，真不知道他那个管戏箱用钥匙骗女人的老爹做了什么好事，给他积了这么大的阴德。

王彭生自诩是热爱文学创作的人，对中国的酒文化、茶文化和饮食文化，各种风土人情都多少知道一些。同学和朋友们都叫他"百事通"，说他满腹经纶，上知天文下知生理。他没有系统地学习过陆羽的《茶经》，也知道"茶道"中蕴含着高深的文化知识，如若不然，古代何以会把烧茶卖茶的人称之为"茶博士"？大家知道的比他还少，他依然有机会继续卖弄着。

酒使人狂，茶使人静。人们喝酒的时候吆五喝六，甚至上演全武行。但喝茶的时候绝对衣冠楚楚，斯文谈笑，儒雅之气贯穿始终，所以人们都说"武酒文茶"，也说"雅茶俗酒"。人们还说"静能生慧"。喝酒场面嘈杂，只能扯淡不能说正经事。喝茶的时候心智大开，是可以研究一下重大问题的。

绿芦笋已经被刘秋恒吹嘘成仙草了，为何不考虑着把这么金贵的东西开发成养生保健的"芦笋茶"？大家立马来了精神，都对开发芦笋茶的提议很感兴趣，齐声夸赞王彭生到底是文化人，虑事深远。

刘爱果和王冰说回到连云港就找大老板汇报，不过他们更关心春节之后的青笋收购问题。因为这个事考验他们的能力，影响他们的收入，更为重要的还是青笋上绑着副市长的乌纱帽，江老板要靠绿芦笋登上副市长的宝座呢。

# 十九、小五保成亲

1989 年冬天，马路平又升职了，他被组织部调回中阳镇任镇长。虽然是二把手，却和党委书记平级，都是正科级。政企不分的时候，刘秋恒也混到了正科级，管辖一千多号人。马路平现在是在一人之下，五万人之上。党委书记因为患有恶性肿瘤疾病，已经住院治疗去了。虽然党委书记不能到岗理事，但人还活着，也没到退休或退居二线的年龄，暂时不能免职。马路平是镇长代理党委书记，全权主持工作，党政大权一把抓了。

马路平认为党政一把手由一个人兼任，是非常英明的创举。现在推行这个办法也是大有裨益的，地方市长兼书记，部队团长兼政委，工作照样干得漂漂亮亮，人员省掉一半，每年节省的工资和福利待遇，制造两艘航空母舰是不成问题的。可惜自己的职务太低，说话人微言轻。如果自己有机会当上全国人大代表，一定向大会提交这个议案。

这一年，对越自卫反击战胜利结束了。中国是爱好和平的国家，在万不得已的情况下进行自卫反击，并没有吞并邻国的野心。如果越南和日本做邻居，即便版图不被从地图上抹掉，全国生灵也会永受蹂躏和涂炭。

小五保和他的族兄武大智都脱下军装转业了，被马路平要到了中阳镇。武大勇一辈子和文化沾不上边，出任镇里的武装部长。武大智始终显得比小五保有文化，就任镇里的"教办"主任，都是副科级。

军官开始掉价了。据说战争年代里，连长可以训斥县长。解放后的对应级别是县团级，营科级。团长转业到地方可以当县委书记，营长起码是马路平那样的角色，是响当当的大镇长。现在所有的军官转业到地方都是降两级使用，因为武大勇弟兄两个都有军功，只降一级。这是领导法外施恩，安排得相当不错。转业军人安置办公室的领导这样告诉他们：在全国的转业军官安置中，只有杨尚昆你们比不了。他老人家转业后当了国家主席，其他人就比不了你们了。

武大智的老婆赖颖成了小五保的堂嫂，是亲三分向，她开始关心武部长的婚事，并为之认真而又努力地张罗着。事有凑巧，她一位同事的远房亲戚祖籍也是本地人，50年代闯关东出去的，现在全家定居在大连。这家的四闺女叫吴影，高挑身材，婀娜俊秀，还知书达理，是大学生，到过日本。

吴影上大学的时候开始处对象，相中了一个高两级的白马王子叫胡传谨。胡传谨高大英俊，潇洒帅气，也聪明异常。他大学毕业后考取了硕博连读的研究生，东渡扶桑留洋去了。

吴影毕业后被分配在大连一所中学教外语，工作是非常体面的。老胡一个人孤悬海外，时常思念家乡，思念亲人。便写信怂恿吴影辞去公职，到日本去挣几年钱，等他毕业了，钱也挣足了，一起回国享受美好生活。吴影还是非常理智的，她没有辞去公职，趁着放暑假的时候，再请一个月的假期，先到日本侦察一下情况，果真如恋人所言，再辞掉工作也不晚。

胡传谨告诉吴影，日本的富裕程度超乎想象。像国人祈盼的洗衣机、冰箱、大彩电啥的，小鬼子用到八成新就换了。旧货也不处理，直接扔到垃圾堆上，还得上交垃圾处理费。咱们放假回国的时候，随便捡几件垃圾带回去，就把来回的路费挣够了。胡传谨把日本夸成了天堂，让吴影觉得他和本家胡传魁是一路货色，都成了汪精卫的队伍。汪精卫集团的任何一员都被国人所不齿，吴影也觉得羞于和胡传谨为伍了。

吴影的第六感觉就像狙击手中的远红外狙击步枪，还是很有准头的。胡传谨已经取了一个日本名字叫世源灰太狼，正在申请加入日本国籍，准备在岛国定居了。他一个人半工半读也能挣够学费钱。可是欲壑难填，他既想要房子又想要车子，靠刷盘子洗碗挣的那点小钱实在太少了，满足不了他的消费需求。

胡传谨一边读书，一边做着发财的美梦。他终于打听到一条生财之道，就是到高档的星级酒店去当"人体盛"。

人体盛在中国古代的时候叫"肉台盘"，是供权贵们享乐用的。就是让年轻漂亮的女人脱得一丝不挂，躺在桌面上当台布，饭菜摆在美女的酮体上，由美女向客人口中布菜。

这类腐败糜烂又非常奢华的行当，1949年之后就被共产党取缔，现在已经绝迹多年了。日本人崇尚这些东西，所以在日本的高档宾馆里十分盛行。不过"人体盛"要由女性来充当，男人只能当侍者。侍者和"人体盛"

的工资报酬相差太远了，拯救不了他的贫穷。再说他也不能全日制到岗，当侍者也不合格。

胡传谨也认识其她漂亮的女性，前去应聘说不定也是可以过关的。只是其她女人挣钱装不到他的口袋里，吴影挣钱百分之百地尽着他花。

应聘去做"人体盛"的女人容貌要漂亮，体型要苗条优雅，皮肤要洁白细腻。工作前要在香汤中浸泡四个小时以上，把指甲修剪圆润，把异味泡净，把稍厚一点的角质皮层撕干净还不能露出血渍。然后剃掉腋毛和阴毛，全身赤裸地躺在铺有红色织毯的榻榻米上，仅在羞处盖一片树叶，其他地方摆放寿司或生鱼片啥的，任凭客人狎戏亵渎，嬉笑取乐。

据说东北深山老林里的人还是比较开放的，解放前常有"睡大炕"、"拉帮套"之类的现象。睡大炕就是不分男女老幼，全家人睡在一张大炕上。东北的冬季寒冷漫长，深山老林里常有野物出没，人们轻易不敢进山拾柴火。为了节约木柈子，确保家庭储存的柴火能够烧到冰雪消融，冬天只烧一个大炕。有亲戚朋友来访，或是外乡人借宿，也让他们和家人一起睡在那张大炕上。家长怕自己深睡之后，年轻陌生的外地后生不老实，做出一些不体面的龌龊事情来。睡前先舀一碗凉水放在客人跟前，天明的时候让客人空腹喝下。没走原阳之气的人喝冷水无妨，凉水不伤本分人。如果贪片时之欢管束不了自己，野火散尽之后喝不得拔凉的冷水。说是有性命之忧，不死也是废人了，终生不能负重出力。一碗凉水好比三百八十伏的高压线，珍惜生命的人轻易不会触碰。人们都说用一碗凉水督察坏人守规矩，比警察还管用。

解放前常有兵匪袭扰，加上天灾人祸，山民们度日艰难。穷人不好说媳妇，就衍生出了"拉帮套"的事情。一家子弟兄几个娶一个媳妇，按长幼顺序排列，轮流搂着老婆睡觉。第一个孩子给老大，第二个孩子给老二，以次类推，人人有份。

解放后住房宽敞了，取暖的燃料多了，设施也齐全了，人们都讲究起来了。认为"睡大炕"、"拉帮套"不太体面，羞于向外人提及了。过去的"开放"实属无奈，是贫穷造成的。贫穷的时候只顾肚子不顾脸面，仓廪实知礼仪，肚子饱了、腰包鼓了，谁都知道找回体面和尊严。

吴影的祖籍紧邻山东，祖辈上都受圣人的教化，十分尊崇礼仪。吴影的家教严格，思想比较传统。知道胡传谨给自己找了这样一份工作，心中非常不乐意。任凭老胡怎样劝说，她都把头摇得像货郎鼓一样，坚决不去任职。

胡传谨告诉未婚妻，来到了日本，就像水猫子船老大进入了河道。有理的街道无礼的河道，在日本没有道理和礼仪可讲。鬼子做事不能看，牲口一半人一半。日本人不讲廉耻，洗澡男女混浴，兄弟姐妹、父亲女儿、老公公和儿媳妇，都赤身裸体地在一个池子里泡澡，就像畜牲一样。在中国这样的事情传出去，当事人还不得叫唾沫给淹死。在日本，这样的事情就是胖大嫂的裤腰带——稀松平常。什么是规矩？约定成俗就是规矩。习惯成自然，大家都接受认可的事情才能演化成风俗，人人如此，谁也不笑话谁了。你在日本讲道理、守规矩，你就是格格不入的另类，就是秦台地区的驳壳枪大侠，脑子进水了，精神有问题。

日本人没给孔圣人送过冷猪肉，不懂得"三纲五常"、"礼义廉耻"什么的，也不轻视从事皮肉生涯的女人。换句话说，就算是丢人也没丢在家门口，在日本谁认识咱？忍辱负重三年五载，腰包鼓鼓囊囊地回国，照样支援"四个现代化"，照样风光体面。国内也有吃青春饭的美女，她们没有其他特长，只有色相。靠山吃山，靠水吃水，她们只能趁着年轻，充分利用自身的资源优势。闲着也是闲着，趁着年轻挣钱是对的。等到年龄稍大，该成家过日子的时候，花几个钱把处女膜修补一下，照样是正处级黄花大闺女。照样嫁给帅哥童男子，幸福甜蜜地过日子。

现在强调做事情不看过程看结果。我们真是款爷了，大家都知道我们有钱，谁也不会刨根问底，打听这钱是怎么挣来的。人前想显贵，人后得受罪。再说了，你穿一万层衣服又如何？大家照样知道你什么位置有什么。无非是脱光了叫他们看看，又少不了一点毫毛。咱轻轻松松地挣大钱，那些灰孙子干着急不出汗，顶多划拉一把。万事开头难，开始可能不适应，慢慢就会习惯的，习惯成自然，开头就没完……吃苦受累，受点屈辱，都是非常正常的。听话吧，别再犹豫了……

吴影气得嘴唇都发青了，真想马上搧他两个大嘴巴子，愤愤然拂袖而去。可是胡传谨啥事都考虑到她前头去了，告诉她办好护照带够路费就行了，不必多带现金。似乎日本遍地是黄金，只要住下来敞开门窗就等着数钱了，大风能把钞票刮过来，钱比树叶还稠。

吴影怨恨自己瞎了眼，竟然心仪这样一个表里不一的人。如果你事先告知自己到日本来干什么，干不干由我当家作主。我来了是自觉自愿的，吃苦受累受侮辱，都是心甘情愿的，上刀山下火海不皱眉头，滚钉板被油炸无怨无悔。可是你把地狱说成天堂，颠倒黑白，篡改事实，这就是欺骗！夫妻之间不能以诚相待，谈什么相濡以沫、举案齐眉？有知识的人更看重名节和信誉，更容不得虚情假意和厚颜无耻。吴影浑身都在颤抖，咬着牙默默地下定了决心，回国后宁愿和冷嘉义的生猪结婚，也绝不会和"汪集团"的成员白头相守。

现在马上和胡传谨闹翻，自己囊空如洗，吃不上饭、回不了国，想活着就只有沦落街头当乞丐这一条路可走。那样自己吃苦受累受屈辱倒是末事，关键是有损国格。自己不能那么做。跳宫古海峡很轻省，葬身鱼腹怪可惜的。父母的养育之恩未报，国家培养自己这么多年也没少操心、没少花钱。天生我材必有用，不能这么随便地结束生命。再说了，真想死也要回到祖国去，一把骨灰可以滋养一棵树苗，能绿化祖国的山水，凭什么在域外当孤魂野鬼？

天生我材必有用，以后的日子还长着呢，焉知我吴影不是有益于国家和社会的栋梁之才？留得青山在，不愁没柴烧，我要为了祖国和家庭，把自己的"青山"留住。

人在屋檐下，不得不低头。吴影违心地陪着汉奸胡传谨在日本鬼混两个月，忍辱负重地当了六十天"人体盛"，挣够了回国的路费。她以回国续签护照为名，让胡传谨把她送到飞机场，飞回祖国了。

吴影和汪伪二鬼子决裂了，任凭胡传谨怎么哀求，亲朋好友如何劝说，她都死不回头。她说自己不贪钱财，不图高官厚禄，不在乎文化程度高低、年龄大小、容貌丑俊，但要嫁给一个地地道道的中国人。不仅仅只是血统纯正，更要满怀一腔坚定的爱祖国、爱中华民族的热情。

这个小姑奶奶有了另择夫婿的念头，家人急忙向各地亲友传递信息。她是广抛彩球，武大勇应该可以入围。他是一个堂堂正正的、纯粹的中国人，在越南战场上表现得十分英勇。估计打击日本鬼子也是那样的胆魄和气势，不会给中国军人丢脸。

吴影是先天性高度近视眼，戴上眼镜也看不到未来，摘下眼镜就失去现在。如果她不戴好"博士伦"拿起放大镜仔细查找，根本发现不了小五保脸上那些横七竖八的裂纹罅隙。所以尽管她本人长得如花似玉，却并不刻意要求爱人具备同等的外观条件，这就是天佑武大勇了。

武大勇健壮得像牦牛一样，有着航天员的体格，视力也是出类拔萃的。

他经常向朋友吹嘘说：有苍蝇、蚊子从他眼前飞过，他马上可以辨认出公母来。不过当时的女孩子要求恋人体格像运动员，容貌像演员，月薪过千元，身份是公务员，政治条件是党员，手下要有驾驶员。

武大勇才是个副科级干部，坐公车是丫鬟坐椅子，瞅空才能来一回。没有专车，手下就没有驾驶员。他那张胡乱拼凑的脸，只有需要特型演员的时候才会引起导演的注意。即便天天在银幕上出现，也打动不了少女的芳心。自古嫦娥爱少年，少女心中期待的"电影演员"多半是唐国强那样的俊男，不是葛存壮、汤司令那样的特型演员。

武大勇有自知之明，他觉得随便啥样的女人都配得上自己。自己是严重损害女性利益的人，只要女人不嫌弃，自己是可以凑合的。

武大勇被吴影的美貌征服了，像吃了蜜蜂屎一样，乐得合不拢嘴。他让族兄武大智和同学加好友刘秋恒之流，帮助自己策划操办，在桑梓之地武家庄举办一场非常隆重的婚礼。

小五保小的时候是遭人唾弃的孤儿，稍大一点是讨人嫌、惹人烦的小无赖。都说七岁八岁惹人烦，十二三岁狗都嫌。小五保天天惹祸招灾，把庄子搅得鸡犬不宁，是一尊大家避之唯恐不及的瘟神。他离开家乡的时候灰溜溜的，现在风光体面地回来了。他要让大家知道，部队确实是培养人才的地方。我武大勇那样一个不成器的东西，出落成国家正式干部，虽然算不上家乡的骄傲，至少没给老少爷们丢脸。

武大勇是村里有名的苦孩子，也是天不怕地不怕的怪孩子，全村老少都担心这个孩子不成器，将来会危害乡里。没成想这个孩子在部队里面出息了，混成了国家干部，现在又娶上一房国色天香的俊媳妇，全村人都异常高兴。小五保父亲早亡，母亲改嫁他乡，不知所踪。收养他的老五保夫妇在他参军前就去世了，也没有五服之内的近门。如此看来，小五保在庄上还是孤孤零零的。可是大队书记的儿子武大智是他的同学、战友加朋友，小五保曾经两次在危难之际拯救武大智虎口脱险。如果不是小五保出手相救，武大智能不能保住性命都不好说，更不用说以后入党提干了。武书记承情报答，尽心尽力地张罗小五保的婚事。武家庄的人绝大部分都姓武，武大勇到底还是武家的子孙，再加上大队书记的金面罩着，所以全村人都来参加小五保的婚礼，那场面是相当热闹火爆的。

小五保在村中没有房子，大家就把老五保的旧屋收拾一下，权且热闹一天。小五保城里头有公家分配的房子，老婆又是时髦的城里人，不会在乡间久住的。

人争一口气，佛争一炷香。小五保过去在村子里被人看不起，这一次是要故意显摆一下的。十里八乡的老少爷们，前后庄上的父老乡亲，擦亮眼睛仔细看一下，我小五保到底是个人物。黄河不是尿冲的，泰山不是垒的，火车不是推的，神舟飞船不是用气吹的。武大勇人模狗样地回到家里来，没把脑袋藏到裤裆里，是有两把刷子的。

小五保叫冷嘉义给他留下两头没灌水的肥猪，又买了四只纯种青山羊，外带大鲤鱼、肥牛肉，实实惠惠地装干货，不做面糊子席。无论家常客人还是有头有脸的贵宾，都按红席的标准上菜，配备烟酒和糖果瓜子。还请了吹喇叭的艺人，请了乡间的草台戏班子。老年人喜欢听古装戏，巴望着官场上多出"包青天"。那天演了《铡美案》，也演了一些应景喜庆的古典梆子戏，无非是"秀才落难，小姐养汉，好事的丫鬟牵红线。小姐坚贞不屈，秀才忠贞不变，殿试高中头名状元，内心不忘贫贱，婉拒阁老作伐当驸马，回乡娶妻大团圆"。

贺喜的客人都夸席面好。一是实惠。不论凉热拼碟还是大件，都培圆溜尖，把一桌子客人的肚皮都能撑鼓了。二是高档。酒是磨砂瓶的"双胞胎"泥池，一盒装两瓶，一瓶半斤重，每人先发一瓶，不用酒杯。烟是红塔山，十二块钱一盒，每人一包。糖果是大白兔、巧克力、小儿酥啥的，花生、瓜子、核桃、栗子、大红枣，什么都有。事后有人这样评论说：那席面办得，啧啧，我的个乖乖……一碗菜半碗油，花椒胡椒乱碰头，在我们那一带，真是盖了帽喽……

武大勇婚庆典礼那天，武大智的父亲和族中几个德高望重的老人都喝醉了。武书记是共和国最低层级的领导人，也是非常关心国家大事的。他认为改革开放之后中国发展迅速，国力增强了，在国际上的政治地位提高了。

国际形势的消长，也像农村家庭邻里之间过日子。原来处境差不多的时候都能和睦相处，谁家挣得钱多了，突然冒出尖来，大家都得了集体红眼病，一起挤兑他。

美国也是这样的坏熊，甚至比这更可恶。中国穷的时候，他们到处败坏中国，说中国的体制不好，没有人权，一党执政，贪污腐化成风。邓小平主政之后，中国发展进步了，国家富强了，国民的物质生活和精神生活极大地丰富和提高了，美国人又开始难受了。四处挑拨中国周边的小国和中国闹事，培植国内的反政府势力。想叫中国处于内忧外患之中自顾不暇，停止发展。他好继续无忧无虑地坐在老大的位置上，继续充当"世界警察"，继续在世界范围内称王称霸。

武书记对美国极为反感，对他这个"世界老大"也颇不服气。你们天天呼喊"进步文明"，骨子里使坏，不想叫别人过上好日子，这算哪门子文明？中国人忠厚善良，与人为善，大家各过各的，相安无事、和平相处有多好？偏偏美国好生事端，搅闹得世界不得安宁。中国人的脾气你们不是不知道，在歌曲里早就传唱明白了。"朋友来了有好酒，若是那豺狼来了，迎接他的有猎枪"。

50年代"抗美援朝"，60年代"抗美援越"，美国大鼻子应该领教了中国军人的厉害。有人胡说朝鲜冰天雪地的，把美国的原子弹弄潮了，点不着捻子。越南是热带雨林气候，天天下雨，原子弹的捻子也被浇湿了，所以美国才会失败。现在中国也有原子弹了，大家旗鼓相当，更不怕你了。

中国不想惹事，不想称霸世界，也不想夺你"老大"的位置，你也没有十足的把握搞定中国，同样阻挡不了中国的发展。就像夏桀挡不住成汤，殷纣王压不下周武王一样。与其两败俱伤，倒不如和谐相处。武书记觉得，中央不要心疼钱，拉两车茅台酒请美国的明白人喝一场，详细啦一啦国际大势……

弓也可以拉，味也可以露。只是弓不能拉断，味不能露足。无论干啥事，都讲究个度，都要急流勇退，见好就收。中国是可以信赖的朋友，是讲礼仪和中庸的国度。中国人热爱和平，栽种的是橄榄树，放飞的是和平鸽，轻易不会挑起事端。可是中国也不是任人宰割的羔羊，也有实力保护国家的稳定和安宁，有能力维护自身的尊严。不要以为你现在原子弹的捻子不潮了，能点响原子弹就可以胡作非为吗？中国现在也有原子弹，也是放在不漏雨的仓库里储存的，关键的时候一样能够点响喽。大家和平相处共同发展有多好，千万别把老实人给惹毛喽。如果中国人压不住愤懑，用满腔怒火去点燃原子弹的时候，哪个国家都招呼不了，所有的反华国家联合起来也不行，通通都是垂头向下的小拇指……

# 二十、"慢牵牛"拉犁子

春节过后，枯枝腐草上还覆盖着残雪。冰雪尚未完全消融，大地上还是一派冬天的景象。

武家庄的喜气还没褪净，秦台市也包裹在浓浓的喜庆之中。各家庭院、街道门市上张贴的大红春联依旧簇新如火，各个树冠上的霓虹灯还在闪烁，人们又忙着在沿街的树行之间拉上铁丝，准备元宵之夜挂灯笼。

按照秦台的规矩，新年之后，新女婿要和老婆一起走娘家，拜见岳母老泰山。东北的二人转《小拜年》，讲得也是这个道理。小五保不想让老丈人一家受到惊吓，因而不喜欢这个《小拜年》，他喜欢"大姑娘美来大姑娘浪，大姑娘钻进了青纱帐"那样的东北民歌，也喜欢秦台地区民间草台班唱的"拉魂腔"。

古人只说"丑媳妇必须见婆婆"，没强调"丑女婿一定去见丈母娘"。小五保不傻，吴影是深度近视眼，丈母娘和老泰山的年龄大了，可能会花眼，小姨子、小舅子全都视力正常。他和吴影是别人撮合的婚姻，原来相互之间缺乏了解。虽然吴影已经上了他的床，已经公开了女性生理上的所有秘密。可是就像刚出厂的新车，还需要磨合。等晚两年自己抱出个胖大小子来，这根红绳栓牢了，领着媳妇、抱着孩子，到老丈人面前谝谝自己的能力。现在为时尚早。

小五保告诉老婆自己要参加节日值班，叫吴影把自己以前的照片和孝敬老人的礼品现金寄回娘家去，或者是自己走娘家。自古忠孝不能两全，只能敬请老泰山谅解了。

小五保是个特立独行，好标新立异的家伙。趁着节日闲暇的时间，他办了两件事。一是请武大智两口子吃饭，叫马路平、刘秋恒、冷嘉义、魏成功、王彭生等狐朋狗党陪客。目的是让族兄帮忙，把吴影调到秦台来，和那个想跟自己吃饭不愿意陪自己睡觉的嫂子一同共事。

据心理学家分析，合作不成功缘自相互之间的怀疑和不信任。怀疑和不信任是孕育矛盾的培养基，开始是矛盾重重，不能很好解决的话，矛盾进一步发展升级，以至不可调和，最终关系破裂。

在一起做生意的客户或合作伙伴，因为自己本身就有私心，常怀疑对方占便宜让自己吃亏，常因为鸡毛蒜皮的小事闹得不可开交，因而坐失良好的商机。热恋中的情人不能以诚相待，新婚夫妇不相信伴侣忠贞，也是酝酿不幸的开始。小五保除了像曹操一样聪明多疑之外，似乎还掺杂些许不自信。他做的第二件事情是给老婆纹身。

小五保的老婆像电影明星一样，气质高雅，貌美如花。武大勇本人自幼多灾多难，那张原本不失英俊的脸庞，被老支书家的狼狗、越狱潜逃的流窜犯和越南鬼子破坏得失去了人形。吴影是大学本科生，学士学位。小五保是一个粗野的大头兵，参军前是"家蹲大学屋里系，刷锅洗碗带扫地"，不是老书记急于把他清扫出去，他就注定在家乡修理地球了。他和老婆的悬殊反差太大了，他对自己的容貌和学识都不自信，生怕老婆过了新鲜劲就生厌恶之心。

老婆信誓旦旦，再三向小五保保证，自己已经把老公印在心里了，绝对容纳不下另一个异性插足。

小五保摇摇头。装在心里是虚的，谁能看得见？

"那就画在身上。"吴影笑了，笑得很甜蜜。怀疑也是害怕失去，看来武部长还是非常在乎自己的。只要老公高兴，怎么摆弄都行。

小五保还是摇头不语。画上去不牢靠，有被人篡改的可能。小五保听同事们讲述过这样的故事。一家两口子都有外遇，都放心不下对方。但是他们各人有各人的事做，不能时时刻刻厮守在一起。这两口子都聪明，想起了做记号的高招。分手的时候，丈夫在老婆的花瓣旁边画上一个戴大檐帽门卫站岗，老婆在丈夫的玉茎上画一只小猴瞭哨。

两口子一时忘情，都在外面做了对不起爱人的事，洗净身子拾掇利索了，忽然想起爱人的嘱托，就叫情人帮忙补好记号回家。晚上双方都要验证自己留下的记号。老公首先发现了问题，自己把保安画在左边的，怎么跑到右边去了？老婆支支吾吾地糊弄丈夫说："门卫换岗了。"

老婆检查丈夫的时候也发现了问题，自己的猴子是画在下面的，现在怎么爬到上面去了？丈夫说："门卫可以换岗，小猴也会爬杆……"

小五保不相信水彩油墨，他要求老婆纹身。他要让老婆把自己不太完美的形象烙在肚皮上，用二号砂布都磋磨不掉。

吴影是见过大世面的人，连"人体盛"都干了，纹身刺臂这样的"小儿科"把戏更不在话下。她把小五保的近照纹在肚脐以下的小腹上，兴高采烈地回到家中叫老公鉴赏。

小五保的表现出乎吴影的意料之外，他对自己肚皮相片十分失望。"这哪儿是我武大勇，分明是三国时候的猛张飞。"

吴影十分诧异。自己分明是拿着丈夫的照片去的，纹身师傅的手艺也无可挑剔，怎么会变成"三将军"了呢？

"我武大勇虽然其貌不扬，也是一天刮三遍脸。算不得白面书生，也是光头净面的一个人。这老兄颏下一捧茅草，不是燕人张翼德还能是谁？"小五保笑了，吴影大笑了，笑得不能自持……

魏成功和他的大舅哥牛魔王也开始忙碌了。清明节过后芦笋就要上市，想要青芦笋，打春就得搂开芦笋沟子。魏成功既兴奋又紧张，高兴自己终于选定目标，也有体面的事情可干了。这件事情干好了，自己的处境命运又被改变了。都说"百无一用是书生"，书生丢掉了铁饭碗，小日子会比孔乙己还要潦倒清贫。魏成功要用自己的实力证明给大家看，书生的能量不一般。书生并不都是迂夫子，有些书生在任何领域都是出类拔萃的。从今以后，大家都要睁眼看待书生，不能再小瞧轻慢了。魏成功忧虑自己从未经过商，觉得拧秤杆子是件丢人的事。无商不奸，做生意不会坑蒙拐骗别想挣大钱，自己又不好意思伤天害理。那个大肚子牛魔王喝酒一个顶俩，做生意三个未必能顶一个用。事到如今就如箭在弦上，不得不发了。今年权当摸索经验，不赔就是赚了。再说得意公司为了老总的"乌纱帽"而战，考虑政治因素多一些，挣钱多少倒在其次。这是千载难逢的绝好机会，给自己预留了很大的操作空间。今年刘秋恒和冷嘉义之流被自己的"猴儿"闹腾得腾不出手来，王彭生迷恋"人类灵魂工程师"那样的头衔，不屑与"奸商"为伍。自己独家经营，身边没有饿狼抢食，这也是千载难逢的大好时机……

牛魔王纠集十几个游手好闲、不务正业的小痞子，天天策划于密室，点火于基层。天天喝闲酒、出歪招，就等着立春之后祸害白芦笋了。

牛魔王吩咐手下那几个兴风作浪的小妖精，下手狠一点，胆子大一点，做通工作的立马扒开白笋沟子。夜长梦多，迟疑了也许当事人会反悔。要大张旗鼓地扒，造势宣传。犹豫观望的人，半推半就地强行扒开，把生米煮成熟饭。做不通工作的顽固派，夜深人静之后偷偷地扒，天明发现了无非骂几句，事情已成定局就不好更改了。你们就说没认准地块扒错了，要骂要打都由我兜着。南京到北京，就数挨骂轻。骂人的人多长不了一两肉，被骂的人无关痛痒。我们照价赔偿他们的芦笋钱，他们也就将错就错了。牛头村不论是谁，都还是给我牛某人一点薄面的，你们放心大胆地干就是了，不要心存顾忌，不要扭扭捏捏……

清明时节雨纷纷，求购青笋累煞人。借问货源何处有，秦台首推牛头村。魏成功带着刘爱果一行六人，冒着霏霏细雨，踏上了驰往牛头村的征程。只有先到牛头村，才能提振起刘部长他们的信心。

魏成功在冷嘉义那儿租赁了一大间恒温库，购买了桌椅板凳、大磅秤、计算器、收购联单、圆珠笔、复写纸等收购点上必备的物资，接收了刘爱果送来的一千只白色塑料周转筐，放了一盘长长的大炮仗。他的收购点正式开张了。

开张的前一天晚上，魏成功把大舅哥叫来，请刘秋恒、马路平之流过来陪客，给刘爱果他们接风洗尘，也算是为自己加油打气带祝福。大家喝酒的兴致很高，喝得也很尽兴。第二天开张的炮仗放得很响亮，很顺畅，中间一个截捻的现象都没有。按照老年人的说法，这就讨了财神爷的彩头，是预示成功的大好兆头。

日月如梭，快如白驹过隙。一眨眼的功夫，魏成功开磅一个多月了。魏成功叫牛璐守在点上收货，自己租了一辆出租车，拉着刘爱果他们，在秦台市种植芦笋的乡镇频繁穿梭。一边宣传青笋的好处，劝大家搂沟子把白笋改过来，一边沿途张贴各种宣传材料和收购青笋的海报。电视台上也连续滚动播出收购青笋的广告和字幕，并让朋友吃遍秦台境内的大小饭店，随身带着绿芦笋现身说法，点啥菜都要加上青芦笋。

各个公开的平面媒体频繁曝光，加上朋友们在暗中煽风点火。绿芦笋质优价高，是食品的价格，却有药品的疗效。像"防癌抗癌、滋阴壮阳、养颜美容"，常吃青笋才能保持年轻人的心态和精力，吃白笋很快就白头等等，几乎是家喻户晓了。

人们对新事物的认知和接受，有一个适应过程。就像二十一天孵出小鸡一样，讲究瓜熟蒂落，水到渠成。欲速则不达，操之过急还会有负面影响。

秦台人似乎冥顽不化。魏成功花了那么大的力气，该说的都说了，该做的也都做了，可是除了牛头村老丈人家积极响应之外，其他地方搂白笋沟子的农户寥寥无几。称心集团除杂扣秤还赊账，卖白笋的队伍排成了长龙。

冷库是个"喝电虎"，电表跳动的速度惊人，用电度数换算成现金吓得牛璐像没断奶的娃娃一样，直咬指头。电视广告费、差旅费、加上工人工资等杂七杂八的费用，确实是一笔不菲的开支。

刘秋恒叫魏成功再请刘爱果喝酒，把点上的亏损情况如实汇报给他，作阶段性的总结陈述，向总部提出一些合理的要求。

连云港得意集团已经和外商签定了速冻绿芦笋供应合同，大老板江海航还要靠着这个政绩飞黄腾达。若是秦台这块云彩不下雨，得意集团这棵参天大树今年就得不到甘霖的滋养。如此说来，得意集团收购青笋的决心和力度都会加大，他们做成业务的心情也比咱们这些收购原料的青菜贩子更为迫切。他们是大象，咱们是蚂蚁，咱们辛辛苦苦地替东家出力，不能背着干粮干活。得意公司是正头香主，是财大气粗的大东家。为了收购青笋花费的一切费用，都应该由东家承担，而且不论亏损还是盈利，都得赏赐我们这些扛活打工的穷人几个辛苦小钱。

得意集团是骆驼，瘦死的骆驼比马大。咱们这样的小型收购点是屎壳郎，再硬朗的屎壳郎也驮不起土坯来。如果他们不伸出援手帮助扶持这些土包子游击队，咱们是支撑不下去的。如果咱们撤了，他们在秦台再找代理人已经来不及了，他们也会一事无成，被迫和我们一同撤退。你尽管大胆地提要求，我敢打赌，得意集团不会叫你关门的……

魏成功像小和尚念经一样，照本宣科地把刘秋恒的话学给刘爱果。刘部长整理成书面材料，让拉货的冷藏车司机带回去，交给大老板审阅斟酌。

事情不出刘秋恒所料，大老板上了贼船就下不来了，现在已成骑虎之势，只能破釜沉舟地往前走，回头是没有出路的。

得意集团答应了魏成功的所有要求，不论结果如何，都坚决维护魏成功的利益，不叫收购点上亏损。只要能够收到绿芦笋，所有的花费都由得意集团承担。任务完成之后，除了兑现许诺的手续费之外，再根据贡献大小给予酌情奖励。

刘爱果也在酒桌上邀请铁弓骥、马路平、刘秋恒、冷嘉义、王彭生、小五保、武大智等人帮忙收芦笋，这是有病乱投医的法子。人多力量大，遍地开花，广种薄收，也许数量就被刺激上来了。

铁弓骥已经到了"退居二线"的年纪，不想晚节不保。马路平日理万机，天天公务缠身，夜里都睡不好觉，确实没时间也放不下镇长的架子收芦笋。如果放弃镇长不当，改行去当青菜贩子，除非是组织部故意下文叫他考察民情，要么就像驳壳枪大侠那样，患有严重的智障疾病。

武大智和小五保都是马路平的下属，惟马镇长的头颅是瞻。马镇长不愿意染指的事情，他们自然不会节外生枝。

刘秋恒老奸巨滑，善于三思而后行。他要先看看魏成功的结果如何，他是不会轻易出手蹚这趟浑水的。另外他刚接手一项全新的业务，暂时也分不开身来。一位南方的朋友，邀请他代理可以替代老婆的橡皮娃娃。那娃娃功能齐全，风骚可人，从皮肤眼睛到头发和指甲盖，身体的各个部位，都模仿到了可以乱真的地步。那位南方朋友说了，不用他花钱购买，可以先把货物发过来叫他代销，销售一个橡皮人有五百块的赚头。这样的利率对刘秋恒是有诱惑力的，他决定试一试。

冷嘉义也觉得贩猪辛苦，可是外面的花花世界很热闹，路边的野花随便采，很妩媚，也很温柔。冷厂长出发的时候风流快活，回来的时候到美容院里洗头泡脚，小日子过得舒心惬意，不想再多受一份洋罪了。他也有着刘秋恒一样的心态，还不知道魏成功热吃凉喝呢，先观望一年再说。

# 二十一、母女情浅

万物生长都有铁定的规律，麦子到了"芒种"自死。一入阳历六月份，夏季农忙就开始了。人们忙着收麦子，收洋葱和大蒜，种玉米、种大豆，还有花生、高粱之类的五谷杂粮，没时间采收芦笋了。再说芦笋已经到了放棵子留母茎的时候了，也不能继续采收了。如果一味盲目地过度开采，不给植株留下休养生息的时间，就会加速芦笋的老化速度，缩短生长周期。

芦笋从在营养钵里育种，到移栽大田生长，满三年才能有收获。从第四年进入盛采期，第十年开始衰退，十五年就要更换品种，重新种植。如果不注重管理，只贪图眼前利益，五六年就退化萎亡了。时间短了收不回成本，是很不划算的。

好比秦琼典卖黄骠马，朱元璋出家当和尚，绿芦笋和白芦笋的收购都到了最低谷、最困难的时刻。

事业的成功，往往在再坚持一下之中。魏成功丝毫不敢懈怠，他依旧天天开门迎客，天天下乡鼓动宣传。

连云港得意集团几位住在点上督察的客人，趁着空闲的时候轮流休息，回到滨海的家中探望。大家都知道，年轻的夫妻不能长期分离。刘部长他们积蓄了一腔野火，要到家中去找"消防队"。他们半遮半掩，扭扭捏捏地说是回家"换衣裳"。点上的人都知道其中的缘故，想老婆的时候就找魏成功请假，也说回家换衣裳。

刘爱果是得意集团级别最高的驻点人员，他从连云港"换衣裳"回来，是坐着德国"大奔"回来的。陪他一同前来秦台的是集团业务副总甄诚，还有徐州外经委的沈处长。沈处长是一位和蔼可亲的中年人。甄副总比沈处长稍微年轻一点，是一位气质高雅的贵妇人，年纪四旬左右，雍容华贵，很有风韵。

甄副总被龙须菜拽到秦台来，心思却不在芦笋上。她是特意前来考察紫山药的，更确切地说，她是专门过来寻访把紫山药豆带到秦台来的那个转业军人的。自己十五年前在徐州火车站，曾经把尚在襁褓之中的心爱女儿托付给一名军人。那位军人当时并未摘掉帽徽和领章，不知道他是转业还是现役。徐州外经委的沈处长向她说起一个带回紫色山药豆的人，不知道这个人是不是抱走她女儿的人。

甄诚是1970级的高中毕业生，人长得漂亮，学习成绩拔尖。当时毛主席发布了"五七"指示。指示中说："……学生也是这样，以学为主，兼学别样，即不但学文，也要学农、学工、学军，也要批判资产阶级。学制要缩短，教育要革命，资产阶级统治我们学校的现象，再也不能继续下去了。"这是"文化大革命"的办学方针，造成了教育制度和教学秩序的极度混乱。学校不敢遵循旧制，也不敢首开先例，大学都在相互观望，纷纷停止招生了。

更为不幸的是，甄诚还出生在干部家庭里。父亲是地委宣传部长，母亲是农学院的党委副书记。"文化大革命"中，她的父母都被当成"走资本主义道路的当权派"揪斗，后来就被关押在"牛棚"里，强制学习改造。

甄诚是家中的长女，父母不在家，她这个老大就责无旁贷地照顾弟弟妹妹的生活起居，按时做饭洗衣服，敦促弟弟妹妹去上学。星期天早上，她领着弟弟妹妹到"五七干校"去，探视自己的父母亲大人。

"五七干校"里，有一个相对年轻的管教人员，是"三结合"进入领导班子的造反派骨干。那小子的头发自然蜷曲，有着明显的异国或异族特征，大块头、高鼻梁、深眼窝。据说他是一个台上握手，台下踢脚，好话说尽，坏事做绝的家伙。

甄诚每一次前去探视父母的时候，那个"造反派"都是笑眯眯地跟着前后张罗，阻挡看守人员的检查，让甄诚给父母捎带一些可有可无的东西，也能向外面传递一些无关紧要的消息。

单独相处的时候父母告诉甄诚，那个"造反派"是木棒敲坚果，杂（砸）种一个。他父亲原来是第四野战军的一名师级指挥员，在哈尔滨认识了一位漂亮的苏联女兵上尉，并和他结成伉俪，孕育制造了这个"造反派"。

"文革"中"造反派"的父母也受到了冲击。他站出来检举自己的母亲是"苏修间谍"，自己的亲爷老子里通外国。为了表现自己对党的忠诚，他果断地与父母断绝亲属关系。为了表现积极进步，他向"革委会"常委的女儿求婚。那个"革委会常委"风头正劲，红得发紫。他女儿从小得了小儿麻痹症，一直瘫痪在床。

父母亲还郑重其事地告诫甄诚，叫她远离那个魔鬼一样的"造反派"。说他是面艺匠人捏小孩，是人干的活却不是人种。他虚情假意地对你好，肚子里肯定憋着坏水呢。

有一天"造反派"尾随甄诚姊妹们走出"五七干校"。他把甄诚叫到马路边上的大榕树下，非常神秘地压低声音说："你的父母死不悔改，还串通其他人攻守同盟，问题越来越严重了。上边要严厉惩罚你父母，我于心不忍，想找你商量一下如何解救他们。下次你单独过来，不要带着弟弟妹妹。他们年龄还小，带在身边是个累赘。再说了，他们不知道政治斗争的复杂性，不利于保密。"

都说少女单纯，也可能是拯救父母心切，甄诚一厢情愿地希望世上所有的人都心地善良。一叶障目，没想到会有不幸发生。

再次探视父母的时候，甄诚一个人孤身前往。母亲要她到农学院田教授家里拿两包山药豆，送到徐州郊区的亲戚家里种植。田教授研发出了紫色山药和铁棍山药新品种，怕造反派批判他走"白专"路线，不敢推广，也不敢试种。他在阳台的花盆里栽种两颗种苗，已经结出种子来了。他害怕被人发现，托人捎信给一贯支持他却被打倒在地的党委副书记，叫她设法把自己倾注毕生心血的科研成果转移到安全的地方去。

看完母亲再去看望父亲，他们住在两个区域的地窖里。那里阴暗潮湿，充满浓浓的腐烂发霉的刺鼻气味，令人窒息，也令人作呕。

甄诚走出关押父亲的地窖，看到牛高马大的"造反派"正躲在一个楼角后面，冲着她招手。

"五七干校"关押的都是"牛鬼蛇神"，平时不敢乱说乱动。"革委会"领导和"专案组"成员都在午休，偌大的校园里静悄悄的，阒无人迹。

"造反派"把甄诚引领到自己的宿舍里，"砰"地一声关上房门。甄诚稍微怔了一下，想到自己要尽全力让父母脱离苦海，也就疏于防范了。"造反派"先打开收音机作掩护，让李铁梅的唱腔遮掩住他们的谈话，然后给甄诚倒了一杯放糖的温开水。大概是白糖放得太多了，茶水变得黏稠起来，喝起来粘喉咙。可是那年月物资匮乏，白糖是凭票供应的稀罕物，轻易不好谋面的。甄诚和绝大多数人一样，喜欢甜蜜的味道，就忍不住多喝了几口。

甄诚只知道酒可以醉人，花香和幸福也能叫人陶醉，不知道糖茶里再放一点其他东西，也可以兼容酒的功能。她被掺有安眠药的糖茶醉倒了，醉得像一滩烂泥一样，连骨头都酥软了，持续十多个小时人事不省。

甄诚不知道自己昏迷的时候发生了什么事，她清醒过来的时候已经是深夜了。自己躺在离"五七干校"不远的马路边上，一株像《鸟儿的天堂》中描写的大榕树，张开硕大如盖的树冠，为她遮挡夜幕中寒凉潮湿的雾霭。

甄诚感到腰酸腿疼，下体火辣辣的肿胀，像被撕裂了一样。回到家中，她躲开弟弟妹妹单独查看了一下，见内裤已被染红了，亵衣上沾满了血渍和肮脏黏稠的液体。她知道一畦子绿油油的好庄稼被畜牲给糟蹋了，这个踩躏自己的魔鬼就是"造反派"。她燃烧着一腔复仇的怒火，怀揣着剪刀去找"魔鬼"算账。她准备玉石俱焚，和那个祸害人类的妖孽一起沉沦到十八层地狱里去。可是那个恶魔躲出去了，工作人员告诉甄诚，"造反派"被领导派出去搞外调，不知道啥时候能回来。

女人还没处对象就失身于人，还没出嫁就怀孕生孩子，无疑是败坏家风的丑事。不论你是主动与别人通奸，还是被迫无奈被别人强奸，只要贞操被夺走了，"不正经"的标签就贴到你的额头上了，一辈子都揭不下来。屈辱将伴随你一生，也是终身洗刷不掉的。

俗话说"家丑不能外扬"，黄花大闺女失贞的事情是不宜张扬的。甄诚决定把屈辱和痛苦吞咽下去，把魔鬼的劣迹也暂时隐瞒起来。君子报仇十年不晚。先忍辱负重地生活下去，等待时机，伺机而动。隐忍的时候不动如山，出手就要一招制敌。

古人说过：和为贵、忍为高，遇事能忍祸自消。可是一味地隐忍，也会助长坏人的嚣张气焰，使之变本加厉。甄诚牢记李铁梅的一段唱：记住仇、记住恨，仇恨的种子要发芽！忍气吞声是手段、是谋略，绝对不是目的……

孽缘也是缘，野种也是种。好种出好苗，瘪蜀黍也能长出芽苗来。那次让甄诚愤恨而又屈辱的野合，竟然使甄诚怀孕了。她无端地想吃酸辣食品，不时地干哕呕吐。甄诚是学过《生理学》课程的，知道那是妊娠反应。

甄诚找到农学院的田教授，拿了两包珍宝一样的山药豆，央求同院的慈祥大妈帮忙照看弟弟妹妹，自己告别父母，按照母亲的吩咐去了徐州。

到达徐州之后，甄诚改变了主意。她没去亲戚家，而是找到一位因为父母调动工作，随父母迁居徐州的要好同学薛金玲。在她家住了八个月，一直到孩子满月才离开。

和同学分手之后往哪儿去？襁褓中的婴儿怎么办？甄诚顶着一头雾水，一点主张都没有。看到铁弓骥一个人在广场上替战友看行李，她灵机一动，福至心灵。她急急忙忙地草书一封信，夹上自己卖血和同学资助的两百块钱，一起放到女儿的襁褓里，以上厕所为由把孩子交到解放军手里，自己则乘坐公交车逃跑了。紧张慌神，忙中出错。她急于离开是非之地，卸掉包袱去找"造反派"报仇，却把那两包珍贵的山药豆落在旅行包里了。

那个该死的"造反派"在甄诚前往徐州不久又被擢升了。他大宴宾客，以示庆贺。乐极生悲。他在酒场上喝得酩酊大醉，踉踉跄跄回家爬楼的时候，一脚踩空，从五层楼上摔了下去。"造反派"当场就被摔成了植物人，不久就如小麦到了芒种季节，不管你收割不收割，就一命呜呼了。

"造反派"遭到了天谴，甄诚一方面感到庆幸，一方面若有所失。"造反派"丧尽天良，罪该万死，终于遭到了报应。可是自己没能手刃仇人，心中那股怨气难平。

1976年10月份"四人帮"倒台。1977年恢复高考，甄诚顺利地考取了妈妈任职的那所农学院，毕业后被分配到连云港市农业局植保站工作。江老板和她早就认识，所以发达之后软缠硬磨地把她借调过来，就任主管业务的副总裁。

甄诚一直放不下女儿，一直千方百计地寻找那个抱走女儿和山药豆的解放军干部。可是自己不知道那位军人的姓名、籍贯，不知道他的部队番号，不知道他那支部队住防在哪儿。在茫茫人海中寻觅一个曾经邂逅相遇的军人，比大海捞针还要难。

徐州外经委的沈处长是薛金玲的丈夫。甄诚和薛金玲是同窗好友，按现在的话说是"老铁"。

同乡、同窗、一起下过乡、一起扛过枪、一起分过赃、一起嫖过娼，有过上述几种经历的人，往往能建立起坚不可摧的友谊，是可以生死与共的好朋友，被世人称之为"六大铁"。沈处长把自己知道的秘密毫无保留地透露给甄副总，现在看来是一点也不奇怪。

精诚所至金石为开，锲而不舍金石可镂。尽管寻找女儿像大海捞针一样，甄诚还是执着坚守，一直不懈努力，从不轻言放弃。为了寻找女儿，她一直坚持不谈恋爱。她怕结婚生子之后，会冲淡对女儿的思念，会软化寻找女儿的决心和意志。直到 1985 年，当年的出水芙蓉变成了资深美女，她才在同学、亲朋好友和家长的强迫劝说下结婚成家。听人劝吃饱饭。结婚之后的日子果然也是幸福甜蜜的，她在婚后的第二年给丈夫生了一个漂漂亮亮的胖大小子。屈指算来，儿子比女儿整整小了 11 岁。女儿今年 15 周岁，应该上中学了。

听完沈处长的陈述，甄诚立马判定自己心爱的女儿还活着，那个铁弓骥就是自己心中的"亲人解放军"。她心情舒朗，一身轻松，高兴地跳起圈来。没成想弹跳力极好，就如薛宝钗笔下的柳絮，好风频借力，送我上青云。她按捺不住内心的狂喜，从香港回来之后，马上跟随刘爱果到秦台来了。路过徐州的时候，她特意邀请沈处长两口子同行。她要把自己心中装不下的幸福和甜蜜，分一杯给闺蜜同学品尝。

魏成功设宴给甄副总和刘部长接风，铁弓骥是第一个受到邀请的主陪客人。他带着两个并非亲生却千真万确的女儿，一起出席这次酒会。

铁书记的两个女儿都叫蝴蝶，也都像花蝴蝶一样美丽。铁蝴蝶皮肤黝黑透亮，光滑如锦。白蝴蝶皮肤白皙，细如凝脂。两只蝴蝶同年同岁，在同一所学校同一个班级读书。两只蝴蝶都是纤细高挑的身材，都有姣好的脸庞，都有一双明亮而又迷人的大眼睛，简直就是一对天生的尤物。两只蝴蝶论长相是校园里有口皆碑的并列"校花"，论学习成绩是值得称道的高傲大公主。铁蝴蝶说她是兔子跟前的长颈鹿，高出别人好大一截呢。白蝴蝶说她属于一个村子住两户人家的那种情况，排起名次来不是数一就是数二。

白蝴蝶如粉妆玉琢一般。铁蝴蝶肤色稍黑一点，就容貌和肢体形态来说，一点也不输给那个躲在月里面抱兔子的女人。这样的姑娘叫人见面顿生爱慕之心，甄副总从心眼里喜欢她们。

甄诚去香港之前听到了紫山药的故事，隐隐约约地感觉到自己找到女儿了。她在珠宝店里买了纯金的项链、耳环和戒指。当时流行的定情信物就是这三种东西，坊间俗称"三金"。甄副总只想着自己的宝贝女儿，没想到女儿还会带来一个同龄的妹妹。她准备的一份礼物要破成两份了，幸好她身上还有一张银行卡，上面有 20 万元存款。20 万元现金，在上个世纪 90 年代，虽然算不上天文数字，也足以让人瞠目结舌了。拿这样一张银行卡当觐见之礼，别说是送给科级干部的女儿，就是处级以上的"小衙内"，也是相当贵重的礼品。

甄副总把项链和耳环分开递给黑白两只蝴蝶，没让戒指露相。"三金"放在一起送给女儿是可以的，当母亲的单给女儿送戒指不太合适。戒指是恋人求婚的定情之物，要由她的"白马王子"套到她的指头上，自己没必要瞎凑热闹。

戒指原来叫指环，是一件极其普通的饰物，就像礼服上的一朵装饰花，一枚纪念章，手机上的一个挂件，并没有特定的含义在里面。据说古代宫廷里有一位宠妃，聪明漂亮，深悦朕心。她集三千宠爱于一身，很受皇帝眷顾。可是女人每月都有几天不爽的麻烦事，是不能和帝王同床的。但这样猥亵的事情当着宫女和太监说不出口，她就在枕边和皇帝约定，自己在月经期间把指环戴在手指上，暗指"经期戒止房事"，简称"经戒止"。宫女把这一事件传到民间。也许这个宫女是个大舌头，把"经戒止"传成了"金戒指"。也许宫女并不了解宠妃戴上戒指的含义，只知道她是皇帝最为宠爱的人，又是第一个佩戴戒指的人，便杜撰出恋人相互赠送戒指，是象征爱情忠贞不渝的故事。

甄副总呆呆地想着心事。自己是一个不幸的女人，就像是花儿，当初还是没笑开的小蓓蕾就被毛毛虫咬了一口，绽放的时候还会娇艳吗？纸花、干花和画家笔下的假花，虽然也没有灵性，但形态上还是完美的。自己变质变形了，连灵魂都被摧残了。自己也如愿以偿地戴上了订婚戒指，可是丈夫是一支没有膛线的老枪，自己是错过节令的枯柳残荷。

李双双说过可以先结婚后恋爱。甄副总糊糊弄弄地凑合一户人家，居然很快就有了幸福的结晶。他们婚后第二年，生了一个俊俏可爱的男娃娃。现在又找到了女儿，甄诚的欢乐幸福之情溢于言表。女儿是孽缘的副产品，能触动她内心的伤痛，让她把自己和罪恶联系在一起。可是女儿阳光靓丽，或许这枚青色的果子并不酸涩。

甄副总把银联卡和名片递交到铁蝴蝶手上，让她喜欢啥就买啥，花剩下的钱叫爸爸存起来。今后不论有什么事情，都可以随时和她联系，她一定会竭尽全力帮忙的。世上只有老师对学生、家长对孩子，是一点私心和坏心都没有的。老师只会教导学生学好，牵扯到切身利益的时候可能会犹豫退缩。为了子女的幸福，父母连性命都能豁出去。

"你是应该给我们一点补偿。我爸也没找你要钱，这是你上杆子硬给的，多少我都不在乎。"铁蝴蝶接过母亲的银行卡，脸上依旧是冷冰冰的，没有一丝儿笑容。"从你老人家在徐州火车站把我交给爸爸那天起，你的女儿就死了。那个可怜的丫头夭折在1975年，现在我是老铁家的大女儿！对不起，阿姨。我还要回家温习功课，就不陪您老人家吃饭了……"铁蝴蝶放了一通连珠炮，不等大家有所反应，就拉着白蝴蝶一溜烟地跑走了。

大家愣在酒店里，场面十分尴尬。甄副总品尝到了痛苦和酸涩，禁不住嘤嘤抽泣起来。女强人的形象荡然无存，娇弱无助的小女人赫然显现出来。

# 二十二、精明的猴子

月儿弯弯照九州，几家欢乐几家愁。黑色的七月过去了，无论是高兴还是忧愁，都已经趋于凸显和明朗了。应试教育看重的是学子的考分，而且是一考定终身。考上大学的人家自然欢喜，落第门户里必然忧愁。

铁弓骥书记不操这份闲心。他儿子还在上小学，两个闺女刚升入初中三年级，都摊不上高考。该高考了也无所谓，两个女儿成绩优良，无需担心。儿子的情况不太明朗。儿孙自有儿孙福，莫为儿孙做马牛。无论孩子将来如何，都顺其自然吧。如此想来，心中也就释然了。

孩子放暑假了，他也到了快退居二线的年纪，组织上让他放任自流了。铁书记没事的时候，就带着孩子到肉联厂视察，帮助魏成功收购芦笋。芦笋、牛蒡、紫山药，后来成了秦台的名片。这些稀有的特种蔬菜，当初都是老铁从外地引进过来的。他对芦笋有感情，对魏成功也有感情。

冷嘉义和刘秋恒也经常出现在青笋收购点上。冷嘉义仍然是肉联厂的厂长，有必要显示自己的存在。刘秋恒熟悉收购白芦笋的各种程序，包括暗中认干亲之类的灰色规矩。他不懂如何收购绿芦笋，也不知道收购绿芦笋的最终结果会如何，探寻秘密的好奇心严重，所以要观察到底。

马路平、武大智、小五保、王彭生等人也时常在肉联厂露面，多半是被邀请过来喝闲酒的，或是过来拿点次品芦笋回去犒劳家人。

阳历七月份开始进入伏天，天气高热如虎，还潮热难耐。决定植物生长的三个关键要素是温度、湿度和营养。七月份之后，适合芦笋生长的条件都具备了。称心集团和得意公司仍在频频竞争，一再提高各自的收购价格。白芦笋三块七八一斤，绿芦笋的收购价格突破了五块。笋农非常高兴，把自己舍不得糟蹋的黄豆磨成豆浆，不做豆腐也不喝，而是浇到芦笋地里。芦笋的生长速度明显加快了。白芦笋一夜之间就能把覆土的埂子拱出很多缝隙来，收拾不及时就透过去阳光，把芦笋染成白紫青红相间的彩色芦笋。罐头厂让农户到青笋收购点去卖，青笋收购点说这不是纯绿的芦笋，他们不收。一来二去，种植白笋的农户损失一茬青头、紫头、红头却是白屁股的芦笋。加上称心公司老是不给现钱，笋农们一怒之下，全都搂了白笋沟子。

秦台地区的芦笋种植面积，是铁弓骦挂帅，刘秋恒一手策划出来的。光是进入盛采期的示范方就有一万多亩，还有三万多亩可以零星采撷，下一年就可以批量采收。

魏成功紧锁了几十天的眉头舒展开了，青笋的数量一天比一天多，他从"磕头买烧香卖"的傻小子，变成了翘起二郎腿的牛皮大爷。以前储存下来的那些塑料周转筐，平日里堆放在那里碍事绊脚，现在派上了用场。何止是派上用场，简直就是救命菩萨。没有周转箱芦笋怎么收？收不上芦笋来还挣谁的钱？就像在战场上吹响了冲锋号，手下没有可用之兵，空碉堡你也攻不下，更不说其他收获了。这也是商场如战场的另一种印证，是必须牢记的经验教训。

萝卜快了不洗泥，萝卜慢了要剥皮。形势翻转过来了，魏成功跩起来了。过夜的笋不收，浸水的笋不收，超长超短的笋不收，带白紫根的笋不收，虫咬的笋不收，有机械损伤的笋不收。收货的条件一天比一天苛刻，上货量一天比一天增加，并且来势凶猛。现在得意集团收回所有的附加优惠条件，他也扭亏增盈了。

连云港的厢式冷藏车，一天到头不断线地往秦台跑，一天拉回去三四十吨青芦笋。芦笋的收购价格由得意集团驻点人员临机制定，只要能把货物收上来，每吨提给魏成功600元手续费。一天收40吨芦笋，光手续费就提取2.4万元。乖乖，当时8级15档的工人月工资还不到一千元，这么多钱咋花呀？

冷嘉义气得喝闷酒，刘秋恒的眼珠子差一点掉下来。刘秋恒替魏成功细算一笔账。芦笋从7月上旬开始上量，到8月下旬结束，将近两个月的时间。平均每天收入2万元，是120万元。去掉工人工资、冷库租赁费等杂七杂八的费用，纯盈利不会低于100万。自己卖掉两千个仿到逼真的橡皮人，毛利才是100万元。两千吨芦笋好收，两千个仿真橡皮人不好卖。

南方那个过来开拓北方市场的哥们，把橡皮人赊销给刘秋恒的时候信心满满。他说现在丧偶离异的鳏寡孤独老人很多，尚未成亲的儿马蛋子很多，老年人需要安慰，年轻人精力过剩，必须释放多余的能量，这个市场是很大的。俗话说"玩物丧志"。大家忙着吃喝嫖赌买彩票，挑剔政府毛病的人少了，顺民多了。邪火有地方释放，抢劫强奸的案子少了，社会趋于安定和谐，既稳定社会又降低公共治安成本，政府是会支持的。这是敢为人先的朝阳产业，越来越壮大，越来越成熟。前景广阔，利润诱人。

那位南方客户还给刘秋恒讲述这样一个故事：说有一位老大爷的老伴去世了，丧偶之后一个人鳏居。时日一长，老人家就不太安分了，又不好直接向子女吐露心事。老先生是上过战场的老兵，做事十分精明，知道搞迂回战术。他凑子女前来探视的时候说，天气越来越冷了，我的岁数大了扛不住寒冷，两只脚冻得像冰蛋一样。子女们都很孝顺，下次再来的时候带来了暖手壶和暖脚用的热水袋。老先生见子女没能领会自己真正的意图，长叹一口气，进一步启发他们说：我的年龄大了，手脚都不灵敏，脊梁上痒痒的时候也够不着挠了。子女们依旧孝顺，再来探望的时候又带来了多头拐杖和挠痒痒的如意耙。老先生被气得翻了白眼，决定不再保持儒雅的风范了。他破口大骂：你们这些婊子养的，怎么就听不懂人话呢？

刘秋恒笑了，他的生意伙伴却绷着脸十分严肃地告诫刘秋恒：这是一种非常普遍的社会现象，蕴藏着对我们有利的商机。

刘秋恒一直认为南方人比北方人精明，虽说纪晓岚说过北方"一天一地一圣人"的名句，终究不如南方"多山多水多才子"。他对南方朋友的话深信不疑，所以谢绝了参与收芦笋的机会，十二分卖力地推销橡皮娃娃。

年轻的朋友热衷真实的血肉之躯，能相互牵着手在花前月下徘徊，能在一起高谈阔论，指点江山，激扬文字，鄙视那些没有灵魂的皮娃娃。老年人也有着非常现实的顾虑。少年夫妻老来伴，老年人怕寂寞，就想找个说话拉呱的人，共同打发漫漫长夜。要个和真人一样妖艳的皮娃娃在屋里，猛然看见了吓人一跳，还以为屋里闹鬼呢。比如说电线老化起火了，皮娃娃会打119吗？老年人好忘事，万一忘记关上煤气的闸阀，她会拨打120吗？有小偷坏人入室行窃，主人被吓傻了怎么办？她会大声咋呼或拨打110报警吗？既然什么都不会，谁还憋着脸花半万块钱供奉一堆乳胶塑料在家里？

刘秋恒忙乎到现在，除了一个供人参观的样品摆放在密室里，其余的都还躺在箱子里没拆开封条呢。

皮娃娃是客户赊销过来的，躺在那儿不吃不喝、不霉不烂，也不会像金属配件那样锈蚀，对刘秋恒没有任何损失。可是因为这堆劳什子，自己错过了参与收芦笋的大好机会，就像精明的猴子手里漏掉了枣，心痛难忍，颜面无光。

刘秋恒多次视察魏成功的青笋收购点，和连云港得意集团那帮子收原料的人全都厮混熟了，这是无形资产。对于魏成功在收笋期间的成功得失，他也看得一清二楚。如果让他来执掌这个摊子，肯定还能挖潜增效。不过他没有告诉任何人，商业机密也是财富，是不足与外人道的。等自己开磅收货的时候，再悄悄地使用那些奇巧的法子，效益是注定比其他收购点好很多的。

绿芦笋原料充足了，得意集团可以保质保量地按时完成订单，今年十拿九稳地大赚一笔，明年的业务可以顺利签单。这就是说得意集团至少可以连续两年得意，得意就会得利。再让文宣部门请电视台和报社的记者过来采访，把今年的政绩夸大宣传一下，市委市政府会对得意集团更加重视。江老板开始实施弃企从政的计划，如果得偿所愿，那么江海航老板和得意集团全都是名利双收了。

江老板心中的石头落地了。人生一世"名利"二字，千里做官为了吃穿。自己已经把利益拿到手了，名誉也会如期而至。江老板很开心。他的副手甄诚副总经理也为搭档高兴，可是心情依然是沉重的。

甄副总叫刘部长、王部长、张部长频繁地给两只蝴蝶捎带东西，她们也无一例外地照单全收了，可是她所期待的消息并没有传回来。

甄副总想让女儿叫她一声妈，并且承认自己是妈妈。可是铁蝴蝶这个鬼迷心窍的憨熊妮子，就像冬天的鱼儿，封上口了。你是从我甄诚的肚子里爬出去的，不信可以去做亲子鉴定。我是如假包换的妈妈，你怎么就不认呢？

铁弓骥也跟着着急，别看他外表上沉着冷静，和以往没啥两样。可是他的内心之中五味杂陈，就像刮起台风的海平面，巨浪滔天。也像天空突然坠下的陨石，掉进了风平浪静的湖面上，水柱落下之后往外扩散着一圈又一圈涟漪。

人非圣贤孰能无过，知过能改善莫大焉。铁弓骥理解并同情甄诚。她婚前失身是被人胁迫的，在昏迷的状态下被人夺走了贞操，是受到了魔鬼的戕害，实在不是她本人的过错。

甄诚把亲生的女儿送给陌生人，应该也是无心之过。她已经下定了赴死的决心，只要出手惩罚那个恶魔，不死也得去坐牢。那时候社会上还是"山雨欲来风满楼，黑云压城城欲摧"，她并不知道明天是什么样子。把女儿送给别人是想让女儿有个好的归宿，至少可以活下来。这样的初衷是可以理解的，这样的动机里面包裹着慈母的良好祝愿和深深的无奈。

甄副总当初犯错误的动机并不卑鄙，甚至是非常高尚的。这个错误犯得光明磊落，即便被判处徒刑了也不遭人唾弃。

做事情不能情绪化，感情用事就会有失偏颇，更谈不上公允。看事情不能以偏概全，要透过现象看本质。评审一个人的错误也要考虑诸多的因素，比如说犯错误的原因、条件、环境和动机，是情有可原还是十恶不赦？不论属于那种情况，都要给人改正错误的机会。毛泽东说过：对待犯错误的同志不能一棍子打死，要"惩前毖后，治病救人"。

得道高僧布道普度众生时，时常挂在嘴边的一句话就是"放下"。劝诫人们胸怀博大，以德报怨。就是光记住别人的好处而忘记仇恨，要把自己心中的仇恨、愤怒和怨气都放下，只剩下一团和气。这样的人肯定可以友好相处。世人都修炼到这种境界，大千世界无嗔无怒，宠辱两忘，哪里还会有卑鄙和罪恶？

甄诚命运多舛，一路坎坎坷坷地走过来，走到今天实属不易。走这样的道路，她有着不得不那样跋涉的理由。今后还有半辈子日子要过，不论境况多么艰难，她都会义无反顾地走下去，而且也一定有不得不如此选择的原因。

铁弓骥对甄副总的遭遇感同身受，他似乎与甄诚有着近乎相同的人生轨迹。当初在部队，如果自己不错走一步路，到现在也未必会脱下军装来。转业后如果自己精于人情世故，知道曲意逢迎、见风使舵，很早就会被提拔，职务会更高。但是夜走其明必陷足，也许完全是另外一种可能。无论如何，那一页已经翻过去了，自己现在的幸福指数很高。他对甄诚由理解和同情转为钦佩，决定把自己库存的幸福提取一部分出来，分一杯羹给甄副总品尝。

现在应该做的、必须做的、能够做的，就是和大女儿谈心，劝说她放下心中的怨气。被人抛弃的感觉的确不舒服，何况是在没有生存能力又生死未卜的情况下，摊在谁身上谁都会生气。作为生身母亲，把亲生的女儿丢弃给一个素未谋面的陌生人，纵有一万条理由也不是一个称职的母亲。

铁弓骥告诉女儿，天下无不是的父母，子女只能孝敬父母，不能记恨父母。铁蝴蝶正处在青春反叛期，生理发育和心理发育不同步。自己明明没有判定是非的水准，也没有理智处理问题的能力，却自以为自己了不起，听不进别人的劝说。

听人劝吃饱饭，兼听则明偏听则暗，这是流传千年，人们都乐意遵从的道理。铁蝴蝶认定它们是混蛋逻辑。唯别人的马首是瞻，人云亦云的人，必定是没有主见的窝囊废。自己有主见，并且固执己见，只要自己认定的道理，就不会轻易改弦更张。她说妈妈既然不顾自己的死活，自己也权当妈妈死了。

铁弓骥发动全家人劝说大女儿，对铁蝴蝶形成全方位包围的态势。铁蝴蝶虽然是孤军作战，依然是意气风发、斗志昂扬，她坚守在阵地上负隅顽抗，拒不缴械投降。

铁书记降服不了自己的大女儿，他决定去请教刘秋恒。刘秋恒是个猴子，人们赞誉他比人都精。他和刘备是同一类人物，能把诸葛亮那样高智商的精英玩死，还是自觉自愿地赴死，鞠躬尽瘁死而后已。

# 二十三、把酒话下年

从知道魏成功收绿芦笋挣钱那天起，刘秋恒就浑身不自在。他决定把仿真的橡皮娃娃扔到一边去，全心全意地收购绿芦笋。他已经向刘爱果提出多次申请了，刘爱果也表示同意。把秦台的精明人都收拢在自己的身边，秦台的特种蔬菜基地就是得意集团的菜园子，自己这个原料部长就牛起来了，可以像螃蟹一样，在秦台境内横行霸道。不过今年已经接近尾声了，再开收购点是给自己找麻烦。明年吧，他计划把冷嘉义、王彭生之流统统纳入自己的麾下管理，把秦台这块基地统治起来。

刘秋恒从芦笋点上回来，心中恓恓的不是很高兴。刘爱果已经点头应允了，明年一定让他参与收芦笋，可是今年赚不了芦笋的钱。橡皮娃娃也没卖出去一个，自己真是亏大发了。

北方人封建也贫穷，北方的市场一时半会打不开，刘秋恒决定把橡皮娃娃退回南方去。老婆正在兴致高涨的年龄段上，不会允许自己使用皮娃娃。刘秋恒虽然在官场上栽过跟头，但大家仍然把他当作体面人。家中虽然算不上"谈笑有鸿儒，往来无白丁"，却也"座上客常满，樽中酒不干"。朋友都是有品味的人，看到这些不三不四的玩意未免尴尬，传扬出去影响不好。孩子也一天比一天大了，如果孩子懂事了知道自己从事这样下三滥的行当，那更是狗皮贴到南墙上，太不像话了。

贩卖皮娃娃不是正经的生意路，收芦笋倒是正当体面的买卖。刘秋恒决定调转船头航向，偏离皮娃娃那条航道了。

刘秋恒接到了铁书记发出的邀请，单请他一个人喝酒。这是铁书记对他极度信任并抱有厚望的证明，单独接触一定有大事相托。果不其然，铁书记本人是政工干部，深入细致地做人的思想工作，应该是政工干部的拿手戏。可是铁蝴蝶是个犟种，他干不了这个活。如果二闺女处在老大的位置上，根本不用别人多费唇舌。二姑娘圆滑变通，不认死理。白蝴蝶也积极劝说姐姐，她就是自己的亲妈，叫两声又能咋着？你还和我们一起在秦台过日子，又不是一松口就被带走了。如果连云港的条件比秦台好，她愿意带你就跟他走，心里不忘咱爸咱妈和弟弟妹妹就是了，何必冷冰冰的，拒人千里之外……大闺女根本不为所动，还破口大骂妹妹混账……

刘秋恒满口应承了铁弓骥的请求，并且拍着胸脯大包大揽，请老铁哥把心装进肚子里，这件事包在我刘秋恒身上了。

回到家中之后，刘秋恒谨记自己的承诺，立马把自己拟定的计划付诸实施。他先喝一气解酒的浓茶，叫往金花给他削消食解腻的红富士苹果吃。他拽开经常伴陪自己的高档公文包，拿出名片盒找到甄副总的名片，把甄诚从睡梦中叫醒。

刘秋恒十分动情地向甄副总汇报今天和铁书记喝酒的情况，蛮有把握地承诺负责她们母女圆满相认的问题。办好这件事情有两个关键的事情要处理，一是要做通铁书记的工作，叫他放手养育十五年的女儿。你那个姑娘长得像天仙一样，学习又好，将来一定有大出息，谁舍得放手？我今天找铁书记喝酒，主要是探探他的口风。顺便晓之以理动之以情地让他和你换位思考，养身父女情深，生身母女的感情更浓。哪个父母不思念自己的亲生骨肉？尤其是母亲，思念子女的心情更为迫切，也会给孩子带来更大的幸福。老话说宁跟要饭的娘，不跟做官的爹。你设身处地地替老甄想一想，如果是你找到了失散十五年的亲生骨肉会是啥样的心情，不想马上揽到怀里叫一声"娇娇"吗？

铁书记的工作我已经替你做得差不多了，接下来要做你那个亲生女儿小蝴蝶的工作。血缘关系是割舍不断的，闺女是妈妈的贴身小棉袄，从骨头里面跟娘亲。只是孩子打小没吃过你的奶水，你们母女又分别太久了，小孩子一时不适应。这事急不得，要循序渐进，慢慢地进行心理疏导。你吃过糟鱼没有？对。那就是小火慢炖一个晚上的结果，心急确实喝不了热糊糊。现实时髦的说法叫做"温水煮青蛙"，把青蛙扔进热水里，它就顾痛蹦跑了，死也死在锅外边……这事你就放心好了，你是有想法没办法。我刘秋恒和她们家是什么关系？疏不间亲，亲近可以无理，我有很多法子对付她这个小妮子。你尽管放宽心，只要我刘秋恒出马，就没有摆平不了的事情。只是……这事真得慢慢来，不能太急功近利了……

刘秋恒和甄副总在电话上聊了两个多小时，甄副总被感动得热泪盈眶，刘秋恒收获了无数声"谢谢"。

刘秋恒何等聪明，他知道甄副总以后有求于自己，适时地提出了收芦笋的要求，希望最好马上就能参与。虽然还有两个星期芦笋季节就结束了，现在芦笋市场已经到了年集末会了，可是巨额的利润诱惑得人心里痒痒。按平均值计算，一天有 2 万元的收入，两个星期就是 14 万呢！在上个世纪 90 年代初期，14 万元是任何人都不敢小觑的数字。

甄副总是分管贸易的副总裁，原料部不归她管。但是她在集团的位置很高，萝卜不大长在辈（背）上，刘爱果还是不敢等闲视之的。

刘部长写了一份书面报告给甄副总，详细阐述了今年不宜设点的理由。今年就咱们得意集团一家在秦台收青笋，收白笋的厂家因为无力支付货款，已经关门大吉。秦台所有的芦笋地都搂开了沟子，大地上绿油油的一片一片又一片，全是长势良好的青笋。我们独霸秦台芦笋市场，没有竞争，说白了已经处于垄断态势。独家的生意好干。现在所有的青笋都往我们一家来，质量、数量都好控制，价格也由我们定。现在芦笋的价格已经降到三块以下去了，收购的是 18 公分长的最好的全青芦笋。降低成本就是利润，光原料这一项就出多少效益？如果我们再开分点，是人为制造竞争，自己给自己找麻烦。卖芦笋的小贩子是相当精明的，你开十个点他恨不得转悠十一个点，货比三家不吃亏嘛。只要收购点多，他们就会放松质量，掺糠使假，要求提价。虽然收购点都是我们一家的，他们表面上非常恭顺地服从管理。可是谁收到货谁挣钱，受到利益的驱动，各个分点都想多收货多挣钱。为了自身的利益，他们会暗中配合小贩子胡搞，那样咱们集团就吃亏了……

今年已经有好多厂家到秦台来考察青笋，明年我们不可能一枝独秀了。我想把有能力、有信誉的人都拉过来为咱服务，所以多开收购点，把芦笋尽可能多地收到咱家来，争取一家独大……

谋事在人，成事在天。天意难违。刘秋恒费尽心机，作出了种种努力，但是最终没能得偿所愿。得意集团采纳了刘爱果的意见，今年不开分点，明年吸收刘秋恒、冷嘉义、王彭生等人入围，刘秋恒是连云港得意集团的首选目标。

走哪条路修哪道桥，拜哪尊菩萨进哪座庙。刘秋恒决定加入"芦笋军团"，那是一定要给刘爱果之流烧香进贡的。虽然他已经找到了甄副总这座靠山，可是县官不如现管，得罪烧火的吃不上熟馒头。刘爱果是管原料收购的正神，得罪他是吃不上好果子的。刘部长果真和蔼厚道，心胸博大，不会轻易给客户小鞋穿。可是刀把子在他手里攥着，稍微紧紧鞋带也够你喝一壶的。比如说上量的时候不给你多发塑料周转筐，你还能用手捧着芦笋送到海边去？一个手最多按住一个鳖，两只手能拿几斤芦笋？老话说卖大发馍的挣钱，有数量才有效益，收不上货来你挣谁的钱？挣绿帽子加龟孙！

烧香要烧到前头去，腔后头作揖管不了症候。刘秋恒决定赶在魏成功头里，第一个请刘爱果和得意集团原料部的其他人员喝饯行酒，当着刘部长的面，动员其他朋友一起追随刘部长收芦笋。

戏法人人会变，技法各有不同。魔术都是假的，看不透就很神奇。刘秋恒原本就不是正人君子，深谙"马不吃夜草不肥，人无横财不富"的道理，做生意表面上冠冕堂皇，暗中也是屡屡作弊的。他像一个经验丰富又技艺精湛的魔法大师，把观众唬得一愣一愣的，自己依然悠然自得，从来没有演砸过。

刘秋恒做生意之前潜心研读过《孙子兵法》和《三十六计》，对"趁火打劫、浑水摸鱼、移花接木、张冠李戴"之类的计谋有很深的领悟，只是还没有实际应用过，不知道效果如何。

在舞台上表演的演员都知道，主角是被配角烘托出来的。红花要有绿叶配，绿叶能衬鲜花红。再有本事的演员，一个人唱独角戏都不会出彩。所以单口相声不如双口相声好听，双口相声不如群口相声热闹，群口相声不如小品有味，小品不如大部头的正剧精彩。

商场如战场。在战场上与敌人短兵相接，没有战友的掩护是脱离不了战场的。在敌后搞侦察遇到追兵的时候，没有战友的掩护是摆脱不了敌人的。不安全撤走那个送情报的人，就无法赢得最后的胜利。刘秋恒也不能孤军作战，他在实施各项计划的过程中，是需要别人掩护的。

刘秋恒已经在魏成功的收购点上转悠一个芦笋季节了，又有收过白芦笋的经验和基础，他自认为自己的脑容量还比正常人多二两，所以收芦笋那点破事他早就弄得一清二楚了。

收芦笋是只赚不赔的买卖，按正常的商业程序走，替厂家组织货源，按收购数量拿取代理手续费。这和韩信用兵一样，对芦笋的需求多多益善，收的芦笋越多利润越大。价格战由公司集团之间打，和代理收购的商贩没有关系。不论收购价格高低，每吨芦笋提取的手续费用是固定的，但是收购价格的高低，在春季抢货阶段是影响收货数量的。

收芦笋除了赚取正常的代办提成之外，在刘秋恒看来还是可以暗箱操作的。比如说掺糠使假，压级压价，扣秤除杂，盘剥小贩子。买通公司驻点的质检监督员，使之不向集团汇报。这样一来不光可以赚取正当的业务回报，还可以享受一份昧心的成果。当然这事要适时操作，在机缘条件许可的情况下实施。像魏成功那样的憨蛋，打铁烤糊卵子还往炉膛里添碳，根本不看火候。今年他能挣大钱，纯粹是独家经营造成的，是磕头碰到蛋上——巧了。明年把点开起来，就是八仙过海各显神通了，自己一准独占鳌头，把所有的收购点都打得七零八落。可惜，今年自己盲目地迷恋皮娃娃，一只胖大的肥羊叫魏成功这个傻小子一个人独吞了。可见憨人有憨福这话说的不错，自己也别自怨自艾了，耐心等待明年芦笋破土吧。

战斗胜利了，生意赚钱了，都是值得高兴和庆贺的喜事。高兴愉悦的情绪是强力高效黏合剂，把合作双方粘得非常牢靠。刘秋恒举办的这场饯行酒，也是对刘爱果圆满完成收购任务表示庆贺的庆功酒。

大家觥筹交错、频频举杯，喝得兴高采烈。人们的感情在赌场上越赌越薄，在酒场上越喝越厚。刘爱果诚心请求大家明年都能收芦笋，替连云港得意集团收购优质价廉的原料。

魏成功是第一个品尝到收购芦笋甘甜的人，铁定明年会为刘爱果驱驰，就像恋家的狗儿，用棍子打也打不跑。

铁弓骥到了知天命的年龄，虽说单位里允许他霍元甲打拳——随心所欲。可是他毕竟有公职在身，还没有真正地退居二线。人过五十知天命，他信奉一动不如一静，可以给弟兄们帮忙跑腿打下手，自己就不单独顶门立户了。魏成功聘请铁大哥当店长，聘请白二妮大嫂在点上做勤杂，给员工们做饭吃。

马路平、小五保和武大智三个人都是公务员，是有头有脸的国家干部。既想赚钱又不舍得丢弃公职，全力以赴收芦笋是心有余而力不足，只能口头上声援，不能全身心地投入。

刘秋恒今年就迫不及待了，明年当然是义无反顾了。如果他不想参与收芦笋，这个酒场他是不会操办的。

冷嘉义也愿意收芦笋。他是肉联厂的一把一厂长，堂堂国营中型企业的副科级大厂长，自己没有能力让企业起死回生也就罢了，反而把冷库租赁给别人收芦笋，自己起早贪黑地去扯猪尾巴。这口气咽不下去，这张比小五保周正的老脸也丢不起。他怕自己一个人的实力不足，拉着大舅哥乔道远一起下海摸鱼。

王彭生刚刚转干下乡，心里犹犹豫豫地拿不定主意。收芦笋的利益十分诱人，仕途上的前程也很诱人，他一时不知道如何取舍。

刘秋恒竭力怂恿王彭生收芦笋。看"二形"的不怕折耗大，人多了热闹。他心有鬼胎，想在火堆里面掏栗子，乱中取胜。人少了放不起火来，鱼儿少了也搅不了浑水。秩序不乱水不浑，刘秋恒哪有机会下手？

"人说败军之将不能言勇。我是被处理的干部，劝你不当干部有拈酸吃醋之嫌。说句心里话你们未必相信，其实没有这次处分我也准备辞职了。"刘秋恒端起酒杯邀请大家一同干透一个，上涌的血晕把他那张烟黄色的脸染成桃花了。"现在是脑体倒挂时代。大家仔细想想看，就经济收入而言，现在人大代表、政协委员，比不上港台地区那些蹩脚的三流演员。当教授的不如卖猪肉的，当镇长的不如砸鞋掌的，研究原子弹的不如卖茶叶蛋的，拿手术刀的不如拿剃头刀的，老师不如美容师，当艺术家的不如街上炸麻花的。我把城镇户口、中共党员、大专学历、技术职称、干部身份等，一股脑地全都扔掉了，小日子照样过得滋润，干亲戚照样热热乎乎地来往。为啥呀？还不是咱兜里有钱吗！你是和李志卓那样的书迂子在一起呆久了，听他的蛊惑太多，中毒太深了。如果你果真像河间才子纪晓岚一样，敏而好学可为文，受之以政无不达。我何必苦口婆心地劝你？著书也为稻粱谋，文化人要先有锦衣玉食，然后才有锦绣文章。如果你看不到自己的锦绣前程，或者是前景虚无缥缈，短期内接近不了奋斗目标，就没有必要苦等苦熬，还是挣点钞票更实惠。听哥哥一句话，那个国家干部没啥当头……"

刘秋恒仿佛是观音菩萨做道场，口吐莲花，妙语如珠，说得顽石都要点头了。王彭生依旧缄口不言，没有当场表明态度。不过刘秋恒可以感觉到，这位文绉绉的小老弟已经动心了。

# 二十四、挡不住的诱惑

日月轮转，季节变换。随着日月的流转，王彭生和老婆韩如月的生活角色也开始转换。

王彭生1978年参加工作，被分配在城区。老婆1982年参加工作，被分配在乡镇卫生院。自己工作满十二年的时候被调到乡镇去了，老婆工作满八年的时候终于熬到城里来了。

所谓的家，是婚后的人对生活起居之所的称谓。这个家安在哪里，是以老婆孩子在哪儿常住为标志的。

王彭生在化工厂里有独门独院的宿舍，刚结婚的时候大家都说他的家在赵庄。后来韩如月调到了离城较近的马楼镇，大家又说他的家在马楼。现在老婆终于进城了，儿子也随着老婆住进了城里。王彭生虽然下乡了，大家并不否认他是城里人，异口同声地说，他的家在城里。

凑着星期天，老婆带着王彭生和儿子走娘家。在路上，王彭生鹦鹉学舌一般，把同学加好朋友刘秋恒劝说自己的话一字不落地汇报给了韩如月。

韩如月听后微微一怔，歪着头想了一会，猛然想起两年前的一件事。这件事可以印证丈夫并不迂腐，甚至是很有商业头脑的。

大家都知道全世界的人都推崇中国美食，说是"吃在中国"。吃中国的饭，穿法国的衣，住英国的房，娶日本的妻。这是全世界人都在追逐的生活目标，能集这四种条件于一身，无疑就是地球上最为幸福的人。无论这个人走到哪儿，他的四周都是羡慕和嫉妒的眼光。在中国又说"吃在广州"，粤菜是神州有名的菜系，广东人啥都敢吃。可是在1988年那一年，广州人就被上海人给PK下去了。

"啥都敢吃"这顶桂冠，被国人戴到了上海人的头上，连广东人也没有丝毫的异议，可见上海人的勇敢是名符其实的。

上海人出来辩解说，不是阿拉嘴太馋没有出息，是毛蚶太好吃了。毛蚶的味道超过了河豚。古人为了品尝河豚的美味，可以"冒死吃河豚"，把生死置之度外。现在上海是举世闻名的世界性大都会，若是古风不能传承，那才叫人笑掉大牙呢。如此看来，上海人敢冒天下之大不韪，纷纷抢食毒药一样的毛蚶，制造出震惊世界的爆炸性新闻，是不值得大惊小怪的。

毛蚶，软体动物门，双壳纲，列齿目，蚶科。毛蚶是一种极其普通的海洋经济贝类，属于海鲜的范畴，主要分布于西太平洋日本、朝鲜、中国沿岸。在中国，北起鸭绿江，南至广西都有分布。莱州湾、渤海湾、辽东湾、海州湾等浅水区域资源尤为丰富。

毛蚶成体壳长四至五厘米，壳面膨胀呈卵圆形，有放射肋 30 到 44 条，铰合部平直，有细齿 50 枚。壳面白色，有褐色绒毛状表皮。一龄毛蚶生长最快，年增长 2.3 公分，满三年壳长 4.6 公分，四龄后增长缓慢，寿命可达十年。除冰冻和酷暑季节外，几乎可以常年捕采。

毛蚶肉肥味美，除蒸熟鲜食外尚可晒制成干品。贝壳是制造电石和水泥的原料，也可以磨成粉末，当作畜禽的饲料。

不洁的毛蚶带有甲肝及其他多种病菌，食用后容易引起消化道疾病，严重的甚至危及生命。

1988 年上海人制造了一个爆炸性新闻，使名不见经传的小小贝类毛蚶，一夜之间名声大噪，迅速蹿红世界并且历久不衰。那一年上海人因为食用毛蚶，导致 30 多万人感染急性甲型肝炎，其中有 31 人死亡，这就是震惊中外、史无前例的上海"毛蚶事件"。

因为这个缘故，上海人谈毛蚶而色变。因为怕传染，相互见面不敢握手，客人造访不敢让茶，一切礼节规矩能免则免，不能免就改。敬人香烟也要撕开后腔，用手接触点燃的一头，抚摸过滤嘴被视为大不敬。一向受人尊宠的上海人跌入了谷底，成了最不受人待见的人。人们不愿意到上海出发走亲戚，更不愿意有上海的亲友上门。

上海人对毛蚶和他人的信心，都降到了崩溃的边缘。上海当局作出了严禁生产、运输、销售、食用毛蚶的决定，出台了《上海市生食水产品卫生管理办法》。这条禁令至今依然有效。

上海人深爱毛蚶，说大闸蟹是明媒正娶的"大婆"，毛蚶是偷偷养活在金屋里的"娇二奶"，这样的形容是非常贴切的。大奶奶雄踞在正位上，天天应酬点卯，日子久了就会腻歪乏味，出现审美疲劳。和二奶奶幽会是要避人耳目的，十天半月的偷空聚首一次，总觉得新鲜甜蜜。

上海人爱毛蚶也是极具历史渊源的，早在一百多年前就被白纸黑字记录在案。当时旅居上海的钱塘才子袁翔浦写诗为证：申江好，莫叹食无鱼，赭尾银鳞终岁足，雕蚶镂蛤及时储，鲜美有谁知。

毛蚶的味道，上海人用两个字来形容，这两个字是"嫩"和"美"。起初毛蚶只是一种草根美食，或许大闸蟹、刀鱼、鲥鱼、河豚、武昌鱼等都是如此。大风起于青平之末，被食客们渲染炒作起来，才成了稀有名贵之物。

毛蚶初出茅庐之时，属于贱买贱卖的大路货色，得来全不费功夫，其烹饪技法也简单到驳壳枪那样憨家伙可以操作。先用硬刷将贝壳表面刷净，冲洗，开水烫三分钟左右，用五分硬币撬开，佐以米醋、生姜，一啖毛蚶，一口白酒，血淋嗒滴，甘之如饴。初见毛蚶的人，一般都是犹豫再三，在亲友的反复劝说之下，才畏畏缩缩地小口品尝，而且是浅尝辄止的。因为毛蚶的裸肉，很像一粒刚刚被割下来的扁桃腺，能诱发人们产生很多不适的联想。

中国毛蚶的首善产地宁波，素有"摇蚶"之法。将毛蚶置于铁丝篓中，放进开水锅里不停地摇晃，烫熟即食。

在上海军工路码头的水产批发市场上，各路老大都是拎一只马扎坐在地上，脚旁是一铅桶毛蚶，手里是一大瓶烧酒。毛蚶裹着烧酒，一路燃烧着沉进肠胃之中。酒和毛蚶消耗过半之后，老大们就摇摇晃晃地坐不稳马扎了。人们戏称这种造型为"内摇法"。

元代画家倪云林在《云林堂饮食制度集》里，也有制作食用毛蚶的记录：以生蚶劈开，逐四五枚，旋劈，排碗中，沥浆于水，以极热酒烹下，啖之。不用椒盐等。劈时，先以大布针刺，口易开。这是一种亲民的操作方法，简单易行。但从食用毛蚶这件事情上，实在看不出倪云林先生是那种要用鹅毛把自己的排泄物掩盖起来的严重洁癖患者。

如果一定要拿其他相近似的食物来类比，那就只有生蚝了。不过毛蚶比生蚝多出几分殷殷的血腥甘甜。这种血腥是"生"与"熟"之间一种美妙的临界状态，只好用英国人爱说的 Blooby 来形容：其一，是真的有血；其二，也有很酷的意思。

吃毛蚶还有味觉之外的享受：毛蚶带血，如梨花带雨，入口之后温润爽滑，有少女初次舌吻的感觉。生蚝也能带来类似的感觉，区别在于生蚝的感觉更像一条巨大的舌头，宽大肥厚还略嫌粗糙，是大龄男人的舌头，极像北方那些莽撞冒失的大老爷们的舌头。上海人独爱毛蚶，是其他贝类取代不了的。

贵人吃贵物。同样是毛蚶，同样是平民到不能再平民的食材，贵人们总会有富贵到不能再富贵的吃法。袁枚在《随园食单·水族无鳞单》中记载，毛蚶有三种吃法：一是用热水喷之半熟，去盖，加酒、秋油醉之。二是用鸡汤滚熟，去盖入汤。三是全去其盖做羹，但宜速起，迟则肉枯。蚶出奉化县，品在螯、蛤蜊烟之上。这是真正的"雕蚶镂蛤"，不惟烹饪方法别出心裁，连毛蚶的产地都有讲究。后来又演绎出普通毛蚶的升级版，盛行银蚶的制作和食用。这就衬托出非凡的身份和地位，有些贵族特权的意思了。

银蚶和毛蚶是同一种属的姑表至亲，无论外观和内在，都是《几何》课本上的相似形。银蚶个小壳薄，但绝对不是小毛蚶，正如小黄鱼不是小的大黄鱼。毛蚶壳上有毛，银蚶没有。毛蚶个大肉粗，银蚶更加细腻鲜嫩。相比之下，银蚶是产自阳澄湖中三两以上的正宗极品大闸蟹，毛蚶是产自其他河湖的中华绒毛蟹，虽然也具备青背、白肚、金爪、黄毛那样的特征，也可以顶着"大闸蟹"这样响亮的名头，但是必须屈居阳澄湖大闸蟹的后面，只能是"天下第二鲜"。

银蚶和毛蚶相比较，还有一个显著的区别，就是银蚶对水质要求极高，很难打理，捕捞和养殖数量较少，价格自然更高。

银蚶是上海人的叫法，厦门人称为"血蚶"或"雪蚶"。烹饪和食用方法和毛蚶相似，只是更为考究而已。

毛蚶和银蚶是具有血缘关系的姑舅至亲，从外观到内在都是极为相似的。个头大小差不多，味道的鲜美程度在伯仲之间，身上寄生的病毒、病菌和微生物寄生虫，全都没有太大的悬殊；就连不分男女老少、不管贵贱尊卑、不分白天黑夜、不管雅俗的场合，随便感染给人疾病、随便传播病毒病菌的流氓禀性，也是一模一样的。

上海那些爱吃毛蚶的人，受到了毛蚶的惩罚。甲型肝炎病毒通过毛蚶和银蚶这个中介，纷纷转移到和毛蚶亲密接触的人群身上，并且相互交叉感染，呈几何级数急剧爆炸性增长，终于酿成了骇人听闻的上海"毛蚶事件"。

听说中成药板蓝根可以清除各类肝炎病毒，上海人紧紧抓住了这根救命稻草。古话说有病乱投医，真伪暂且不辨，权且把死马当成活马医。有病的人想尽快驱赶走病魔，没病的人害怕魔鬼上身，所以要积极预防。上海人像没头的苍蝇一样，"嗡嗡"乱撞，一窝蜂地抢购各个厂家、各种包装的板蓝根。王彭生从电视机的《新闻联播》中听到了这一消息，也从报纸上看到了这则新闻，又在酒桌上听经营厂长祝托添油加醋地大肆渲染一回，心中便高度重视起来。

在学习《企业管理》的课堂上，王彭生听讲师强调过"信息"的重要性。说是河北有一家小型皮鞋厂，因为资金短缺，没有专门的技术研发人员，凭经验做了一库皮棉鞋，质量钢钢的，就是式样有些落伍。

产品推销不出去，资金周转不过来，眼睁着连工人工资都无力支付了，工厂马上就要关门大吉。皮鞋厂厂长愁得吃不下饭去，也彻夜失眠睡不着觉。一个偶然的机会，他在电视上看到了南方下大雪的新闻。估计这条新闻是向全世界的观众播放的，全国范围内有无数个皮鞋厂厂长知道这件事。其他厂长和往常一样上班下班吃饭睡觉，对这条信息漠然置之。只有这个频临倒闭的河北小型皮鞋厂厂长看到了商机。他连夜召集厂里的干部开会，布置生产和业务人员工作，生产车间加班加点生产，不讲究式样，不关心质量，只要数量，赶制各式各样各种颜色的棉皮鞋，把库存原料全部用光。

业务人员分成两拨。一拨到各个厂家廉价收购销路不畅的积压产品，只要是棉皮鞋就要。一拨赶到长江以南的大中型城市里去，找商家签订棉鞋供货合同。这个时候去销售棉皮鞋是雪中送炭，一下子翻转了买方市场的规律，卖皮鞋的客户成了上帝大老爷。长江以南突降暴雪，这是千年不遇的稀罕事。大家都被砸懵了，反应不过来如何处置。越是没挨过冻的人越怕冷，大家只要求棉鞋有保暖的功能，对于质量和式样以及颜色，通通没有要求。这一场大雪来得突然，下一场大雪不知道得等到几百年之后，大家只想糊弄眼下御寒，明年就用不着这个劳什子了，谁去顾及质量式样问题？

结果是可以预期的。河北那个小型皮鞋厂发达起来了，一个冬天挣够了50年的花销。真是吉人天相。准备上吊抹脖子的落魄之人，被一场下错地方的大雪给救了。并且是彻底告别了贫穷，一辈子人模狗样地潇洒生活。

王彭生依样画葫芦，和韩如月分头行动。老婆负责城乡医院的药房，自己跑本县及周边地区的医药公司，见板蓝根就买，有多少要多少。

他们夫妇辛苦两个多月，收集了将近四百包板蓝根冲剂，每一包装有二十小袋，四百包是八千袋。这八千袋板蓝根冲剂给他们带来一笔不菲的收入，成为他们的信心放大器，也是诱惑他们进入商界的"催化剂"。

上海市爆发甲型肝炎大流行是 1988 年 1 月份，时隔两个月，这股强劲的"恐甲症"风潮就刮到了秦台。一时间板蓝根热销起来，成了比古玩和名人字画更为抢手、更受人们青睐和欢迎的上好礼品。秦台人重情重义，起初是受外地朋友的委托，把买到的板蓝根冲剂送给亲朋好友。后来醒悟过来了，觉得自己的家人应该首先服用。论血缘关系，亲生骨肉比亲朋好友近。比贡献，能够分享财富和温馨，能够风雨同舟的也首推家里人。所以，直系亲属的身体健康状况，应该首先得到关注。可是秦台人明白晚了，不光秦台境内买不到板蓝根，跑到徐州和生产厂家也无货可供。

物以稀为贵。板蓝根的销售价格一路飙升，每一小袋板蓝根增值一块多钱。板蓝根冲剂被炒高了价格，也有着广阔的市场，就是没有货源。王彭生家里藏了八千袋板蓝根冲剂，根本不用吆喝，偷偷摸摸地就被朋友抢购光了。王彭生夫妇贩卖板蓝根挣了九千多块钱，惊得韩如月半个月没睡好觉。天天晚上半夜爬起来，拉着丈夫一起在被窝里数钱。

韩如月思虑再三，综合各个方面的情况，得出了这样的结论：丈夫不是没有能力，可是官场上强人如林，很难在短期内出人头地。丈夫不是没有才华，可是著书立说是日积月累的细活，需要知识、阅历和极强的感知领悟能力。冰冻三尺非一日之寒，搞文学创作更不是一朝一夕能出成果的。丈夫不是没有灵气，是没能放到风口浪尖上历练。这次让自己提前储存板蓝根，就充分说明丈夫有很强的洞察力，那鼻子也和警犬一样，嗅觉是极为灵敏的。商场上也是千难万险，可是瞅准了机会来钱是很容易的，聚敛钱财的速度也很快捷。韩如月的心思首先活络起来，王彭生就不再推三阻四了。

好日子先过，熟果子先摘。王彭生和韩如月都觉得做生意是容易操作的事情，挣几个闲钱花花也是非常实惠的。夫妻之间的意见一致了，两口子都很高兴。五岁的儿子似乎也有所感知，在自行车前杠上手舞足蹈，"嘿嘿"地直笑。他们还没走到赵庄，王彭生腰间的传呼机就剧烈震动起来。

传呼台转来了对方的留言，是刘秋恒给他发来的信息。刘秋恒告诉王彭生，晚上到冷嘉义家去喝酒，痛快一点把明年的事情定下来。如果想干就不能犹豫，开点之前还有很多事情要办，得大闺女撕裤子——早作准备。不干的话可以向铁弓骥老兄学习。刘秋恒也想聘请他给自己当点长，并许诺工资待遇从优。

# 二十五、一起下水

刘秋恒常说：人禁不住千言，树挡不了百斧。大家都以为王彭生酸不溜秋的，和李志卓是一路货色，满脑子成名成家的思想，一心扑到文学创作上，很难和浑身充满铜臭的俗人为伍。刘秋恒总是非常不屑地笑着说：没啥关系，小猴不爬杆，无非是再撒一把花生，多敲几遍锣鼓家什。

刘秋恒下决心要把王彭生拉下水，让他和自己一样，堕落蜕化成俗人。他已经看好了两座冷库。一个是东郊的水产冷库，一个是西南郊的亚细亚冷库。这两座冷库都扼守在城乡结合部的交通要道上，库容量大，恒温库和低温库都有，都濒临在破产的边缘苟延残喘。院内农用三轮可以随意出入，随意停放。冷库里都有装车台，把磅秤放在台上收货，笋农在台下排队交货，便于管理。他已经和厂家签定了冷库租赁合同，预交了定金。

如果王彭生愿意当老板，开点收货，自己就让一座冷库给他。王彭生也不是太迂腐的人，吃水不忘掘井人，赚了钱自会请他喝一壶的。如果王彭生怕担风险，自己不愿意独立开办芦笋收购点，就委屈你这个没有咏絮之才的文学爱好者，屈尊降贵地过来给我刘秋恒当"大领"，替我刘某人打理"亚细亚"这个收购点，赚钱之后分一杯羹给你。

刘秋恒的如意算盘打得不错。王彭生如果愿意独立当老板，把生意做成了，会感激刘秋恒一生一世。他如果甘愿屈居人下，管理好"亚细亚"冷库，刘秋恒的利润就会翻番。再说了，刘秋恒是个要强爱面子的人，在笼络人才这方面，他不想输给疯疯癫癫的"书痴"李志卓。王彭生要是被李志卓拐到邪道上去了，自己这个"学兄"没当好，一辈子脸上都没有光彩。

王彭生也信奉"要当当皇上，要玩玩娘娘"之类的强盗逻辑，宁为鸡口不为牛后。不干则已，干则亲历亲为。

在冷嘉义的酒场上，王彭生说了一火车赞美刘秋恒的溢美之词，秦台人称之为"过年的话"。小五保直言不讳地说好像是给刘秋恒开追悼会，悼词里都是这样的话。

语言贿赂之后，王彭生又用实际行动表达了自己的感谢尊崇之情。他站立起来，双手举杯过顶，毕恭毕敬地给刘秋恒大哥端了三杯承情感谢酒，当场表态收芦笋，明天就把冷库定金还给刘秋恒。

王彭生也是堂堂六尺多的汉子，不能当扶不起的阿斗，做托不上墙头的癞皮狗。刘秋恒把所有的前期准备工作都给他铺垫好了，自己再往后缩头，以后就会被这帮哥们瞧不起，就没有办法在秦台这块地面上混了。

秦台人常说：要么杨二郎，要么大麻糖。舍得一身剐，敢把皇帝拉下马。王彭生豁出去了，大不了就当自己没倒腾过板蓝根，最多再搭上年把工资，背着干粮给组织上扛两年长活，玩一次拆字游戏。把安徽省的简称拆开了读谐音，不过就是白（完）玩嘛。

冷嘉义办酒场，主要是请魏成功，其他人都是配角。魏成功租赁肉联厂的冷库收芦笋，他们之间除了同学这层关系之外，好赖也算业务合作伙伴。

魏成功收了一年芦笋，净赚 80 多万块，这里面有冷库的功劳。他非常渴望续签下一年度的合同，原准备要用大桌子请冷厂长的，没想到反叫冷厂长占了先机。

冷厂长也有足够的理由先请魏经理。首先是肉联厂的冷库已经闲置多年，是魏经理带头盘活的。他让亏损多年还负债累累的肉联厂见到了回头钱。其次是自己具备比魏经理更加优越的条件，却把一次绝佳的天赐良机和80 多万元现金拱手让给了魏经理。这里面有"收猪"的因素，也有路边店那些小姐的原因。说到底还是自己滑头胆小，顾虑太多。看到刘秋恒退到后边观望，自己就不敢把这个生意揽下来。一闯三得，这话说得确实有道理，魏成功给大家上了生动的一课，提醒大家重新慎重审视"大胆是成功的一半"这句话，并在关键的时候付诸实施。再次是自己既然决定明年收购芦笋了，肉联厂的冷库闲在那儿生蛆也不能租赁给魏经理了。他把魏经理请过来喝酒，也有道歉赔情的意思。

男子汉大丈夫，老婆孩子不让人，功名利禄不让人。自己和魏成功一样，都是下岗干部，这个"禄"字可以弃之不顾。可是只要做生意，就千真万确地连着一个"利"字，利益是不能随便撒手的。去年自己就憋得像驳大侠了，今年无论如何都不能重复克隆错误。在同一个地方，被同一块石头绊倒两次，无需别人飞短流长，冷嘉义自己就觉得他傻得不可救药，憋得连鼻子都不会擤了。

冷嘉义虽然设的是家宴，但是烟酒饭菜和茶叶的规格档次不亚于星级宾馆。烟是精装红塔山牌的，酒是孔府宴酒。"喝孔府宴酒，做天下文章"。这酒是专门为王彭生预备的，可惜他改行喝啤酒去了。因为刘秋恒这一折腾，他也必须辍笔停耕了，即便喝白酒也是名不符实了。茶是太湖碧螺春和苏州茉莉花，大家根据自己的口味选择。菜不光上档次，还有讲究。像油炸蚂蚱取名"飞（蝗）黄腾达"，是专门招待马路平、武大勇和武大智的。铁弓骥已经退居二线，不需要这样的彩头了。霸王别（鸡）姬是专为魏成功准备的，此菜源于霸王别虞姬。冷嘉义不再租赁冷库给魏成功，也是某种意义上的惜别。希望魏经理能揣摩透此中蕴含的深意，不要因为生意上的曲衷影响彼此之间的友谊。

漂亮的家庭主妇乔诗琴殷勤劝酒，她专门委托兄长乔道远聘请名厨上门料理，在每一个碗盆盘碟上都放上彩色的萝卜雕花，中间放置一大束鲜花。她说这是跟冷嘉义学的，邀请大家共同喝花酒。大家被她逗笑了，因为她一母同胞的哥哥乔道远在场，大家掩口偷笑，不敢笑出声来。乔道远知道"喝花酒"的意思，也讪讪地跟着笑，神情十分尴尬。

魏成功心中凉飕飕的，感觉到自己办错了很多事。没抓紧时间先请冷嘉义喝酒，就是错到不能再错的糗事。刚挣两个糟钱在腰里，自己就有几分飘飘然，高兴得忘乎所以，不光辨别不清东西南北，连自己姓什么都记不清了。自认为自己有能耐挣钱，底气十足，说话的口吻也有异于以前。不少人在背后议论他，说他是能屌豆子坐土车子——忒（推）能屌豆子。也有人说他是能屌豆子来月经——血能屌豆子。或许这只是个别害了红眼病人的感觉，或许是魏成功压根没变，是他那些故交好友的心态发生了微妙的变化。就像那个进山砍柴丢了斧头的人，以为邻居偷了他的斧头，怎么看那个邻居都像小偷。后来他的斧头找到了，再看他那位高邻的言行举止都是正人君子，连邻居家的老鼠也不像小偷了。

魏成功是大学本科生，农科学士，自认为是一个有知识有文化也有涵养的人，大家也都认可他的自我评判。当时社会上衡量人们素质高低的评判标准有三条：一是看你会不会开车，二是会不会玩电脑，三是会不会外语。

魏成功的外语水平比不上专业翻译，在大学里读书的时候英语就过了六级，另外还会说"哈拉少、五七哈拉少"那样简单的俄语，和"阿玛尼、八格牙路、米西米西"之类的日语和韩语，都是从影视剧中学来的。当经理的时候他就学会了开轿车，说是为了保守商业机密，有时候不方便带司机同行。这是原因之一。还有另外诸多的原因，大家都是心照不宣的，说破了牛璐就会吊销他的驾照。趁这次收购芦笋赚钱，征得老婆同意，魏经理配置了笔记本手提电脑。初当网虫的人，上网的瘾头是很大的，他已经废寝忘食好多天了，所以忘了先请冷嘉义喝酒这档子大事。

人在虚拟的世界里，可以放纵自己，可以无限张扬自己，可以诋毁玉皇大帝，可以吹不着边际的牛皮。

电脑是强档高效的精神减压器，打开电脑不光可以放松精神，放飞灵魂，也可以放松肉体，使自己悠悠然进入梦幻一般的境界。

玩电脑还能收获到意外的惊喜，经常上网的人都知道，很多"网虫"之所以热衷玩电脑，不是为了搜索信息，不是为了学习知识，所谓"补充能量、充电学习"之类的屁话，是掩人耳目的幌子。他们的真实目的，都是冲着异性网友去的。说是家里安电脑，腰里装手机，走遍天下都叫鸡。

魏成功也在网上寻觅到一位善解人意的网友，像自己肚子里的蛔虫一样，自己想什么她都感知得一清二楚。那语言也古灵精怪的，说得人心里痒痒。那时候还没有网上视频，对方传发的照片都像电影演员一样，娇羞婀娜，妩媚动人。魏成功心急难耐，几次三番地约对方见面，对方终于点头同意了。真是千呼万唤始出来，犹抱琵琶半遮面。

魏成功的心情像被鸡爪子挠了一样，迫不及待又心慌意乱。他反复恭维网友的照片漂亮，又忍不住问了一句：照片上的人真的是你吗？你可千万不要让我失望！

对方的回复十分干脆：放心吧，不会叫你失望的，干脆叫你绝望！嗷，对啦，我现在有事分不开身，请你帮我交上两百块钱手机费，见面的时候还你……

魏成功知道，吃人家的嘴短，拿人家的手软，苍蝇不叮无缝的鸡蛋。对方开口要钱要物，就把软肋暴露给自己，很好调教了。倒是那些沉默不语，绷着脸不笑，也不索取任何东西的人显得高深莫测，叫你无从下手。

魏成功找马路平借了一辆桑塔纳两千，草草地扒拉几口早饭，替网友交完手机费就驱车去了徐州。他和网友约定见面的地点是老黄河边上的铁牛跟前，暗号是网友手提棕色的蛇皮坤包，拿一本《时装》杂志。

魏成功的智商是高的。他先慢慢地从约定地点驶过，透着贴有深色车膜的车窗玻璃往外窥探，网友果真是照片上那个让人心动的女人，他再过去接头。接完头逛商场、逛公园、看电影、下饭店，最后到旅馆里开房间，这一整套程序是他早就设计好了的。都说"有钱能叫磨推鬼"，他要验证一下金钱的魅力，让网友露露她的花肚皮。没开苞的处女他是不敢奢望见到的，如果网友是未婚青年，肚皮上没有妊娠纹，他是可以考虑加钱的。

魏成功果然绝望了。他看到一张比小五保武大勇还难看的脸。魏成功觉得自己手气不错，就像花两块钱买中了五百万大奖一样，一出手就是别人无法逾越的境界。过去魏成功认为，是疮都要鼓脓，是女人都能叫男人骚情。现在自己承认世界观错了，女人孰优孰劣的根源在脸上，不是那个叫男人兽性大发的隐秘器官。

魏成功被网友吓得没敢在徐州停留，也没敢和网友打招呼，就直接调转车头打道回府了，白白地替她交了两百块钱手机费，加了三百块钱汽油。幸亏他今年贩芦笋挣了钱，区区五百块钱，目前在他魏成功手里，就像掉了一包烟。

冷嘉义倒是对丑女人感兴趣。他说漂亮的女人经常受到异性骚扰，用情不专，身体也不洁净，是传染性病的根源。再说了，任何物品只要频繁使用，磨损得就厉害，脸膛子越俊那玩意越破。丑女人就不一样了，因为她们很少被异性瞧得上眼，对来之不易的爱抚倍加珍惜。只要你愿意跟他上床，她会不要性命地疼你爱你娇宠你。闭上眼母猪也是电影明星，用起来舒服也安全，扔在一边也放心。任何事情都有正反两个方面，利害相连、好歹相伴，这就是辩证法……

让魏成功意想不到的是冷嘉义也关上冷库的大门叫他绝望了，这就让他受不了啦。没有冷库就不能收芦笋。芦笋在常温下会快速老化，继而是腐烂。哪个集团都不是驳大侠开办的，实力再强的集团公司也不会收购腐败变质的原料，自己凭啥再挣明年的芦笋钱？

刘秋恒出来打破这个僵局。同行是冤家，这是千古流传的老道理。即便大家都高尚，都把感情看得比金钱重，我们好得像亲兄弟一样，我也不赞成大家都挤在一个院子里收同一种货物。

买卖双方和劳资双方一样，始终尿不到一个壶里去。收货的想压级压价，想扣掉斤秤降低成本，不得吹掉浮土找裂缝吗？挑不出毛病来怎么扣秤去杂？卖货的小贩子都想卖高价，都想掺糠使假，想涨秤。这样买卖双方势必会有矛盾，小贩子就会充分利用这些矛盾，挑拨我们这些大点闹矛盾。比如说冷嘉义砸跑的小贩子，我们收不收？收不着芦笋挣不了钱，收了就是和冷嘉义过不去。小贩子有恃无恐，就不会让你轻易扣秤除杂，我们大家的利润都会降低，利益都受损失。鬼生意嘛，干生意这个鬼行当，就是小鸡不撒尿——各有各的道。所以才会有同行无同利，所以才能看出谁的道行深浅……刘秋恒突然收住话头，"罔顾左右而言他"。

"咱们喝酒吧，再不喝黄瓜菜就凉了。"刘秋恒正说到兴起，猛然意识到"商业机密"不能随意展示，更不能全部展示。教会徒弟饿死师傅，我那两下子都叫你们学走了，我还吃啥？

"冷库的问题你不要发愁，南关外何首乌粉丝厂有一座恒温库，我已经给你号下了。"刘秋恒给魏成功吃了一颗定心丸。他要让秦台几个能成气候的大贩子都对他心怀感激，自己以后把业务做大了，自有用得着他们的地方。

# 二十六、野店里的师傅

对于节日，不同的人有不同的解读。富而无忧者乐意过节，没事好操兑事干，好热闹，图喜庆。穷人忧节躲礼，说白了是怕花钱。但是在中国，有两大节日富人必定大庆，穷人也是躲不过去的。那就是农历八月十五中秋节，也叫"团圆节"。最隆重的节日是农历正月初一大年节，也叫春节。这两个节日都是中国独有的节日，也是中国人最为看重的节日。

过去中国老百姓的文化程度低，都是稀里糊涂地朝前混日子，过节也是跟着别人随大溜，凑个热闹，添点喜庆而已。现在年轻人的综合素质提高了，喜欢溯本探源，发掘节日的起源、演变、意义什么的。大人们觉得小孩子不干正经事，又好"无事忙"。啰里吧嗦的穷忙乎啥？不知道节日来历又咋着？照样落不到"节"这边。小孩子说大人落后愚昧，不尊崇科学还自以为是，动不动就教训"文化人"狗屁不通。这或许就是"代沟"的差异吧！老年人对此颇不服气。你们肚里那些货色是从哪里得来的？还不是老祖宗流传下来的。

过去的孩子们都很单纯，对年的理解就是吃饺子、穿新衣裳、放炮仗，晚辈给长辈磕头，长辈给晚辈发压岁钱。端午节插艾吃粽子，清明节煮鸡蛋，八月十五吃月饼等等，知其然不知其所以然。现在的年轻人都知道"春节"一元复始，万象更新。也知道"年"是怕红、怕响又凶残无比的怪物，每年正月初一出来祸害人类。人们便在这一天张贴大红春联，不断头地放炮仗。他们也会背诵王安石的诗句：爆竹声中一岁除，春风送暖入屠苏。千门万户瞳瞳日，总把新桃换旧符。年轻人不向老年人请教规矩，知道的比老人还多，这世道叫老人有喜有忧，觉得汗颜。到了清明节，年轻人会讲述介之推的故事，还激烈地争论端午节是纪念屈原还是纪念伍子胥的。管它跟谁有关系，咱们吃粽子划龙舟不就完了吗？八月十五大家都知道，除了团圆之外，就是利用月饼传递信息，八月十五杀鞑子。

刘秋恒说差异无处不在。他听到这样一则故事：说他有一个朋友是做木材生意的，挣钱后在外地买房买车，把年事虽高却没见过世面的父母亲接到大城市里享受生活。

小两口白天到门市部张罗生意，中午不回家吃饭。他们早上走得急，把一盒小夫妻夜间助兴的"三级片"录影带放在录放机中没有取出来。

老太太打扫卫生的时候，这儿擦那儿抹的，不知道怎么就把机子鼓捣开了。老太太觉得新鲜，喊老头子一块欣赏。

看着看着，老头子嘤嘤抽泣起来。一边哭一边说：福都叫年轻人享了，我白活这么大年纪，不知道床上还有这么多花样……

老太太不去劝说丈夫，竟然也"呜呜"地哭泣起来。老头子感到诧异，不解地问道：你哭个啥劲？

老太太哽咽着说：你说的不错，我们真是白活这么大年纪。我一直以为你的那个破玩意除了尿尿就是拿来玩玩的，不知道还能吃呢……

大家听后全都忍不住大笑，都说刘秋恒真是见多识广，不论多么蹊跷稀奇的事情，他都知道得一清二楚。

中国人讲究礼尚往来，只要没有特殊情况，走亲戚串朋友相互送礼，都是在逢年过节的时候，这个"年节"就是八月十五和老历年。刘秋恒精明异常，自然也知道借助"年节"的时候探望朋友，增加彼此之间的感情。

刘秋恒也找当镇长有实权的马路平借车，邀请冷嘉义，带上铁弓骥、小五保和武大智，去连云港看望得意集团的原料部长刘爱果。邀请冷嘉义是想叫他分摊一部分差旅费用，冷嘉义明年也要收芦笋，去得意公司协调收芦笋的事，他不好意思一毛不拔。原来也是打算邀请王彭生或魏成功同行的，王彭生老家有事情回山东郯城蔺王庄去了。魏成功也有事情，他含含糊糊地没说清楚，大概又去会见网友了。但愿这次能够如愿以偿地碰上一位漂亮妞，千万别再绝望了。

带上铁书记和小五保弟兄两个去旅游，不让他们承担任何费用。车上有座位可以坐下五个人，何必让它闲着？刘秋恒好热闹，觉得多拉两个人和酒场上多添两副碗筷一样，不费什么。这三个人都陪刘部长喝过酒，能说得上话去，虽然不能添钱却能添言，肯定会替自己美言几句的。晚上没事的时候，四个人凑成一副牌局，剩下一个人提茶倒水。再说这三个人不是普通的人，是可以在秦台市呼风唤雨的科局级干部。明年收芦笋的人一多，难免工商税务不来管闲事，这三位仁兄就是三张撑开的保护伞。

烧香拜佛要在前面磕头，腚后头作揖不成体统。谁也不知道哪块云彩下雨，先拉好关系再说。

有猪就有冷嘉义，有路就有送猪的车。冷嘉义随车抄猪，跟猪坐在同一辆汽车上周游祖国大地，对各地的饮食习惯、风土人情等知之甚详。大家一致推举他当领航的舵手，他开车的时候自己选择行车路线，不开车的时候坐在副驾上当向导。他们一行五人，只有铁弓骥一个人不会开车，其余四人轮番休息，轮流掌控方向盘。

冷嘉义说从秦台到连云港，有两条路线好走。北面一条是从徐州走310国道到连云港，南面一条是从徐州途径邳州和新沂到连云港。两条路的路况都很好，也都有值得大家留恋和回味的地方。

刘秋恒说我们第一次去海边谈业务，要从上首经过，走北路。武大智常在书上看到"败北"这个词，觉得北路未必就是最佳路线。后来又想起南宋皇帝赵构被金兀术打得南逃临安，蒋介石溃退台湾也是南逃。反正自己是搭顺风车吃蹭饭的人，白吃白喝白听戏，只管开心取乐，让那些拿钱买单的人当家做主吧。

冷嘉义听从刘秋恒的建议，走北路"上首"路线。北路有两个近似境外红灯区的地方，在徐州西边最著名的是唐沟镇，过了徐州首推赣榆县的墩上镇。跑长途的驾驶员都知道这两个地方，只要出车靠近这两个点，宁愿多绕一百公里也到那儿吃饭住宿。

上头说了，改革开放是摸着石头过河。为了刺激地方经济发展，头脑灵活的干部开始进行招徕客商的尝试。地方领导开明软环境就宽松，主雅客来勤，有好的环境才有大的发展。很多开明领导默许不合时宜的现象存在，虽然不发红头文件，却在政法系统的干部大会上吹风打招呼，叫他们不要去干扰饭店、澡堂和美容美发室的正常营业，夜间不要到宾馆里查房。唐沟、墩上大概就是这一类率先开放的试点，就像深圳特区一样。

秦台离徐州的距离太近，他们起得又早，在唐沟吃中午饭显然不合适。墩上路程较远，赶到那儿吃饭可能会错过饭点。大家急于见识传说中的花花世界，宁愿饿肚子也一致要求到墩上吃饭。

墩上的主街道两侧，店铺鳞次栉比，酒幌子拖着长长的彩色飘带在风中起舞。各个饭店的面前，大门两旁都是涂脂抹粉的年轻女子。她们彩裙飘飘，红袖招展，搔首弄姿，挤鼻子弄眼，像是夹道欢迎刘秋恒一行似的。

乱花渐欲迷人眼，红袖招招勾人魂。小五保他们没见过这样的阵仗，扭扭捏捏地不知如何应对，心跳的速度加快了。刘秋恒算是宅男式的风月老手，在位掌权的时候结拜了不少干亲戚，不厌其烦地结交很多蹲下尿的朋友，可是对于外面的世界感知领略甚少。做服装生意的时候都是和老婆结伴同行，一同搭班车去徐州或常熟，来去匆匆，没机会瞎想闲逛。冷嘉义揶揄他说，带着"纪检委书记"跑外勤，肯定是有贼心没贼胆的，对付干亲戚那些甜言蜜语和下九流的招数都使不出来。

刘秋恒的血压也在升高，脑袋有些发懵，呆呆地失去了机警和诙谐，与以往相比，简直判若两人。

冷嘉义经常外出，也是路边店的常客。他不让小五保停车，只是放缓速度慢慢向前滑行。走出几百米开外，看到一栋装潢别致的酒楼，名字叫"快活林"，门前的场地宽敞，便于停车。他们果真错过了饭点，酒楼虽然大门洞开，却没有迎接客人的服务人员。

"就是这儿吧。"冷嘉义让小五保停车，招呼大家都下来。

"先生们下午好，请问你们吃饭还是住宿？"店内飘出一个女性服务人员，是大堂经理。她露出一口雪白的牙齿向大家微笑。这家酒店是严守行业规则的，客人不停到自家门口，他们就不出来打招呼。

"店里有倒酒的没有？"冷嘉义这样询问领班人员，他是知道其中那些明沟暗坎的。

"有。包你满意。"

"条子、盘子咋样？"冷嘉义和女领班对起黑话来了，其他人都愣愣的不知所云。

"条子长、盘子靓，不知你的'板板'怎么样？"事后大家才知道，"板板"就是钞票。

"放心吧，厚着呢。"冷嘉义挥挥手示意大家进店。女领班十分殷勤地把大家引领到僻静的雅间。

大家落座之后，冷嘉义懒洋洋地向领班招手说："茶。"

女领班故作糊涂，从冷嘉义开始，向顺时针方向点数："一二三四五。"

冷嘉义把脸一沉，提高声音加重语气说："倒茶。"

女领班颠倒顺序，朝逆时针方向点数："五四三二一。"

大家都笑了，以为女领班没理解冷厂长的意图。冷嘉义也笑了，知道她是故意的。这个女领班不简单，用诙谐的方式装傻充愣，烘托出热烈而又随意的氛围。

　　"你别瞎操了，报一下吃的喝的，把菜单拿过来。"冷嘉义指着刘秋恒说："这是我们的大老板，叫他点菜。"

　　女领班并不急于叫服务员送菜谱过来，信口说道："乳罩、男人的裤头、女人的裤头，你们想吃啥？"

　　大家都愣住了，只有冷嘉义在微笑。他是懂得暗语的人，逐一向大家解释说："乳罩是钙奶片、扣肉，男人的裤头是果丹（裹蛋）皮，女人的裤头是果冻（裹洞）。乳罩还有另外一个谜底，是包二奶。"

　　大家觉得有些意思了，齐声问道："喝的呢？"

　　女领班微笑着回答："喝得有处女的腿一抬，小妹妹的腿一抬，少妇的腿一抬，老娘们的腿一抬，老太太的腿一抬。你们随意选择。"

　　大家都接不上茬，一齐扭头去看冷嘉义，目光齐刷刷的。

　　冷嘉义继续向大家解释，让大家十分钦佩他的学识，看来这几年外勤不是白跑的。"这几样都是啤酒、白酒的牌子和名称。处女的腿一抬是圣女泉，小妹妹的腿一抬是口子酒，少妇的腿一抬是凤凰泉，老娘们的腿一抬，是双沟大曲，老太太的腿一抬是古井贡酒。大家看看咱喝啥？"

　　大家的情绪都被调动起来，相互打趣调侃。武大智指着刘秋恒问女领班："他的腿一抬是啥？"

　　"他的腿一抬是牙狗撒尿，你的腿一抬是战斗机上跑道，马上就要起飞了。"

　　"那么，这位先生的腿一抬又作何解释？"年龄最大的铁弓骥也失去了矜持，指着冷嘉义问女领班。

　　女领班笑了，她是知道搞统一战线的，不会树敌太多。"这位先生和大家的腿一起抬，我们小店就发财。无论酒菜点不点，都得拿钱来……"

　　刘秋恒非常欣赏这位美女领班，见面才短短的十几分钟，就生出一股浓浓的不忍相舍之情。这个女人是随便花几个小钱就可以拽到床上去的，不是寄托情感的对象。可是这个女人落落大方，举止脱俗，或者可以称作亦庄亦谐、可雅可俗，谈吐之中透露着机警和高深的修养。同样一件事情，别人说出来可能会粗俗不堪，她说出来低级而不下流，叫人忍俊不禁，回味悠长。

刘秋恒一直以为自己是凤毛麟角的猎艳高手，看完冷嘉义的表演就自惭形秽，想起井底之蛙这句成语来了。自己那些"干亲"一直是值得骄傲的资本，今天被美女领班比得黯然无光，像君王面前那些失宠的妃子，"六宫粉黛无颜色"了。

小五保满身戾气，一直钳着口不说话。在这一行五人当中，风流倜傥是用来形容其他四个人的，唯独不属于他自己。这张脸被破坏到无以复加的地步，连松开"青春尾巴"的铁弓骧都比他有看头。异性看到自己时，往往也要多瞅两眼，那是受到好奇心的驱使，和爱慕之心没有丝毫关系。自己也曾被异性热烈地追逐过，那是退伍之前在热带丛林里执行任务的时候，蚊子成群结队地围着他"嗡嗡"，怎么打都打不退。听有文化的人说，追逐汗臭味跑到人畜身上吸血的蚊子，都是雌性的。

武大智原本就文绉绉的，转业后常和老师打交道，沾了一身灵气，心眼子越来越多了。

"我给你破个谜猜猜，你可千万不要想歪了。"文化人肚子里的"弯弯绕"多，武大智是乡镇文化人的领导，自然也是有二下子的。

"好的，等我洗洗耳朵，过来聆听教诲。"美女领班走到房间外面，有节奏地拍拍手，让花枝招展的女性服务员送酒上菜，过来倒酒布菜，一起猜谜。

"小棍棒、拃巴长，一头有毛一头光，一头插到肉孔里，吱吱地冒白浆。打一物，这个东西大家都用得着，请猜是什么？"武大智狡黠地笑着，想把姑娘们带进茄子地里去。

姑娘们"嘿嘿"地浪笑着，向大家比划一些夸张的粗俗动作。女领班板着脸正色训斥她们："你们想歪了。"

"那是什么？"姑娘们满脸疑惑，依旧止不住笑意。

"是用牙刷刷牙。"大家仔细揣摩一下，果然形象贴切。心中释然了，笑声更响了。

"我再破一个。"武大智颇不服气，又说出一个来："巴掌大、黑乎乎，有的地方凹、有的地方凸。凹的地方存满水，凸的地方黏乎乎。打一物，这个东西有人用得着，有人用不着。你们猜猜看，是啥东西？"

"是啥东西？你用的着吗？人身上有吗？"姑娘们活跃起来了，相互询问思考着。这时侍者送来一盘爆炒鞭花，美女领班趁势诱导她们胡编乱说。

"这是一道大补的名菜，做菜的原料他们身上或许有。"女领班把菜接到桌子上，夹起一块送给刘秋恒。"尝尝味道怎么样，晚上检查一下长了没有。"

"对。中医上讲究以形补形，他吃正合适。"冷嘉义笑着说："这个东西只有他身上有，我们身上都没有。"

"胡说！你身上有，我们身上都没有。"刘秋恒醒悟过来了，赶紧把牛鞭往冷嘉义身上安。

姑娘们被弄糊涂了，连声询问："到底谁身上有？我们身上有没有？"

"你们身上有时候有，有时候没有。"美女领班被这几个天真烂漫的小妹妹逗乐了，笑得前仰后合。"跟这几位哥哥过夜去，你们身上就有了。"

"嗷！原来是这样。"大家都明白了，几位女性服务员并无羞涩扭捏之态，而是意味深长地相视而笑："这个可以有……"

"几位妹妹要是好这一口，我们哥几个可以考虑联合办个牤牛养殖场。"刘秋恒夹起一片酱红色的鞭花，不停地抖动着。他是一个好在异性面前表现自己的人，一定会抓住机会并想办法给美女领班留下深刻印象的。"你们现在不能难为我们，咱哥几个身上真的没有……"

大家哄堂大笑，把武大智破谜那个茬给忘了，这让教办主任很不高兴。他用筷子敲击桌面和餐具，示意大家停下来。"别跑了题，继续猜谜。"

"你刚才说的是啥来着？"大家把刚才的事情忘记了，这让武大智更为愤懑。刘秋恒这个坏家伙就好瞎搅和，把大家的精力分散了。他又重复一遍谜面，让大家认真思考。

"这是一件文具对不对？"美女领班直视武大智，看他的反应如何。

"对。"武主任不自觉地点点头，身上的傲气没有了。他暗自吃了一惊，这个娘们和董永的丈母娘一样，不是凡人。大学的教程里面都找不到的内容，她居然摸得门清。她是哪路神仙，怎么啥都知道呢？

"这是砚台。你不简单，能把素菜炒出荤味来，就像平山堂里和尚做的菜。"扬州大明寺是鉴真和尚东渡扶桑之前出家修行的地方，那儿的和尚尘缘不退，脑子里忘不掉鸡鱼肉蛋，又不敢破掉斋戒吃荤，只能用豆腐制作成各种鱼肉的形状，红烧清炖之后饱一饱眼福。臆想中吃鱼、嚼肉、啃骨头，实际上沾不着荤腥。

美女领班不光知识渊博，走过的地方也不少，是个见过世面的人。这就激起了武大智的斗志，他决定继续试探下去，看看这个娘们的水有多深。

"都说扬州花一朵，那朵花是啥花？"武大智看看美女领班，若有所思地说："我想一定是琼花。"

"你也是个文化人，是真的不知道还是故意考我？"女领班给大家讲了一通扬州的名胜古迹和风土人情，告诉大家琼花是昏君杨广的妹妹死后变化的，现在是扬州的市花。那个"花一朵"是躲避花的意思，是动词。古代广陵是运河沿岸最为繁华的都会，在主街道上有一座巨石雕塑，是一朵硕大无朋的石头花。人们从那儿路过要躲避石花，不然就会被撞得头破血流。人们传扬出去，告诉那些初到扬州的人，要躲开石花绕道行走，久而久之，"花一朵"成了扬州的名片，人们以讹传讹，把"花一躲"说成了"花一朵"。

女领班还告诉大家，大明寺之所以又叫平山堂，是因为寺庙的墙基和长江对面的镇江金山顶在同一水平线上。她还朗诵了很多和扬州有关的诗词歌赋，推荐大家选择"扬州蛋炒饭"当主食。

背诵完"故人西辞黄鹤楼，烟花三月下扬州"、"十年一觉扬州梦，留得青楼薄幸名"之后，又冲着武大智吟咏"二十四桥明月夜，丽人倚栏吹玉箫；吹得你小鸟变大雕……"等等，弄得武主任面红耳赤，甘拜下风。她也即兴用荤油爆炒一道素菜，破了一个谜语让大家猜。

"毛对毛、肉对肉，一天不对不好受。"女领班公布谜面，两眼直视武大智。武大智没猜出来，其他人也没猜出来。美女领班说出了谜底，是合眼睡觉。

武大智心悦诚服，承认高手确实在民间。刘秋恒忘记了喝酒吃菜，直勾勾地望着美女领班发呆。他在思忖"好汉娶娼家"的问题，早已意马心猿，灵魂出窍了。

冷嘉义也跟着插科打诨，不过他能把持住自己。他和刘秋恒的消费理念不一样，喜欢的不是这种"美艳学者"的类型。他开始把心思用在丑女人身上，说是丑女人的妙处难与君说，传染性病的概率很低。另外他喜欢一次性消费，就像一次性筷子、纸塑饭盒和餐巾纸，用完了就丢弃不管，没有后遗症。刘秋恒那样乱认"干亲"，风光热闹。赶到年节的时候，干亲家、干姊妹、干闺女、干秘书之类的亲友都来问候，得摆几桌子饭菜招待，钱不少花，心不少操，还经常惹麻烦。她们相互之间乱吃"飞醋"，老婆也是一肚子邪火。

婊子无情，土匪无义。花钱买笑，痛快完了拍拍膝盖走人，谁也不找谁的后账，干净利落，睡觉踏实。刘秋恒那样拖泥带水地火中取栗，实在是后患无穷呐。

小五保是徐庶进曹营——一言不发，他那张脸平时就僵硬冷酷，像鬼脸一样看不出喜怒哀乐来。刘秋恒说越是表面平静的人，内心的波浪越大。都说得道高僧不近女色，在他们眼里美女无非是"脓血具"、"屎尿具"而已。武则天不相信懒猫不吃生姜，曾经拿和尚做过实验。她让一百个和尚脱得赤裸精光，在他们的阳具上方摆放一面小鼓。然后挑出一百名俊俏的宫女，也脱得一丝不挂，在他们面前展示柔术媚功，百般挑逗他们。让一百名太监站在和尚身后，观察他们的反应。

小和尚们受不了了，率先敲响皮鼓。大殿上"咚咚"之声不绝于耳，站在和尚身后的太监相互举手报告，只有一个长眉高寿的老和尚没有打鼓。武则天心生惭愧，看来得道高僧果真可以达到"无嗔无怒"、"视色如空"的境界。武则天心生敬畏，决定重奖老僧，于是轻移莲步，亲自过来搀扶老僧。那老僧一脸羞赧，原来他把鼓皮戳烂了，没弄出响声来。看来姜还是老的辣，醋还是陈的酸。

酒足饭饱之后，大家意犹未尽，都坐在椅子上不挪屁股。美女领班邀请大家到二楼茶社聊天，有更高层次的美女伴陪聊天或唱歌，按时间收费，加钱可以增加服务项目。三楼就是神仙府邸，保证进去的人欲死欲仙，忘愁忘忧。

二楼的窗帘是拉上的，亮着低瓦数的彩灯，青烟缭绕，散发着浓浓的檀香味，显得古朴优雅。茶社里划分了两个区域：散座区和雅座区。散座区有一个稍微隆起的半月台，几个穿着旗袍的姑娘在台上抚弄着瑶琴和古筝。吧台内的姑娘都是黑裙白衫，长筒白袜子，清一色民国时期的学生装，清雅别致。她们是负责沏茶送水的。

雅座都是单间，墙上贴着国画和书法，室内是仿古的实木家具，几个人围桌而坐，有服务员送过来你点好的茶叶，并陪侍在旁边表演茶艺。雅间区的服务员比散座区的姑娘档次更高，色艺俱佳。这儿的服务员不光可以说说，也可以摸摸。冷嘉义说到这里都是腊月生人，可以动（冻）手动（冻）脚。真的相中爱见了，谈好价钱领到三楼去。三楼是旅客之家，上楼去就等于走进自己的卧室了。卧室是私密自由的空间，关起门来随便放纵自己，想干啥干啥。

刘秋恒的心思依然在美女领班身上，他把前来挑逗自己的姑娘推给小五保。这老兄压抑得太久了，应该释放一下。

小五保虽没拒绝，反应也不热烈。他那张僵尸一样的脸上，冷冰冰的没有任何表情，不知道他是喜欢还是厌烦。

小五保若无其事地喝着茶，沉着冷静得接近于麻木。他依然没有任何表情，冷冰冰地告诉美女服务员："我是转业军人，百毒不侵的。"

"哎呀，兵哥哥！"美女惊叫一声，一脸崇敬之情。"你在什么部队？"

"野战部队。"小五保说话干净利索，从不拖泥带水。

"什么兵种？"

"侦察兵。"

"当过兵的人都知道，炮兵部队的炊事员最窝囊，侦察兵都是人精。你就别再装傻充愣了，我们的毛芋头不好哄……"女服务员都笑了，叽叽喳喳地嚷嚷起来。

"这个妮子昨天刚刚伺候过侦察兵……"

"炊事员为啥窝囊？"侦察兵都机警过人，这一点武大智是知道的。炮兵部队的炊事员窝囊，他却不甚了解，很想探寻究竟。

"炮兵部队的炊事员，戴绿帽子背黑锅，看别人打炮。不是非常窝囊吗？"女服务员"嘿嘿"地笑着说："你是不是在炮兵部队干过炊事员？"

"真干过你就'抓礼'了，她说过叫炊事员免费打炮的。"另一个女服务员接过话茬，揭穿了同行的老底。"她昨天叫侦察兵操毁了……"

昨天下午快活林的生意异常火爆，已经到了妓院客满——井井有条的地步了，又有三个顾客盈门。这三个人一个是数学教师，一个是汽车驾驶员，一个是当过侦察兵的转业军人。

三楼上还剩一个房间，今天负责招待小五保的女服务员刚刚洗澡回来。老板安排她接待客人，把三位客人都交给她了。她给三位顾客定了规矩，每人操作十下就下来换人，大家轮流上岗，超标的罚款，到最后不违规的免费。

数学教师慢吞吞地查，驾驶员结结巴巴地查，都小心翼翼地操作，忘情的时候依旧受罚。轮到转业军人上岗了，他喊着操典的口号"一二一"持续操作，啥事都办完了也没喊出"三"来，只有他一个人没违规，是免费的。

这事传出来，所有的姑娘都认定当过侦察兵的转业军人是人精，鬼得很。

刘秋恒没有听到哄堂的笑声，他正在专心致志地和美女领班探讨经营理念问题。刘老板吃过无数的饭店，从星级酒店到路边野店，他都光顾过，俗的雅的他也都见过。能把近乎于肮脏的龌龊之地装扮成高雅的殿堂，让客户酒足饭饱之后依然流连忘返，继续赚取客户二次利润的饭店，他是平生第一次见到。

刘秋恒想起了曾经统治过罗马帝国的大哲学家马库斯·奥里亚斯说的一句名言：生活是由思想造就的。人要有想法，有了想法积极想办法，有了办法就能迅速发家。他从冷嘉义那儿了解了不同的消费理念，从美女领班这儿学会了逆向思维，看到了另一种经营理念。留心处处皆学问，他觉得自己是不虚此行的。

# 二十七、高招损招

春天是美丽温暖的季节，也是生机盎然的季节。原野上的野草希望春风快点刮过来，她要把怡人的绿色展现出来，装扮这颜色单调的世界。树木希望春雨飘洒下来，她们好抖落掉冬天的衰萎，绽放出美丽的颜色。

刘秋恒及其一起和得意集团套近乎、想收购芦笋的人，也希望春姑娘跑步前进。因为阳气上泛的时候，芦笋就开始破土了。把绿芦笋装进塑料周转筐，用厢式冷藏车拉到连云港，钞票就会被温暖的春风吹过来。钞票搅起一股股热浪，比和煦的春风更暖人心窝。

钞票是所有人的宠儿。它像熊熊的烈焰一样，烧得人热血沸腾。它也像一副高强度的速效迷幻剂，让人迷失本性，分不清东西南北，也记不住亲情和友情。人说钱是万恶之源，滋生出邪恶和罪恶。也有人说罪孽并不是金钱本身，而是源自人们对金钱的贪婪。

金钱金钱我爱你，就像老鼠爱大米。女人说金钱对她们的诱惑超过了名牌服装和高档化装品，男人说金钱对他们的诱惑超过了年轻漂亮的女人。金钱可以换来女人和女人之外的东西，再漂亮的女人也不是印钞机。

金钱没有生命，可是它滑得像泥鳅，鬼得像蹿条子。不懂一点渔猎技术的人逮不住它，逮住了也驯服不了。秦台人把挣钱叫做"抓钱"，活脱脱地道出了金钱的动态形象。

钱归大堆，是说金钱经常从不会理财的人身边溜走，而聚集到财主那儿去。这是因为有的人善于理财并崇尚节俭，有的人长着漏斗一样的手，不会过日子，千万不要冤枉金钱本身嫌贫爱富。

刘秋恒是金钱的热烈追捧者之一。他说人找钱难上难，反过来乐开怀。老刘正在搜肠刮肚地抠点子，想办法叫金钱过来找人，找秦台那个开张收芦笋的刘氏传人。他准备支开天罗地网，下水可以捞鱼，在空中可以逮住飞鸟。如果钞票像树叶一样，只要随风飘过来，也是可以拦住的。可惜票子不是树叶。人们说"花钱如流水"，质地细腻的"绝户网"也是存不住水的。

刘秋恒还细分了挣钱的层次，说最底层、最原始的状态叫挣钱，出力挣钱，用手争斗。这样挣钱辛苦不说，也挣不多钱。人有两只手，一只手最多能按住一只鳖。这只甲鱼稍大一点，你按住了也拿不到家。

第二个层次是来钱，繁体字的"來"字下面是双人扛一个平台，是说有人帮衬把舞台搭起来，叫你上去表演。众人拾柴火焰高，像那些开公司的大老板，雇人工作自己享受，光网罗人才就行了。

更高的层次是资本运作，主人去找干亲戚享乐，叫钞票去工作。开银行的人最聪明，只要把钱放出去又能安全地收回来，金钱出去旅游的时候就会怀孕，回归账户的时候就把利息带回家了。放贷款一本万利，旱涝保收。刮风下雨不影响本金受孕，主人睡大觉本钱照样生崽。复式计息是驴打滚利滚利，循环往复，不断生息。在刘秋恒看来，实施品牌战略，经营文化理念等等，都不如资本运作。可惜现在中国还不允许私人开银行。这样也好，现在允许私人开办金融业务，刘秋恒还拿不出足够的本钱来。现在的当务之急是赚到第一桶黄金。都说不法商人的第一桶金都是带血的，刘秋恒是守法公民，从不干杀人越货的勾当，他敢保证自己赚取的钱财不会带血，但保不齐会蘸有其他人的汗水。

舍得舍得，有舍才能有得。春节过后，刘秋恒彻底舍弃了橡皮娃娃，但舍弃不了那些时常在一起温存的"干"字头亲戚。王彭生并没舍弃干部身份，只是工作消极一些，把更多的精力投入到"收芦笋"这边来。冷嘉义舍弃了天蓬元帅的旁支近门，仍然保留着公职的头衔。其实他也知道那个厂长是虚的了，当兵不拿饷，要的是威风，毕竟副科级干部有着炫目的光环。

魏成功说哥们都是"半舍"。半舍半得，也可能是心挂两肠，到头来啥都干不好。

春姑娘的步履是非常轻盈的，不知不觉中萧条已经褪尽，野草染绿了大地，繁花点缀着原野。春的气息像清明前夜皇宫里传出的蜡烛，随着轻烟薄雾散入三公五侯之家。日暮汉宫传蜡烛，青烟散入五侯家。

连云港得意集团的原料部长刘爱果，早早地带着他的属下住进了秦台。一早三光，一晚三慌。他已经行走江湖20多年，是90岁的寡妇不改嫁——老（守）手了。

今年刘爱果在秦台布置了四个收购点，除了老合作伙伴魏成功外，又新增了刘秋恒、冷嘉义、王彭生几个新点。因为知道收购芦笋赚钱，厂家开始控制暴利。今年仍然是公司派冷藏车到基地的收购点上拉货，但是宣传费用、冷库租赁费、业务招待费等，都由收购点自行承担，得意集团不再负责了。手续费也从每斤三毛降到了两毛，这让魏成功对逝去的岁月更加怀念。

大家原本就是朋友，没收芦笋的时候也常在魏成功的收购点上转悠，对芦笋的生长规律、总体行情还是有个大概了解的。

春季笋的质量好、价格高，数量也少。外国鬼子对春笋特别青睐，不签春笋的单子就甭想做夏季芦笋。各个集团公司为了夏季的丰厚利润，春季赔一点也要做上几个柜的春笋，糊弄洋鬼子签订夏季的定单。

春天芦笋市场上竞争格外激烈，芦笋是香饽饽，买芦笋的小贩子是大爷。收芦笋的老板要到各个大点上登门拜访，给他们敬烟，请他们喝酒，巴结得面红耳赤。

做生意的人几乎都精明，睡觉的时候不合眼，在梦里也知道拨拉算盘。他们谁的礼都收，谁的酒都喝，也绝不把自己收的货物送给一家。多了分开送，少了也是分开送，收一斤分成十两送货，绝不慢待任何一家老板。不能把所有的鸡蛋放在一个篮子里，经济学家研究多少年才得出的结论，小贩子早就懂了。当然了，他们掺糠使假、坑蒙拐骗的时候，也是老和尚打鼓——（嘡嘡）通通的。不会因为谁的烟好酒好，或是多吃谁一口就对谁客气。

笋农们都很勤劳，天不亮就得下地伺候芦笋，吃早饭的时候把采收的芦笋带回来出售，也有小贩子到地头上收购。

小贩子晌午饭以前就把芦笋收好了，也很快整理好装筐，就是不往大点上送货。他们要把装好的芦笋放进坑塘或注水的水泥池子里浸泡几小时，熬到太阳偏西，等涨出秤来再去交货。

晚交货是小贩子精明的具体表现之一，天晚了光线不好，不利于大点验级。查不到的次品混在好货里，他们就多卖一些钱，占便宜了。天晚了，公司的车停在点上等着装货，点上的收购人员也急于收工吃饭，检验速度就会加快。慢工才能出巧匠，提速就是马虎的代名词。

刘爱果告诉所有的收购人员，芦笋只能洗脚不能洗头，根部泡水的芦笋在货源紧张的情况下可以勉强收购，笋头泡水的芦笋坚决不收。

大点上午开磅只是应景，收上十筐八筐的自卖头散货。所以上午都是娘子军守班，老婆在点上坐镇。男老板要应酬客户，要到乡村田间地头跑点，要侦察其他收购点的情况，没有坐下来翘起二郎腿的福分。晚上他们可以坐下来，那是送走拉芦笋的货车之后。老婆负责算账，带领点上的工作人员吃晚饭，男老板去陪客户喝酒打牌。

刘秋恒骑着一辆红色的重庆八〇摩托车，到乡下几个有实力的大点上去查看他们的收货情况。刚刚走到外环路，腰里的手机就响起了信息提示音。他停下车来，打开屏幕看了一下，是一个有一腿的"干亲"发来的，向他宣传《税法》知识：跟皇帝睡是国税，跟乞丐睡是地税，跟老婆睡是个人所得税，跟小姨子睡是附加税，跟情人睡是增值税，跟我睡是偷税不漏税。

刘秋恒会心地笑了，信手转发给墩上镇那个美女领班和另一位刚刚温存过的"干亲"。不一会，手机的信息提示音又响了，对方回复了信息：想了、打了、约了、去了、玩了、累了、睡了、醒了、又想了。美女领班回复的是"日出东海落西山，愁也一天乐也一天。遇事不钻牛角尖，常和知己聊聊天。古也谈谈，今也谈谈……"酸文假醋的，不知道她心里想什么。

刘秋恒果真又想了，马上调转车头往城里赶，准备到九州宾馆去定钟点房。他把车子停下来，考虑一下联系哪一位过来共享温柔。这时他看到冷嘉义骑着金城铃木从身边呼啸而过，他一下子清醒了。如果自己沉浸到温柔之乡去，货源都被冷嘉义这个小子给抢走了。

商场如战场。各路诸侯都在秦台鏖战，听说山东济宁、临沂、泰安、聊城、菏泽、郓城，河南郑州、济源、新乡、商丘的厂家也到秦台来抢货。芦笋筐的式样和花色丰富起来，论颜色赤橙黄绿青蓝紫各色都有，论式样大中小都有，高低扁平长短都有，网眼的也有，封闭的也有。任何东西都有损耗，随着芦笋市场的火爆，塑料周转筐越聚越多，又衍生出拿着塑料焊枪到处补筐的行当。此外也拉动着运输、餐饮、住宿、冷库、制冰、种苗、农药、化肥等各种相关产业的发展。

刘秋恒有了一点英雄气概，把"儿女情长"暂时放到一边去了。他继续调转车头，调整好航向和情绪，继续向芦笋地疾驶而去。

王彭生是被哥们硬赶上架的鸭子，他虽然在工厂里干了好多年常务副厂长，但一直不管生产和业务，和机关干部没啥两样。对于经商做生意，他是擀面杖吹火——一窍不通。

刘秋恒经常清唱豫剧《朝阳沟》里的唱段：庄稼活、不用学，人家咋着咱咋着。启发诱导王彭生留心观察学习。刘爱果说得更加直白，他说不怕不知道，就怕不学习。

王彭生已经在魏成功的收购点上观察实习一年了，知道芦笋如何检验品质，如何区别泡水没泡水，是新采的芦笋还是过夜的陈旧芦笋。刘秋恒说那才仅仅是皮毛而已，拿冷嘉义的本行打比方，你才刚刚摸着猪尾巴。

能者为师，见贤思齐。韩如月怂恿丈夫到其他收购点转转，虚心向能人学习。王彭生刚听到一句广告词：走千家不如转一家。综合"名师出高徒"、"跟臭棋篓子下棋不会进步"的要义，王彭生决定到刘秋恒的点上进修。

大点收芦笋最忙的时候是下午，收购点上午十分清闲。刘秋恒下乡考察去了，他老婆到银行去办理业务，大部分人等到饭点再过来，点上冷冷清清的，只有一个验级员坐在椅子上闭目养神。

王彭生在室内转了一圈，验级员仍然紧闭着双眼没有动静。王彭生准备抽身离去的时候，验级员醒了。

"卖芦笋吗？外面有模具盒，按照划杠的标准，切成18公分全青笋再过来。"验级员并没看清来人是谁，先把架子端起来。"弄不标准不给过秤。"

验级员是刘秋恒的老表，王彭生认识的。他掏出多半包"红塔山"香烟，连盒子一起甩过去。"是我。老表，不是卖芦笋的。"

"吆咳，王老板大驾光临了，请坐。"验级员醒了，急忙搬椅子让王彭生坐下。"有啥指示？"

"指示不敢当，我是专门过来求教的。"王彭生掏出打火机给验级员点烟。验级员有些受宠若惊，忙不迭地站起来，表示恭敬。

在商言商。王彭生也没有要紧的事情，就坦然地坐下来，和验级员瞎扯胡啦，探讨如何收购芦笋的问题。那次不经意的闲谈之后，王彭生不再认为闲聊是可有可无的了，也许不经意的闲扯，就能扯出山一样重的道理，让你终身受益，至少是有所启迪。

王彭生经常和当过侦察连长的老父亲聊天。父亲告诉他想套取对方的机密情报，女人靠色相，男人靠金钱。世事有路钱作马，愁城欲破酒为军。人都有七情六欲，有贪念就好收买。但是多半包"红塔山"也能收买人，这是王彭生始料未及的。

"做生意就是要挣钱，我们老板常说追求那个啥大来着？就是想多挣钱的意思。"验级员在老板面前俯首帖耳，是不敢随意张扬的。听老板和其他老板聊得多了，肚子里就有些货色，想在外人面前卖弄一下。

"追求利润最大化。"王彭生经常参加经济干部培训班，对这类名词是很熟悉的。

"对，就是这个最大化。文化人好踮洋词，说白了就是想多挣钱。"验级员眼睛瞪得老大，说得十分笃定，是要让眼前这个比自己的老板还有文化的人知道，无需再踮洋词了，他能看透本质，别把他当"驳大侠"待承。"咱们是二道贩子，先买后卖。咱们做的是'死利'生意，拿固定的手续费。亏损由东家兜底，我们一斤清落两毛钱。不客气地说，这样的生意驳壳枪那样的憨货也能干。可是，如果想那个鸡巴最大化，就得费点心思了……冷嘉义老板贩过生猪，他就知道这么个理：买不出利来，你有日天的本事也卖不出利来。怎么才能买出利来？强买强卖不行，明抢更不行。现在的人眼皮子薄，你降一毛钱试试，亲姑舅老表也不卖给你。想多收货就得提高价格，刘爱果天天俩眼瞪得像夹子打的一样，谁敢明着涨一分钱？暗中补秤或者不扣秤就行了。这样点上不是亏了吗？你放心吧，保证亏不了。老百姓说精比谁都精，说憨也好糊弄。我们老板是个猴子，猴子手里是掉不了枣的。他弄出个法子来，叫你明着看是香缨，暗地里跳深坑……你看这是啥东西？"

刘老板的亲姑舅老表拉开靠近磅秤的那个桌子抽屉，把一块扁圆形的磁铁拿给王彭生看。"这是吸铁石，我们把它放在抽屉里，抽屉的底部低于秤砣。你明白了吗？"

王彭生看明白了，磁铁在秤砣底部很近的地方，对铁质秤砣有吸附能力。这样就要多放货物才能把秤杆压起来，换句话说，就是磅秤显示一百斤的货物，实际重量肯定大于一百斤。

验级员告诉王彭生，损招都是高招，被人拆穿了才是熊包。不管白猫黑猫，逮着老鼠就是好猫。古人说过：人无横财不富，马无夜草不肥。横财从哪里来？真等着天上掉下个肉夹馍，正好砸在脑袋上？你把脖子累断也等不来。捷径多半都是黑道，高招多半都是损招。

干芦笋生意，挣钱不挣钱全靠验级员。这个不是吹的，刘邦不拜韩信当大将就打败不了楚霸王，想坐江山是山墙上挂帘子——门都没有。俺老表要不找我当验级员，他想挣钱？挣阴间的纸钱……

"对喽！这才是精法。在秤砣下面抹油泥、让修秤的人改刀口、换加一的砣，都能坑人，都容易被人发现。现在的人鬼精鬼精的，过完磅就称自己，谁都知道自己的体重，玩花活一下子就被拆穿了。"验级员眉飞色舞，越说越得意。"我们这个高明，机关就在桌子上。收货的时候不让他们称体重，收完货把桌子拉到一边去合账，他们爱怎么标就怎么标，请质监局来检验都行，绝对是标准合格的。收货的时候把桌子拉过来挨着磅秤放，秤砣就开始替咱向了……"验级员把秘密兜售完了，猛然想起老板交代过要严守商业机密。于是压低声音郑重地告诫王彭生："王老板，我知道你和我们老板亲得像兄弟一样，这事是谁也不能告诉的。在秤上作弊和在赌场上抽老千一样，出了皮可不得了。我只告诉了你一个人，你可千万不能乱说……"

王彭生点点头，回点上吃饭去了。他不光没向别人说起这个害人的法子，也没效仿使用。祖父他老人家说过：君子爱财，取之有道。现代的经济市场规律讲究互惠互利，双赢才能持久，他不想坏了道上的规矩。

# 二十八、驯服电老虎

过了立夏节，一天比一天热。眼瞅着就到芒种了，麦到芒种自死，很快就要开镰收麦了。麦收是农民期盼的季节，在城里工作的人请假回家，外出打工的人也回来"杠场"，连出嫁的闺女都要往娘家送酒送菜，或是干脆给钱，继续支持娘家的麦收工作。老年人的心情更为迫切，刚听到癞蛤蟆开口唱歌就计算着新麦的吃法。说是癞蛤蟆打哇哇，四十多天吃疙瘩。

都说今年老天爷甜欢人，临近麦收的时候晴空万里，如同古诗所说的那样：烈日炎炎似火烧，田内禾苗半枯焦。这样的天气利于夏收不利于夏种，更不利于芦笋的生长。

芦笋是特种蔬菜，尽管是鸡巴毛制刷子——另一（鬃）种，但毕竟是蔬菜。老百姓常说"水菜"。蔬菜脱了水发蔫发柴，口感差了，纤维多了，品相难看了，也少了灵气。街上摆地摊的蔬菜贩子都带一桶水，不时地用树枝蘸水往蔬菜身上洒，他们说卖菜的不使水，买菜的噘着嘴。这样的歌谣经常哼哼，连买菜的消费者都听顺了耳朵，觉得卖菜使水是天经地义的了。

旱季的芦笋果真是枯瘦蔫柴，笋头蓬松，吐着小米粒一样的花蕾。这样的芦笋应该归属在"次级品"的行列。因为货源紧缺，刘爱果部长也特意恩准各个点上收购，但是大开花的还是不行。天旱地硬，芦笋拱不出来，有韧劲拱出地表的芦笋，多少有些畸形，不是弯头就是勾头，要么像秃子的头顶。芦笋地里稀稀拉拉的植株下面，散落着稀疏的嫩芦笋，产量也急剧地减少了。不得已求其次。刘爱果咬牙硬挺，坚持把收购点开下去。持久稳定是实力的标志，是招徕顾客的有力措施，他不允许自己属下的收购点关门放假。

不能天天走车的时候，冷库的重要性显现出来了。在常温状态下，泡过水的芦笋一天就会腐烂。在Ｏ到5度的低温状态下，保持90％以上的湿度，芦笋可以保鲜储存十多天。

大田里都有机井，可是分开单干之后，无人管理，无人保养，潜水泵和电线都被小偷盗窃走了，更没有人出钱添置。所以守着金山挨饿，明明拥有清澈甘甜的地下井水，却不能抽出来灌溉农田，眼睁睁地看着芦笋老化减产。笋农们心里着急上火，又没有切实可行的办法，真是干着急不出汗。因为把水井收拾好了受益的不是一家，所以任何一家也不单独出头。如果能浇一次透水，芦笋的质量就会明显提升，产量也会大增，增值的芦笋钱绝对超过大家投入的钱。可是众口难调，大家的意见不好统一，各人有各人的事情，谁也不能放下手里的生意干耗这件事，只能眼巴巴地看着效益流失。

事物都有两面性，旱天也有好处。天旱水少，糖分相对增加，旱天的瓜果特别甜。

金黄的杏子上市了，韩如月买了十斤八斗杏，带到收购点上让大家尝鲜。

大家说点上一直阴死阳活地勉强维持着，明知道收芦笋前期亏损后期赚钱，心里还是不舒服。这回吃上杏了，还是杏肉杏核都能吃的八斗杏，芦笋的行情很快就会逆转，点上兴旺发达的日子到了。

刘爱果把总点设在肉联厂，和冷嘉义在一起。那儿地方宽敞，又属于冷嘉义管辖，可以自由随意出入，就像在连云港得意集团的院子里一样。冷嘉义给刘部长免费提供办公室、宿舍和普通的常温仓库，负责刘部长及其随员的饮食起居。付出是有回报的，只是时候未到，芦笋上量的时候冷嘉义就把眼睛笑小了。

已经连续七天没凑够整车了，刘爱果依然隔两天就叫厂里来一趟车，把冷库的芦笋亏载拉回去，主要是往秦台送芦笋周转筐。

周转筐就储存在冷嘉义的大院里，近水楼台先得月，他使用起来肯定比其他点上方便。

一个点上一天收不到 50 筐芦笋，原来下发的周转筐还像死狗一样，蜷曲在角落里闲着，刘部长还一个劲地往秦台运筐干什么？王彭生木得像树桩一样，懵懵懂懂地不甚理解。

刘秋恒知道其中的奥秘，就缄着口不去戳破这层窗户纸。魏成功积累了一年的经验，也知道其中的秘密。他在酒场上点醒了王彭生：你跟憨梁山伯一样，白在点上瞎混一年。麦后芦笋很快就上量了，不储备周转筐到时候把芦笋放到被窝里去？芦笋不是鸡蛋，你老婆的光腚再白也孵不出小的来。

王彭生十分羞赧，自己在魏成功的点上瞎混一年，就像西洋鬼子看秦台的拉魂腔，瞧着热闹看不出门道。

人无远虑必有近忧，大家或早或晚地都醒悟了。芦笋上量在即，当前首要的任务是储备塑料周转筐。

在秦台那几个为得意集团服务的芦笋贩子心中，刘爱果原本就是麻油和面蒸馍馍——香饽饽一个。现在他手里掌握着大量的芦笋筐，想发给谁多少就发给谁多少。在战场上，手中有兵是克敌制胜的关键，所以两军对垒的时候除了储备枪支弹药、医药粮饷之外，最重要的是要有兵源补充，要有一支能打硬仗的预备队。在芦笋市场上，芦笋周转筐像备荒救命的粮食一样重要，芦笋筐是决定挣钱多少的关键。

刘爱果管着芦笋筐，就像香饽饽放进油锅里炸焦，更加香气四溢了。冷嘉义的伙食标准进一步提高，魏成功和刘秋恒不时地往总点上送烟酒茶叶。王彭生经常往总点上送蔬菜瓜果，虽然价格低廉，但是人无我有，也算别出心裁。另外王彭生经常晚走一会，给刘部长和驻点的监察人员讲一些提神消食的荤故事，这是其他老板拿不出来的贿赂，也给王彭生换了不少芦笋筐回来。

芦笋的产量就像盛夏季节的雷暴雨，说来"咔嚓"一声就来了。各个点上都还有五六十筐放置三天的陈笋没拉走，新芦笋就乌压压地挤满了冷库。

陈芦笋浑身上下都沾满了库里的冷凝水，笋头已经开始发黑了。刘爱果也是一个喜新厌旧的家伙，碧绿的新笋开始大量上市，他马上把眼睛翻到天上去，不理会那些品相难看的陈芦笋了。他亲自押车到各个点上装货，只装新芦笋不装陈芦笋，一根旧货都不要。不光不拉陈货，也不包赔陈货的损失。他说千儿八百块的，一天就捞回来了。以后都是好日子了，搁伙计如夫妻，你们这些大老板也表现一次，为得意集团贡献一场酒钱。

市场行情逆转了，由卖方市场转变成买方市场。刘爱果是牛皮哄哄的大买家，他的话谁敢不听？

王彭生心疼那几十多筐芦笋，到市场上卖，它不值钱，大家忙着抢收芦笋，也没有闲工夫。扔掉吧舍不得，存在库里很快就会变质，还占地方，占着五十多只芦笋筐不能装新笋，这是很不划算的。他打电话请教刘秋恒和其他几位老板，大家和他一样满腹心事，都为那几筐陈笋犯愁呢。

发完货之后，大家松了一口气，给小贩子发筐发钱，杀账吃饭。这时刘秋恒派一辆三轮车拉着空筐赶来了，驾驶员告诉王彭生，刘秋恒说他的库容面积大，多放几筐陈笋觉不着。与其叫哥几个都唉声叹气地睡不着，不如把所有的问题都自己扛。如果有办法蒙混过关，他就掺上好笋混进车里去，叫刘爱果逮着了，由他自己承担责任，和其他弟兄们无关。如果装不上车，自己派人到市场和饭店去摊派，能卖多少是多少，卖多少分给大家多少。车上有空筐，拉走多少陈笋给你多少周转筐，不耽误大家明天收芦笋。看样子以后是天天走货了，五六十个空筐来回周转，能赚不少呢。

王彭生被感动得热泪盈眶，都说商场上尔虞我诈，这不是义薄云天吗？相信其他老板的感觉都和王彭生一样，对刘秋恒感激得无以言表。

当天各个点上都有盈余，大家合计着请刘秋恒喝酒。刘老板紧锁着眉头，双手摆得像荷叶一样。他说酒等以后再喝，现在他没那个心思。连干亲戚约他喝茶他都拒绝了，还急腔急调地抢白人家：别理我，我很烦，就像处女刚刚被人强暴完……

让刘秋恒忧心伤脑的事情，是电表上的计费数字跳动得太快了。原来库存货物少，三两天不开一次门，冷库的保温效果好，不用天天开机制冷。芦笋上量之后，库内挤满了货物，经常有人出入码货，库门也开得频繁了。芦笋和进出的工作人员都会产生热量，要不停地开机拉温。

当时的狸猫欢如虎，冷库成了名符其实的"喝电虎"。电表上的数字不停地快速跳动，指示灯不停地闪烁，把刘秋恒闪出心脏病来了。

收芦笋的人租赁冷库都是大包的，把一座独立开间的冷库全部承包下来，自行使用，自行缴纳电费。刘秋恒请来分管的电工喝酒，粗略概算一下，电表按目前这个速度跳动下去，一个月要消耗六万元的电费。

"六万元呐！"刘秋恒吸溜着嘴不能开口说话，咬着牙从缝隙里蹦出几个字。他的心脏病还没好，又患上了牙疼病。

刘秋恒把电工灌得微醉，拉开手提包掏出三千块钱塞给电工。"你要想办法把电费给我降下来。"

"办法倒是有，不过……明天再说吧。"电工已经醉了，口齿不清行动不便，确实无法触摸那个吃人的"电老虎"，更别说驯服它了。刘秋恒有些懊恼，不该这么着急忙慌地把钞票给他，明天他忘了咋办？

刘秋恒多虑了，电工身醉心没醉，昨天的事情他记得一清二楚。九点钟左右，电工打电话约刘秋恒到他家里面谈。

刘秋恒笑了，心脏病和牙疼病都不治而愈了。他知道电工主动找他，昨天托付的事情就有门了。

磨不转是有原因的，要么是懒驴没出力，要么是轴棍子弯。驴不走不能光用鞭子抽，还得加草料。轴承锈了要抹油，润滑一下就转了。刘秋恒猜想着一场酒不行，三千块钱有点少，于是又买了名烟好酒，带上鬼子肉和熟羊腿，到电工家再叙友情。

电工告诉刘秋恒，他有本事叫电表转得慢甚至是倒转，但是没有本事消除电表上已经蹦出来的字码。

"那怎么办呢？"刘秋恒像猴子吃了辣椒一样，万分痛苦和着急。六万块钱是好大一块肉呀，硬生生地从身上割下去，他会缺血致死。再说了，这个月拿出去六万块钱，下个月悬殊大了会引起怀疑的。

"还有一个绝户法，就是把电表烧掉。"电工帮忙出主意说："制造一次短路事故，把电表烧焦，数字变成飞灰了，局里不知道底数，我可以参照以前的用电量给你估价。"

"太好了，今天咱哥俩继续喝，另外……"刘秋恒搓搓手指头，做了一个点钱的动作。

电工点点头也不推辞，他让刘秋恒安排人去买几块新电表，等把库内的货物清空了，他去操作这件事。电工不是第一次玩这样的把戏，程序固定，技术娴熟，帮助刘老板毁掉旧电表，换上新电表，也就是两个小时的事情。他九点钟带着工具去查表，用螺丝刀并联两股高压线，然后清理现场，把烧焦的铜线和电表换下来，十一点就万事大吉了，照样轻轻巧巧地跟着刘秋恒到饭店去喝酒。

刘秋恒回到冷库，看到了他让属下从其他点上拉回来的陈货，两只眼睛马上放出了光彩。这样一堆烂货肯定是要扔掉的，但是扔掉之前能否让它发挥余热，再给自己带些利益回来？

名人说过：只要动脑筋，办法总比困难多。刘秋恒打心眼里最为佩服的偶像是外国商人哈里，他老人家77岁的时候因为生病不能进行任何商业活动了，死前还让秘书在报纸上发布消息，说著名绅士哈里即将前往天堂，愿意为人们向已经去世的亲人带一个祝福的口信，每则收费一百美元。这则消息让他赚了十万美金。弥留之际，他又让秘书刊登一则广告，说有一个体面富有而且非常礼貌的绅士，愿意和一位有教养的美丽女士同卧一块墓穴。结果，一位贵妇人出资五万美金和他一起长眠地下。

这才是真正的商人，满脑子诱人的奇思妙想，对事业的追求至死不渝。榜样的力量是无穷的，刘秋恒决定好好谋划一下，谋定而后动，想好想透了再和会鼓捣电表的电工联系……

# 二十九、步入沼泽的边缘

在起早贪黑收购芦笋的那些日子里，大小商贩都会关照在家中留守的老人看电视，重点看天气预报。

铁弓骥的母亲心疼儿子，对儿子提出的任何要求都是不打折扣的。儿子一般都是十点以后进门，老太太依然坚守在电视机旁边，等儿子回来交待完了再去睡觉。

"咱们这儿明天还是响晴的天，江南有暴雨。告诉你成功兄弟，出发的时候千万不要到'局部地区'去，我看了两个月天气预报了，那个'局部地区'没有一天好时候。"铁书记笑了，耐心向老母亲解释，局部地区不是一个固定的地方，今天是这儿，明天是那儿，也许后天就是咱的家门口。

老太太更迷糊了，都说山不转水转，如果土地可以移动，山是杵在地上的，不是也可以随着土地转动了吗？

"妈，这个土地它也不会动，不过'局部地区'是活的，可以移动。啊，移动的不是地区，是'局部地区'……唉……"铁弓骥越说越乱，自己也被绕糊涂了。"我也说不清楚了，你老人家睡觉去吧……"

"噢。"老太太走到卧室又回来了，他对儿子不去上班，天天跟着魏成功收芦笋这件事是有成见的。"你天天到单位上转转，没事的时候再去收芦笋。千万别犯了错误。"

"我知道，没事的。"铁弓骥还没等组织谈话就主动退居二线了，大家都夸他思想觉悟高，巴不得他不去管事，自然不会计较他上班不上班的。

"今天秋恒请电工吃饭从咱门前过，对我说你也算个老干部了，大不了就去蔺家坝。"老太太忧心忡忡，仔细询问儿子。"咱在秦台要是干的好好的，干嘛要去蔺家坝？是不是你受症了？"

"妈，你老人家耳朵糊涂了，没听清楚。"白二妮的反应十分敏捷，一下子就明白过来了。这是机构改革之后传出的一段顺口溜：合并就是换换牌子，里面还是那些孩子。老同志你别怕，裁撤冗员也没啥，一个干部都落不下。部委办局没位子，还有政协和人大……

老人家年长失聪，把"政协和人大"听成了"蔺家坝"。

铁弓骥也反应过来了，笑得直不起腰身。这个到处添乱的刘秋恒，学话你倒是学清楚了，叫老娘一天都提心吊胆的。他安排白二妮伺候老母亲睡觉，自己坐在沙发上喝茶，顺势拨通了刘秋恒的电话。

"刘秋恒吗？我是老铁。你这个坏小子，以后少在你大娘面前瞎呱嗒，要是把老娘吓出毛病来，我可饶不了你……"铁弓骥知道刘秋恒现在也睡不了觉，打电话训斥起来。

"是是是，我知道了。你是领导又是老大哥，我做错了你尽管熊，使劲熊，我叫你熊……"刘秋恒嬉皮笑脸地在电话那头打哈哈。

铁弓骥听出了调侃的意味，马上板起脸来继续训斥："小坏蛋你好可恶，你犯错误了就该挨熊，怎么操哥哥，唉？"

"哥哥息怒，都是我的错。我多喝了两杯酒，一时糊涂了。说错了话该掌嘴，哥哥不是熊，是批评……"不用看就知道，刘秋恒仍旧是一副鬼脸。如此一搅和，就像骂人"是东西"或"不是东西"一样，怎么改都不好了。

白二妮伺候好婆婆睡下，又过来陪伴丈夫喝茶。他听到了丈夫和刘秋恒的对话，也禁不住掩着口"哧哧"地傻笑。刘秋恒是鲇鱼肉氽丸子——滑蛋一个，跟他骂大会多半是讨不了便宜的。刘秋恒天生就是一个下流坏，见了谁都是歪斜身姿留玉照，没有正形。他正被冷库和电工纠缠着睡不着觉，正想着找谁解闷呢。

铁弓骥毕竟年长几岁，体力和精力都跟不上了，絮叨一会瞌睡虫就上来了，只好打着哈欠挂上电话，搂着老婆睡觉去了。铁书记掐断了热线，刘秋恒依然不能入睡。他想起了墩上镇那个美女领班和他探讨的逆向思维问题，想起了老子说过好事和坏事可以相互转换的问题，也想起了坊间的一则口头文学。

古时候有一位秀才第三次进京赶考，他依然住在以前住过的旅店内，在考试前他连续做了三个梦。第一个梦是在墙头上种麦子，第二个梦是下雨天穿蓑衣并且打伞，第三个梦是和他的梦中情人裸身睡在一张床上，不过是背靠背睡的。他去找算命先生解梦。

算命先生听完秀才的陈述，拍拍手说："卦钱我也不要了，你回家吧。

你想啊，墙头上种庄稼怎么会有收获？这明显就是白费劲。下雨穿蓑衣或打伞都可以，两样雨具同时使用就是多此一举。和心上人睡在一起是好事，可是背靠背就没戏了……"

酸秀才垂头丧气地回到旅馆，蔫蔫地收拾行李准备回家。旅店老板过来查房，见状询问他是什么原因。他如实相告后长叹一声，老林上没冒青烟，进场也是徒劳的。

店老板说这个梦算命的解错了，实际上是这么回事：墙头上拉構子，分明就是高（种）中嘛。下雨天穿蓑衣再打伞，这样就是双保险。心爱的人已经脱得一丝不挂躺在床上了，女人家害羞，第一次肯定是屁股对着你，这说明你该翻身了。

酸秀才像灌足水的禾苗，低垂的头颅马上挺立起来。他打消了中途退场的念头，大胆地下场应试，果然金榜高中了。

刘秋恒豁然开朗了，心中有了一个不便告人的计划。他心思缜密，做事谨慎，这件事还需要再反复斟酌几次，才好实施。

王彭生的点上来了两位不速之客，是秦台人氏。一个姓郭，叫郭士强，一个姓陈，叫陈祖瑞。他们一直在河南漯河、柘城、西华县一带活动，往秦台周边地区的罐头厂倒腾白芦笋。

气温升高之后，白芦笋的生长速度也加快了，笋农照顾不过来，不能及时培土复沟，阳光从芦笋拱开的裂隙透过去，芦笋进行不太充分的光合作用，笋头就青红酱紫了。也有的是上半截碧绿，下半截雪白。这样的芦笋罐头厂不收，因为白笋罐头要求通体雪白。这样的芦笋速冻厂也不收，速冻芦笋的标准是 17 公分长，通体碧绿。这样的芦笋在白笋产区有不老少。卖笋的犯愁，收笋的头疼。

听说连云港人在秦台收购绿芦笋，郭老板和陈老板合伙拉了一车半青不白的二混子芦笋，到家乡来碰碰运气。

王彭生初涉商道，没有一丁点糊弄事的经验，也没有瞎弄事的胆略。他仔细分析各个点上的情况，冷嘉义那儿不能去，他那儿设置总点，和甲方全权代表刘爱果在一起，惹不起这样的麻烦。魏成功那儿也不能去，他一脸书卷气，一肚子娘娘腔，做事循规蹈矩，胆子比卵子还小呢。刘秋恒的鬼点子多，胆子也比牤牛的蛋大。王彭生是被刘秋恒拉进商海的，心里一直想着知恩图报。如果他有办法糊弄上车，能挣一笔份外之财，也算是自己对好朋友的报答吧。

王彭生介绍郭士强和陈祖瑞去水产冷库找刘秋恒，把火堆里的热栗子抛给刘老板。自己没本事吃这样的刁食，叫活好的人火中取栗去吧。

刘秋恒难拂王彭生的献芹之意，热情地接待了郭士强和陈祖瑞。他看完货直皱眉头，又不停地摇头。直觉告诉他，王彭生送给他一盘油炸铁蚕豆，闻起来喷香，吃起来咯牙。可是骨头上有肉就得啃，找块磨刀的油石把牙齿磨尖蹭快了再啃，绝不能轻易扔到狗窝里去。

山珍海味离不开盐，人活一世离不开钱。商场上的人和武林中人一样，讲究的是场上无父子。再亲再近的人，只要做业务就得提钱，并且要撕扯得清清爽爽。刘秋恒出道比较早，懂得"当面银子对面钱"的规矩，只要把货物留下，今天免不了也要算算账，算账可以，但是不能算得太清太细，更不能兑付现金。

"你这个货也叫芦笋？但是当青笋嫌白，当白笋嫌青，实在是不好处理。咱们都是芦笋贩子，就干脆打开天窗说亮话，没必要藏着掖着了。驳壳枪也知道百里不贩鲜，这个货要是拉回去就瞎得眼圈不剩了，放在我的冷库里还能对付存几天。王彭生是我的好朋友，你们是他介绍过来的。你们见过我的伙计，那是一个人尖子，如果你们这车二混子芦笋是个肉包子，他也不会甩到我这儿来。都说多一事不如少一事，可是我这个人天生犯贱，其他爱好一丁点没有，就好交朋友……相识就是有缘，相知需要时间。今天这个事情嘛，我看这样……"刘秋恒拉着两位新客户找了一家小饭馆，要了一箱子冰镇啤酒，弄了两凉两热一个大件，业务再当紧不如肚皮当紧，先吃饭再说。

"货物你们先寄存在这儿，能鼓捣出去是咱们大伙的造化，卖多少给你们多少，我不沾一分，也不要冷库寄存费。交朋友嘛，你们挣了钱请我喝酒就行。在家千日好，出门一时难。谁都不能顶着房子背着干粮出发，与人方便与己方便，老哥也有用得着你们的时候。如果卖不出去，那是神妈子打嘴，一点办法也没有。估计这样的芦笋不是高价收来的，亏盈都是老鼠尾巴上的疖子，挤不出多少脓来。吃亏长见识，权当打牌输了一场。现在生意难做，干啥都得交学费，学成了也许能够挣大钱。"刘秋恒接着以上的话题，继续给两个新交的哥们上课。"会做生意的是十年不发市发市吃十年，不会做生意的是十趟不富一趟穷。会做生意和不会做生意的差别在哪儿，咱们得慢慢地学习，慢慢地领悟……比如说能把你们那片基地的白笋改成青笋，绝对是一个大好的商机……"

酒是上帝制造的"开口器"，能让"闷葫芦"滔滔不绝地发表长篇大论，也能掏出人们心中深藏多年的秘密。西方心理学家认为，透露秘密出卖情报，除了获利之外还能愉悦人的身心。尽管泄密者常被课以重罚，叛徒依然络绎不绝。

几瓶凉啤酒下肚，哥几个身体清凉，脑袋开始热涨起来。郭士强和陈祖瑞告诉刘秋恒，漯河地区有人从东北修炼一种功法，叫"法轮功"。练法轮功的人就像着了魔症一般，敢把爹娘扛到井里去，也舍得把亲生的孩子给炸了煮了。现在他们正在投入地练习"双修"、"群修"功法，啥都忘得干干净净的，所以芦笋才会撂荒。如果你能跟着修炼几场，和他们的头头扯上关系，这事就好办了。只要头头发话，叫信徒们把白笋改成青笋，就是一句话的事……"

刘秋恒详细询问了"双修"、"群修"的事情，等了解了内幕之后，刘老板的眼睛大了一圈，血压升高了十几个汞柱。所谓"双修"和"群修"，就是入教的人随便乱搞男女关系，搞到了没有人伦的程度。刘老板恨不得自己就是"雷震子"，肋下生出一双肉翅膀，这就飞到漯河去。

刘秋恒做着在温柔乡里发财的美梦，这样的好事是打着灯笼也难找的，上苍居然眷顾自己。刘老板十分高兴，觉得自己虽然没有官运，却有财运，难能可贵的是还有桃花运。

人活一世，草荣一秋。人活在世上不过一百年，人生如梦，转眼就是百年。在短暂的人生中，能搏则搏，不能辜负这大好的时光。

金无足赤，人无完人。在这个世界上，本事再大的龙人也无法把"福禄寿禧财"这五个字给占全喽。那个"禄"字是代表官运的。当官为的是啥？千里做官，为了吃穿。当官的也要养家糊口，也要挣钱。只要有机会发财，那个"禄"字不要也罢了。自己头上曾经有过一拃长的纱帽翅，早被组织上给撸掉了，再想也是枉然。

人说有钱就是有福，因为金钱可以支配的东西太多了。漯河那几个伙计玩的什么轮子不错，比哪吒的风火轮强多了。哪吒的风火轮只是跑得快而已，玩法轮的人却能叫入教的人饱享艳福。挣钱不挣钱的尚在其次，能时不时地和有姿色的大姑娘小媳妇在一起"修炼"，这就是千金难买的福气。不过这样的计划一个人不好完成，他准备和其他收购点的老板联手运作。

晚上发完芦笋之后，刘秋恒把各个收购点的老板约到一起，叫上马路平和武家两兄弟，到夜市上喝冰镇啤酒，进一步探讨"双修"带发财的事。

秦台已经有了"呼喊教"之类的宗教组织，法轮功还没传过来。呼喊教已被定性为邪教组织，是政府取缔的对象。听刘秋恒描述，法轮功乱得比呼喊教还厉害，恐怕也不是正经的宗教组织。

"你先沉住气，把事情调查清楚再说。你一看到色看到利就没了头魂，像苍蝇见到大粪一样，不顾一切地往上冲。有些事情表面上看是个糖疙瘩，吃到嘴里就变味了，很可能是砒霜。"小五保冷着脸教训刘秋恒，让他先用冷水浇浇头再过来喝酒。"你刘老板也是秦台数得着的精明人，仔细过过脑子就能想明白，油炸老爹、开水煮孩子，还用汽油烧自己，现在又乱伦淫乱，说明这群人都是精神病，要么就是泯灭了人性。你跟着过去瞎掺哄，要是修不成正果被乱修的人给炸了煮了，那可就赔大发了。"

大家都被小五保说出了一身冷汗，脊背上冷飕飕的发麻。刘秋恒也醒过神来了。走沼泽地陷进去容易爬出来难，自己还是老老实实地在秦台混吧，稳稳当当地和老婆及干亲"修炼"，别去戳"法轮功"这个马蜂窝了。虽然蜜蜂追香苍蝇逐臭，和商人趋利一样，是天性使然。在商人眼里，糖甜、盐咸、醋酸、黄连苦，都没什么意义，他们看中的是哪样货物俏销，哪种货物利大。但是不论干什么都要掌握尺度，刘秋恒就不去贩毒。他心里盘算着如何多挣钱，更思虑着如何享受生活。不会挣钱是笨蛋，不会花钱是傻蛋，巧取豪夺是混蛋，坑蒙拐骗是坏蛋，涉身犯险是憨蛋。为了挣钱身陷囹圄，甚至是丢掉性命，是双料大傻蛋，是憨蛋、笨蛋的集合体。

笋农都说，有本事挣钱不是福，有命享受才是福。刘秋恒渴望挣钱，渴望挣大钱，更渴望平平安安地潇洒活着，有机会用自己挣的钱改善生活条件，提高生活水准，不想做傻蛋、憨蛋，或者是混蛋……

# 三十、当代鸿门宴

古人说过：鸟之将死其鸣也哀，人之将死其言也善。刘秋恒说等不到死别，生离的时候刘爱果之流的态度就有了很大的转变。

魏成功说过：强弩之末，难透鲁缟。刘部长一行和大小芦笋贩子骂了一个笋季的血架，骂烦骂累了，到了年集末会时节，为了明年收芦笋，也得学着刘备摔孩子，买买人心。刘爱果依然到各个收购点转悠，依然强调芦笋的规格质量标准，依然写条子放进各个点的芦笋筐里，吓唬大家严把质量关，查出问题从重处罚，取消明年的供货资格。其实明眼人很快就看出了个中的玄机，刘爱果干打雷不下雨，集团也没有比较质量优劣的信息反馈。刘爱果身为原料部长，不能明说让大家放松质量标准，不给大家留个想头明年不好见面，就采取了明紧暗松的策略。稻草人穿衣裳，装个样子而已。

刘秋恒早就看出门道来了，现代社会虽然不适应丛林法则，也是撑死胆大的饿死胆小的。趁着刘爱果政策宽松的时候，他把陈祖瑞、郭士强拉来的烂货搀在好笋里面，混进冷藏车拉走了。

芦笋收购接近尾声的时候，母茎笋杆壮叶稠，母茎下的芦笋光照明显不足。猛一看芦笋十分喜人，都是全青的芦笋，粗度和长度也都差不离。仔细审视就能发现问题，芦笋不是早中期那种碧绿的颜色，而是介于青白之间的浅黄。这样的芦笋按规定是不合格的，但是法不责众，所有的芦笋都是这种颜色了，杜绝的办法就是停收。刘爱果也动了恻隐之心，想叫大家过上几天好日子，天天咋呼质量不行，天天叫大型冷藏车过来拉货。

其他厂家陆续离开了秦台，说是订单做满了，库容也满了，等明年再来。刘爱果说他们要坚持到最后，让秦台的笋农看看，连云港得意集团才是真正的收家，有实力现金收购，从开点就稳定收购，还坚持到最后。

独家的生意好干，就剩连云港一家收购了，刘爱果所属的各个收购点上，上货量急剧增加，芦笋天天爆满，周转筐紧张起来了。

因为得意集团一家独大，得意集团的芦笋筐成了标准筐，其他厂家的芦笋筐和得意集团的标准、规格、型号和颜色都不一样，统称为杂筐。

刘爱果颁布了命令，点上只收标准筐，不收杂筐。其他点上行事谨慎，都坚决听从总点的命令，偷偷地违规一两次，也不敢太出格。刘秋恒阳奉阴违，在刘爱果面前是百分之百的布尔什维克。避开刘爱果他就是江洋大盗，把收购点变成藏污纳垢的地方，敞开大门啥货都收，啥筐都要。

刘秋恒打电话给刘爱果，说小姨子逛街的时候被人撞倒了。他小姨子有孕在身，被一个冒失的毛头小伙子撞得早产了，他要把老婆送过去紧急护理，请刘部长帮帮忙，早一点把他点上的货物拉走。

刘爱果非常爽快地答应了，大家既是生意上的合作伙伴，又是要好的朋友，帮忙是义不容辞的事情。刘部长不光热情帮忙，还法外施恩，对刘秋恒当天的货物免予检查，照单全收，一两不扣。

冷藏车把货物拉走之后，刘秋恒安排点上的人到其他点上秘密散布消息，他们点上今天加班收货，啥货都要，啥筐都要，早到晚到点上都有人等候，优惠仅此一天，明天就要严格起来了。

发完货之后，各个点上的老板都带着疲惫的工作人员到夜市上吃饭。刘爱果也乏了，和冷嘉义等人小酌几杯就倒头睡觉了。

刘秋恒的收购点上，十几支碘钨灯把整个院落照得如同白昼。各个点上撵走的芦笋贩子，都拉着货跑到水产冷库来了，三轮车"嘭嘭"地鸣叫着，卖笋的人黑压压的挤满了院落。刘秋恒说为了照顾哥们的利益，他瞒着刘爱果顶风作案，大家一定要积极配合，不能拥挤，不能瞎吵吵。为了节省时间，叫大家早点回家搂老婆睡觉，他特意添置一台大磅秤，两台大磅同时收货，先记花底，芦笋入库后再开正式联单。

大家挑灯夜战，一直忙乎到凌晨四点多钟，天空中的鱼肚白占据了主导优势，马上就要把夜幕驱散尽了。这时室内和院子里的所有电灯都一起熄灭了，大家觉得眼前一黑，脑袋也发起懵来。

"不好了，电线短路了。"刘秋恒的老表慌慌张张地从冷库里面跑出来，催促刘老板找电工过来检查维修。

刘秋恒急忙拨通电工的手机，是接通的声音，可是"嘟嘟"地响了好长时间，就是没有应答的声音。大家像热锅里的王八，眼睛瞪得老大，脖子伸得老长，屏住呼吸倾听电话里的回音。终于等来了声音，是电信台的程序录音：对不起，您所拨打的号码暂时无人接听，请您稍后再拨。稍后是一串不用翻译的英语台词，和前面的内容没有任何差别。如此反复五六次，电工终于接听电话了。电工是被从美梦中耵醒的，一肚子火气，满腔的不耐烦，在场的人都能看到他那一脸无奈。

"谁呀！这么早就打电话，你叫魂呐。有啥事天亮再说，晚一会咋了？不信能死了你……"对方不等这边说话，就"啪"地一声挂上了电话。

刘秋恒继续拨通电工的电话，拉着哭腔哀求道："你行行好过来一趟，要多少钱给你多少钱，我这库里满满的一库货呢。这么热的天，要是一天不来电，那可要了我的老汤子了……"刘秋恒也不管对方看见看不见，跪在地上就"叭叭"地磕头。他这个头原本就是磕给笋农看的。短路的故障就是电工一手炮制的，他此刻正躲在机房里等着刘秋恒吃早点呢。

农民们心地善良，看到刘老板如此虔诚，看到刘老板被逼得给人下跪磕头，心肠先自软了。大家不忍心再说什么狠话刺他的耳朵，反过来安慰他说：事情已经摊上了，也不急在一时。算我们大伙倒霉，慢慢地想办法解决吧……

"啊，是刘老板呐！实在对不起，今天上午我过不去。俺大舅去世了，今天我得去烧纸，还得跟着上林。完了事我马上往回赶，估计到你那儿也是后半晌了。"电工并没说谎，他大舅确实在一年前去世了，他再现了当时吊孝的程序。

刘秋恒忍不住想笑，他小姨子早产也不是今年的事。难怪人们要学习历史，甚至念念不忘历史。古为今用，过去的事情可以为今天服务。可是他忍住不笑，仍然绷着一副"哭丧"的脸，在那儿捶胸顿足。"这咋办？这咋办呢？"

刘秋恒安排荏金花到街上买包子、油条和老缸子粥，请在场的所有芦笋贩子和点上的工作人员吃早点。

"我说老少爷们，今天这个事情太突然了，不过这是不可抗力的突发性事件，我们都当不了家。今天的条子我仍然开给大家，不过只能写斤秤，不能定价钱。"刘秋恒向大家摊牌说："如果放我这儿，我不敢保证大家不受损失。大家得有思想准备，好赖任命摊，到时候处理到啥程度就是啥程度，一个子不剩也不能反悔。如果大家现在想把芦笋拉回去，我马上开库叫大家装车。吃完饭我们也得回家睡觉了，今天我的点停止收货，睡醒了过来等电工查找故障原因，维修设备。实在不能奉陪大家……"

刘秋恒的老表过来告诉大家："芦笋已经进冷库几个小时了，冻透的芦笋拉到高温环境下，热空气遇冷凝结，一会芦笋遍体都是冷凝水。拉到家里放到下午再到点上卖，笋头早就发黑、发黏、发面了。芦笋去了头，就像黄鼠狼去尾巴，再没有值钱的毛了。与其拉到家里扔到粪坑沤绿肥，倒不如放在冷库里面碰运气。冷库打了一夜的冷，库门封闭得非常好，估计撑一上午没啥问题。我只是估计，并没有十足的把握。芦笋是你们的，如何处置你们自己当家，甭听走路的人瞎说。"

大家听了验级员的话，一致认为很有道理，全体同意采纳。不采纳也没办法，他们的骨头都被累软了，哪里还有力气装车？

芦笋贩子散去之后，刘秋恒让老表到劳务市场找几个娘们，叫茌金花打电话请亲戚火速过来帮忙，那个"早产"的小姨子也被叫来了。茌金花指挥他们，把杂筐里的好芦笋捣进标准筐，把多天前从各个点上收集过来的次品笋捣进杂筐。把好芦笋搬进另一个冷库。停电的冷库早就维修好了，只是不装保险丝，暂时送不上电去，故意不开机。

刘秋恒打电话给刘爱果，要求停点一天。他拉着哭腔向刘部长诉说自己的不幸，小姨子早产加上冷库停电，真是屋漏偏逢连阴雨，船破又遇顶头风。他早年学过说大鼓，肚子里的洋词像景德镇窑里的瓷器，一套一套的。

刘爱果十分体恤下情，他让刘秋恒继续开点，他通知冷藏车早点过来，直接开到水产冷库的院里去，给刘秋恒当活动冷库。

刘秋恒继续向刘爱果哭诉，他有一个朋友收了一车芦笋准备送到郓城去，还没和老板谈好价钱，暂时在他的库里存几天，谁知道摊上了电线短路这档子事。朋友出发到临沂去了，暂时回不来，委托他帮忙处理这车芦笋。我这个人你知道，宁愿对不起自己，绝不能对不起朋友。如果这事你不帮忙，损失的钱我一个人担着。男子汉大丈夫，一言既出驷马难追，答应过的事就不能反悔……

"这个忙我肯定会帮你，不过你要自己找车送到连云港，自己负责运输费用。"刘部长告诉刘秋恒，这是计划外的芦笋，自己看在朋友的面子上节外生枝，集团不会承担运输费用的。

刘秋恒感恩戴德地连说"谢谢"，两只眼睛眯成一条缝了。冷藏车发走之后，到了晚上刘秋恒又给刘部长打电话，说是货多车小，一趟没拉了，等到明天芦笋就烂了。为这一点破事叫你费了很多心思，你也够累的了，剩下的事我自己处理吧。如果方便，请你给我出具一张证明，就说刘秋恒点上后期收的几车芦笋因为腐烂变质、青度不够等原因，不能加工，请收购点自行处理云云。现在这年头好人真的不能做，沾手就是甩不掉的麻烦。请您务必费心帮忙，我把这摊子烂事处理妥当了，一准到连云港请你喝酒……

刘秋恒还特意请电视台过来制作专题节目，告诉大家如何贮存芦笋，警示工厂经常检查、更换老化线路，也拍了很多彩色照片，发到各个收购点上去，让他们吸取经验教训，切莫重蹈覆辙。

大家着实心疼那些烂掉的芦笋，更同情痛苦万状的老板刘秋恒。这个倒霉蛋的点子真背，今年白忙活一年也拉不了倒，芦笋周全了其他点上的老板，可把刘秋恒给祸害惨了……

刘秋恒没有停点，那几个昨天晚上缴笋的贩子全都带着芦笋过来了，他们十分迫切地想知道冷库维修好了没有。

电工戴着被油泥染黑的白手套，宽大的电工皮带上悬挂着枪械一样的家伙什，手里拎着万用表，往返于配电室和冷库之间，不停地在大家面前晃来晃去。刘秋恒一会拿冰糕，一会拿汽水，极尽殷勤巴结之能事。

北方人都说"京油子、卫嘴子，保定府的狗腿子"。笋农事后回忆那天的刘秋恒，是超过了保定府最会伺候人的人。

"这儿电线胡扯乱拽，像蜘蛛网一样，一点都不规范。电线全都老化了，还都是径粗不够的铝芯线，冷库一个劲地超负荷运行，电线不烧才怪呢。"电工不厌其烦地向大家详细解释："更换老化电线，重新安装电表，这个冷库的电机也烧了。这一次刘老板得花老钱了……"听了电工的解释，在停电那座冷库里存有芦笋的贩子都松了一口气。如果只是他们自己倒霉，他们会觉得很冤枉，现在有这么多人倒霉，刘老板也跟着倒霉，他们心中的憋屈和苦恼就被稀释了。

芦笋收购结束了，刘爱果把最后一笔货款带到秦台来，亲手发给各个收购点的老板，也要求各点尽快下发给小芦笋贩子，把好的形象、好的信誉留给笋农，明年好顺利开张。

各个收购点先和得意集团对好账，把剩余的芦笋筐交到总点，随着货车拉到连云港。然后结算收购点上员工的工资，缴清冷库费用，通知小贩子三天后带着点上开的联单到交芦笋的地方结账。

刘秋恒虽然没付清冷库的费用，他的点上也在忙着清账发钱。但是有三批货物是存在争议的，货款暂时不发。

第一批货物是芦笋上量之后被刘爱果拒绝装车的库存陈货，各个点上都有一些，原本也是打算舍弃的东西，被刘秋恒归拢在一起储存的。没人找刘秋恒讨要这笔钱，但是刘老板讲究，不会装作不知道。

第二批货物是郭士强和陈祖瑞从外地拉来的二混子芦笋，刘秋恒趁着刘爱果放宽政策的时候掺合在好笋里蒙混过关了。这事是秘密进行的，做得神不知鬼不觉，除了刘秋恒两口子和他点上的工作人员之外，其他人根本不知道。

第三批货物是外地厂家停收之后，刘秋恒加班收购的一批芦笋，进完库电线就短路了。

几个同行伙计不会喊喊事，王彭生和魏成功的冷库都是刘秋恒帮忙定下的，对他至今心存感激，伸手向他们要几个钱他们也乐意掏腰包，更不用说扔几筐烂芦笋了。郭士强、陈祖瑞和那天夜里上货的小贩子，心里肯定不会平和。不过自己有言在先，电视台已经拍了录像，自己也请照相馆拍了照片，找相关人员做了笔录证明。自己花钱雇车，费了好大的劲把货物送到连云港，货物成了秽物，根本不能加工。得意集团也出具了书面证明，打官司自己也是有恃无恐的。在法律面前人人平等，法律注重的是证据。自己把各种证据都收集好了，铁证如山，法官不会不顾证据，而去采信空口无凭的闲话……

刘秋恒信心满满，底气十足，但是他觉得自己有谦谦君子风范，做事要有始有终，一定会在适当的时机给大家一个交代。

这个适当的时机是晚秋早冬季节，冷气败火，时间也能消弭怒气。当时告诉大家一分钱都不付，拍拍耳刮子走人，那厚重的大耳刮子就有可能拍到自己的脸上去，真的打出人头狗脑子，公安机关介入调查，说不定就把真相查得水落石出。那样自己一分钱也匿不下，还落得个猪八戒照镜子的下场，里外不是人了。

芦笋收购结束之后，刘秋恒家天天门庭若市。刘秋恒好烟好酒地招呼着，笑眯眯地敷衍大家别着急，再等等，最终会有结果的。拖得大家有些厌倦了，急于想知道结果，甚至是有个结果就行。刘秋恒觉得时机成熟了，这时候把底牌掀开大家依然会有怨气，不过愤怒的最高形式就是破口大骂，不会再发生流血事件了。刘秋恒并不赞同"南京到北京就数挨骂轻"这样的陈词滥调，他觉得挨骂虽然不损皮肉，也不如听轻音乐舒服。可是挨骂毕竟不痛不痒，比挨打容易接受。

九州大酒店是秦台市档次最高、装潢最为豪华的酒店。刘秋恒包下九州大酒店 20 个高档雅间，通知马路平、武大智、小五保及各个收购点的同仁，通知郭士强和陈祖瑞，通知电线短路那天夜里缴笋的各路诸侯，都到九州大酒店聚会喝酒。酒店里一下子来了一百多口人，熙熙攘攘的像吃大席一样，气氛好不热闹，东道主好不风光！

刘秋恒请大家喝酒，是要了结一件大事的，谈及正题之前，酒场上的气氛是热烈而又融洽的。大家说着一些过年的话，彼此之间十分客套。

农民是善良朴实的，听说刘老板让他们前来了结账务，还请他们喝酒，心中都有不同程度的感动，于是都带着礼物前来赴宴。有人拿着牛梭头一样的老番瓜，有人抱着结有一层白霜的大冬瓜，有人拎着绿豆、红豆、黄豆、豇豆、芝麻、小米之类的小杂粮，礼品廉贱情意重，礼品中凝结着笋农的真情厚谊，就像缅伯高进贡鹅毛一样。

刘秋恒的脸依然寒如秋水，小贩子形容那是一张"哭丧"的脸。事后刘秋恒自己透露说，他当时真有哭"老丈人"的心情，老丈人蹬腿翘辫子了，内心悲痛的是娃他娘。刘老板表面上悲戚，是装出来给妻侄小舅子看的。内心狂喜，以后逢年过节，再不用拿着礼品去孝敬那个老家伙了。

刘秋恒是东道主，谜底自然由他揭开。他像吊丧一样，低沉缓慢地诉说着"不幸"。越说越觉得懊悔不迭，越说酒场的秩序越乱。他说出了大伙心中的怒气，说出了场面上的尴尬。有人当场摔了"九州"的茶杯和盘子，有人把番瓜和冬瓜扔下了七楼。

和刘秋恒估计的一样，大家忍不住破口大骂，纷纷高声问候他八代以上的祖宗，什么难听骂什么。有人跑到街上去，买几个不能使用的电子钟送给刘秋恒，祈祷他早升天堂。坊间送钟等同于送终，是很犯忌讳的。

刘秋恒低垂着脑袋任凭大家奚落，小声地嘟噜着：我也是好心办坏事，和大家一样窝囊。大家喝酒吧，想吃啥点啥，想要啥上啥，我刘秋恒整个身子都掉到井里就顾不得耳朵了，你们看着点菜吧。

大家虽然满心愤懑，却没有一个人离席。事情已经到了这步田地，吃一点赚一点，不吃白不吃。大家都捡贵菜点，都捡好酒好烟要，都敞开肚皮可劲造，谁还替龟孙省钱？

怀有复仇的心态吃饭，是可以把肚皮撑炸的。但是上货量大的客户，带两副肠胃也吃不够本。送货量小的商贩，像大马子进庄洗劫一样，风卷残云般吃喝，临走再拿两包烟，基本上没有多大折耗。但是小户毕竟太少了，叫他们连吃一个月，也吃不完一个大户的芦笋钱。

货多的商贩也有撑爆的时候，吃得往外漾了，就用叫骂声消耗多余的能量。

"刘秋恒你个……啥啥啥样的，要是赚了我们的昧心钱，你全家得病买药吃……"

"服务员上茶，上好茶。"刘秋恒虽然寒着脸，却小心翼翼地陪着小心。"叫几位大爷润润嗓子接着骂，醒过酒来晚上接着喝……"

刘秋恒表面做小，心中也在咬牙切齿地暗骂：今天老子又聋又哑，尽着你们这些小舅子骂街。权当今天是 1937 年 7 月 7 日卢沟桥事变，中国人过憋屈晦气的日子。明天就是 1945 年 8 月 15 日，该老子扬眉吐气了……

# 三十一、经商像下棋

上帝想叫谁灭亡，必定先让他发狂。虽然多数人不知道这句名言出自何人之口，却都发自内心地崇敬这位伟大的原创者。

连云港得意集团的董事长兼总经理江海航，意识到自己不该发疯发狂的时候已经晚了。事到临头后悔迟，正月十五贴的门神镇不住邪祟。

江总经理为了竞选副市长，利用省市的各种媒体大肆宣传政绩，连路边的广告牌上都是江总模仿伟人挥手的画像。大家一进入东海境内，就觉得迎面吹来一股个人崇拜之风。

人怕出名猪怕壮，超重的肥猪忌讳张扬。江董事长恰恰忽视了这一点。在集团搞厂庆的时候，他把连云港 20 万以上的出租车包租一空，扎成鲜艳的花车在主要大街上游行。游行的车队引得万人空巷，都围在马路上驻足观看，拥挤了道路，堵塞了交通。他还借机大肆敛财，连刘秋恒、魏成功、冷嘉义、王彭生这样的原料贩子也应邀前去祝贺，每人都随了两千元的贺喜礼金。

听说是税务局长急于到省里去开会，被得意集团的花车堵着不能通行。连云港税务局被省厅点名批评，当作不守纪律的典型，扣发了不少的奖金。税务局长大人大量，不去追究计较。可是员工们凭白无故地受了损失，对得意集团恨得咬牙切齿。他们就撺掇稽查分局去得意集团查账，怂恿在纪委检察院工作的亲属关注得意集团，看看有无举报材料。

粪坑里找不到干净的蛆虫，贪婪的人有权之后是更加贪婪。就像女人评价男人那样，她们把男人分成两个种类：一种人好色，另一种人更加好色。

税务稽查人员说，江海航就是南方人以前使用的描金马桶，外观上气派高贵，内里全是污秽。揭开得意集团光鲜的盖子，偷税漏税、行贿受贿、贪污渎职、非法融资等问题，一下子全都暴露出来了。江老板被税务机关移送给纪律检查委员会，又被纪委移送给检察院，江老板没当成副市长却当了副号长，一步一个脚印地走进了高墙大院之内，有武装警卫专门看护了。

人们说江老板祸起萧墙，都是"副市长"给闹腾的。这年头共产党不培养胡雪岩，当官的忌讳"红顶商人"这样的头衔。你老江富得雇人花钱，漂亮的美眉排队候选，安安稳稳地过着富家翁的日子不是很舒服吗？干嘛非得想着去当副市长？这下好了，副市长没当成，服市长也不行了。

想挣钱就别想当官，想当官就别想发财，好事不能都给一个人。就像现在的驾驶员，想喝酒就不能开车，想开车就得忌酒。

也有人说江老板糊涂，现在共产党鼓励民营企业发展，干嘛不趁这股东风把工厂买下来单干？如果国企变成了私企，就没有贪污受贿渎职这些罪名。老江不去觊觎副市长的位置，也不会堵塞主要街道的交通，也就不招那么多人忌恨。

现在说什么都晚了，得意集团被主管机关收回，搞企业改制，挂牌拍卖了。得意集团的名称未变，但物是人非，人员有了大幅度的调整，企业性质彻底改变了。国企变成了私企，一朝天子一朝臣，中国私企的初期阶段都是家族式企业，血缘关系、裙带关系是私营企业核心管理层的两支生力军。

甄诚和刘爱果都还在原来的位置上，新老板想开展业务，他的亲属没人懂得内外贸易和原料收购。不过新老板也知道"掺沙子、搬石头"的招数，给甄诚和刘爱果配备了得力的助手，必要时可以越级行驶权利的助手，这些助手也兼有纪律检查委员会的功能。

风雨过后是彩虹，雨后初霁的时候人们的心情是爽朗愉悦的。暴风骤雨过去了，刘秋恒和他老婆茌金花的心中，一片春光灿烂。他们的脸庞就像春风中的花朵，笑得花枝乱颤。

刘秋恒和茌金花二人难掩心中的狂喜，等孩子睡着之后，下厨烹饪几个拿手小菜，咬开一瓶大肚子"泥池"酒，夫妻对饮。马无夜草不肥，他们发了一笔不菲的不义之财，像吃了一肚子夜草的马儿，需要咀嚼反刍一下才能睡觉。

喜悦的心情不是现在才有的，早在芦笋收购结束的时候就滋生出来了。到连云港庆贺得意集团厂庆的时候，见到大家全都面带喜色，他知道大家或多或少都赚了一些，从心底里是轻看诸位同仁的。刘秋恒估计，赚钱最少的是王彭生，他是一个书呆子，根本不懂经营，就是老百姓常说的没有坏心眼。情场说男人不坏女人不爱，商场上流传商人不坏利润减半。魏成功侥幸积累了一年的从商经验，不过心不是太黑。没有当晚娘的心，别当生意人。冷嘉义是有道行的人，从他和美女领班的对话中可以看出他的老辣。不过他经验虽然丰富，却不知道超常规发展。今年收芦笋这个鳌头，非得是刘秋恒占据不可。

大家都拿两千块钱的贺礼，都笑眯眯地往外掏钱。因为大家都挣了得意集团的钱，都想明年继续合作。谁最值得？还得是刘秋恒。光是一张报废芦笋的书面证明，就值两万块钱。有了这张证明，刘秋恒摆平了郭士强和陈祖瑞，摆平了停电期间缴笋的各路诸侯。这并不是结束，刘秋恒还要继续扩大战果，让水产冷库包赔损失，至少是免掉冷库费用。他还准备和水产冷库联手，起诉供电局，让冷库也得到利益，好顺顺当当地包赔自己。可惜自己行事匆忙，忘了给那批烂货缴纳保险费。真是智者千虑必有一失，这一失误也是一笔不小的经济损失。经验都是花钱买来的，明年一定要从容镇定，好好地谋划和布局……

茌金花由衷地佩服丈夫的精明，不过她很担心明年的名声不好，恐怕收不上货来。

刘秋恒很不以为然，他是相信金钱万能的，只要手里有钱，金芦笋都能收上来。就像那些年轻漂亮的妹子，初见面昂首挺胸，傲得像白雪公主一样。一板砖（一摞钱）砸下去，就着急忙慌地解裤子劈腿……

啊！你说什么？尽管刘秋恒发现口误之后及时缄口，茌金花还是不依不饶。"刘秋恒你给我老实交代，到底砸了多少'板砖'，都砸给谁了？"

"哪有这档子事？这就是个比方，说油嘴了胡咧咧呗，你可千万别当真……"任凭刘秋恒怎么圆谎，茌金花依旧揪着不放。茌金花也是精明人，精明人可以从一滴水中见到阳光，观一叶而知天下秋。你刘秋恒说出大天来，也是轻易糊弄不了的。

刘秋恒真想用耳刮子抽打自己那张破嘴，二两小酒下肚就没有把门的了。凭空一句口误，后患无穷，从今以后，他和那些干亲戚就不能像往日那样自由随便地往来了。小五保早就告诫过自己要谨言慎行，说他是歪嘴骡子卖了个驴价钱——毁到嘴上。刘秋恒以为小五保心存妒忌，根本不以为然。现在应验了吧？你说你说啥不好，偏偏要提女人劈腿的事，这不是打着灯笼进厕所——找（屎）死吗？

"姓刘的你给我听好了，现在社会上有鸡也有鸭，男人能干啥女人也能干啥。你从现在收心好好过日子，咱们还是恩爱夫妻两口子。如果你还继续当那个花心大萝卜，可别怪我报复你。"茌金花拧着刘秋恒的耳朵，两只杏眼恶狠狠地往外喷火。"社会上流传男人四十一枝花，女人四十老人家。在你们这些臭流氓眼里，老人家就是豆腐渣。你现在正处在黄金季节，腰里又有几个糟钱，开始嫌弃老娘了是吧？实话告诉你，我没本事找十八的小伙子，却有本事找八十的老头子。我找情人不是花心图快活，就是成心恶心你。我茌金花虽然是女流之辈，胳膊上照样跑马。我绝对说话算话，不信就骑驴看唱本，咱走着瞧……"

刘秋恒就像小品演员说的那样，癞蛤蟆喝胶水，粘得张不开嘴。他自己形容当时就是四大蔫之一，软软的抬不起头来了。秦台地区流传的四大蔫是：霜打的草，晒干的枣，腌咸的萝卜，跑马的鸟。

芦笋收购结束之后，王彭生的脸上也蓄着一团喜气。把手头上的杂务处理完毕之后，他决定到单位去点卯应景。

苏北是经济欠发达地区，乡镇企业很不景气。王彭生这个在乡镇工作却是工业口片的干部，没有下村蹲点的任务，在政府大院点完名，到工业管理办公室转一圈，就可以借故溜走了。受到刘秋恒的指点，他时不时地请分管领导和同事们搓一顿，花公款的时候他跟着沾光，私人花钱的时候他抢先买单结账。

参加酒场多了，人脉关系一定广，人气也显得旺。王彭生吊儿郎当地上班，跟着大家混吃混喝，竟然混了一个好人缘。年终考评的时候，为了表示公允，领导决定用无记名投票的方式进行选举。结果大出王彭生的意料。优秀党员、优秀公务员这样闪着光环的头衔，都扣到王彭生的头上了。

王彭生急头急脸地去找书记和镇长，说明自己上班不太正常，没有进一步发展的愿望和可能，愿意把这类利于升迁的荣誉让出来，给那些需要它的同事。

书记和镇长都笑了，你小子不是上班不太正常，而是太不正常。正是因为你不看重这碗浆糊糊，连领工资都没有太大的兴趣了，不思进取对别人没有威胁，大家不把你当作竞争对手，所以才会把所有荣誉都给你。就像这次人大换届一样，马路平那个乡镇高票选举"驳壳枪"那样的憨家伙当人大代表，这不是滑天下之大稽吗？人们为了保持和竞争对手同等的优势，对无足轻重的人是非常慷慨的。纪委的同志统计过，最近被举报的人，都是正在公示马上就要提拔的人。

书记镇长还告诉王彭生，苏北的乡镇企业为啥发展不起来？说到底还是没有这方面的人才。党委政府允许你王彭生这样瞎混，如果能积累经验，探索出发展乡镇企业的路子，把本镇的经济提振一下，党委政府照样提拔使用你。这些荣誉证书你先留着吧，说不定哪天就能派上用场……

王彭生彻底放心了，可以肆无忌惮地做生意。书记镇长点头认可，自己手里就有了一把尚方宝剑。书记镇长调走了，下一任领导不支持也没啥，自己继续去做一个对任何人都形不成威胁的人。对于无足轻重的人，大家总是宽容和慷慨的。再干两年看看，把生意做顺了就可以辞去公职，像峭壁上的藤蔓一样，自由伸展。

连云港得意集团改政策了，不限定芦笋收购点，谁想收谁收，一律到厂内交货，按出成率计算价格。损耗和次品还有垫在筐内浸水的硬纸板，故意掺进去的芦笋断根，都由供货商承担。

秦台地区过去那些骑着自行车送货，蹬着三轮车跑点的小贩子，像金蝉蜕皮一样，一夜之间成了向外地送货的大贩子。收芦笋在秦台蔚然成风，芦笋贩子像春天的芦笋一样，遍地开花，到处乱拱。

王彭生有些着急了，他没想到事情会有这么快的变化。去年芦笋收购结束的时候，他预付给冷库五千块钱的租赁定金，单方面违约定金是不退的。

货到地头死，他没有胆量把货物送到外地去。今年得意集团采取赊销的方式，二十天一结账，他也没有那个实力。他虽然挖到了第一桶金，但只是一小桶而已，远不如刘秋恒的收益丰厚。老婆说咱们原本就没动过做生意的念头，是刘秋恒那个孬熊硬把你拽下水的，大不了不干，重新回去上班就是了。

王彭生挨着给几个哥们打电话，询问他们何去何从？刘秋恒和冷嘉义意志坚定，开弓没有回头箭，接货送货都得干。今年送货的人多了去，他们也不比咱们多长一个蛋，为啥他们能送我们不能送？

魏成功不光在网上结交虚拟中的女朋友，也在网上联系业务。他勾引了一个浙江客户，要到基地租赁冷库做保鲜笋，需要寻找当地的代理人。魏成功和他一拍即合，对方已经汇了六万块钱预付款，让他购置芦笋周转筐、租赁恒温库。魏成功抱住心口窝了，没必要理会连云港接货送货的问题了。

赶上马路平安排酒场，王彭生欢呼雀跃地前去赴宴。马路平看到秦台的芦笋（尤其是绿芦笋）已经形成了气候，想让这几个芦笋贩子帮他谋划一下，能否利用芦笋搞出一些政绩来，他现在虽然一兼双职，毕竟还是党委代理书记。兔子怕鹰，当官的想升。马路平也像大肚子妇女一样，渴望早进产房，渴望把"代理"两个字去掉。武大智已经升任农业副书记，小五保也当了政法副镇长兼任乡镇派出所长，自己还是代理书记兼镇长。他的心里多少有些着急。

王彭生和他们三个主要领导都是好朋友，想走他们的门子调到他们镇里去。一是离城近了，二是求得好友庇护，也有一个进身之阶。如果生意干不成，他不会心甘情愿地做一个"无关紧要"的人。他和马镇长各怀鬼胎，都想相互利用一下。

王彭生在家里灌了一肚子茶叶水，走进酒店就觉得尿急了。他没去雅间找朋友报到，直接去洗手间了。

享受完奔腾倾泻的快感，卸下了生理和心理上的重负，王彭生身轻体健，心情舒朗。走出卫生间的时候，脚步从容轻快，不似先前那样急促了。

错开厕所一箭之地，有一个小的隔间。四五个外乡人在室内喝茶，服务员拿着圆珠笔和复写联单，站在那儿等他们点菜。

"你们看了半天菜谱了，到底想吃啥呀？"服务员有些着急了。

"我们想吃海鲜，这半天也没看（倒）到。"一个半猫半侉的声音从室内传出来，引起了王彭生的注意。那是新沂一带的声音，和郯城十分接近。王彭生老家是山东郯城，离新沂市只有20公里的路程。听到新沂话就像听到乡音一样亲切。

"对不起，我们店里没有海鲜。"服务员很礼貌地告诉顾客："请您再点别的吧。另外请问你们用啥酒啥烟？回头一起送过来。"

"海熊喽，海鲜吃不上了。"另一个接茬说话，是新沂当地的方言。王彭生知道"海熊"就是"坏了，这事弄不成"的意思。

服务员听不懂新沂的地方语言，继续非常礼貌地回答："对不起，我们店里也没有海熊。"她以为"海熊"和"海鲜"一样，都是一个菜系的名称。

大家都笑了，王彭生也笑了。他走过去告诉服务员，"海熊"这道菜不光她们店里没有，整个秦台地区乃至全中国全世界都没有，八星级酒店也做不出"海熊"来。

王彭生的出现，让新沂客人止住了笑声。他们都站起来和王彭生握手，十分热情地邀请他："一块蹲蹲。"

新沂人"蹲坐"不分，蹲就是坐，坐还是坐。服务员听不明白，又是一脸愕然。房间里明明有椅子，他们不让坐却要客人蹲下。

王彭生向客人推荐了秦台比较有特色的饭菜，譬如说"椒盐羊肉"、"鬼子肉"、"驴大肠"、"油炸金蝉"，还有吊炉烧饼、懒馍馍、油盐窝窝啥的。

新沂的客人对王彭生十分感激，一定挽留他同桌共饮几杯。王彭生告诉他们，楼上有几个芦笋贩子聚会，他要到场应酬一下，回头一定抽空过来。

听说王彭生是芦笋贩子，新沂的客人两眼一亮，挽留得更加热切和殷勤了。

"我们就是过来收芦笋的，这回你一定要坐下来聊聊。"新沂客人的一番话，说得王彭生情绪高涨，他的两只眼睛也开始放光了。自己正愁找不到好的客户，天遣桑梓地近邻来到了秦台。真是踏破铁鞋无觅处，得来全不费功夫。

这几个新沂人都是外贸冷库原料部的人，他们公司一直生产速冻青虾、速冻龙虾仁、速冻肉兔子啥的，今年刚接到一批速冻芦笋的订单。

第一次收芦笋，他们什么都不懂。是王彭生安排上了一盘凉调芦笋，他们才知道芦笋的庐山真面目。外行人找内行人帮忙，内行人就成了主宰。

新沂客人同意到地头接货，按连云港得意集团的法子，每斤芦笋提给王彭生两毛钱佣金。他们庆幸出师大捷，刚到秦台就找到一位合适的代理人。思想负担没有了，今天纵情喝酒，明天打道回府。

王彭生留下他们的电话号码，替他们结算了菜钱酒钱，替他们安排好住宿的旅馆，然后到楼上去和马路平之流见面。调动工作的事被他扔到爪哇国去了，今天不提以后也就无需再提，或者是没有机会提起了。

刘秋恒正在扮演着狗头军师的角色，眨巴着眼睛给马路平出谋划策。他竭力撺掇马路平带领党政主要领导到山东寿光去考察，模仿寿光建设蔬菜市场的模式，筹建芦笋市场。

市场一旦被搞火了，能够带来的经济效益是相当惊人的。寿光那个蔬菜市场买全国卖全国，没有在寿光买不到的蔬菜。临沂那个跳蚤市场，义乌那个小商品市场，连外国人都趋之若鹜，天天人山人海，像赶庙会一样。市场的房屋租赁、管理费、税收都不算，这么多人吃喝拉撒得花多少钱？家人住宿、子女上学，买房子上户口，又得多少钱花？

好事宜早不宜迟，你不干别人也会干。别人不会把香粉搽到你马路平的脸上，别的地方形成气候就会争你的行市。听说临沂那个市场开始就是奔着徐州来的，徐州犹犹豫豫地拿不定主意，结果被临沂争走了。现在市场火得比大兴安岭那场大火都火，徐州再想出头也争不过来了。观音机场原本是定在秦台华山的，连名字都起好了，叫"金陵机场"。市领导老是算计地价多少钱合适，睢宁的领导看得比较远，他们一分钱不要白送土地。飞机场像飞机一样飞走了，效益也随着消失了。秦台的土地再金贵，也就是一年打两千斤麦子，能值多少钱？观音机场附近的农民失去了土地，政府能不管吗？观音机场会袖手旁观吗？下飞机到市区的人要坐出租车，饿了要吃饭，困了要住宿，走亲戚要拿伴手礼，回去要带土特产，这些钱都花到睢宁去了，秦台连一分都摸不着……

# 三十二、临渊结网

在秦台境内筹建芦笋交易市场，是具有划时代意义的大事，也是万民称颂的好事。中阳镇是离城区最近的乡镇，在城乡结合部属于中阳镇管辖的区域范围内，有一片破落的建材市场，把它改造成芦笋市场无需占用耕地。把芦笋市场建成了，只要你不违法，不减少管理费用和税收款，交易山药、牛蒡是可以的。

秦台地区有几百个芦笋贩子，能把全国的芦笋买到秦台来，也能把秦台的芦笋卖到全国去。稍微因势利导一下，这个市场就火爆起来了。恐怕火苗高达万丈都不止，能把整个天空映红了。

好事不出门，坏事传千里。坏事丑事甚至是臆想中望风捕影的事，无需劳动当事人的大驾，自有急公好义的热心人为你传扬。但是实实在在的好事，能使大家得利的事，非得你亲自宣传不可。

马路平模仿刘秋恒的做法，向上级写夸大其词的书面报告，制作项目可行性论证书，请电视台和报社播发新闻报道，大张旗鼓地宣传尚在腹中酝酿的芦笋市场，争取上级政府的政策和资金支持，为项目融资造势。

上级领导对马路平的做法十分认可，在大小会议上提及，给予口头和书面上的表彰。马路平成了秦台市大红大紫的人物，连厌恶他的人都觉得他可钦可佩，似乎中阳镇的党委书记非他莫属了。

天有不测风云，红尘中的事情也往往出乎人的意料之外。坊间常说的一句话是算路不打算处来，文化人称之为不以人的意志为转移。到了干部调整的时候，马路平真把"代理"的帽子摘掉了，他不再代理党委书记了，继续当他的镇长兼党委副书记。

组织部给中阳镇派来一位女性党委书记，报到后马上被选送到省委党校脱产学习，马路平继续主持工作。

马路平心里酸溜溜的，多少有些苦恼。苦恼归苦恼，工作还得踏踏实实地拼命干，在工作中不能有不满意的牢骚，不能有消极怠工的具体表现。这时候是接受组织考验最为关键的时刻，能经受住考验还有可能平步青云，若是表现差了，就会像下陡坡的自行车，急速滑向谷底，使闸都使不住。

对于名气较大的人来说，发生在他们身上的任何事情，哪怕是再正常不过的事情，也能引起大家的热议。

马路平没能坐上中阳镇的第一把交椅，好琢磨的人给他分析出好多种原因。最突出的是以下五款因素：

第一条就是"驳壳枪"当选人大代表这件事。一个身不残却脑瘫的人，原本就没有选民资格，凭啥还能得到高额的选票？是一些心术不正的人故意搞恶作剧。这又说明了什么样的问题？当时中阳镇没有党委书记，你马路平是党政一把手，你是怎么监管的？

第二条是舔腚眼子不能犹豫。据说市委领导已经找马路平谈过话了，对他赞许有加，让他做好思想准备，准备挑更重的担子。这是啥意思？你马路平还不明明白白地谢谢领导，还扭扭捏捏地假充斯文，想等事情明朗之后再行动。领导的屁股就两片，腚眼子只有一个。你不舔别人舔，别人的舌头贴在上面你就捞不着舔。等你靠上去了，领导的屁股已经被别人舔干净了，你只能再等下一次。大家仔细琢磨琢磨，是不是这么个理？

第三条是马路平在领导面前太过拘束，不敢放开量地喝酒。人们私下里议论为官之道，说村级干部是打出来的。家族势力不强，自己的拳头不硬，就镇不住村里那些泼皮无赖，光争地边子的事情就能烦死你。乡镇干部是喝出来的。你不吃吃喝喝、拉拉扯扯，身边的人都和你离心离德，选举的时候就不投票给你，上级过来考评的时候就不替你说好话。你马路平天生海量，敞开肚皮往老鼠窟窿里倒就是了，张飞要是拿捏着装斯文，刘备就会觉得他虚假。酸文假醋的人，刘皇叔会和他拜把子吗？

第四条是马路平的生活作风有失检点。镇里有好几个定点吃喝的饭店，他不论公私招待，吃完饭随便签字，还一再拖欠酒菜钱。据说他经常把驾驶员晾晒在一边，私自驾车拉着异性朋友到处兜风。这个朋友是一个乡镇企业的现金会计，出落得像水葱一样。她曾经在反腐倡廉大会上赞誉马路平艰苦朴素，说别看马镇长外观上道貌岸然，其实内里相当简朴。他贴身穿的裤头子就打了两个补丁，这是我亲眼所见……

铁扇公主的妹妹陶靓听说了这件事，细想马路平最近在床上的表现，比中国足球还要差劲，她的心情不那么平静了。大嫂子白二妮劝她息事宁人，一个月交一次"公粮"就行，要求不要太高。臭男人都是这个德行，不论好赖都想尝一口隔锅的饭菜，上了年纪自会回头的。

二嫂子茌金花不这么认为。自己的小树自己砍，自己的男人自己管。如果他胆敢不听招呼，咱们也老太太抹口红——给他点颜色看看。我们先礼后兵，在他屡教不改情况下采取反制措施，他也怨不得我们不守妇道。

小妖精觉得二位嫂子说的都有道理，她正在左右为难，迟迟拿不定主意呢。

纪检委的同志曾经找马镇长的老婆核实情况，小妖精谨记白二妮大嫂的教诲：一定要维护安定团结，相忍为家。她什么情况都没说，还一个劲地替丈夫打掩护。

"马路平有毛病，他性冷淡加阳痿，就跟古时候的太监差不多。"陶靓向纪检委的同志解释："我这样的姿色他都不为所动，一年要闲着半年呢。"

一个刚分配到纪委工作的大学生十分精明，他马上掏出电子计算器按了一通，得出的结论和陶靓完全相反："平均两天过一次夫妻生活，夫妻恩爱频繁，怎么说是性冷淡呢？"

第五条是马路平不懂得变通。上头虽然一再强调勤俭节约，反对铺张浪费。大家都知道"四菜一汤，吃到中央"。招待上级的检查团、督导团，还有外地前来观摩的参访团，就餐的标准是四菜一汤。其他乡镇用四个大茶盘盛菜，每个茶盘里都有超过四个菜的内容，用洗脸盘盛汤，上面漂一层鸡蛋花，下面是多半盆干贝和海米。那家伙，表面上看是四个大菜，实际上十六个都不止。

传说有一个山西煤老板到北京去买房子，和一个好显摆的朋友在一起喝酒。酒热面酣之际，那个在北京混了几年，自认为人脉关系很广的伙计吹嘘起来。

"哥们，有啥愿望尽管给哥哥说。不是哥哥喝大了说海话，花个百儿八十万的，在北京哥哥啥事都能摆平喽。"煤老板的朋友不知道天高地厚，说话漫无边际，满嘴里跑航空母舰。

"我愿意花一千万，一个亿也行，你能把我家老爷子的遗像挂到天安门城楼上，叫他老人家享受一天伟大领袖的待遇吗？一天就行……"山西煤老板吐露了自己的心事。他那个大夸海口的哥们傻了，张大的嘴巴无法闭拢，能把拳头杵进去。

煤老板把自己的窘迫说给朋友听，一个懂得变通的朋友承揽了这个活计。他让煤老板先交五千万的定金，把户口簿和身份证都交给他拿去办事，三十个工作日之后，带着剩下的五千万前来验收。一月之后，煤老板走到天安门城楼下面，仰起头来看了老半天，脖子都酸痛难忍了，也没看到他父亲的放大照片。

煤老板朋友的朋友走过来，递给他一本新的户口簿和新的身份证。他给煤老板办了一个"幽灵户口"，把他的名字改成了毛岸英。

如果马路平有这样曲里拐弯的心眼子，别说是一个镇里的党委书记，他何尝不能当市长？

不论谁受到了挫折，思想情绪都会大幅度地波动，包括那些愈挫愈勇的人。说他们一点都不消沉，那是睁着眼睛说瞎话。圣人心中也有怨气，只是能够保持克制，"怨而不谤"而已。

马路平一下子苍老了，依然非常英俊的脸上失去了以往的生动活泼。脸上的笑容到远方旅游去了，经常是多云转阴的天气。

为了发展地方经济，各地政府都在提倡兴建专业市场。芦笋市场很好立项，报告送上去就被批准了。配套资金也随着红头文件一起下发，很快就到了秦台财政局。

马路平非常高兴，党委书记到省党校学习去了，自己在家里管事。芦笋交易市场建好了，这个政绩怎么着都得算到自己头上。但愿它是一块敲门砖，能敲开锦绣的前程之门。但愿它是一级宽大的台阶，能托着自己晋升一级。但愿它是一个聚宝盆，里面有使不了用不尽的财富。

乡镇财政开始吃紧了，自己经手吃饭办事欠了不少账，要让秦台的芦笋贩子从腰里往外拿钱，没有"市场"这个硬件设施是不好张口的。

寿光蔬菜市场开始运作的时候，三年不收租赁费，也不要其他费用。马路平不知道自己还能不能再在这儿干满三年，也不知道那些芦笋贩子是不是都能坚持三年。如果像寿光蔬菜市场一样，自己就是为人作嫁衣裳，白搭力气和功夫。

冷嘉义说过，都知道让母鸡生蛋好，生了蛋孵出小鸡再生蛋更好，如此循环往复，那就永远都有鸡蛋和鸡肉吃。杀鸡取卵不好，无论吃鸡还是吃蛋，都是一次性的。放水养鱼好，渔鱼永续好，竭泽而渔不好。可是中阳镇是共产党的一级政府，不是马家祖上的遗产，它不属于马路平，马路平也不会一辈子在这儿当官。有权不用过期作废，有福不享福气不再。自己要从第一年开始收费，鼓捣坏了下一任领导想办法，现任人员当一天和尚撞一天钟，顾不了太多太远了。

刘秋恒也很高兴，能把全市的芦笋贩子都聚拢在市场上，他们后面的客户也会在市场上露脸。市场的范围很小，很容易溜达过来，自己只要留心，就能结识更多的客户。本地物不养本地人，秦台各位老少爷们种芦笋，不是为了留在家里下糊糊喝，而是为了卖出去的。

要想多收芦笋，收购各种规格的芦笋，长期收购芦笋，至关重要的是有多条销售渠道，有很多需要芦笋的客户。

远虑则喜，近思尚忧。去年水产冷库电线突然短路之后，刘秋恒一个人独肥，其他各方相关人员都受到了不同程度的损失。接受水产冷库的经验教训，没有哪家冷库愿意租赁给刘秋恒了。线路老化、电线短路都是不可抗力的客观因素，非人力所为。可是刘秋恒能借着这样的由头作出许多文章来，各个厂的老板都觉得自己的智商不够，不敢和刘老板沾边。他不愁要芦笋的客户，但是忧虑收到手里的芦笋没地方存放，这是非常叫人头疼的大事。

小贩子很高兴。市场存在竞争，同行都是冤家。这么多冤家聚集在一起，都要招揽主顾，小贩子就会成为香饽饽。

种植芦笋的农户很高兴。小贩子天天忽悠他们，说贩芦笋就是折本赚吆唤。天天折本天天干，驳壳枪也不会这么犯贱。心里虽然犯嘀咕，可是不知道这些孬熊把芦笋交到哪儿去了，打听不到实信。闷葫芦头大肚子，都是生生硬憋出来的。

成立芦笋交易市场，真是天大的好事一桩。笋农也知道芦笋市场在哪儿，那几个孬孙再不说实话，我们就直接卖到芦笋市场上去，不让二道贩子剥我们的皮。

芦笋市场很快就要建立起来了，因为芦笋交易市场是在旧建材市场的基础上改造的，省事、省时、省力、省钱，也节约土地。但是市场建设的进度再快，也赶不上今年这茬芦笋了。今年不能从芦笋贩子的口袋里掏钱，马路平的感觉就像打鱼的人看到网破了一样，首先想到的是跑了一条大鱼。遗憾和惆怅阵阵袭来，连补网再捞的心情都没有了。

临渊羡鱼不如退而结网，去寿光考察的时候他就念叨这句话。现在看来，结网的时间太过漫长，等待的心情太过痛苦。还是那些偷偷渔猎的人聪明，他们用电棒电鱼，用农药药鱼，要么就使用窗纱一样的绝户网。这样做虽然缺德冒烟，但是收获颇丰，能把一个坑塘逮得鱼芽不剩。

唱高调的人都说要设身处地地为别人着想，全中国十几亿人口，你能顾得过来吗？爹死娘嫁人，各人顾各人。只要自己可以得实惠，捞完鱼把水留下，撒下鱼秧子很快又能起网了。

马路平成立了芦笋交易市场筹建指挥部，自己亲自挂帅，任现场总指挥。武大勇和武大智任常务副总指挥，是可以独当一面的一字并肩王。

市场启动之前，大家全都面露喜色，怎么核算怎么得意。可是市场的运作和发展，是受经济规律制约的，人们的动机是被利益驱动的。管理者和经营者如何协调？各方的利益能否被同时兼顾？这是事关芦笋交易市场生死存亡，能否向预期目标发展的大问题，不知马路平和刘秋恒之流慎重考虑了没有？

# 三十三、继续蜕变

伟人说过，世上原本没有路，走的人多了，松软的土地被踩踏得硬实板结了，像钢板一样坚硬，野草拱不出来。这样的地段从脚下延展到远方，像阡陌一样横陈在旷野之上，这就是四通八达的路。

路是走出来的，大活人绝对不能叫一泡骚尿给憋死。刘秋恒信奉"一闯三得"的古训，决定押上一车芦笋搞试验，走出一条在常温下储存鲜芦笋的新路子。一车芦笋好几万块，刘秋恒也疼得揪心撕肺。茌金花劝刘秋恒拿出男子汉的气魄来，权当摸牌输了，或者是本市又新开了几家美容院，你又跟着冷嘉义这个孬熊随礼凑份子，替人家挂匾放炮仗了。

刘秋恒、马路平和冷嘉义之流经常夜不归家，茌金花就邀约几个小妹妹打牌、按摩、下馆子，学着男人的样子潇洒。她们打一枪换一个地方，想吃遍秦台，玩遍秦台。有一天她们无意间溜到一个僻静的小巷口，找到一家不太显眼的美容院，看到里面有刘秋恒他们送的匾额。经过调查了解，她们知道丈夫很多劣迹。这伙子人是秦台的阔少，只要本市有新开张的美容院、桑拿浴室，他们都会前去送匾放炮仗庆贺，拉关系拿优惠券，当长期固定客户。

茌金花在鸡窝门口支大炮，夹七夹八地把丈夫讽刺打（鸡）击一顿。刘秋恒涎着脸讪笑，不敢显示他的男子汉气魄。

王彭生为了报答刘秋恒去年为他提前预定冷库的恩惠，知道刘老兄吃了各家冷库的闭门羹之后，主动腾出一间库房给刘秋恒使用。刘老板觉得两家大点在一个院子里收货很不方便，委婉地拒绝了。他怕点上的工作人员各为其主，万一弄出一点口角来，被别人笑话不说，他和王彭生日积月累的纯情友谊，恐怕也要损耗一些的。另外还有一个原因，就是"商业机密"问题，他有一些出奇制胜的招数，不想在别人面前泄密。

刘秋恒还是有办法的，他购买冷库的机制大冰，收完货叫冷库把大冰送到现场，用锤子砸碎装到芦笋筐里，分上中下三层摆到车厢里，中间摆放芦笋，用塑料布和棉被封严，连夜送到加工车间。一千公里之内，货物进厂了冰还没有化完。冰水淋在笋头上，洗净了灰垢，芦笋翠绿坚挺，鲜灵灵的像刚从地里采来的一样。加工厂喜欢，刘秋恒也喜欢。冰水被芦笋吸附进入体内，芦笋大幅度地涨秤了。涨秤就是涨钱，刘秋恒粗算一下，刨掉买冰的钱还略有盈余，这么干是划算的。

刘秋恒省了冷库费还能卖冰水，这又让那些租赁冷库的老板心里失衡了。大家都说开磅收笋的时候没看日子，幸运之神又跑到刘秋恒那个孬熊那儿去了。

都说鱼有鱼路，蟹有蟹道，能选择正确的道路行走，取得超出常人的业绩，必须有独到的目光，文化人称之为独具慧眼。坊间直言逮兔子的人有老鹰眼，抓团鱼的人有老鳖眼。

在瞬息万变的商场上，刘秋恒就有一双令人称羡的"老鳖眼"。别人忙得揩不清头绪，揩着一身臭汗茫然无措的时候，他那双在老君炉里练过的贼眼滴溜溜乱转，每每也能从哄乱纷繁当中看到一线商机，并且快速把它攫取在手里，攥死也不松手。

今年的芦笋贩子几乎像芦笋一样多，这是各个公司始料未及的。他们用不着到地头设立收购点了，坐在公司的院子里，端着茶杯，翘起二郎腿，像大爷一样坐地收货。就像俊俏的独生女儿坐山招夫，有资格挑肥拣瘦。前来招赘的多半都是贫穷人家的子弟，贫不择妻，气势先自弱了下去。

各个厂家都像事先商量的一样，除了王彭生的客户之外，一律不再无偿提供塑料芦笋周转筐。用芦笋筐的供货商要预付和周转筐等值的押金，每只筐三十块钱。丢失扣款，损毁不退，杂筐不收。退筐的时候，根据你使用的天数收取租赁费，每只芦笋筐每天收取租赁费五分钱。千万不要吸溜嘴，五分钱确实不是大钱头子，仍在马路上也没有人弓腰拣它。可是聚沙成塔，集腋成裘，日子不可长算。大点上一个芦笋季节要有上万只笋筐周转，使用周期长达一百五十多天。

粗算一下不难看出，租赁费也是一笔不菲的收入。厂家这样做也是无奈之举，供货商多了，都跑到原料部里吵吵着要筐，把其他工作都给耽误了。原料部的职能是收原料，是保证车间正常生产，发筐是仓储部的事，原料部不能更不愿意越俎代庖。

大家被供应商缠得没有办法，坐下来会商一下，就把无偿提供改成了有偿租赁。这样一来大家都不吵吵了，要筐是花钱的，老板们自己都在想办法减少用筐的时间和数量。厂家也不怕客户吵吵了，只要你拿出钱来，公司可以买到崭新的芦笋周转筐。试行一季之后，厂家都笑逐颜开了。芦笋贩子在地头敞开收购，一人难防多人，芦笋筐多少都会流失一些的。借来的牲口有劲，租赁者和老百姓都顾不上爱惜使用，芦笋筐也有较大损耗。每年把周转筐放给供应商，跟着客户到外地旅行一周，不耽误本公司正常使用，损耗摊销到供应商身上，公司几乎可以省掉购筐这笔开支。

刘秋恒受到了深刻的启发，他也仔细地算了一笔账。如果自己继续干芦笋生意，用不了几年，租赁费就可以买下那些筐了。芦笋季节每年都有行市差的时候，都有连阴套老雨，把芦笋灌饱浇透，笋头不掊就想软面，这时候不收杂筐，新筐就能高价出售出去了。

刘秋恒从刘爱果那儿查到了塑料厂的电话和地址，到厂里定了三万只比得意集团大一号的刘氏标准筐。他允许加工厂偷工减料，允许加工厂用再生料，但是要把价格压到最低。刘秋恒一点也不糊涂，他定做的是芦笋周转筐，不是保险柜。周转筐是为了出租和销售的，不是陈列在点上当摆设。低值易耗品消耗得越快越好，不禁使唤更新的速度就会加快，他的资金周转速度也会随之加快。租赁出去也没啥，芦笋筐破损就等于销售出去了。

刘秋恒把芦笋筐的颜色改成火爆爆的中国红，预示着他的生意红红火火。冷嘉义率先跟着模仿，把他那个收购点的芦笋筐改成米黄色。魏成功做保鲜笋，用保温性能好的塑料泡沫箱，这在秦台芦笋界是独一无二的，用不着改变规格和颜色。王彭生的点上仍然由厂家无偿提供周转筐，也用不着跟着乱蹚浑水。

芦笋只有两种颜色，埋在地下不见阳光的是白色的，叫白芦笋。拱出地面进行光合作用的芦笋是绿色的，叫青笋。秦台已经没有白笋了，所有的芦笋都是绿色的。但是芦笋筐是五颜六色的，规格是参差不齐的，收芦笋的方法也是五花八门的。等到芦笋行情下行之时，各路销售芦笋周转筐的大点贩子，就有了大显身手的用武之地。

王彭生早就知道"花花世界无奇不有"这句成语，但是认可它是在收芦笋的时候。芦笋贩子不专心致志地收芦笋，还想着法的鼓捣芦笋之外的衍生品，说明哥几个越来越像生意人了。

上个世纪 80 年代之后，中国进入"改革开放"阶段，有人说"改革"就是"变革"，这话也是非常准确的。

闭关锁国的时候，大多数中国人是孤陋寡闻的。打开国门之后，就会有很多新奇的物质和非物质的东西涌进来。单纯的人们无法辨别事物的对错和真伪，但是模仿的念头是执着而又强烈的，模仿的脚步也是迅速快捷的。

形势快速地发展，集体企业"砸三铁"也没提振士气，企业的效益仍旧在深深的谷底徘徊。大多数公司和工厂名存实亡了，存在一个烂摊子和国有企业员工的名分，除此之外企业再也没有任何实质性的东西回馈给那些"以厂为家"的员工了。

砸三铁没能砸出名堂来，企业就顺应历史潮流，进行改制。开始是找能人承包工厂，给企业打"强心针"，把企业救活过来。员工们天真地认为"能人"就是救苦救难又全知全能的观音大士，十分虔诚地把压箱底的积蓄拿出来，交给"能人"当启动资金。

能人多半都是爱冒风险的人，被社会舆论誉为"弄潮儿"。水火原本就是无情的，潮水要比洪水厉害一万倍。后来看到钱塘海潮把游人拍下大堤，带到海底去见老龙王；印尼海啸狂浪高达十米，灾难突如其来，给印尼、斯里兰卡、泰国、印度、马尔代夫等国造成巨大的人员伤亡和财产损失。光是印度尼西亚的死亡失踪人数，就高达 23 万多人。

大家终于醒悟过来了，玩水就是玩虎，弄潮实际上就是弄险。那些承包企业的能人，破坏性使用企业的设备和设施，超强度延时使用员工的劳动力。盈利的时候把大部分利润揣进自己的腰包，亏损了卷起铺盖走人，实实在在地给企业的"主人"上了生动的一课。

上级领导也明白过来了，光砸"三铁"还不够，还要把那口做饭用的"大锅"砸碎了。企业改制要像农村承包责任田一样，把所有权交到个人手上。

秦台地区的企业改制开始了，沾公的企业都要改制。当然了，改制不搞一刀切，允许先急后缓。就像果农摘桃子，哪个果子熟透了就先摘哪一个。

各个厂矿企业都放出了试探性气球，刨掉银行贷款和外欠债，评估出净资产原值，估算出可以成交的价格，发布改制公告。有意向购买厂房和设备的单位或个人，提交资质证明，预付十万元定金，到市计经委报名候审。审查合格的单位和个人，共同到现场竞标，出价最高的一方胜出。胜出方就是资产拥有者，凭计经委出具的书面证明，到工商机关办理注册登记手续，或者是法人变更手续。审查不合格的竞标者，计经委退还十万元定金走人，或者报名参与另一家改制企业的竞标。资格审查合格，中途变卦不参与竞标的单位和个人，一律不退定金。

肉联厂也在改制之列，冷嘉义经常和商业局的领导们吃吃喝喝，及早地知道了改制的消息。他及早地跑到计经委报名，并让商业局的领导出面，请计经委改制办的领导吃饭，透露出参与竞标志在必得的决心。

浙江蛮子相中了秦台这片芦笋、牛蒡和山药基地，有意向过来发展。南方人精明谨慎，过来投资一定要寻找当地的代理人，强烈要求魏成功和铁弓骥入伙。他投资百分之五十一的份额，绝对控股。所有的资本都由他投入，分给魏成功和铁弓骥一些干股也行。南方人到北方投资，很少叫当地人控股。大股东左右形势，当地人在家乡办工厂，已经占尽地利了，不能再让他们占尽天时。

历史潮流势不可挡，企业改制是大势所趋。亚细亚冷库也建造在地球上，自然要顺应历史潮流。冷库负责人把改制的信息透给王彭生，并建议他把亚细亚冷库收入囊中。他说这是历史的必然，亚细亚不是建造在火星上，只要属于中华人民共和国管辖，就逃脱不了"改制"的命运。公有企业没有世外桃源，除非是关系到国计民生的特大型企业之外，其余的都要改制。

亚细亚倒闭是命中注定的，有一个溜乡算命自诩深谙玄学的星象大师这样评价：一个小小的冷库敢和郑州大商场共用同一个名字，风头都被郑州亚细亚抢走了，剩下的就是衰败。后来不可一世的郑州亚细亚超市也倒闭了，说明他们的领导也不明智。秦台叫"亚细亚"的冷库倒闭了，说明亚细亚这个名字犯忌讳，他们不吸取经验教训，找高人重新改个名字，依然还叫"亚细亚"，结果怎么样？和秦台的"亚细亚"一样，彻底垮台了吧！

对于冷库领导的提议，王彭生非常心动。但他自身的实力不够，胃口嫌小，一个人吃不下"亚细亚"这块肥肉。他决定和刘秋恒联手，共同购买这片工厂。

刘秋恒走访客户去了，正在山东、河北、河南境内流窜。刘老板一直志存高远，从他亲自设计的发型上就能体现出来。他把自己的发型设计成"鸡冠子"形状，不仅仅是为了当官，立志要当"吉官"。后来犯错误"官"被撸掉了，他的发型依然不变。做生意也是要讨吉祥的，鸡冠子长在公鸡头上，雄踞头顶，变通一下"吉官"就成了"吉顶"。能登上吉利的顶峰，把利润攫取到极致，不也需要运气和本事么？

刘秋恒在电话中爽朗地答应了王彭生的要求，叫他抓紧时间到计经委报名，先把十万元定金交上。他一周之内准回秦台，如何合作的事情见面详谈。哥几个都像拱破土层的金蝉，一步步攀缘到高枝之上，还要蜕变羽化，展翅高翔，这是激动人心的大喜事。这样的机遇可遇不可求，一定要牢牢地抓住……

都说生意好做伙计难搁，刘秋恒却是信心满满。他知道自己写文章或许比王彭生稍逊一筹，但耍心眼子绝对在王彭生之上。盘下工厂之后，无论是合作还是分手，自己都不会吃亏的。

# 三十四、强行入市

老百姓常说，上头念得都是好经。一层一层传下来，难免就被歪嘴的和尚念跑了调子。就像笨丫头学画画，能把仕女图临摹成猛张飞。

上级政府支持筹建各类专业市场，除了下拨建设资金外，还给予这样那样的优惠扶植，目的就是想把市场培育得更大。市场的规模扩大了，基地的面积也会随着增加和扩大。这样农户的收入增加了，地方经济发展了，国家税收增加了，地方特色也凸显出来了。这样餐饮、运输、服务等相关产业也被带动起来，劳动力有地方就业，社会安定团结了，经济良性循环和发展了，就是百业俱兴，一派繁荣。马路平的报告彰显出了这样的意图，所以各级政府都很重视苏北这个芦笋交易市场，支持的力度很大。

市场开张之后，马路平有些急功近利。事情急则偏，缓则圆。人们常挂在嘴边上的俗话是"欲速则不达"。可是马镇长急于挣钱，实在顾不得许多。

万事开头难，开不好头就玩完。这个头怎么开呢？马路平召开几次党委扩大会也没研究出子丑寅卯，一想起这件事来，就像一口吞下了二十五只小老鼠，百爪子挠心。他决定请刘秋恒喝酒，在酒场上把刘秋恒拉到一边，头抵着头悄悄嘀咕起来。被马镇长尊重和信任，刘秋恒觉得非常满足。他又不需要对自己的言行负责任，就尽兴地大侃起来：

"啥事都有第一次，第一次都没有经验，显得幼稚、出点错讹，都是可以理解的。你在乡镇工作多年了，乡镇的工作经验是啥？是铁腕政治。老百姓都知道，喊三声大爷，不如劈腚一脚。喊三声大爷他脸腆得像扒粪一样，对你的尊重和客套洋洋不睬。劈腚一脚他马上有快速的反应，连声问你干啥？因为这一脚踢下去，他就知道疼了……"刘秋恒像是很有经验的老手，对马路平循循善诱。"搞市场和搞女人一样，第一次开苞的时候，男人要狠一点，女人要忍一点。咬咬牙这一关就过去了。要是动了怜香惜玉的心思，她这样那样尽是毛病，十天半月的干耗着，有可能黄花菜就冷凉了……"

都说谋定而后动。马路平谋划一年多了，现在终于拿定主意了，马上召开党委扩大会，宣布他的一项命令。

春节之后芦笋交易市场一定要开张，对于新生事物，人们多半会观望。芦笋贩子的犹豫对他们自身无损，但是却会减少市场的经济收入。毛主席说过"革命不是请客吃饭，不能那样温文尔雅"。坊间流传"商量不如强量"。刘秋恒说得更为生动形象：喊三声大爷，不如劈腚一脚。

谋划的时候是务虚，务虚解决的是思想认识问题。思想问题解决了就要务实，务实就是把决策的计划付诸实施。马路平强调一条原则，就是要"强行入市"。所谓强行入市，就是强迫秦台境内的芦笋贩子进入市场交易。

芦笋贩子和笋农都强调说，不进入市场一样进行交易，照样把秦台的芦笋卖出去。可是游离在市场之外，卖一万吨芦笋市场管理办公室也收不到你一分钱。只要进入市场就得租赁场地，一两芦笋不收也得拿房屋租赁费。

要想做成一件事，光有决心不行，必须下真功夫。马路平在电视和报纸上做广告，请刘秋恒、冷嘉义、魏成功、王彭生等有交情的朋友帮忙架势，率先进入芦笋市场，起示范带头作用。

刘秋恒积极响应号召，他阴蓄着挖撬别人墙角的诡计，巴不得芦笋市场早一点开张。魏成功和冷嘉义都已经有了工厂，马路平还把他们当成一般的芦笋贩子看待，心里有些不舒服。可是恼火归恼火，朋友的金面难驳，他们只得多花一道子钱，到芦笋交易市场设点收购，晚上拉到工厂加工或储存。

亚细亚冷库改制的积极性不高，先作壁上观，看看别人如何改制，自己先拖一段时间再说。王彭生已经报名参与竞标了，尚未有实质性的进展，他仍然是地地道道的芦笋贩子，准备合作的伙伴刘秋恒兴致空前高涨，王彭生只能紧紧跟随。

马路平拉起一文一武两支队伍，文职人员由武大智率领，驻扎在各个芦笋收购点上，统计各个贩子的收购数量。每吨抽取一百块钱市场管理费，房屋租金和装卸费另算，交完款装车走货，没有交费凭证的不允许装车。

武装队伍叫芦笋市场稽查队，戴安全帽、扛大铁锤，发现在市场之外私自收货的芦笋贩子砸秤收筐，强制进入市场，办理完房屋租赁手续，缴纳完罚款再把烂铁块和破塑料发还给你。车上安装警报器和高音喇叭，张贴横幅标语。市场上也贴着红红绿绿的标语，高音喇叭里反复播送《市场管理条例》、《芦笋交易须知》等文告，就像回到了"文革"期间一样。马路平因此名声大噪，收芦笋的贩子和笋农送他一个雅号：大马子。大马子是乡间的方言土话，是秦台及周边地区的乡亲对悍匪的称谓。

脏水坑里生蝇蚊，热闹的地方多聚人。芦笋市场开张之后，收牛蒡、收山药、收苹果的贩子也来凑热闹，卖种子、卖化肥、卖农药的商人也到芦笋市场设点开店，挨着市场的马路旁边，搭起了许多活动板房，开起了杂货店和小酒馆，墙壁上贴着标语、海报，也有寻人启事和各类帖子。人来车往，机动车辆的马达声和人的喧嚣声不绝于耳，芦笋交易市场成了一个热闹繁华的去处。

各个收购点的门脸上，都贴着"金日开业"的不干胶条幅，不知"金日"是何日。市场管理办公室的大门两侧，贴着两张具有医药功能的黄表纸，是专门医治婴儿夜间啼哭的。一张写着"天惶惶、地惶惶，我家有个夜啼郎，行路君子念三遍，一觉睡到大天光"。另一张意义相仿，修辞略有差异：天黄地绿，小儿夜哭，君子念念，睡到日出。

市场成立了，把所有的芦笋贩子都聚拢在一起，给市场周围的农户提供了方便，他们可以把芦笋直接送到市场交易，不受二道贩子的鸟气。远路的笋农依然在田地地头直接卖给二道贩子，他们说大热的天驮着一筐芦笋跑几十里地，累人不说还得花吃饭喝水的钱，是很不划算的。

芦笋市场的火爆，也给各路收购芦笋的厂家大开了方便之门。他们在收购点上和监磅的市场管理人员交流，在外面看其他点上如何收货，直接和二道贩子甚至是笋农对话。把芦笋收购中的那点秘密，乃至芦笋的种植培育技术都摸得清清楚楚。回去就能顶替魏成功那样的农校大学生，直接上任当芦笋示范基地的高级农艺师。这些收购原料的厂方代表，也背开各自的代理人，私下里聚在一起嘀嘀咕咕，有时候是攻守同盟，统一标准、统一价格、统一筐皮重量。

人们都说做生意好像变戏法，变戏法演穿帮了没啥看头。做生意不存在任何商业机密的时候，利润也就随着秘密飞走了。

商场如同赌场。赌徒下场赌钱，不赢就是输。在赌场上羁留一天，即便口袋里的钱镲子不少，却白搭了一天的时间。寸金难买寸光阴，一天二十四小时，论起来价格是不菲的。好赌博的人都有这样的秉性，赢的时候想赢得更多，输的时候想捞回本钱，捞回本钱也不罢休，还想再赚一点。有的人把赢来的钱输回去，也难受得痛心疾首，没输钱也洒脱不起来。

芦笋市场开张之后，第一个感觉到心理不适的是刘秋恒。

芦笋市场开张之后，秦台的名气远播在外，秦台的芦笋也是世人皆知。各路神仙闻风毕至，把残次笋、水渍笋、隔夜笋、机械损伤笋，甚至是芦笋茬子都收走了。在芦笋市场上，第一等芦笋做保鲜笋，第二等芦笋做速冻笋，第三等芦笋做罐头，第四等芦笋做冻干或脱水产品，剩下的榨汁，榨完汁烘干制作芦笋粉。后来连母茎上的雏藤嫩叶也被采摘利用，炒制成具有保健功能的芦笋茶。芦笋浑身是宝，被研究开发利用到了极致，可是芦笋的价格却一路走低，直至毁掉这片金不换的芦笋基地。这与马路平过于急功近利，损害了流通商贩的利益有关。

刘秋恒在九州大酒店的高档雅间里摆下酒场，请马路平那帮子管理人员和上规模的大贩子喝酒。芦笋交易市场成立之后，刘秋恒动员上规模的大贩子轮流坐庄，定期请马路平之流喝酒吃饭。日子长了，请酒也就成了雷打不动的规矩。习惯成自然，请酒的人积极主动，被请的人心安理得。马路平觉得大家请他喝酒，就像进入芦笋市场需要交纳管理费一样，是天经地义的。

刘秋恒在酒场上向马路平介绍全国几家知名度很高的大商场，介绍那些大市场开办之初的招商经验，介绍做芦笋生意的游戏规则。像寿光、临沂、常熟、义乌等地，现在成了国际知名的大商场。开始他们出台了很多优惠政策，比如说三年不收任何费用，无偿提供店铺门面，奖励率先进入市场并积极推荐其他商家进入市场的商家。现在他们形成气候了，用电警棍打也赶不走他们了，房租和管理费上涨一点算什么？

商业的游戏规则是啥？是合作共赢，互惠互利。现在芦笋市场把钱都赚到政府一家去了，我们这些拉磨的驴子不有微词吗？别说是一头瘦驴，就是比马还大的肥骆驼，不喂草料能有力气拉套吗？老百姓经常说两好搁一好，肉肥汤也肥。我们不反对市场挣钱，投入是为了产出，政府投资建设芦笋交易市场，又有那么多人跟着忙乎，不挣钱图啥？可是不论干啥都得有度，你老马吃肉啃骨头，叫我们跟着喝点汤。我们是市场的台柱子，如果我们连刷锅水都喝不上，这个市场能会长久吗？

马路平气鼓鼓地抽闷烟，心中暗骂刘秋恒多事。你刘秋恒也知道政府投入不少，有人有车参与管理，还要招待本地和外地的上级和兄弟单位参观访问。我马路平家里又没开银行，市场办起来了，花钱不找市场还能找谁？市场收取的管理费用，是你们这些黑心贩子砸筐扣秤的钱，说到底还是老百姓的钱。你们是拾着坷垃砸狼，无非是过过手而已，并没碰着你们的代理手续费。

如果上级明确我马路平在中阳镇扎根干够多少年，也许马镇长会从容布局，合理布局，至少环境要比现在宽松。可是书记就要回来了，老马能给她留下一个烂摊子吗？如果马路平升职调动，职务比党委书记高了，留下什么样的烂摊子她都得笑眯眯地接过去。问题是自己的职务级别低，不给领导留下好的印象，就不会得到好的鉴定评语，也不会得到好的职位。自己主政期间，欠下了那么多招待费、建筑材料款、建筑工程款，还有其他杂七杂八的费用，一定要在书记回来之前还清了。自己的屁股自己擦，别人不会替你揩屁股，只会把你的屁股揉搓得更脏。听说邻县一个乡镇的党委书记欠了饭店三十万元招待费，他调走之后继任者不认这壶酒钱，结果把他"双开"了。自己一定要引以为戒，无论如何都不能重蹈那位老兄的覆辙。别说"党籍"、"公职"双开除，开除一个自己也没有脸面在秦台混了。

马路平早就不在刘秋恒手下混了，刘秋恒对他的影响减弱到了可以忽略不计的程度，所以尽管刘秋恒嘟噜得两嘴白沫，尽管他说得天花乱坠，尽管这些话也很有道理，可是当家主事的人是马路平，刘秋恒的话是没有丝毫作用的。市场依旧按照马路平的意思运作，大小贩子都被市场管理人员用利刀削掉不少皮肉。民不与官斗，只能在背地里咬着牙窃骂几句。芦笋交易市场的上空，怨气不散，一直漂浮着咀咒"大马子"的叫骂声。有几个关系不错的芦笋贩子，发完货坐到活动板房里吃狗肉喝烧酒。酒壮怂人胆，二两小酒下肚，就敢把躲在被窝里小声嘀咕的话拿到桌面上大声说一回。

"我老婆快生了，不论男女都叫'大马子'。"一位仁兄脸上泛起两朵桃花，乙醇已经发挥作用了。"为啥?"另一位这样问。

"为了那个不是东西的东西。"微醉者指指芦笋市场管理办公室，咬着牙说道："我白天当他的爹，晚上操他的娘!"

"哈哈……"大家都笑了。一位更精明的人接茬说道："我有了孙子也叫'大马子'，我白天是他爷爷，晚上操他奶奶……"

"你这个孬龟孙，想占我便宜。我当他老爷爷……"两个酒晕子争执叫骂起来，酒店的老板去找管委会分管治安的副主任武大勇过来处理问题。小五保问明情况后，耸耸肩摊开两手，那张冷酷僵硬的死人脸露出了一丝罕见的笑容……

# 三十五、黑马憨半熟

市场管理办公室的主要职能就是管理。马路平说管理管理，你不管他就不理。对那些刁钻奸猾的芦笋贩子，就要经常行使监督职权，他们都是铁匠砧子上的红铁块，要经常地敲打。

麦收之后不久，老天下了一场透雨，芦笋很快就要大量上市了。市场上所有的芦笋贩子都翘着脚尖向远处眺望，焦急地巴望着这一天早点到来。刘秋恒也咧开裤腰一样的大嘴，窃窃地偷笑。他说时运这个东西不是一家的，兔子仨月狗仨月。前半截时运是芦笋市场的，咱们是亏是赚大马子不管，他只管收取市场管理费。后半截老天开眼了，阳光照耀到我们贩子这边来了。收购春季笋的时候，卖芦笋的小贩子傲得像小公主一样，把芹菜梗和蒜苔都掺和在芦笋里捆扎起来，根本不叫验级员解捆。那时候的验级员，冷嘉义说他们是骡子的生殖器——多余。现在是收夏季笋的时候，都是全青的标准芦笋，也得压级压价，砸筐扣秤。

刘秋恒盲目乐观，他高兴得太早了。早晨九点多钟，各个驻点的监磅员通知点上的老板，到市管办的楼上去开会，马镇长有重要的决定要宣布。

刘秋恒以为，马路平无非是强调一下市场秩序，叫各家的主顾有序摆放车辆，不要影响其他点上收购之类的，没啥大不了的事情。芦笋贩子都知道机遇利益都在夏季笋身上，没闲功夫斗嘴吵架玩。

马路平前几天去看老丈人，和大肚子牛魔王一起喝酒，问起芦笋的成本价格是多少。他的连襟和老丈人都说不能低于三块钱一斤，他们家都有芦笋，价格低了经济收入直接受到影响，他这个镇长兼市场管理办公室主任的脸上也没有光彩。马路平要求商家保护笋农的利益，今年的夏季笋收购价格，不能低于三块钱一斤，这是保底价格，上不封顶。

刘秋恒兴冲冲地过来开会，皮包里还装了一条苏烟。听完马镇长的指示意兴阑珊，那条苏烟也懒得往外掏了。

市管办的会议散场之后，芦笋贩子并没有走散。他们陆续来到刘秋恒的门市部二楼，那儿装有大马力的柜式空调，坐在里面非常舒服。刘秋恒是马路平倚重的红人，是大小芦笋贩子的灵魂，是黑白两道通吃的核心人物，也是芦笋市场上左右逢源、威风八面的人物。市管办遇到啥棘手的事情，多半是请刘秋恒过去当参谋。芦笋贩子碰到难事，更是依附在他的鼻息之下，等候他拿大主意。

刘秋恒把巴结马路平的苏烟拿出来，撕开撒给大家，当仁不让地坐在中心那把椅子上。"今天的事情只能这样办了，马路平已经打过招呼了，咱们不好明目张胆地顶着干。咱们向西汉大将韩信学习，明修栈道暗度陈仓……"刘秋恒呷了一口浓茶，压低声音说："价钱不动筐皮动，狠砸筐皮多除杂。南京到北京，卖的没有买的精，横竖得算着咱们够头才行。另外咱们在点上收一小部分货，大批量的芦笋拉到外面去装车……"

"好，这个办法好。"魏成功和冷嘉义首先表示赞同，要是一开始就使用"一头沉"的法子两边收货，在市场上点卯应景，大批量的货物在厂里收，一个芦笋季节下来，光市场管理费就节省不老少。马路平毕竟是刘秋恒带出来的学生，和师傅比起来是仨枣跟着四个枣的跑，差了一（枣）招。

刘秋恒太伟大了，单凭这一个鬼点子，就值两场好酒钱。芦笋结束之后，大家要轮流请请刘老板才对。刘秋恒说得太对了，昆虫趋光，商人趋利。做生意不挣钱，不如坐到槐树底下看蚂蚁上树玩。不论你是多大的干部，只要你有让商人不挣钱或少挣钱的打算，做生意的人就会和你离心离德。

家有存粮心不慌，腰系锦囊更安详。锦囊是诸葛亮经常使用的工具，用来装盛奇思妙想。刘秋恒不太讲究形式，更注重实质内容。他不卖关子，不打埋伏，直接把切实可行的计策告诉大家，只需要秘密分头行动就可以了。

各个商贩都避开点上的监磅人员，躲到角落里给自己的亲友和下线打电话，告诉他们把少许芦笋送到市场来，把大批量的芦笋送到指定地点。

强将手下无弱兵，刘秋恒麾下不养窝囊废。他一手调教出来的老表验级员，能充分理解并坚决贯彻执行老板的意图。有时候太注重给老板留下好印象，分寸把握不好，于是发挥过当，也闹出一些笑话来。砸筐皮的第一天，他就像小五保砸磅秤一样，连吃奶的劲都使出来了。一个自卖老汉驮着多半筐芦笋，到他的点上来交货。过磅员喊出毛重九公斤。验级员头也不抬就向开票的工作人员颁布命令：扣筐皮十公斤。

笋农听说要扣十公斤筐皮，搬起芦笋筐就往门外走。

"咋回事？"验级员一头雾水，不明白老汉为何突然不卖了。

"我没有那二斤芦笋找给你。"卖芦笋的老汉狠狠地白了验级员一眼，任怎么劝说也不回头了。

芦笋市场上表面非常平静，和以往没有任何两样。可是收货结束的时候就有些不对劲了，监磅员首先发现了怪异。上货量比平时少了一半都不止，市场管理费更是直线下降，只收到平时平均水平的百分之二十。

马路平发火了，他把小五保狠狠训斥一番，叫他想办法和交警联起手来，在各个主要路口设卡盘查，不信汽车能变成飞船，可以从空中飞出秦台的地面去。只要没有市场出具的缴费凭证，就扣车扣货，狠狠地处罚，罚他个倾家荡产。乱世需用重典，不出狠招他们不知道马王爷三只眼。今天要是镇不住，明天他们就敢闹翻天！

这个办法确实不错，可是马镇长的级别不够。调动交通警察协防，是需要请示市委领导的。乡镇和公安局平级，有的公安局长是副处级，根本不听乡镇长的招呼。叫一个乡镇派出所长兼政法副镇长出面，按照"条块"管理的原则，武大勇属于公安局垂直领导，下级在上级面前说事，只有唯唯诺诺的份了。人微言轻，无关宏旨、无足轻重的语言没人听。小五保虽然是一米七八的身板，体重一百八十多斤，可是在局座的眼里就是一根灯草，轻飘飘的没一点分量。

受到"苍山蒜苔事件"的影响，各地区都对蔬菜水果开放了绿色通道。在路上发生了交通事故，也要先把货物送到安全地带再回来接受处理。苍山县的县长和县委书记都被处理了，谁也不想凭空戴上一顶"官僚主义"的大帽子，那顶帽子是专门祸害干部的。

市场商品的价格是根据供求关系制定的，买卖双方认可就行，物价局负责行政事业收费这一块，不干预市场价格。技术监督局也不想惹事，他们说只管磅秤计量准确与否，扣秤砸筐皮不在他们的业务范围。市场上讲究公平合理，买卖自愿，买卖自由。不合适可以不卖，不卖货他就扣不成秤也砸不了你的筐皮。技术监督局也无权干涉自由交易，更没有权力强迫别人买卖。

马路平很无奈，自己的乌纱帽太小了，现在拿到爆米花的机器里放大也来不及。再说了，组织部门不行文批准，乌纱帽放大了也是白搭，只能借给剧团演员在舞台上用用，在现实生活中屁事不管。

不得已求其次，马路平只能下令在本镇范围内严查严办，规定扣皮去杂不得超过五公斤。逮几个不法贩子惩罚一下，以儆效尤。

刘秋恒是大家公认的精明人，精明人做事一向是出类拔萃的。自从加入到收购芦笋的队列中来，刘秋恒送货的厂家多，收货的数量大、规格全，收购时间长，乃至获取利润的丰厚程度，都是首屈一指独占鳌头的。可是芦笋市场里突然拱出一匹黑马，搅得他心绪不宁。

芦笋市场的西北角，翻过墙去就是一望无际的芦笋地。那儿原本是个荒凉偏僻的地方，在点上值班守夜的住宿人员，通宵不敢灭灯，头发稍都支楞着。这几天那个闲人野狗撒尿、兔子不拉屎的地方，突然拥挤热闹起来了。人来车往，川流不息，把地上的野草踩光了，把地表的浮土踏硬了。

那儿出现了几张新面孔，开了一个新的芦笋收购点。老板叫梁班杰，带着几个纹身秃头满身横肉的工作人员，都像《少年犯》中的特型演员。

这小子不懂行规，要么就是目中无人。他只在马路平那儿挂号，居然不去拜见芦笋界一致公认的老大刘秋恒。更为可气的是，他把质量放得很宽，长短粗细、开花散头、紫根白根、虫咬水渍等等几乎不闻不问。价格也居高不下，始终比其他点上高出两到三毛钱。这是一个出高价收毛货的愣种，不和他说道说道其他点上不好收货。看他那副桀骜不驯、玩世不恭的德行，他也不会理睬老大老二的说道。

刘秋恒把冷嘉义拉到一边，低声附耳说道："咱们先摸摸他的底细再说。"第二天早上，冷嘉义来到刘秋恒的二楼办公室，把调查的情况向老大哥汇报："这孩子家住西关外，外号叫半熟。"冷嘉义指指自己的脑袋瓜，进一步解释："这儿少根弦，还差一把火。他几乎五毒俱全，爹娘都管不了他。"因为毒品还没泛滥到偏僻的苏北小城，没听说他有吸毒的嗜好。也可能是野生动物保护得力，也没听说他吃过老虎肉啥的。不过这小子早就有不轨的图谋，他经常向自己的狐朋狗党吹嘘，自己要是搞养殖，就饲养大熊猫；要是搞种植，就种几亩罂粟玩玩。他头上有四个牛舔旋，是个让人望而生畏的愣种。大家都知道，一个顶的老实两个顶的怪，三个顶的孩子沾不上影，四个顶的孩子气得爹娘跳井……

刘秋恒明白了，因为火候不够，只蒸了半熟的馒头，肯定是不好吃的。这样的愣种油盐不进，尽量少惹为妙。

"咱们到厂里去，看看他的上线。"刘秋恒让冷嘉义把家里厂里安排一下，准备晚上出发。

"你知道他供货的厂家？"冷嘉义非常吃惊，昨天刚出来的愣头青，你居然知道他往哪儿送货，真是神了。

"我不知道，不过可以秘密跟踪。"刘秋恒轻蔑地冷笑着。"你去找马路平借车，我来加油。他拉货的车肯定是大车，装满芦笋又重又笨，肯定跑不过咱们的小车。他那样的憨半熟，肯定想不到更不会防范咱们的跟踪……"

冷嘉义对刘秋恒翘起了两根大拇指。他太钦佩这位仁兄的精明了，真的让人五体投地。自己从松开猪尾巴之后，一直被龙须菜缠裹着不能脱身，真的非常渴望出去溜达一圈。

中国社会的发展进步是有目共睹的，用日新月异来形容丝毫也不过分。首先是手机的普及速度惊人，连小脚老太太都会使唤手机。出门走闺女时这样交代老头子：晚上别忘了堵鸡窝，要是找不着旱烟袋就用手机拷我一下。其次是私家车的势头凶猛，房地产开发商还没来得及考虑配套车库，小区的道路就被私人车辆占满了。

冷嘉义发现，停止收猪没几年，再看外面的世界就有恍若隔世之感。那些暗中提供特种服务的路边店还在，只是装修得更加现代和气派，据说服务水准今非昔比，服务项目也比往日丰富多彩。不劳你费心打探，领班的小姐自会给你详细介绍。譬如说"双乳推油"、"冰火两重天"等等，冷嘉义这样走南闯北的汉子居然闻所未闻。听说那个"冰火激情"就是两碗水，一碗冰水一碗开水，小姐们交替吞吐两碗温度极度悬殊的白水，就能叫你从南极洲的冰窟窿里爬出来立马看到普罗米修斯，瞬间享受到冷宠和暖爱。

梁班杰一路享受着这样的生活，引起了追踪者诸多的猜测和联想。刘秋恒他们首先猜想小梁的利润丰厚，要不然他不会提价收购，在路上还像淌水一样花钱消费。他们还猜想小梁供货的厂家极有实力，所做的产品应该是榨汁或者磨粉，要不然他们不会不顾质量，是芦笋都要。

这样的客户太少了，物以稀为贵，所以珍宝难求。刘秋恒和冷嘉义议论着，都对这样的客户产生了觊觎之心。他们要学习破坏他人家庭的"小三"姑娘，在人家夫妻之间插上一条腿。有钱不赚是憨熊，见机会不抓是孬熊，发现这样一个白送钞票的客户，他们说啥都不会放手的。

神秘的面纱很快就被揭开了，刘秋恒和冷嘉义马上想到了"憨半熟"的学名雅号，同时有了穿棉裤光脊梁进入冷库的最初感觉，霎时凉了半截。估计那些争先恐后往他点上送货的笋农贩子们，很快就会目瞪口呆，那感觉就是赤脚踩到了冰疙瘩，一下子就凉到底了。

梁班杰把一车货卸到了两个厂家，是淮北和淮南两家速冻加工厂。这两家工厂并没有直接的外国客商，拿的是二手订单。一家为江苏兴化速冻厂加工成品，一家是受浙江嘉兴外贸公司的委托加工速冻芦笋。兴化的主打产品是小香葱和蒜苗，没工夫加工芦笋。嘉兴觉得离原料产地太远，做加工不如直接拿成品。

速冻芦笋对条桩的要求，成品长度最长不得超过 17 公分。梁班杰按照保鲜芦笋的尺度标准，把 30 公分长的芦笋都收了。芦笋的后腔比前头重，要是截掉一半算出成，有钱折不了地。要是借钱贷款做生意，把老婆孩子卖了也堵不严窟窿。

梁班杰供货的两个厂家，都是别人委托加工的二流工厂，本身就被上线工厂扒掉一层皮了，利润空间相对较低，自然也不会出高价收购"憨半熟"的劣质芦笋。果然如此。刘秋恒了解后发现，"憨半熟"的芦笋销售价格，比他的收购价格每斤低了四毛五分钱。唯一的好处是这两家工厂不赊账，摘掉秤砣马上付现钱，都是现金收货。

就算现金收货，折本的生意也不能干呐。明知道折本还持续不断地送货，如果是有意为之，那就不是差一把火的事了，简直就是清水冷灶贴锅饼，完全是个生坯子。

梁老板把芦笋收到最后是啥结果？肯定是亏众不亏一，拿着冤大头的闲钱潇洒，上当受骗的是那些给他送货的老百姓。

梁班杰天生就是大发手，钱到手肉到口，不论是谁的钱，也不论是干啥的钱，只要他能拿到手，就会尽情地享受。人们都说聚敛钱财最有效的办法是储蓄，挣一块钱哪怕花掉九毛，也一定要省下一个锎子来。憨半熟属于挣一碟子花一盆的主儿，时时刻刻都有罗锅腰上树的感觉——钱（前）紧。

有一天憨半熟和朋友喝酒的时候，听说贩芦笋挣钱。贩芦笋还不需要本钱，开张就能收货，芦笋季结束后一块算总账。他带着一个外地的蛮子到芦笋产区去转悠，说是准备开点收芦笋。这个信息释放出去，几十个人围着他的屁股转悠，争先恐后地请他吃饭喝酒。他的脑袋被乙醇泡大了，身子被酒精烤轻了，觉得芦笋生意好做，等到开春芦笋芽子拱出地面的时候，他就是响当当的大老板，人民币会像树叶一样，源源不断地飘落在他面前。

难怪人们都说生意是鬼生意，不干生意不知道，做起生意吓一跳。梁班杰倒腾几趟芦笋回来，凑着头脑清醒的时候算了算账。算完账他就成了歪脖子柳树下面的吊死鬼，舌头伸出嘴唇外面老长，怎么塞都送不回去了。

明眼人一看就知道，梁班杰账面上的数字是红的。商场不是证券市场，见红不喜。很多人扛不住巨额赤字，跳楼、跳河、割腕、喝农药的都有，所以说账面上的红字是血写的，见红则凶。

憨半熟的小朋友在酒场上劝诫梁老板，说下场赌博不能只玩一把牌，想翻本就得继续玩。梁班杰从谏如流，硬着头皮继续玩下去，越玩窟窿越大，秦台人惊呼"没法安眼了"。他的朋友继续向他进言：今日有酒今朝醉，明天没酒再操兑。好日子先过，有钱先花。到时候没钱了他能咋着你？谁也不敢把你扛到井里去……

对，就是这话。憨半熟把心一横，索性提高价格，放宽质量，甩开膀子大干一把。有道是伸头一刀，缩头也是一刀。欠债等于借钱，我憨半熟尽管缺心眼，大道理还是知道的。心眼子少不等于心眼子坏，我也不当赖账的孬种。梁班杰承认欠账，人不死账不烂，先欠上个十年八载的，以后还上还不上就看我能不能走大运、发大财，也看诸位老少爷们有没有造化。诸位送芦笋的商贩都是本乡本土的老少爷们，权当干了一任民政局长，捐款赈济灾民了。我梁班杰就算侥幸进了收费站，借一点修桥铺路的钱……

刘秋恒和冷嘉义琢磨着，憨半熟是光屁股上房顶——对不住四邻了。他太自私了，极度自私的行为多半是可恶的。他坑害了那么多善良的笋农，嘴里念叨着人不死账不烂，心里却揣摩着鸭子头上长块肉——变成（鹅）讹了。不仅如此，他还动辄就采取单边行动，严重破坏市场的行规和秩序，直接影响其他同仁的经济利益。有正义感的人，见到这种不仁不义的情况，一般都会采取积极的补救措施。

广结善缘始为德，佛家一向主张普度众生。刘秋恒和冷嘉义也不想和谁过不去，是道义要求他们站到多数人一边。可是，依照刘秋恒的一贯做法，他也不会直截了当地得罪梁班杰……

# 三十六、有赔有赚

希望年年风调雨顺、无灾无难，似乎就是农民心中的期盼了。今年天遂人愿，隔几天就下一场透雨，而且是夜里下雨白天晴，不耽误人们采芦笋。

芦笋的习性是喜湿怕涝，像这样既不缺水又不存水的保墒地里，芦笋长得又快又粗，笋头抱得很紧，颜色非常纯正，粗纤维还少。各个厂家都喜欢这样的芦笋，芦笋的产量也高，这是笋农和摊贩们都很高兴的日子。

有两个年纪稍长的卖笋老汉，坐在路边上拉呱。他们说这几年纪委老是整治那些渎职的贪官，关二爷也不敢轻易擅离职守了。这样的好天气都是关二爷安排的，其他神灵没有这样的心机。

关二爷是武财神，有时候也管着司风司雨的事。据说周仓的武功在关公之上，只是智商比不过关公，活着的时候周仓就起过不良的心思。一次他和关二爷一块骑马巡查，关二爷在前面走，周仓紧随其后，他想趁机把关公打下马来。他刚一举刀，关二爷就发现了，闭着眼睛问道："周仓，你想杀我吗？"

周仓吃了一惊，连忙掩饰说："没、没有……"

"嗯。"关二爷未知可否地哼了一声，正色告诫周仓："我关某人脑后有一只隐形眼睛，啥事都看得清楚。"

回到军营之后，关公把周仓叫到跟前，给他一根鸡毛。"周仓，你一直以为自己力大无比，如果你能把这根鸡毛扔到房屋那边去，我就服你了。"

周仓以为很容易，可是试了好多次，用尽了吃奶的力气也没成功。

关公逮过一只公鸡来，轻蔑地对周仓说："这只公鸡身上有数不清的鸡毛，看我怎么扔过去的。"

公鸡受到惊吓，关公松手之后公鸡就拼命地振翅高飞。公鸡飞到瓦屋后面去了，周仓瞪着一双惊恐的眼睛，对关二爷佩服得五体投地。

关公死后为神，周仓依然是他的贴身跟班。

关帝庙里常年香火鼎盛，前来烧香祷告的善男信女络绎不绝。周仓天天看着关二爷批阅公文，处理各类案件。日子久了，周仓又觉得自己肚子里满满当当，处处露出了骄傲自满的情绪，以为自己坐在关二爷的位置上也可以胜任了。

关公那双丹凤眼是明察秋毫的，他看穿了周仓的心思，故意带领属下到远山去围猎，留下周仓在办公室里值班。

关公走后，先来一个种庄稼的农夫。他磕头烧香摆上供品，连声祈祷说："关老爷发发慈悲，下一场透雨吧。再不下雨地里的禾苗就结不出穗子，只能当柴火烧了。"

周仓拿起朱笔批上一个"雨"字，准备送到天庭去兴云布雨。他想先享受一下再说，吃完供品再开始工作。这时又来一个卖姜的生意人，他也是摆供烧香，磕头祷告："请求关老爷行行好，这几天千万别下雨。我刚从滕州贩来一库生姜，要晒好了才能入窖。要是赶上连阴雨，我的生姜就烂完了。我上有八十老母在堂，下有嗷嗷待哺的月娃，一大家子人全指望这点生姜活命呢。"

周仓犯难为了，重新拿起笔来把"雨"字抹掉。他拿不准如何下雨的事，也不敢吃桌上的供果了。

正当周仓迟疑犹豫之际，有一个玩船的老大走进庙门。他也是烧香摆供，磕头祈祷："请关老爷开恩刮几天大风，我的大船已经装满货物了，希望起航的时候顺风顺水。"周仓拿笔写下一个"风"字，心想暂时不理"雨"字上边的事，吃求风人的供果应该没有问题。

还没等周仓品尝"风供"，又有一个果农过来烧香上供。他说果树刚开始挂果，请关老爷这一段时间尽量不要刮风。要是枝头上的青果都被大风吹落了，他们辛苦劳作一年的成果就会全部泡汤，他们这些种果子的人就没有活路了。

周仓绝望了，像是卖芦笋的人遇上了梁班杰，透心凉了。谁的供品都不能吃，还是等关老爷回来处理吧。他觉得关老爷也没碰到过类似的问题，一定像自己一样手忙脚乱，愁肠百结。

关老爷狩猎回来，周仓一下子呆在那里，彻底知道自己和关老爷的差距了。关老爷安排大家享受四家的供果，信手写了一个帖子交给周仓，叫他照此办理。帖子上写着四句话：夜里下雨白天晴，不耽误商人晒生姜。有风叫它溜河走，不串农家的果子行。

收购点上午清闲无事，王彭生也站在人群里，听两位老哥讲古。小五保骑着摩托飞过来，递给王彭生两页复印纸。他早晨上班的时候，在办公室门前拾到一个崭新的蓝皮记事簿，里面夹着好几张明信片，是芦笋加工厂家原料部工作人员的，其中就有淮北淮南两家工厂，后面缀着"量大、货毛、价高"几个草字。武大勇没认出是谁的字体，干脆把那些明信片排列好复印下来，分发给各个收购点。客户是大家的，谁去送货都卖秦台的芦笋。

王彭生还没有去工厂送货的打算，对这类信息不感兴趣，就信手丢给前来点上送货的贩子传阅。

小贩子也想刺探大贩子的秘密，纷纷打电话询问厂家送货的事宜。一来二去，梁班杰高价收购芦笋却低价销售的消息不胫而走，当天就传遍了芦笋市场，第二天整个秦台市的笋农都知道了。

憨半熟的门市跟前依然是人来车往，热闹非凡。不过攒动的人头满脸愤怒，大声问候着梁班杰的八代祖宗，就像在九州宾馆喝刘秋恒的赖账酒一样。他们都是带着空筐过来的，是来要账的，不是来送货的。

梁班杰躲在屋里好长时间，经高人指点后酱头紫脸地跑出来，拱着手向大家致意：做生意有赔有赚，各位老少爷们尽管放心，赔再多的钱都由我憨半熟一个人担着，粘不着大家的鸟毛。我明天到厂里去要账，回来一分不少地发给大家，不过我不能放空车去工厂，那样费用太高了。请大家再相信我一回，明天多送几筐芦笋来，我跟着货车去厂里要账。明天不送货的，一律到芦笋结束算账……

对于憨半熟的承诺，大家心里二二乎乎的，不敢积极响应。可是又怕他真的以此为借口压着货款不发。刘秋恒曾经说过：既然整个身子都掉到井里了，就别再顾及耳朵了。

所有以前往梁班杰点上送货的贩子，全都或多或少地拿着芦笋过来点卯挂号。憨半熟又赊了满满一车芦笋，把嘴都乐歪了。他站在启动的汽车上，深情地向大家挥手致意，再一次向大家庄严承诺，这一去不光把货款带回来，还要带一些八公山的豆腐回来给父老乡亲品尝，让大家记住那个炼丹的淮南王。

梁班杰这一次离开秦台，就成了打狗的肉包子，一去再不回头了。他让驾驶员把工厂退还的芦笋筐当破烂卖掉，冲抵他的运输费。自己携带着笋农的血汗钱去了上海，在大都市的一家批发市场里租赁门脸，开了一家化妆品专卖店。人们都说秦台市芦笋交易市场上一匹烈性黑马，被不知姓名的幕后高人整治成了贵州的驴子。

梁班杰说自己只有逃跑这一条路可走了，跑出去还能勉强维持一段时间，回到家里立马就是下三滥。不光生活没有着落，人身安全也没有保障，以后的日子怎么过？无非是捡个烟头、喝个茶根、跑到公园看小妮、回到家里玩小鸡……

有人到上海去找他要账，他也热情招待，敬烟敬茶不管饭，不报销差旅住宿费用，承认该账不还钱。笋农不愿意也没有时间跑到上海惹闲气，更心疼扔在路上的车票钱，时间一长，也就没人跟他聒噪了。中国农民的心地都是非常善良的，鲁迅笔下的阿Q早就为他们做出了榜样。不就是几千块芦笋钱吗？明年多追点豆饼就捞回来了。就当梁班杰是自己亲生的儿子，这个鳖孙不争气，吃喝嫖赌把钱糟蹋了。眼不见心不烦，这孩子知道躲开就算尽孝了。他呆在秦台不走谁还能勒死他不成？在家乡生个毒疮恶病啥的，老少爷们不照样给他兑钱看病吗？

大家都想开了，心里舒坦了，不去想那个"人人烦、狗都嫌"的玩意了。这样的孩子不是人揍的货，不能跟他一般见识。

精明人虑事深远，不论干啥事都是超前一步的。芦笋收购已经到了尾声，小商贩也不像没头的苍蝇那样胡跑乱撞了。他们为了保住到手的胜利果实，不至于让辛勤的汗水白流，都慎重选择几个讲信誉、有实力、持续时间长的大点送货，彻底远离了梁班杰或无法确定不是憨半熟的人物。

刘秋恒觉得现在呆在点上的意义不大，应该出去跑跑新客户，开始为明年筹划了。他和冷嘉义碰头商量一下，决定缓发笋农的货款，先买一辆轿车过把瘾再说。

冷嘉义和魏成功安排好厂里的生产，跟刘秋恒提车旅游去了。王彭生不敢马虎，他是厂家接货的收购点，一定要把句号画圆了才能把手松开。

刘秋恒买了一辆奥迪A6，他说奥迪的车标喜人。四个圈就是两个老千对，有四张天牌在手里，心里底气很足，啥样的赌场都敢进，就是到了澳门和梵蒂冈，也有把握赢一摞钞票回来。三张老千就不行，他曾经在赌场上抽过老千，把自己手里的臭牌换成了老千对，天门搬了一个天杠。按道理天杠吃不了老千对，可是暴露了一副牌里的三张天牌，这就太不正常了。自己没能赢钱，还险些挨揍。

开着奥迪车出去旅游，一路享受温柔，同时向沿途的朋友们播撒幸福。刘秋恒虽然不是基督教徒，却有着博爱的情怀，见到异性同胞，这样的情怀就会迅速彻底地表现出来。

驴友们原本也想拉着马路平和武家两兄弟一同游玩，进一步笼络彼此之间的感情。可是秦台市人大换届在即，马路平不敢掉以轻心。他这个镇长虽然是等额选举，就怕一着不慎落选，那可就是干草里面包小孩——要丢人了。

马路平是理所当然的人大代表，参加完市里的选举就马不停蹄地找各村支部书记喝酒座谈，还给每位村支书送了二斤白糖，叫他们帮忙巩固票源。

马镇长把心思用到选举上，没兴趣也没时间过问芦笋市场的事了。武大勇和武大智就被推到了前台，马路平安排这两个一字并肩王主持工作，自己则专心致志地加固屁股下面那把"椅子"去了。

芦笋收购已经到了尾声，芦笋市场也没有啥要紧的事情。但是受人之托忠人之事，何况托付使命的人是顶头上司？武家两兄弟都是军人出身，是遵守纪律的典范，马路平离开职守的时候，他们比以往更加按时守点。

# 三十七、风流公案

都知道物极必反的道理，人们常说：否极泰来，乐极生悲。

换届工作完成之后，时间已经到了年底了。

武大智是专职党委副书记，用不着在人代会上选举。马路平和武大勇全都高票当选了。知情人都说马路平依赖白糖之力，人们在背后称他为"白糖镇长"。小五保是干出来的，工作态度和业绩都被人大代表高度认可。小五保的人缘也好，没有参选资格的退离休干部和吊在奶头上吃奶的孩子，也想挤进会场投他一票。小五保人好、心好，脸膛子不好，大伙私下里叫他"孬脸镇长"。

马路平非常高兴，坐稳"镇长"这把交椅，离党委书记只有半步之遥了。芦笋交易市场的收入是计划外的，又是第一年试运营阶段，市里并没过问这件事。马镇长决定今年不做"第二预算"，暗中发点奖金犒劳大家。春节就要到了，大家辛苦操劳一年，都想逮个兔子过肥年。当然了，发奖金不是幼儿园里发饼干，要体现出奖勤罚懒的原则，分出个甲等乙等。像武大勇和武大智一直跟着鞍前马后地效劳，应该评定为一等。党委书记虽然没在本镇上班，可是在省党校学习也是工作，奖金一定要发给她，还不能定为二等。

这个小五保的人气看涨，马镇长多少有些吃味。可是身为上级领导要有修养、有涵养，喜怒不形于色。说实在的，他很想把小五保调离自己的身边，但这事归组织部管，马镇长实在无可奈何。小五保穿上这身警服之后，属于公安系统垂直管理，马镇长更插不上手了。

不在其位不谋其政，不食其禄不负其责。刘秋恒不拿马镇长的奖金，也不替他操这份闲心。他和冷嘉义商量着春节前再去拜访一次客户，顺便要要陈账，争取明年百尺竿头更进一步，干得比今年更大更好。从海边回来的时候，给马路平、武家兄弟、魏成功、王彭生，还有铁弓骥老大哥和那些不沾水的亲戚捎带一些海货回来。有难或许不能同当，有福一定要和朋友同享，这里面也有炫耀自己挣钱的意思，同样是一种能力的体现。老古语说过：是金子总要发光的！

冷嘉义和魏成功也购买了新轿车，是桑达纳2000和捷达两种款式。王彭生业务做得拘谨，保险系数比哥几个要高，也没有哥几个那样的暴利。虽说经济状况有了较大的改善，他依然稳稳当当的，没置办任何扎眼的家当。

刘秋恒已经成了秦台市的公众人物，他们开着车从大街上兜风一圈，收芦笋挣大钱的消息就像连绵的秋雨，不停地流传，很快就覆盖了秦台市区和各个乡村。

马路平借力打力，趁势大肆宣传：秦台芦笋交易市场，是百万富翁生产线。于是乎，收芦笋的商贩比芦笋还多，比兔子还稠。前来给马路平送礼，要求预留芦笋市场门面房的人络绎不绝，超过了憨半熟门前要账的人群。

新芦笋又上市了，旧账还没要利索。刘秋恒和冷嘉义供货的几个厂家都压住他们不少货款，说是先供应原料，一边做业务一边支付陈欠款。不言而喻，支付陈欠款压住新货款，供应原料的芦笋贩子还是解不了套。

刘秋恒和冷嘉义的胸中都有了块垒，这样的郁闷不是语言可以化解的，必须供货厂家拿来货款才能消失。

开弓没有回头箭，上了这条道就没办法半路折回头。如果从现在开始停止给拖欠货款的厂家供货，讨要货款更是遥遥无期。继续送下去，填进去多少芦笋算一站？拖欠多久才算拉倒？刘秋恒和冷嘉义心里都没底。发展新的厂家送货，新厂家的信誉实力如何？他们心里同样没底。都说天下的乌鸦一般黑，超市和工厂一样，都是压着下线的资金做生意。

冷嘉义去年尝试着自己做了一批成品，他光顾着在外面风光，疏于内部管理，亏损是理所当然的。冷嘉义觉得收原料还可以弥补亏损，所以暂时不忍心舍弃"芦笋贩子"这个头衔。可是工厂已经启动了，甄诚可以包销产品，他也必须把成品做下去。

《龙江颂》中有这样一句台词：堤内损失堤外补。冷嘉义借过来套用一下，改成"今年损失明年补"。第二年的芦笋季节说到就到了，冷嘉义安排几个股东赌咒骂誓，一定不能把亏损的真相露出去。大家都向外宣传挣钱了，挣了不老少。因为工厂刚一启动，用钱的地方太多，发出去的货物回款也有一定的周期，所以现在账面上暂时没有余款。万事开头难，开好头就没心烦了。这样的托词大家基本上相信，宽厚的笋农允许他继续拖欠货款，并且不要利息。

亲戚朋友也都相信他的话，继续帮助冷嘉义融资筹款。冷嘉义一直认为自己花很少的钱买回一座工厂，是抱了一个金娃娃。全国有很多和他一样的幸运儿，共产党可亏大发了。现在才知道自己是错误的。别说是低价销售，就是白送你都占不了便宜。工厂到手之后，你要想办法操兑资金启动，要招募工人进厂工作，要维护保养机器设备。盈利了首先要向国家交税，亏损了自己负责。如果还留在公家手里"乱吃红芋"，国家年年拿钱养蛀虫，公家的企业永远是填不满的大窟窿。

刘秋恒也在盘算着今年的路子如何走。他现在已经有了私家车了，不论到哪儿去都是非常方便的。他准备带着铁书记一家人到连云港去吃皮皮虾，叫上得意集团的甄副总，打一打亲情牌。

货款越压越多，再要不来钱就得要货了。再像往年那样从容布局显然不行了，如果自己出手晚了，别人先泛上来点子抢占了先机，对自己明显是不利的。等公司把货物处理完了再下手也就晚了，那时候依然是"人为刀俎我为鱼肉"，还不是乖乖地听任别人摆布？

把货物要回来，下糊糊也喝不了，银行只存现金不存芦笋，要货的最终的目的还是变现。搜索所有的网络圈子，只有甄诚能够把速冻芦笋变成现金。刘秋恒决定投其所好，把黑蝴蝶送到海边去，提前给甄大姐打声招呼。秦台人常说：大闺女撕裤子——早作打算。

马路平召集市管办的全体人员开会，也是探讨市场管理工作的思路问题。现在是经济挂帅，自然是"钱"字为先了。《百家姓》编纂的时间早一点，拿到现在来出版，编辑就会给它调整成"钱赵孙李"。

大家都知道芦笋市场是"百万富翁生产线"，是制造"百万富翁"的地方。那么，芦笋交易市场自身的经济收入是多少？至少应该是大于不等于"百万富翁"才对。马镇长定了调子，其他人只能照吹、照弹、照说、照唱，不可能跟领导顶牛对着干，另起炉灶是行不通的。

大家商量着，把市场管理费从每斤五分提高到一毛，这样秦台的芦笋数量和去年持平，产量一两都不增加也无妨，市场本身的效益照样翻番。

芦笋贩子都是人精、刺头，难缠得不得了。你有关门计，他有跳墙法。马路平和他们斗法斗得力疲胆怯，不愿意再跟他们上阵了。再说好汉难敌众拳，市管办总共才"十几个人，七八条枪"。芦笋贩子却像雨后的芦笋，层出不穷。索性抓住主要矛盾，拽住"收费"这个牛鼻子。只要不少市场管理费，他们有孙悟空的本事，把天空捣个窟窿咱也不管。不过砸筐扣秤可以扣掉笋农的斤秤，不能扣掉市场管理费。驻点监磅人员要把眼睛睁大喽，记住他们扣掉多少斤芦笋，按照统计的底子把管理费一分不少地收上来。

马路平安排完工作，把市场的具体事务交代给武家二兄弟，自己驾驶着小车去"二奶街"找人消遣去了。

人代会开过了，自己顺利当选镇长，心中那块山一样重的心病消散了。身心愉快，心情大幅度地松弛下来，被刻意压抑的另一种情愫开始膨胀起来。

秦台有一条步行街，大道两旁的店铺鳞次栉比。有服装店、妇女儿童用品专卖店、化妆品专卖店、理发美发店、美容店、水果店、茶楼、饭店和宾馆。店内的老板都是年轻漂亮的女性同胞，个个风姿绰约，千娇百媚。据说那些女老板都是大款和贪官包养的情妇，开店铺只是一个幌子，有个固定的地方打发时间，也方便那些野男人过来寻找。"二奶街"的雅号就是这么得来的。

马路平有个相好的"小三"在这里，开了一家优雅的茶社，取名"酆都茶楼"。为了方便客人和自己，也兼容了旅馆的功能。虽然茶社也是旅馆，但是名头阴森恐怖，一般客人都不在此留宿。

马路平在镇里值了一夜班，和几个留守干部一起喝酒，喝完酒打扑克，一直熬到凌晨两点才睡觉。和衣而卧不解乏，好像还弄得身上刺刺挠挠的，很不舒服。他决定先回家洗个澡，换身衣服再到"二奶街"的那个鬼楼里面去，和长相妖艳的女老板鬼混。

鬼楼的女主人叫花如玉，长得跟粉团一样，就像一朵奶油雕花，丰腴白嫩，含糖量极高。马路平一想起她来，就觉得有人在他的腋下挠痒痒，兴奋得不能自持了。

马镇长拨通老相好的电话，告诉他中午整治两个拿手的、滋养人的小菜，他到那儿去吃饭，吃完了饭就开始"卖余粮"。

花如玉"咘咘"地浪笑着，说是早就准备好了韭菜炒大虾。韭菜是壮阳草，马虾是壮阳宝。这两样宝贝混合在一起，有着令人惊异的神奇功效。韭菜吃一碟，马虾吃七个，韭菜要连根带籽，马虾要全须全尾。吃下马虾壮阳草，夜度十女也不倒。你这个骚情的儿马蛋子，跑到后槽头上放开量的吃吧，我给你准备了三副灵丹妙药……

马路平一腔炽火在熊熊燃烧，早就意马心猿了。他打开空调，启动浴霸。莲蓬头里喷出几股银线一样的清水，温热清澈，十分惬意。清水荡涤着马镇长身上的污垢，冲走了他的不适，也把他们夫妻之间的感情、马镇长的良知和理智一起冲刷下来，淌进下水道里去了。

洗完澡全身松弛，困倦就趁势袭来了。马路平穿好衣服躺倒在床上，用被角盖着肚子眯瞪一会。干大活必须养足精神，精神疲惫会败兴的。

精神松弛的人，睡眠质量和没心没肺的人一样，是相当高的。马路平舒身醒来的时候，已经是中午11点53分了。再等片刻，老婆陶靓就该下班回家了。老婆回来就麻烦了，她会让自己照看孩子写作业，会硬拽着丈夫跟她逛商场给老丈人买东西，会差他出去买米买面打酱油。老婆像"AB胶"一样黏乎，见了面就不好脱身。

马路平狠劲揉揉眼睛，抓起外套就往门外跑。他要以最快的速度离开家，要尽可能长久地不在老婆视线之内出现。

越慌越忙，越忙越乱，让人追悔莫及的错误往往都是在忙乱之中铸成的。马路平就犯下一个不可饶恕又无法挽回的错误，他把手机落在枕头下面了。

鬼楼上的女老板，像吃了云南涮辣椒的猴子一样，急得抓耳挠腮。往日都是马镇长猴急猴急的，等不得解开裤腰带就急得撕裤子。今天却莫名其妙地稳如泰山，打电话他不接，发信息他也不回。受到花如玉的邀请还能沉得住气，这个人还是马路平吗？如果真是马路平，他想干什么？是不是……老娘的欲火已经被撩拨起来了，他要是把我撂在这儿去找其他人，哼，花如玉也不是兔子那样的素食主义者，我一定叫他姓马的吃不了兜着走……

花如玉在卧室里摆好酒菜，启开酒瓶斟好两杯酒，正要再打电话，马路平推门进来了。花如玉略一愣神，马上满脸堆下笑来。这个冤家玩得是欲擒故纵的把戏，故意把老娘的心火挑旺。好有心机的傻小子，老娘偏不着你的道，虽然心里火煎火燎的，表面上却看不出破绽。老娘端得住，偏不让你看到老娘饥不择食的馋痨相。

花如玉慢条斯理地斟酒布菜，不提打电话、发信息催促的事。你装我也装，看看谁比谁更强。她不知道马路平把手机忘到枕下了，看信息的是另外一个人。

陶靓回到家里，让孩子自己呆在屋里写作业，自己洗洗手系上围裙就到厨房里忙乎去了。马路平经常不在家里吃饭，她已经习惯了，也非常理解。丈夫在乡镇工作，虽说离城不远，又有汽车，回家是相当方便的。可是丈夫是个管事的头头，一把手又不在家，他必须严以律己。小的时候就听大人唠叨：火车跑得快，全靠车头带。小五保也说：当班长的一定要身先士卒，率先垂范。

丈夫年轻、帅气，事业有成，前程似锦，最为关键的是他稀罕自己，心疼自己，这比什么都好。陶靓心中经常美滋滋的，虽然有过"平均两天一次"那样的经历，她依然觉得自己是天下最幸福的女人。

陶靓盛好饭菜，过来叫孩子吃饭。这时马路平的手机响了，陶靓愕然一愣，这个家伙中午回来了。回来之后又走了，一定是镇里摊上啥大事了，丈夫走的匆忙，把手机都落到家里了。

陶靓看到显示屏上写着酆都茶楼，旁边跳动一张飞眼媚人的女性照片。她犹豫一下，没有马上接听电话。电话挂断之后，马路平的手机连续响起两次短信提示音，可以听出对方的焦躁。

信息缠绵委婉，但是能让人立马意会其中的内涵。陶靓是受过高等教育的人，智商不低。凭着女人特有的敏感，还有马路平的历史表现，她马上意识到自己院子里的杏花开到墙头外面去了。

陶靓急忙扒拉两口饭，把孩子提前送到学校，立马打电话给白二妮和苣金花，请求援助。

白二妮说在领导位置上的男人，各方面的压力山大，有时候是需要找个红颜知己倾诉一下的。异性知己就是高压锅炉上的安全减压阀，紧要关头可以减压、泄压，保证锅炉不会炸膛。苣金花说男人是不能有红颜知己的，因为时间长了，秋野一样的金色就会袭来，把朱红染成黄色。不管你有多真多纯，好比是庙里的门、接血的盆、女人的骑马布、天上的火烧云，禁不住耳鬓厮磨，禁不住亲密无间，日子久了统统都会变成黄色。女人也不能有蓝颜知己，还是上述原因，时间长了，大洋晴空一样湛蓝的颜色也会变绿。

苣金花的肚子早就被刘秋恒气鼓了，正准备以牙还牙地找茬报复他一下，现在正好把马路平揪出来，杀鸡给猴子看看。

苣金花说偷腥的男人都不是好东西，对于不是东西的东西，绝对不能给他留脸。陶靓击掌附和，她的理智也被怒火烘跑了，下决心对着镜子抹口红，给这个不要脸的丈夫一点颜色看看。

大势所趋，不可阻挡，白二妮只好随波逐流了。

上苍造物是有讲究的，分出昼夜和阴阳，自然也有道理。白天是属于人类的，所以人类很多正大的事业都在阳光下进行。夜晚属于鬼魅，小偷小摸、老鼠毒虫、妖魔鬼怪，许多人类所不齿的事情都在夜间进行。据说北京的天上人间夜晚营业的时候，一直红红火火，也非常安全。老板贪利，白天也开门挣钱，结果就栽了跟头。

马路平选择在白天鬼混，也是出门没看黄历，选错了时辰。在错误的时辰、错误的地点，跟错误的对象，做了一件荒唐的错事。他正在花大姐身上卖力地耕耘，遍体流淌着韭菜马虾变成的汗水。花大姐如坠云雾山中，愉悦的叫声随着香汗一起流淌。

突然，房门被三双愤怒的金莲踹开了。那床宽大厚重的大红锦被虽然可以遮掩他们赤裸的形骸，却无法遮盖他们羞耻和龌龊的行径。

红色的锦被被揭开了，两个一丝不挂的裸体依然交叠在一起，马路平似乎要做护花使者，用自己的躯体罩着花如玉，一动不动。

陶靓花容失色，浑身乱颤，顺手抄起旁边的鸡毛掸子，倒过头来朝丈夫的两片屁股上猛抽狠打。

马路平被打醒了，"嗷嚎"一声弹跳起来。一句被千万人传诵的古话也从脑海中蹦出，开始指导他的行为规范。夫妻本是同林鸟，大限来时各自飞。有法律文书、签定生死契约的正式夫妻尚且如此，何况是露水夫妻？

马路平果断地推开窗子，先把衣服扔到窗外，接着纵身跃到楼下。茶楼的楼层原本不高，马路平一米八的块头，像长臂猿换树跳涧一样，两手攀缘着窗台，双脚差不多够着地皮了。他是平安着陆的，跳下楼来没有受到丝毫的损伤。

在一片错愕惊呼之中，马路平抱着衣服拱进汽车，急急忙忙地一溜烟跑走了。花如玉不敢跳楼，三只"母老虎"也不允许她跳楼。她们把花如玉的内外服装裁剪成无数块碎片，像天女散花一样从楼上往大街上抛洒。行人都被这花花绿绿的碎布片吸引住了，纷纷驻足观看。

三只"母老虎"把一只"发面团"拖到大街上，当众辱骂和殴打。这就是臭名昭著的"秦台小三事件"。新奇而又刺激的画面被好事者传到网上，瞬间风靡全国。人们打开电脑，只要输入"秦台"两个字，后面立马就会蹦出"小三"来，图文并茂地解释着已被添油加醋的故事。

花如玉羞愧难当，怨恨随即升起。她切齿怒恨忘恩负义的马路平！平时千万般恩爱，一瞬间就能化为乌有。男人啊男人，难怪人们都说男人都不是好东西。你马路平要是敢于担当，先拦住那三只"母老虎"，叫我这个弱小的女流之辈跑出去，事大事小一跑就了。时间一长，你老婆的气一消，她会想明白为了孩子不能离婚的，只要不离婚就会维护你，那时候你举起拳头骗骗她永远不和"小三"来往也就结了。哪怕你有过这样的心思和念头，象征性抵挡一下再逃跑，我也能够原谅你。可是你……你自己临阵脱逃，让小女子这样柔弱的肩头扛起屈辱和灾难，我还会饶恕你吗？

你马路平身高一米八多，花如玉一直认为他是一条顶天立地的汉子。没想到他是猥琐的小人，这样的人一露怯就不值得疼爱了。

苦难是延期支取的财富，这笔财富花如玉不想要了，她要慷慨地赠送给有过无限柔情蜜意的马路平镇长。

马路平不惟自己经常过来找花如玉讨温柔，还好带着下属企业一个长相标致的出纳会计过来借地方，那个会计就是亲眼目睹他内裤上打补丁的女人。玩到兴致高涨的时候，马路平还拉着花如玉一起过来表演"双飞"的床上花戏。花如玉爱好摄影，把鸳鸯戏水的画面一一记录在长焦镜头之内。这些都是他们助兴的玩意，平时是秘不示人的。现在自己颜面无存了，不怕再到粪坑里泡上一回。她决定把数码相机中的照片统统发到网上去，叫马路平在全世界人民面前露脸。

# 三十八、续写十九

中阳镇的党委秘书接到了马路平的电话，大意是这几天家里有急事，他已经向组织部请过假了，得晚几天才能正常上班。他不在岗的时候，仍然由武大智和武大勇主持工作。武大智侧重党委政府这一块，小五保侧重芦笋交易市场。

秘书做好电话记录，马上把马镇长的电话指示通知当事人和乡镇其他干部。小五保第一次单独主持工作，说明领导相信他有独当一面的能力。人们常说千里马常有，伯乐不常有。世上最难酬谢的就是知遇之恩。小五保更加兢兢业业地勤奋工作，丝毫不敢掉以轻心。他干脆把自己的行李卷扛到市场管理办公室，晚上就在沙发上囫囵打盹。一早一晚地在市场周围遛弯，实际上也是巡查。

早上九点钟，武大智主持早点名，给各个口片布置工作。临近会议结束的时候，小五保上台通报了一下本市境内近期的社会治安情况。

最近一段时间，有一伙人开着机动车辆流窜作案，以盗窃猪羊为主，兼偷别样财物。他们手持利器，深夜摸到农家的猪圈羊圈，一刀刺死牲畜，扒掉猪羊的内脏，把架子猪或架子羊扔到车上拉走。因为他们驾驶机动车辆，速度快，机动性强，流窜范围较广，也没有固定的作案模式和规律，很让公安部门头疼。

孬脸镇长要求派出所的干警、联防队员和各村住保主任，一定要提高警惕，确保辖区内社会和谐安定。大家多辛苦一点，严防死守，确保境内公民的财产不受损失。发现问题及时汇报，派出所二十四小时有人值班，接到电话立即出警。

公事安排完了，武大智又把小五保拉到一边，悄悄地交代一些私事。武大智的父亲因为年龄和健康的原因，已经不再担任武家庄的支部书记了。大权猛然间旁落他人之手，老爷子有很强的失落感。好当家的人不能没有事干，不能没有人管。老爷子和乡间一群天主教徒打得火热，已经是大半个耶稣的信徒了。他想把老五保的旧房子改造成小型教堂，方便他带着一群上帝的子民在那儿做礼拜。现在讲究信仰自由，村民委员会对此事不持异议。但是老五保夫妇的老盆是武大勇摔的，他就是老五保的合法继承人，这片财产归小五保所有。他让儿子给孬脸镇长带个话，准备过来找他协商房产的借用、租赁或买断事宜。另外，他还伙同几个积极的追随者，开着一辆农用三轮收芦笋。

锯响有沫，萝动有面。武老爷子天天也能分上几个钱，可是他那个利润赚得十分痛苦。半夜回到家里，武老爷子第一项任务就是跪到十字架跟前忏悔，向天主坦白自己今天抠了别人几斤秤，多除了别人几斤筐皮，这是天大的罪过。请主饶恕我吧！从明天开始，我一定痛改前非，决不再坑人害人。可是第二天一拉开摊子，他就故态复萌，光想着如何多挣钱，把仁慈的上帝暂时冷落在一边。

交完芦笋分完账，老爷子依然害怕上帝的惩罚，回到家里继续忏悔。老爷子已经是下定决心修行向善的人，却做不到无嗔无怒，在大点上受了气就大骂不止。

收货的时候觉得自己犯罪，交货的时候觉得自己吃亏，老爷子在惊恐和愤怒中生存，已经落下病来了。医生说要想稳定老爷子的病情，先要稳定老爷子的情绪。现在不让老爷子过问教会的事，不让老爷子跟着别人收芦笋，那是万万不能的。老爷子不吃等死饭，早就撂下话了：在家里吃闲饭看蚂蚁上树，不如早死。

武大智安排老爷子只到王彭生点上卖货。他反复调研过了，王彭生和其他大贩子相比，算是一个白毛的乌鸦。他的点上价格最为公道，扣筐皮最少，货款兑付最为及时，发款的时候不搭配乌七八糟的东西。他怕老爷子认不清王彭生的门脸在哪儿，叫本家兄弟带着老爷子去认一趟路径。当然了，王彭生也是一个明白人，小五保亲自过去把情况介绍清楚了，榆木疙瘩也会稍开一溜窄窄的方便之门。

晚上十点多钟，芦笋交易市场才算安静下来。大点的货车发完了，小贩子领完款领完筐摇开三轮车往家里飞奔，大点上的工作人员跟着老板到市区的夜市上吃夜宵。

有几个腰里揣着扶贫款的大队书记没走，他们看到市场会计的提包里鼓鼓囊囊的，知道孬脸镇长现在是块大肥肉，想啃他一口。

小五保不愿意动用市场管理费，建议每人掏出 50 块钱来，打平伙吃饭。几个村支书不愿意，建议打牌定输赢，"拿大头"喝酒。打平伙是皇帝烙煎饼——均（君）摊。拿大头是逮一个冤大头出来，输钱的是冤大头，赢钱的是体面人。体面人有头有脸，拿着冤大头的钱请客充人。冤大头像吴国的都督周瑜一样，赔了夫人又折兵，搭上钞票还落不下好，一肚子憋屈。

小五保上中学的时候就会推牌九，只是学习不太刻苦，所以技艺也不像刘秋恒那样精湛。刘秋恒告诉他最简单的"抽老千"办法，是兜里提前装上和赌场同样花色的天牌和地牌，凑别人不注意的时候配牌。他的口诀是"天地不离手，有肉也有酒"。小五保的赌运一直不佳，王彭生说他是孔夫子搬家——尽是输（书）了。魏成功说他手气不好，脚气挺旺。

小五保在南方热带丛林里和越南人作战的时候，腋窝、腿裆、脚趾丫缝里，都被湿热沤烂了。转业回到地方之后，其他地方陆续远离了瘙痒，只是脚气一直不退，成了有名的"香港脚"。大家都戏称他为"半个香港人"，有了香港脚，好进香港的门。脚已经属于香港了，户籍应该可以迁移过去……

"四大奸臣"打点子排好座次，小五保马上感到胸中有些窒闷。他有未下场先晕场的坏毛病，因为在赌场上他好重复昨天的故事。今天如果没有奇迹出现，他很快也会重温"历史有时候会惊人地相似"这样的陈词滥调。果不其然，洗牌、推牌、摸牌、翻牌、比点、合牌、再洗牌，这样的程序周而复始地进行着。

大家屏声敛气地抓牌，小心翼翼地把两张合在一起的扑克慢慢撸开，仿佛速度稍快一点大点就会变小一样。

他们慢慢地开牌，两眼目不转睛地盯着手掌，嘴里念念有词：

"金四讹五。"

"七七八八不要九，要九就是虎头搂。"

"天地跨虎头，猴三也露头喽……"

在此起彼伏的小声吆喝当中，小五保的钞票像长了翅膀一样，成群结队地飞出了腰包。钱归大堆。这些没有生命的花纸片似乎有了灵性，居然也喜欢结伴同行。其他三门还没用着掏本钱，跟前的钞票像瓦工师傅垒墙的砖头，"嗖嗖"地直往上涨。

小五保看看差不多够吃饭的了，提议终止赌博，让他们三个赢家拿钱吃饭。那三位老兄手气正盛，暂时不想收手。他们要求大家轮流坐庄，再推一圈结束，输赢都去吃饭。

轮到小五保坐庄了，他搬了三方子狗屎牌，别人都是天九地八的点子，他最高的一次才是半截点。旁边围观的人都说末方没好牌，更不能推了。小五保是个好写十九的愣种，偏不信邪。他坚持推完末方，如果有手气就继续玩几把，如果还是这样瘟下去，自己就把正门让出来叫别人下钱，他到偏门上凑个数拉倒，不当主力竞技了。

小五保摸起牌来，还没来得及撸开，腰里的手机急促地尖叫起来。他把扑克塞进衣兜里，掏出手机看看是谁半夜过来搅扰。

电话是吴影打来的，她告诉丈夫一个网址，叫他打开电脑看一下，说是有一个爆炸性的新闻，是关于秦台市某个领导的，这个人小五保和武大智他们都认识，是关系不错的老熟人。

小五保觉得有些奇怪，避开嘈杂的人群，把头探出窗外去，叫老婆尽可能地详细叙述。

几个精明的大队书记趁着孬脸镇长心有旁骛的时候，私下里换牌，手里的牌瞬间都成了高级别的对子，他们又在下好的赌注上加码。这一次他们要让小五保打锅，要让孬脸镇长那张孬脸更加难看。

小五保打完电话重新坐到牌桌上来，大家笑眯眯地等着他开牌。武镇长慢慢地把牌撸开半截，他知道自己这双破手终于变成"香港手"了，手气比脚味都重。他把大小王搬到手里了，这是赌场中的至尊宝，是啥牌都管不了的天王老子。

小五保并不急于开牌，他重新把两张牌合在一起，示意大家先把底牌亮出来。他那张僵尸脸的表情极为简洁，从脸蛋上看不出内在情绪的起落变化。

大家慢慢翻开足以让人瞠目的底牌，引起一片"嘘嘘嗬嗬"的惊呼声。小五保满脸狐疑，再次询问大家："你们真的下了这么多钱？"

"真的。我们没动牌也没动钱，说瞎话是婊子养的。"大家全都斩钉截铁地回复小五保，心想今天晚上吃定这个孬脸镇长了。

"那好，我查查你们的赌注。每人先打一千块钱的水头，交给会计去安排饭菜，剩下的明天接着吃。"小五保安排会计敲开路边的活动板房，好好弄几个菜乐呵一下。

"今天我饶了你们几个孬熊，看看老子搬的是啥牌！"武镇长把一对猴子摔到桌子上，狠狠地瞪了他们一眼。"你们都是他妈的属鸵鸟的，一群钻过头就不顾腚的家伙。你们把扶贫款都押上了，我要是收了这个钱，你们几个孬蛋怎么安眼？"

几个大队书记愣住了，他们压根没想到镇长拿到了一对至尊宝，也压根没想到镇长脸孬心不孬，根本不为桌面上的三十几万现金所动。他们服气了，感激和羞愧一起爬上心头。他们每人又拿出一千块钱给会计，准备大吃几天。这哥们太够意思了，无论如何都得多请他几场。

小五保记起了老婆的电话，按照她提供的网址把电脑打开。显示屏上出现一组照片，题目是《马镇长的艳照》。是马路平和本镇下属企业一位女会计以及鄠都茶楼女老板在一起鬼混的照片，从道貌岸然的正装照，到一丝不挂的人体艺术照。长焦镜头转移到床上，从循规蹈矩的"传教士"姿势，到不堪入目的一招一式，把在场的人看傻了。

上传到网上的照片，都是他们身边的熟人，大家的关注度很高，兴趣也是空前的高涨。

照片是真实的，人物也是千真万确的，看不出有人工合成的痕迹。事关三个人的清誉，也关系到马镇长的前程，小五保万分着急，却不知道如何处理。

饭菜好了，会计过来催促大家到路边店里去吃饭。已经熬到后半夜了，大家的肚子都在"咕咕"地提意见。

渴的时候清水比得上蜂蜜，饿的时候粗糠赛得过鬼子肉。今天不光菜香酒醇，电脑上传播的照片也很有味道，是一定会被拿过来佐酒佐餐的。

小五保和马路平很有交情，当初他和武大智都是老马接收的。他木讷讷地想着心事，看看怎么做才能为领导哥们解套。

饭店的老板听到了他们的谈话内容，上完菜就跑到卧室里去，迫不及待地打开电脑，和哈欠连天的老婆一起浏览。两口子饶有兴趣地不停翻看，越看越投入，烦人的困倦被赶到九霄云外去了。看着看着，他们的两只眼睛开始往外喷火，都觉得市管办这帮家伙黏缠的时间太久，有些讨人嫌了。

终于曲终人散，几个村支书风卷残云般吃完最后一个大件，喝完最后一匙羹汤，打着饱嗝鱼贯走出路边的活动板房。饭店老板夫妇顾不上收拾狼藉的碗盏，急忙掩上店门，要加班做一件触景生情的计划外的工作。

小五保看到前方三四十米远的地方，停着一辆中型汽车，几条汉子站在路边上撒尿。小五保领着几个村书记走过去，用手电筒照射一下车身。那是一辆客货两用的中型轻卡车，车身上溅满了泥浆，车牌被糊得严严实实。小五保警觉起来，厉声问道："你们是干啥的？"

"我们是……你们是干啥的？"对方答非所问，说得含含糊糊。他们一边敷衍一边往车上爬，不等小五保他们靠近就打火开走了。小五保看到车下有一汪滴答下来的血迹，他们说话的口音也不像是本地人。

"走，开车追他们去！"小五保决定再写一回十九，不论他们是干啥的，都要拦截下来了解清楚。办公室门前停着派出所的"仪征"警车，昨天加满油还没跑路呢。

孬脸镇长亲自驾车，用车灯划开深沉的夜幕，全速追赶前面那辆来路不明的轻卡。

轻卡车上坐着四个流窜作案的盗窃犯，专门偷猪偷羊。他们都是零点之后作案，今天刚到秦台境内，已经得手了。车上拉着八只山羊，六头肥猪，都是放过血破过膛的架子肉。他们刚上大路，准备方便一下向单县境内逃窜。他们像惊弓之鸟一样，犹自惊魂甫定的时候，小五保打着手电过来了。

做贼心虚，偷盗分子虽然弄不清来人的身份，却清楚知道自己的底细。所以不等来人靠近，就急匆匆地开车逃跑了。

早春的凌晨依旧寒冷，像老鼠一样夜间出没的窃贼一夜水米没打牙，又突然受到惊吓，慌不择路，一时间竟然认不清路径，径直往鱼城方向跑了。窃贼们也是非常狡猾的，他们知道不论往什么方向走，先要跑出秦台的地界，最好马上就能摆脱后面的追兵。

窃贼的驾驶技术和老牌的优秀侦察兵相比，显然是逊色很多的。两辆汽车的距离不断拉近，眼看着警车就要赶上他们了。

要想安全出境，先要甩掉后面的追兵。轻卡车的驾驶员头脑有些清醒了，在一马平川的大马路上赛跑，他们是跑不过后面那辆警车的。事情危机，必须临机处置。他也顾不上和同伴协商了，紧急猛打方向盘，把车子拐到一条乡间砂石小路上去了。

小路比大路窄了一半都不止，路面也有些坎坷，的确影响行车速度。但是小五保不管这些，依旧是全速跟进。他已经决定续写十九了，就是设上路障，把淘汰的农具大耙抬出来摆在路上，也休想叫孬脸镇长丢下油门踩刹车。他尽管学习不好，上学时学过毛主席的诗词，其中有一句"宜将剩勇追穷寇，不可沽名学霸王"。他把这句话铭刻在五腑之中，永远不会忘记。

前面不远处是一个将近七十度的陡弯，拐过弯去就是一百多米宽的白云河，河上有一条年久失修的瘦桥，两边的栏杆都折断脱落了，小桥像一条蜈蚣横躺在河面上，犹如山涧上的独木桥。

外地的流寇不熟悉地理情况，依然拼命往前猛冲。这也是箭在弦上不得不发，为了逃避追捕，是路就得走了。

桥对面驶来一辆中巴客运车，也是高速行驶的。这是一条不走大车的小道，客运司机没想到会有汽车迎面驶来。两辆车相逢在狭窄的桥梁上，踩刹车已经来不及了，错车又错不过去。两边的驾驶员全都惊慌失措，本能地往边上打了一把方向，两辆汽车从小桥两侧坠入白云河中，几乎是同时落水的。

小五保紧急刹车，把车停在了小桥跟前。他让后面的人把落水的盗窃者带过来救人，以便将功折罪。自己拎起砸磅秤的大锤，率先跳到冰冷的河水里。

春天不是汛期，河里的水不是很深，浅的地方只在膝盖之上，离岸远的地方水深及腰，最深的地方没过了大人的胸口。那两辆汽车几乎坠落在河道中心，是最深的地方。

改革开放之后，年轻的农民都不安心在家里敲打那二亩坷垃头子了。他们春节回家过年，收种的时候来家一次，平时都在外地打工或做生意。老婆带在身边，孩子留在家里让年迈的双亲照看。

手里有了闲钱，心中的欲望就开始膨胀，钱可以把一部分痴心妄想变成现实。所有的孩子都承载着家长的希望，所以大家越来越注重智力投资。没能考上大学的农村富裕农民，十分固执地认为自己的智商不比别人差，学业不好是教学条件太差造成的。城市的学校师资力量强，教学条件好，一定要把孩子送到城市的学校去读书。这些家长只准备把财富留给孩子，没打算把遗憾传承下去。垒墙先要打好基础，到城市接受高档的规范化教育要从幼儿园开始。半路出家的和尚念不好经，等到念中学的时候再叫孩子进城，考名牌大学就没有十分的把握。

家长们都有攀比心理，一波才动万波随。看见一个家长往城里送孩子，其他家长绝对不甘示弱，似乎孩子只要送进城市学校的大门，就注定跃过龙门了。

掉到河里的那辆中巴车，就是在这种情况下应运而生的黑户校车。车主在周边村庄一转圈，学生就爬满车厢了。学生在学校吃午饭，校车的任务是把学生早上送过去晚上接回来，一个学生一天30块钱。货源充足，挣钱容易。

世人都不怕钱咬手，校车的车主也是一头钻进钱眼里，一门心思想着多挣钱。进城的孩子越来越多，校车并没变大，他就把学生娃当成软包袱，往车厢里硬塞硬挤。核定17坐的中巴车，装载了30多个学生娃。

车主没有办理相关手续，为了躲避检查罚款，故意起早贪黑走小路。他也没想到人的时运像月亮，初一十五不一样。今天不是黄道吉日，才走了不到一半的路程，就被该死的轻卡车撞到河里了。

司机被吓傻了，孩子被吓乱了。车慢慢地往水下沉，惊叫声急剧地往空中飘。小五保砸碎车上的玻璃，用耳刮子叫醒司机参与救人。

和小五保一起赌博喝酒的几个村书记和轻卡车上的窃贼都过来了。小五保目测一下两岸的距离，指挥大家往距离较近的岸上送人。同时打电话给武大智和派出所的值班民警，叫他们带上棉衣棉被，火速赶到现场救人。

一场巨大的惊险过去了，好在是有惊无险，孩子全都得救了，车上除了碎了几块玻璃之外，没有任何损失。小五保把窃贼和肇事司机带到派出所，把孩子送到镇政府大院各个工作人员的办公室，按性别分开用棉被包裹起来放到床上。叫民警把轻卡车上的猪羊捞出来，送到食堂里煮肉烧汤，给孩子们御寒。

武大智稍微犹豫一下，悄悄地在堂弟耳边说："这些都是赃物，是不是先向公安局汇报一下？"

"没那么多道道，救孩子要紧，有事我担着。"小五保写十九的时候就是一根筋，天王老子也不放在眼里了。

# 三十九、一击得手

古人说：因人成事，因事成名。是说同样一件事，有人能够办好，有人只能办砸。所以只有会办事的人办事，才能把事情办成办好。只要是功德无量或是臭名昭著的事，谁办了都会扬名，逮着谁是谁。

秦台市中阳镇，一个名不见经传的苏北小镇，一夜之间响遍全国，甚至毁誉海外。被人诋毁的是马路平，被人赞誉的是孬脸镇长武大勇。他二人名气一样响，名头一样大。武大智偏袒自己的同宗兄弟，说小五保流芳百世，大马子遗臭万年。

"小三事件"的视频上传网络之后，马路平一夜成名。紧接着他"双飞"的艳照又在网上曝光，巩固了晃撼不动的公共名人地位。大家谈论他的时候，都不提及他的姓名和职务，一律使用那个让人惊恐憎恨的称谓：大马子。

纪律检查委员会的同志透露说：依照他们多年办案的经验推算，贪污的人或许不会立马腐败，但腐败的人肯定贪污在先。男人有钱才学坏，腰里没有一沓钞票壮胆，是不敢在俊女人面前动手动脚的。老农民面朝黄土背朝天，一个汗珠子摔八瓣地敲打土坷垃，串一趟暗门子二亩麦子就飞走了。别说家里的老婆像防贼一样紧盯着他们，就是河东的狮子把眼睛闭起来，他们也不敢把麦子都卖了。

小三事件加上马路平的艳照，像一块巨石落入水塘，在秦台市掀起了轩然大波，也引起了纪检委的高度重视。纪委开会研究过了，也向相关部门作了通报，准备着手调查这个大马子。

小五保非常惊异地发现，自己那种不顾别人感受也不计后果的行为方式，虽然十分另类，却并不孤单。民间也有不管三七二十一乱写十九的人。组织上调查马路平的行动有些滞后了，纪检委还没把计划付诸实施，马路平就被兀突飞来的"黑板砖"拍成了植物人。

扔砖头的人一定是个练家子，准头极好，一下子就把砖头甩到了马镇长的脑门上。扔砖头的人还像侠客一样善于易形隐身，人们只看到了砖头，却看不到扔砖头的人。不知道这位高人是高是矮、是肥是瘦、是男是女、是老人家还是小娃娃？也不知道他是梁山水泊中的好汉，好打抱不平、行侠仗义，还是自身与大马子结有解不开的梁子。

大马子被送进了医院急诊室，又从急诊室转到了重症监护室。他已经失去了知觉，但口中那缕游丝一般的气息未断。他已经插了鼻饲管，靠药物和流质营养维持半条赖命。

一个多月过去了，组织上把审查马路平的事情暂时束之高阁。医院实在没有高招，劝陶靓多开一些药物，把丈夫拉回家中慢慢调养。

马路平的亲戚、同事和朋友，一个不落地陆续前往家中探视木桩一样挺在病床上的马镇长。该来的都来了，陶靓家热闹一段时间又冷清下来了。一些对陶靓怀有"想法"的人，还有陶靓的直系亲属、铁杆朋友还经常过来陪着陶靓说话。

茌金花觉得陶靓守着"死人"过日子，已经是名符其实的寡妇了。她的行为可以不受《结婚证》的约束，也不必为大马子负责。像马路平这样随便不检点的臭男人，根本不值得女人疼爱。如果陶靓打熬不住，想往前迈上一步的话，现在正是千金难买的好时机。大马子没有意识，生活不能自理，他活着和死去没有本质上的区别，啥时候断气全凭陶靓做主。

糖类和油脂是合法的毒药，加大剂量从鼻饲管灌进去，也就是两个月的时间，一切都结束了，而且是水过无痕，留不下任何痕迹。茌金花心里有这样的主意，但是不能直接告诉陶靓。救人一命胜造七级浮屠，眼看这个人连华佗、扁鹊也救不了，谁也建造不了一级浮屠。帮他解脱也算杀生？茌金花有些迷茫。有一点她是清楚的，如果证实刘秋恒犯有大马子那样的错误，也碰巧落到大马子这样的光景，自己会让他在甜蜜中安然睡去……

大家都在琢磨着如何安慰陶靓的时候，乔诗琴的手机响了。电话是冷嘉义打来的，老乔大大方方地接听。她不小心按到了免提键，冷嘉义的咋呼声一下子打破了室内的静默。

"这几天你少和茌金花接触。刘秋恒检查结果刚出来，他有可能患有艾滋病……"刘秋恒嗅出了厂家的苗头不对，拉着冷嘉义一起到各个厂家去催款要货。他们已经和甄诚说好了，要回来抵账的产品她负责包销。她尽量争取卖出较高的价格，一分钱好处也不要。她希望得到的报酬，是让铁弓骥的大女儿认她这个妈妈。

刘秋恒和冷嘉义听到这个消息十分高兴，按照甄诚估计的销售价格，他们不光赔不了钱，还能赚不老少。转悠到淮南市的时候，他们顺利地把事情办完，内心非常高兴。看来吃了八公山的豆腐，还真的可以带来福气。

他们跑得太累了，当天晚上没去洗澡泡脚，也没去捶背按摩。他们在一个小店里要了几个菜，灌了一肚子凉啤酒，冲冲澡就睡觉了。

半夜里冷嘉义被刘秋恒的呻吟聒醒了。刘秋恒"哼哼唧唧"的，说是全身不舒服。

熬到天明，冷嘉义把刘秋恒送到医院去检查。医生说要抽血化验，给他挂了两瓶糖盐水，拿了一些消炎药，叫他们回去等化验结果。

今天去取化验单的时候，医生又让冷嘉义抽血化验，把刘秋恒送到隔离病房隔离起来了。冷嘉义吓出了一身冷汗，抽完血就给老婆打了电话。

艾滋病是超级性病，是无法治愈的不治之症，和癌症一样可怕。

茌金花的头脑"嗡嗡"作响，眼前一片黑暗了。刘秋恒这个狗东西，得了这么一个让人恶心的臭毛病，大家嘴上不说，心里也清楚这样的脏病是怎么得来的。她想起了自己为陶靓准备的馊主意，现在用不着说给陶靓，自己就得筹备猪油和白糖了。

家不可一日无主，国不可一日无君。小单位的一把手似乎可以或缺，有人代理主持工作就行。

马路平没有醒过来的日子，组织部门觉得不能让一个木桩子长期占着茅坑不拉屎。组织部凑着调整干部的时候，把孬脸镇长武大勇提拔成正镇长，马路平被撤销镇长职务，在家带薪休养。

大家都拥护这个决定，说上级领导无比英明。小五保人长得磕碜，可是心眼子不差，组织上应该多提拔、多重用这样的人。

组织上对武大勇的任命，似乎也嫌滞后了。芦笋收购又到后期了，马路平一手制定的"以收取管理费"为目的的市场管理办法，严重挫伤了芦笋贩子和笋农的积极性。市管办苛收大贩子的管理费，大贩子狠砸小贩子的筐皮，小贩子变本加厉地坑害笋农，形成了大鱼吃小鱼、小鱼吃虾米、虾米吃滋泥的恶性循环机制。不论豆子如何丰收，笋农们都不再让芦笋喝粥了。

亚细亚的老总到芦笋市场来找王彭生，告诉他没有第二个人报名竞标，他是购买资产的唯一人选。这就用不着竞拍了，双方协商一个都能认可的价格就行了。王彭生打电话给刘秋恒，向他汇报这一喜讯。独家的生意好做。没有竞争对手，卖家首先沉不住气，自己就掉价降钱了。

市计经委已经和亚细亚冷库的负责人谈过话了，如果企业顺利改制，他们几个核心负责人不论够不够条件，都让他们提前退休，拿着退休工资安享晚年。如果工厂盘不出去，就叫他们几个人自挠自吃。上级机关马上给他们断奶，一分钱也不补贴了。

亚细亚的领导都想马上甩掉包袱，安安稳稳地拿着退休工资，回到家里怡儿弄孙，过舒心惬意的日子。王彭生成了他们心中的救星，他们主动请王彭生喝酒，和买家商量企业如何脱手的问题。

刘秋恒已经没有合伙购买工厂的意愿了，不过他答应借钱给王彭生，收取比银行略高的利息。

人过四十日过午，是说40岁以上的人就像开始往西方坠落的太阳。说是日暮途穷为时尚早，但是奋斗的心劲绝对是大不如以前了。刘秋恒已经40岁了，又有一块重石压在心头上，他觉得整个人生都开始灰暗了，对任何事情都不感兴趣。淮南医院复查刘秋恒的病情属于误诊，他们把刘秋恒的血样和另外一个人对调了，把刘秋恒惊吓得半死。复查结果刘秋恒是乙肝病毒携带者，不是艾滋病。刘秋恒又跑到徐州、南京两地重新检查，他需要一个明白无误的诊断证明。冷嘉义陪着他跑前跑后，此刻他们正在南京惴惴不安地等待着检验结果。

王彭生比刘秋恒小个三四岁的年纪，很快就到不惑之年了。此刻再不拼搏一下，以后恐怕就没有这样的机会了。王彭生决定抓住这次机遇，有没有刘秋恒的参与和援助，他都决定出手了。

合同很快就签定了，他们同意王彭生的提议，把价钱降到最低，采取分批付款的方式赎买工厂。第一笔资金到位之后，马上办理产权过户手续。亚细亚冷库是一块烫手的热红芋，几位领导急于把它扔出去。就像长相丑陋又急于嫁人的老闺女，没找着下家的时候就把"八"字的一撇写好了，只要男方一点头，这事就百分之百地定头了。

王彭生送走亚细亚冷库的领导，围着市场溜达一圈。已经到了留母茎的时候，卖笋的人有增无减，这个情况太不正常了。他回到点上，把几个铁杆主顾拉到一边去询问，知道了笋农的真实想法。笋农的种植积极性被严重挫伤了，今年不留母茎，进行破坏性、掠夺性采收，过了这个芦笋季，他们就会犁掉芦笋种小麦。王彭生心头激灵一下，头脑中马上蹦出两个字：完了。收购芦笋的生意做到头了。

晚上，王彭生失眠了，在席梦思大床上翻来覆去地贴烙饼。老婆拢完账夜就深了，她打着哈欠凑到床上来，交代王彭生明天的工作任务：你明天带六万块钱到点上去。

王彭生含糊地应承一声，突然折身坐了起来。

"从明天开始一律打欠条，停止发款。"王彭生把芦笋市场发生变化的情况向老婆简单介绍一遍，告诉老婆就说厂家没来款，先欠着。他知道这是最后一次机会，不好好利用一下太亏了。只要过了这个村，就永远没有下一个店了。

投入是为了产出，投入不一定就有回报，因为投资是有风险的。秦台地区的芦笋基地，把两千公里外的福建、浙江客商都吸引过来了。有速冻厂、脱水厂、冻干厂、罐头厂、保鲜厂、腌渍厂等，几百家客商汇集到秦台收芦笋。人一上百形形色色，工厂多了也是良莠不齐的。

手心不能摊鸡蛋，没钱不敢充好汉。有的工厂严重亏损了，没有能力兑现当初的承诺。有些工厂不一定亏损，却像憨半熟一样做无本的生意，想拿着客户的资金周转。销售商的资金不好占用，他们给的预付款很少，随便拉几柜子货物就把那点费用抵光了，后面还要源源不断地发货，到最后总是销售商占用工厂的钱。现在是买方市场，销售商是大爷，工厂惹不起大爷，只能打掉牙往肚里咽，把一腔怨气隐忍起来。

原料供应商是二爷，工厂惹得起二爷，压上几车货就把二爷的资金占下了。芦笋贩子也只能吞咽一腔怨气，把邪火发到小贩子身上。

王彭生停发现金之后，整个芦笋市场全都开始打白条子赊账了。既然都不付钱，小贩子又开始选择保险的客户送货了。王彭生是可以信赖的大点商贩，信誉优势开始显现出来。他从一开始收购芦笋就不欠账，发款的时候不杂七杂八地夹带一些不中用的东西，他点上开出来的条子，可以像现金一样在小商贩和笋农之间流通。因为想当一名高雅一点的商人，不搞二次利润，他的收益率一直是低的，始终比不过其他商贩。

搬砖垒墙需要花费力气，积累名声和信誉需要损失一定的利益。老百姓常说：不吃亏买不出好来。孟尝君的美誉也是靠养闲人和焚烧借据买来的。

人都容易受到经验的误导。王彭生的心尖子歪了，谁也没看出来，看出来了也没人相信。

王彭生虽然不付现款，可是他的收货量有增无减。信誉是无形资产，他切切实实地感受到了。

购买工厂的资金顺利地筹集到了，是无息长期借款。王彭生找到亚细亚冷库负责人，再降 20 万一次性付款。手续变更、资产过户完成之后，他用资产和设备作抵押，到银行贷款启动工厂，并在春节前全部结清笋农的货款。

秦台人管王彭生使用的这个招数叫"白手拿老张"，也有人称之为"空手套白狼"。这一手玩得相当漂亮，他仍然是秦台市芦笋贩子中信誉最好的人。

刘秋恒和冷嘉义行动迅速，在大家忙着收购芦笋的时候，他们开始张罗着要账。有钱要钱，没钱要货，没钱没货的要其他可以变卖的东西。他们在甄诚经理的帮助下，变卖了所有到手的东西，去掉税费和运费，粗算一下还是有些赚头的。最后一锤子买卖了，他们忘不了搞"二次利润"，不知道他们从哪里搞来的金银首饰和名烟名酒。听说金器里面整出了铜铅合金制作的赝品，烟是从收受礼品的干部手里廉价收来的，酒是"升级"版的好酒，就是把同一个系列的低档白酒灌进高档酒瓶里，封上口高价冲抵货款。

其他贩子反应迟钝，行动也就慢了半拍。他们啥都没捞着，任凭工厂赏赐，给啥要啥。结果冻猪肉、冻鸡架、油炸鱼、固体袋装羊肉汤、生虫的核桃红枣等物品，都被芦笋贩子拉到秦台来了。绝大多数小贩子都没用购置年货，大贩子已经替他们操办齐了。大贩子愁眉苦脸，小贩子唉声叹气，他们那个春节过得都不开心。

# 尾　声

　　破坏总是比建设容易。秦台芦笋基地是政府和农户齐心协力，惨淡经营20年才逐渐形成规模的。可是芦笋交易市场启动三年的时间，芦笋基地就像消逝的洪水一样，瞬间就萎缩了。芦笋在秦台红火了20余年，它造就了一批百万富翁，也把一批人祸害得有家难回。这也是人的事，怨不得芦笋。

　　筹建专业交易市场并没有错误，这一点在浙江义乌、山东临沂、寿光、江苏常熟等地，都被充分证明了。建设市场是正确的，秦台也是出过帝王将相的风水宝地，市场却在秦台办砸了，这是什么问题？肯定是方式方法不对头，笋农都说是歪嘴和尚的问题。

　　小五保又想起了"因人成事"这句话，他和武大智单独合计一下，准备重振芦笋市场的雄风。

　　武大智已经是中阳镇的党委书记了，都说上级领导认为小五保有能力也有魄力，就是牛脾气上来了好乱写十九，不好驾驭。这样的人可以当开路先锋，不能为三军主帅。武大智在这种情况下脱颖而出，就像楚庄王一样，三年不鸣不飞，一鸣惊人，一飞冲天。都说他那样四平八稳左右逢源的人，能捡很多便宜。

　　大马子已经甦醒过来了，但是长期卧床不起导致肌肉萎缩，颈椎和脊椎也有不同程度的变形，压迫骨髓上的神经系统，使之高位截瘫，永远躺在卧榻之上了。

　　陶靓和丈夫办理了离婚手续，但并没有把他抛弃不管。她找了一个类似"拉帮套"那样的同居合伙人，一同生活，一同照顾马路平，却不办理结婚登记手续。陶靓说反正不要孩子了，如果感情好，没有结婚证也能相濡以沫一辈子。如果感情破裂了，对方可以拍拍手走人，省掉了很多不必要的麻烦。

刘秋恒已经确诊了，他就是一个乙肝病毒携带者，不是艾滋病。虽说是虚惊一场，他们两口子都没从苦闷中解脱出来。乙肝病毒携带者，就是尚未发病的乙肝病患者。乙肝是棘手的慢性病，惹上身就一辈子甩不掉。没发病要小心伺候着，不能劳累、不能生气、不能饮酒，不能像以往一样没有节制地乱交"公粮"。如果发了病，就是废人一个，啥事也干不成了。

健康是最大的财富，刘秋恒早就知道的，现在才充分理解这句话的深刻和伟大。真的翘辫子了，再多的金钱还有啥用处？

很多成功的商人谈起自己创业的过程，总是首先标榜自己是"君子爱财，取之有道"。秦台的芦笋贩子对此事三缄其口，他们在聚敛钱财的过程中，使用过一些卑劣的手段，而且是无所不用其极。从某种意义上说，他们在和大马子斗法的过程中，也加速了秦台芦笋基地的消亡。

人们都说商人的第一桶金是带血的，秦台的芦笋贩子没干过杀人越货的勾当，但是他们积累的财富绝对沾有笋农的汗水。

刘秋恒、冷嘉义、魏成功、王彭生等人，乃至不按常理出牌的梁班杰老板，不论挣多挣少，也不管用何种方式方法，都挖掘到了第一桶金子。刘秋恒凤愿得偿，他开办了一家私人理财公司，自己躲在一边享乐，让金钱去做工作。冷嘉义、魏成功和王彭生之流，都有了自己的工厂，当上了更高一级的蔬菜贩子。如何挣钱已经不需要提醒他们了，现在他们应该考虑的是如何花钱。还像过去一样花天酒地、纸醉金迷吗？不，刘秋恒就首先摇头否定了。他的身体健康状况堪忧，他更怕自己真的染上脏病喽。人因为身体上的变化，诱发了心理上的变化，再一次印证了马克思主义的无比正确性。马克思说过：物质决定意识。

自从意识到生命高于一切，健康是最为宝贵的财富开始，刘老板对人的种类划分更为清晰了。人有高尚的、诚实的、善良的、美好的，也有卑劣的、虚伪的、庸俗的、丑恶的。他认为自己只是一个普通的人，离高尚伟大有着很远的距离。首先他就看不破红尘，舍弃不下老婆孩子，舍弃不下那些用正当和不正当手段攫取聚敛起来的财富。但是他可以尝试着做一个正直、诚实、善良的人，从现在开始做一些让大家点头认可的事。

雷锋在任何时候都不是刘秋恒，刘秋恒现在可以学雷锋。他说这是"奸商的感悟"，悟透了可以做儒商。

都说笑一笑十年少，可见有好心情的人会有好身体，身体健康的人一定长寿。想有好心情，先要耳朵顺。人都乐意听好话，但要求好话不假。若是表面把你奉承一通，扭过脸去就说"这个熊孩子不是个东西"。你的心情还能好得起来吗？另外长寿也不是人生中唯一的终极追求，如果一辈子浑浑噩噩，一辈子一事无成，一辈子遭人忌恨，或者像"大马子"那样一辈子躺在床上，就算活两百年又有啥意思呢？

刘秋恒的感悟并不深奥，却深深地触动了和他经常交往的铁哥们。大家瞬间长了一岁，都觉得自己在社会上应该有所担当。

他们也在一起探讨假如雷锋还活着，他是从政还是经商的问题。如果从政，他在部队混个营级干部转业，到地方也就是个科局级干部，到退休能混到处级。如果他也经商，会不会坑人呢？肯定也会的，不过雷锋那样的好人没有当晚娘的狠心，再怎么着也不会除完皮叫卖货的人倒找芦笋。

要想振兴芦笋市场，首先要有基地，要有往外倒腾芦笋的经纪人。经纪人好找，芦笋也没有彻底绝种。中等以上的城市里，人们对芦笋的认识和了解越来越多，出现了鲜食的"菜笋"。菜笋的质量要求宽松，价格很高，是可以刺激芦笋基地进一步发展的。

把芦笋基地再一次发展起来，不是没有可能，但是用上一次发展的模式已经不行了。用什么样的方法合适，怎样做才能调动笋农的积极性，才能兼顾各方的利益，武大智和小五保都还没能捋出头绪来。不过他们坚信芦笋在秦台不会绝种，因为铁弓骥还活着。他像是八路军派到上海从事地下工作的李侠政委，一直演绎着《永不消逝的电波》。

铁弓骥已经正式退居"二线"了，他和白二妮在家里专心致志地摆弄芦笋、牛蒡和紫山药。他说这些稀罕物是他舍弃爱情和前程，用自己的童贞换来的，他会一直种植下去，赔钱也要摆弄。他虽然已过了"知天命"的年龄，可是心中依然燃烧着青春的火焰，心田里成长着绿色的希望。希望在秦台地区广袤的田野上，是一团浓浓的绿色，绿得有些发蓝了，掺上水也化不开。大家都知道，那怡人的绿野之中很快就会开出娇艳的花朵，有两只美丽的蝴蝶在其中穿梭……

2014 年 7 月 21 日初稿

2016 年 4 月 20 日三稿